Biblioteca

Loretta Chase

Loretta Chase

LA REINA DEL ESCÁNDALO

Traducción de
Ana Isabel Domínguez Palomo y
María del Mar Rodríguez Barrena

GIROL SPANISH BOOKS
P.O. Box 5473 Stn. F
Ottawa, ON K2C 3M1
T/F 613-233-9044 www.girol.com

CISNE

Título original: *Last Night's Scandal*

Primera edición: septiembre, 2011

© 2010, Loretta Chekani
© 2011, Random House Mondadori, S. A.
  Travessera de Gràcia, 47-49. 08021 Barcelona
© 2011, Ana Isabel Domínguez Palomo y María del Mar
  Rodríguez Barrena, por la traducción

Printed in Spain – Impreso en España

ISBN: 978-84-9989-053-1 (vol. 63/11)
Depósito legal: B-23268-2011

Compuesto en Revertext, S. L.

Impreso en Barcelona por: **black**print
A CPI COMPANY

M 890531

Agradecimientos

Gracias a:

Eric y Nick, por su impecable servicio, su inspiración y su agudeza cómica.

A los intérpretes de Colonial Williamsburg, que compartieron con mucha paciencia sus vastos conocimientos, soportaron las interminables sesiones de fotos y me inspiraron más de lo que se imaginan; me gustaría darles las gracias de un modo especial a Mark Schneider y a Susan Cochrane por desvelarme los entresijos del mundo de los caballos y de los carruajes del pasado.

Sherrie Holmes, por mantener el caos a raya, y por explicarme minucias equinas.

Walter, por todo, y especialmente por la parte en la que galopó a lomos de su corcel blanco y me salvó una vez más.

Nancy, Susan y Cynthia, que ya saben por qué.

Prólogo

Londres,
5 de octubre de 1822

Milord:

<u>Debe</u> usted Quemar esta Carta en cuanto la lea. Si cayera en las Manos Equivocadas, volverían a exiliarme al CAMPO, a alguna de las Propiedades de mis tíos, los Carsington, donde es <u>muy probable</u> que me mantengan AISLADA. No me importa disfrutar de la Vida Rural en <u>Pequeñas Dosis</u>, pero sufrir un ENCIERRO y la prohibición de disfrutar de cualquier Tipo de Relación Social (por temor a que entable Amistades Inadecuadas o a que Descarríe a algún Inocente) es <u>intolerable</u>, y estoy <u>segurísima</u> de que acabaré tomando Medidas Desesperadas.

Me Vigilan <u>constantemente</u>. Para enviarle una carta como Dios manda, Íntegra y Sin Censura, tengo que escribirla en mi Escondite Secreto y llegar a un acuerdo con Ciertas Personas (que deben permanecer en el Anonimato, pues sería <u>peligrosísimo</u> que se descubriera su Implicación) a fin de que coloquen esta Epístola entre la Correspondencia Diplomática.

No debería correr este Terrible Riesgo solo para recordarle que ha pasado <u>Justo Un Año</u> desde que planeamos nuestro <u>Interesantísimo</u> Viaje a Bristol. Tampoco debería arriesgar mi Libertad simplemente para comunicarle las Noticias Triviales que una Joven Educada puede tratar con un Caballero de su misma edad, aunque sea prácticamente su Hermano o una especie de Primo. Me veo obligada a usar estos Subterfugios porque es mi DEBER Informarle de <u>un nuevo cambio en sus circunstancias</u>. Nosotros los Niños <u>no debemos</u>, supuestamente, estar al tanto de Estos Asuntos, pero no soy Ciega y el caso es que su madre vuelve a estar <u>encinta</u>.

Sí, es sorprendente a su edad y mucho más teniendo en cuenta que su otro hermano nació hace apenas un año. El pequeño David, por cierto, se parece muchísimo a usted, al menos físicamente. Los bebés son camaleónicos en sus Primeros Años de vida, pero parece que sus facciones se han asentado. Su pelo es rubio, como el suyo, y su color de ojos parece haber adoptado ese tono gris tan poco corriente. Pero estoy divagando.

Siempre me ha Desconcertado la repentina FERTILIDAD de su madre después de <u>trece años de esterilidad</u>. Sin embargo, la bisabuela Hargate dice que las <u>prolongadas estancias</u> de sus padres durante estos Últimos Años en lo que ella llama <u>«su nidito de amor en Escocia»</u> lo explica todo. La bisabuela dice que el *haggis* y el whisky escocés <u>Fueron la Solución</u>. Dice que esa combinación siempre tuvo un efecto <u>prodigioso</u> en el bisabuelo. ~~Sé lo que quiere decir con «prodigioso» porque un día descubrí por casualidad su Colección Secreta de Grabad~~

Debo concluir la carta, a fin de poder colarla en la Valija Diplomática. La Peligrosa Maniobra requerirá que salga a <u>hurtadillas</u> de Casa de Cierto Familiar y que busque un carruaje de alquiler. Por suerte, tengo Aliados. Si me descubren, me espera EL ENCIERRO EN EL CAMPO. Pero como ya sabe, siempre estoy dispuesta a poner en riesgo mi Seguridad y mi Felicidad por una Noble Tarea.

Atentamente,

OLIVIA WINGATE-CARSINGTON

Querida Olivia:

Hace unos días que recibí tu carta y debería haberte contestado antes, pero mis estudios y nuestro trabajo ocupan casi todo mi tiempo. Hoy, sin embargo, el tío Rupert se ha marchado para expulsar a un grupo de franceses de una de nuestras excavaciones... por tercera vez. Los muy sinvergüenzas esperan a que nuestros sirvientes limpien toda la arena, semanas y semanas de trabajo. Y después, esos taimados galos se sacan de la manga un decreto firmado por algún jeque inventado, que según ellos les otorga los derechos exclusivos del yacimiento.

Como buen hombre que soy, podría haber ido a partir unas cuantas crismas, pero la tía Dafne me ató a la barandilla de la *dahabiya* (una embarcación típica del Nilo, bastante cómoda) y me dijo que escribiera a mi familia. Si escribo a mis padres, solo conseguiré que recuerden mi existencia, y eso les provocará el conocido deseo irracional de tenerme en casa para que sea testigo de sus exagerados histrionismos hasta que se olviden del motivo por el que querían verme y vuelvan a enviarme a algún otro espantoso internado.

Por lo tanto, como hijastra de lord Rathbourne, entras en la categoría de familia, así que nadie podrá esgrimir la lógica para reñirme por haberte escrito. Me encuentro dividido con respecto a tus noticias. Por una parte, me apena muchísimo saber que otro niño inocente se verá obligado a soportar la misma tempestad parental que sufro yo. Por otro, y aunque parezca egoísta, me alegra tener hermanos por fin y me alegra saber que David está creciendo mucho.

No comprendo qué tiene de malo que me informes del embarazo de mi madre, pero, claro, nunca he entendido la rigidez que se les impone a las mujeres. Aquí es mucho peor, si te sirve de consuelo. En cualquier caso, espero que no sufras ningún encierro por haberme hecho llegar las noticias. Tu temperamento no está hecho para las normas, mucho menos para el cautiverio. Eso lo descubrí de primera mano durante la aventura que mencionas.

Por supuesto, recuerdo con todo lujo de detalles el día que me marché de Londres contigo repentina e inesperadamente (dos palabras que siempre asociaré contigo).

Cada uno de los momentos de nuestro viaje a Bristol está grabado en mi cerebro como las inscripciones griegas y egipcias en la Piedra Rosetta, y serán igual de imborrables. Dentro de algunos siglos, si exhuman mi cadáver y estudian mi cerebro, descubrirán grabadas en él tres palabras: Olivia. Repentinamente. Inesperadamente.

Sabes que prefiero dejar los sentimientos a mis padres. Mi pensamiento debe guiarse siempre por los hechos prácticos. Y el hecho es que mi vida sufrió un giro significativo después de nuestro viaje. Si no me hubiera marchado contigo, me habrían enviado a cualquiera de los numerosos internados escoceses regidos por principios espartanos. Aunque, para ser justos, los espartanos eran mucho más permisivos en comparación. Me habría visto obligado a aguantar esa frustrante estrechez de miras que conocí en otros internados, pero bajo unas circunstancias mucho más sádicas como por ejemplo el ininteligible acento escocés y el mal tiempo. Y las gaitas.

Como agradecimiento, incluyo un pequeño regalo. Según la tía Dafne, el símbolo del escarabajo se pronuncia «jepri». El símbolo jeroglífico tiene varios significados y usos. El escarabajo simboliza el renacimiento. Para mí, este viaje a Egipto ha supuesto un renacimiento.

Y ha resultado mucho más emocionante de lo que me atrevía a esperar. A lo largo de los siglos, la arena se ha tragado un sinfín de mundos que apenas empezamos a desenterrar. Me fascina la gente, y mis días son la mar de estimulantes tanto física como mentalmente, todo lo contrario que en casa. No sé cuándo volveré a Inglaterra. Espero no hacerlo en muchísimo tiempo.

Debo acabar aquí. El tío Rupert ha vuelto de una pieza,

nos alegramos de comprobar, y estoy deseando escuchar su relato sobre el encuentro con esas sabandijas inútiles.

Atentamente,

LISLE

P. D.: Ojalá no me trataras de usted ni me llamaras milord. Cuando lo leo, me imagino tu voz con esa nota burlona y te veo haciendo una reverencia exagerada... O, teniendo en cuenta la terrible ignorancia que sufres sobre lo que las jovencitas pueden hacer o no, quizá ofreciéndome la mano para que te la estreche.

L

P. D.2: ¿Qué ~~Grabad~~?

Cuatro años después

Londres,
12 de febrero de 1826

Querido L:

¡Felicidades por tu DECIMOCTAVO CUMPLEAÑOS! Debo darme Prisa con la carta, porque estoy a punto de ser Exiliada de nuevo, en esta ocasión a Cheshire con el tío Darius. Eso me <u>enseñará</u> a no llevarme a una Pequeña BOCAZAS como Sophy Hubble a un Antro de Juego.

Me encantaría que tu última visita hubiera sido más larga. Porque así podríamos haber Celebrado <u>juntos</u> este <u>Trascendental Día</u>. Pero sé que <u>estás mucho mejor</u> en Egipto.

Además, si te hubieras demorado un poco más, tal vez no te habrían permitido volver a Egipto.

Poco después de tu Partida, tuvimos una CRISIS con tus padres. Como bien sabes, siempre he <u>protegido</u> a los Adultos de la Verdad, de modo que me propuse que lord y lady Atherton comprendieran que en Egipto una Plaga <u>no</u> equi-

13

vale al TERRIBLE Y LETAL CONTAGIO que normalmente asociamos con la peste medieval, sino que es uno de los Trastornos sin importancia que a menudo sufren los viajeros. No obstante, unas cuantas Semanas después de que tu barco zarpara, ¡algún Entrometido les dijo la Verdad! Se pusieron HISTÉRICOS, ¡y llegaron a EXIGIR que se ordenara al barco dar media vuelta! Les dije que volver supondría tu muerte, pero me dijeron que estaba exagerando. ¡YO! ¿Te lo puedes creer? ~~Le dijo la sartén al cazo, apártat~~ Debo dejarlo. El niño está aquí.

No puedo Contártelo Todo. Baste decir que mi Padrastro ha Intervenido en la Cuestión y de momento estás A SALVO.

Adieu, amigo mío. Me pregunto si alguna vez volveré a verte y... ¡Oh, vaya! Debo irme.

Atentamente,

Olivia Carsington

P. D.: Sí, he abandonado el uso de «Wingate» y no te extrañará que lo haya hecho cuando te cuente lo que mi Tío Paterno dijo de mi madre. Si mi padre viviera, los repudiaría a todos y después... ¡Dichoso niño! Es un impaciente.

O

Escocia, en un pueblo situado a quince kilómetros de Edimburgo, mayo de 1826

Nadie había vivido en el castillo de Gorewood desde hacía dos años.

El viejo señor Dalmay, cuya salud había decaído bastante, se vio obligado a mudarse hacía ya unos años a una casa más moderna, calentita y con menos humedades. Su procurador seguía sin encontrar un inquilino, y el encargado de la propiedad, que había sufrido un accidente en primavera, seguía sin regresar. De ahí que las obras de mejora y reparación, que habrían comenzado hacía tanto tiempo que ya nadie lo recordaba con exactitud (o para ser más precisos, desde el día en que el señor Dalmay empezó a vivir en el castillo), se hubieran ido abandonado de forma gradual.

Y de ahí que, una noche de primavera, Jock y Roy Rankin tuvieran el castillo para ellos solos.

Estaban robando, como de costumbre. Habían aprendido por el método más doloroso que los magníficos sillares de las almenas no sobrevivían intactos los más de treinta metros de caída hasta el suelo. De modo que el sótano del castillo, que estaba lleno de escombros, les resultó mucho más cómodo. Alguien había intentando llevarse ya un trozo de la escalera; su jefe les pagaría bien si se llevaban los escalones que quedaban.

Estaban excavando para sacar un buen trozo de escalón atascado entre la argamasa y los cascotes cuando la luz del farolillo se posó en un objeto redondo que no parecía ni un trozo de piedra ni de argamasa.

Jock lo cogió y frunció el ceño mientras lo observaba de cerca.

—Mira —dijo.

Eso no fue exactamente lo que dijo. Tanto él como Roy hablaban con un acento escocés que convertía sus palabras en una especie de dialecto fácilmente confundible con el sánscrito o el albano.

Si hubieran hablado con un acento reconocible, la conversación habría sido así:

—¿Qué es eso?

—Ni idea. ¿Es un botón de latón?

—Déjame verlo.

—Tiene pinta de ser un medallón —dijo Roy, después de quitarle la tierra y mientras lo observaba con los ojos entrecerrados.

—¿Un medallón viejo? —le preguntó Jock—. Algunos tienen mucho valor.

—Es posible. —Roy siguió rascando para quitar la tierra y mirando el objeto con los ojos entrecerrados. Hasta que al final deletreó con gran dificultad—: R-E-X. Y luego una marca. No, una letra. Y después C-A-R-O-L-V-S.

Jock, cuya capacidad lectora se reducía a interpretar el letrero de una taberna, dijo:

—¿Qué es?

Roy lo miró.

—Dinero —contestó.

Siguieron excavando con renovadas energías.

1

Peregrine Dalmay, conde de Lisle, miró primero a su padre y
después a su madre.

—¿A Escocia? Ni loco.

Los marqueses de Atherton se miraron entre sí. Lisle no
intentó adivinar qué significaba aquella mirada. Sus padres
vivían en su mundo particular.

—Pero confiábamos en que lo hicieras —exclamó su
madre.

—¿Por qué? —le preguntó—. En mi última carta dejé
muy claro que estaría aquí muy poco tiempo, antes de regresar a Egipto.

Sus padres habían esperado hasta ese momento, justo
antes de salir hacia Hargate House, para hablarle de la crisis
existente en una de las propiedades escocesas de la familia
Dalmay.

Esa noche, los condes de Hargate celebraban un baile en
honor del nonagésimo quinto cumpleaños de Eugenia, la condesa viuda de Hargate y la matriarca de la familia Carsington.
Lisle había vuelto de Egipto para asistir al baile, y no solo
porque tal vez fuera la última vez que viera a la vieja cascarra-
bias con vida. Aunque ya era un hombre hecho y derecho a
sus casi veinticuatro años, aunque ya no estuviera bajo la tu-

tela de Rupert y Dafne Carsington, seguía considerando a los Carsington como su familia. Eran la única familia en condiciones que había conocido. No se perdería la celebración por nada del mundo.

Estaba ansioso por verlos a todos, en especial a Olivia. Llevaba cinco años sin verla, desde la última vez que estuvo en casa. Cuando llegó a Londres hacía dos semanas, Olivia se encontraba en Derbyshire. Había regresado a la ciudad el día anterior.

Olivia se había marchado a la casa solariega de sus padres a principios de septiembre, pocos días después de la coronación, para recuperarse de la ruptura de un compromiso. Era la tercera, o la cuarta, o tal vez la enésima... Se las había explicado todas en sus cartas, pero Lisle había perdido la cuenta. En esa ocasión, parecía haber batido todas las marcas de brevedad. No habían pasado ni dos horas desde que aceptó el anillo de lord Gradfield cuando se lo envió de vuelta con una de sus cartas llenas de mayúsculas y subrayados. El susodicho se había tomado muy mal su rechazo, hasta tal punto que retó a duelo a un inocente transeúnte con quien se cruzó. El enfrentamiento acabó con ambos participantes heridos, si bien no mortalmente.

Los emocionantes episodios que se sucedían en la vida de Olivia, en pocas palabras.

Lisle no había vuelto a Inglaterra para ver a sus padres ni mucho menos. Eran absurdos. Sus padres tenían hijos, pero no habían formado una familia. Estaban demasiado ensimismados el uno en el otro, y demasiado ensimismados en sus interminables dramas.

La situación en la que se encontraban en esos momentos era típica: montar una gran escena en el salón por un tema que cualquier persona normal habría tratado en un momento más adecuado, no unos minutos antes de acudir a un baile.

Al parecer, el castillo de Gorewood llevaba de capa caída desde hacía trescientos o cuatrocientos años, aunque había sufrido alguna que otra reparación en el transcurso de dichos siglos. Por algún extraño motivo, sus padres habían decidido de repente que tenía que recuperar su antigua gloria, y que su hijo debía asumir el papel de supervisor in situ porque había problemas con... ¿fantasmas?

—Pero tienes que ir —insistió su madre—. Alguien tiene que ir. ¡Alguien tiene que hacer algo!

—Ese alguien debería ser el procurador de la familia —replicó Lisle—. Es absurdo que Mains no pueda encontrar trabajadores en todo Midlothian. Creía que los escoceses estaban desesperados por trabajar. —Se acercó al fuego para calentarse las manos.

Las escasas semanas transcurridas desde su regreso de Egipto no habían bastado para que se aclimatara. El otoño inglés le parecía el más crudo invierno. Escocia sería intolerable. El tiempo en esa parte del país ya era bastante malo en primavera: días grises, ventosos y lluviosos, y eso cuando no nevaba o granizaba.

No le molestaban las duras condiciones meteorológicas. En realidad, Egipto era un entorno muchísimo más inhóspito. Sin embargo, le ofrecía un sinfín de mundos por descubrir. Escocia no le ofrecía nada por descubrir, no le presentaba misterios antiguos que desentrañar.

—Mains lo ha intentado todo, incluso el soborno —dijo su padre—. Lo que hace falta es la presencia de un hombre de la familia. Ya sabes lo mucho que los escoceses valoran los clanes. Quieren que el laird del castillo tome el mando. Yo no puedo ir. No puedo dejar a tu madre sola cuando su salud es tan frágil.

En otras palabras, estaba embarazada de nuevo.

—Amor mío, parece que tienes que abandonarme —dijo su madre al tiempo que se llevaba una mano a la cabeza con gesto lánguido—. A Peregrine nunca le ha importado otra cosa que no fuera su griego, su latín y su apto.

—Copto —la corrigió—. La antigua lengua de...

—¡Siempre Egipto! —exclamó su madre con un sollozo que no anunciaba nada bueno—. Tus pirámides, tus momias y tus pergaminos siempre han sido lo primero para ti, jamás nosotros. ¡Tus hermanos ni siquiera te conocen!

—Me conocen de sobra —replicó—. Soy quien les manda todos esos objetos extraños desde tierras lejanas.

Para ellos era el atrevido y misterioso hermano mayor que vivía increíbles aventuras en una tierra peligrosa y salvaje. Además, era cierto que les mandaba todo tipo de regalos, de los que entusiasmaban a los niños: pájaros y gatos momificados, pieles de serpiente, colmillos de cocodrilos y escorpiones muy bien conservados. También les escribía regularmente.

Sin embargo, no podía acallar del todo la vocecita que le recordaba que había abandonado a sus hermanos. De nada le servía decirse que no podía hacer nada por ellos en Inglaterra, salvo compartir su infortunio.

Solo lord Rathbourne, conocido en la alta sociedad como «lord Perfecto», era capaz de manejar a sus padres. Lo había salvado de ellos. Pero Rathbourne tenía una familia propia.

Lisle sabía que debía hacer algo por sus hermanos. No obstante, el asunto del castillo era una tontería. ¿Durante cuánto tiempo tendría que posponer su regreso a Egipto? ¿Y para qué?

—No veo de qué les servirá a mis hermanos que yo tenga que morirme de frío en un destartalado y lúgubre castillo —dijo—. No se me ocurre una tarea más ridícula que la de recorrer más de seiscientos kilómetros para salvar a un grupo de trabajadores supersticiosos que temen a unos espíritus. Y tampoco sé a qué le tienen miedo los lugareños. Todos los castillos escoceses están encantados. Toda Escocia está encantada. Los campos de batalla. Los árboles. Incluso las piedras. Los escoceses adoran a sus fantasmas.

—No se trata solo de fantasmas —adujo su padre—. Se han producido extraños accidentes, se han oído gritos aterradores en mitad de la noche.

—Dicen que una vieja maldición cobró vida de nuevo cuando tu primo Frederick Dalmay pisó sin querer la tumba de la tatarabuela de Malcom MacFetridge —añadió su madre con un estremecimiento—. La salud de Frederick comenzó a deteriorarse justo después. ¡Y murió al cabo de tres años!

Lisle miró a su alrededor, deseando, y no por primera vez, que hubiera alguien a quien dirigirse con un «¿Estás escuchando lo mismo que yo?».

Aunque sus padres eran tan incapaces de atender a razones como él lo era de creer en los unicornios, su propia cordura le exigía introducir hechos relevantes en la conversación.

—Frederick Dalmay tenía noventa y cuatro años —señaló—. Murió mientras dormía. En su casa de Edimburgo, que está a casi veinte kilómetros del castillo supuestamente encantado.

—Eso no importa —repuso su padre—. ¡Lo que importa es que el castillo de Gorewood es una propiedad de los Dalmay y que se está cayendo a pedazos!

Y a ti nunca te ha importado hasta ahora, pensó Lisle. El primo Frederick se había mudado hacía años, y ellos habían dejado el castillo abandonado.

¿Por qué de repente se había convertido en un asunto tan crucial?

¿Por qué? Pues porque él había vuelto a casa y no podía desentenderse de sus padres de la misma manera que se había desentendido de sus cartas. Era una treta para retenerlo en Inglaterra. No porque lo necesitaran o quisieran tenerlo cerca, sino porque creían que ese era su lugar.

—¿Qué más le da? —chilló su madre—. ¿Cuándo le hemos importado a Peregrine? —Se levantó de un salto y salió disparada hacia una de las ventanas, como si estuviera pensando en arrojarse al vacío por la desesperación.

El arrebato no lo alarmó. Su madre jamás se tiraría por una ventana ni se partiría la crisma contra la chimenea. Solo se comportaba como si fuera a hacerlo.

Sus padres recurrían al drama en vez de pensar.

—¿Qué crimen tan atroz cometimos, Jasper, para que nos castigaran con un hijo tan desalmado? —preguntó su madre a voz en grito.

—Ay, Lisle... Ay, Lisle. —Su padre se llevó la mano a la cabeza y asumió su pose preferida del rey Lear—. ¿A quién si no a su primogénito puede recurrir un hombre?

Antes de que su padre pudiera soltarle el habitual discurso sobre la ingratitud, los monstruos desalmados y los hijos desagradecidos, su madre tomó la palabra.

—Estas son las consecuencias de haberte consentido —dijo al tiempo que se le llenaban los ojos de lágrimas—. Estas son las consecuencias de haberte dejado en manos de Rupert Carsington, el hombre más irresponsable de toda Inglaterra.

—Solo te importan los Carsington —añadió su padre—. ¿Cuántas cartas nos has escrito en todos los años que has pasado en Egipto? Puedo contarlas con los dedos de una mano.

—Pero ¿cómo va a escribirnos si nunca se acuerda de nosotros? —añadió su madre.

—Le hago una simple petición ¡y él se burla de mí! —Su padre se acercó a la chimenea con grandes zancadas y golpeó la repisa con un puño—. ¡Por Dios! ¡Esto es intolerable! Te juro que vas a matarme de preocupación y pena, Lisle.

—¡Ay, amor mío, no digas eso! —gritó su madre—. No podría seguir viviendo sin ti. Te seguiría a la tumba enseguida y nuestros pobres niños se quedarían huérfanos. —Se apartó de la ventana y se dejó caer en un sillón, donde comenzó a sollozar de forma histérica.

Su padre extendió la mano para señalar a su perturbada esposa.

—¡Mira lo que le has hecho a tu madre!

—Es lo que hace siempre —replicó él.

Su padre dejó caer la mano y le dio la espalda, resoplando. Se sacó el pañuelo del bolsillo y se lo puso a su esposa en la mano... Justo a tiempo, porque el de su madre pronto tendrían que escurrirlo; era única llorando, un portento.

—Por el bien de nuestros hijos, debemos rezar para que nunca llegue ese temido día —dijo su padre, dándole unas palmaditas a su esposa en el hombro. A igual que los de ella, sus ojos estaban llenos de lágrimas—. Por supuesto, Lisle estará en una de sus aventuras entre los infieles y dejará a sus hermanos al cuidado de algunos desconocidos a quienes no les importarán en absoluto.

Sus hermanos ya vivían con desconocidos a quienes no les importaban en absoluto, pensó él. Si se quedaban huérfanos, acabarían en casa de una de las hermanas de su padre. Aunque lord Atherton había perdido una hermana, la que fuera primera esposa de lord Rathbourne, hacía algunos años, le quedaban seis que gozaban de muy buena salud. Y ninguna de esas hermanas se daría cuenta si se añadían algunos niños más a sus ya de por sí numerosas proles. De todas maneras, ninguna de ellas cuidaba a sus hijos personalmente. Los criados, los tutores y las institutrices se ocupaban de su descendencia. Los padres hacían muy poco, salvo meter las narices cuando nadie les pedía su opinión y encontrar el modo de molestar a todo el mundo, así como organizar planes ridículos e inconvenientes que suponían una pérdida de tiempo para los demás.

No iba a dejar que lo manipularan. Si se dejaba arrastrar hasta su torbellino emocional, no saldría jamás.

La manera de mantenerse en terreno seguro era aferrarse a los hechos.

—Los niños tienen montones de familiares que podrán cuidarlos, y dinero de sobra para vivir bien —les recordó—. No acabarán sufriendo malos tratos ni medio muertos de hambre en un orfanato. Y yo no pienso ir a Escocia por esta tontería.

—¿Cómo es posible que seas tan desalmado? —exclamó su madre—. ¡Un tesoro familiar está al borde del abismo! —Se recostó en el sillón, haciendo que el pañuelo de su marido se escurriera de entre sus temblorosos dedos mientras se preparaba para desmayarse.

El mayordomo entró en ese momento. Y fingió, como hacía siempre, que no se estaba desarrollando una tragicomedia en el salón.

El carruaje, les informó, los esperaba.

El drama no terminó cuando se subieron al vehículo, sino que prosiguió durante todo el trayecto hasta Hargate House. Debido a que habían salido más tarde de la cuenta y a que había bastante tráfico, fueron de los últimos en llegar.

Los padres de Lisle continuaron con sus reproches antes y después de saludar a los anfitriones, así como a todos los miembros de la familia Carsington con sus respectivos cónyuges, y también durante el tiempo que tardaron en llegar hasta la invitada de honor.

La homenajeada, la condesa viuda de Hargate, estaba igual que siempre. Lisle sabía por las cartas de Olivia que la anciana seguía cotilleando, bebiendo y jugando al whist con sus amigas (conocidas por los Carsington como las «Arpías»), y que también seguía disfrutando de tiempo y de energías para aterrorizar a su familia.

En ese preciso momento, ataviada a la última moda y con una copa en la mano, estaba sentada en una especie de trono con las Arpías rodeándola como harían las damas de compañía de una reina. O tal vez como lo haría una bandada de buitres con su líder; todo dependía de cómo se mirara.

—Qué pena que tengas tan mala cara, Penélope —le dijo la anciana a la madre de Lisle—. Algunas mujeres están radiantes durante el embarazo y otras no. Lástima que tú no seas de las primeras... salvo por tu nariz. Está bastante roja, sí, al igual que tus ojos. Si yo tuviera tu edad, no lloraría tanto, ni tendría tantos hijos. Si me hubieras pedido opinión, te habría dicho que te dedicaras a parir al principio, en vez de hacer un descanso y recomenzar cuando ya se te ha descolgado todo sin remedio. —Tras dejar a la marquesa sin habla y con la cara roja, Su Ilustrísima lo saludó con un gesto de cabeza—. Ah, el vagabundo ha vuelto, tan tostado como una almendra, como de costumbre. Supongo que te resultará chocante ver que las jovencitas van totalmente vestidas, pero es lo que hay.

Sus amigas le rieron el comentario.

—Qué cosas tienes —dijo lady Cooper, una de las más jóvenes. Solo rondaba los setenta—. Eugenia, ¿qué te apuestas a que las muchachas se preguntan si tiene todo el cuerpo tan bronceado como la cara?

Su madre, que seguía a su lado, soltó un gemido.

La condesa viuda se inclinó hacia él.

—Siempre ha sido una mojigata muy remilgada —dijo la anciana con teatralidad—. No le hagas caso. Es mi fiesta y quiero que la gente joven se divierta. Tenemos muchachas guapas de sobra y todas se mueren por conocer a nuestro gran aventurero. Vete, Lisle. Y si encuentras a Olivia comprometida con alguien, dile que se deje de pamplinas. —La anciana lo despidió con un gesto de la mano y se volvió hacia sus padres para seguir torturándolos.

Lisle los abandonó sin remordimiento alguno y se internó entre la multitud.

Tal como la condesa viuda le había dicho, el salón de baile estaba lleno de muchachas guapas, y él no era ni mucho menos inmune a sus encantos, estuvieran totalmente vestidas o no. Además, no le desagradaba bailar. Encontró parejas de baile sin problemas y disfrutó de lo lindo.

Todo ello mientras recorría la multitud con la mirada en busca de una cabeza pelirroja.

Si Olivia no estaba bailando, seguro que estaba jugando a las cartas... y desplumando al pobre tonto que jugara con ella. O tal vez estuviera en un rincón apartado, comprometiéndose de nuevo, como sospechaba la condesa viuda. Los numerosos compromisos rotos de Olivia, que habrían arruinado a una muchacha con menos dinero y con una familia menos influyente, no disuadían a sus pretendientes. Como tampoco les molestaba que no fuera una belleza. Olivia Carsington era una perita en dulce.

Su difunto padre, Jack Wingate, era el inconstante hijo menor del recientemente fallecido conde de Fosbury, que le había dejado una fortuna a su nieta. Su padrastro, y tío de Lisle, era el vizconde de Rathbourne, un hombre que poseía una gran fortuna y que era el heredero del conde de Hargate, quien a su vez era más rico que su hijo si cabía.

Entre baile y baile, e incluso durante una pieza, Olivia fue un tema de conversación recurrente: el atrevido vestido que había lucido en la coronación el mes anterior, su carrera de carruajes con lady Davenport, su desafío a lord Bentwhistle (a quien retó a duelo por haber azotado a un lacayo) y un largo etcétera.

Llevaba en la escena social cuatro años, aún no se había casado y seguía causando sensación en Londres.

Eso último no lo sorprendió en lo más mínimo.

Su madre, Betsabé, procedía de la rama torcida de los DeLucey. Eran un famoso grupo de timadores, impostores y bígamos. Antes de que Betsabé Wingate se casara con lord Rathbourne, Olivia había demostrado claros indicios de que seguía los pasos de sus ancestros. Desde el matrimonio de su madre y gracias a una educación aristocrática, las evidencias quedaban ocultas, pero saltaba a la vista que el carácter de Olivia no había cambiado en absoluto.

Lisle recordó una frase de una de las cartas que Olivia le había escrito cuando él se encontraba en Egipto, poco después de que naciera su primer hermano.

«Estoy deseando convertirme en una Soltera. Me gustaría llevar una vida poco ordenada.»

A juzgar por las historias que circulaban, lo había conseguido.

Estaba a punto de buscarla en serio cuando se percató de que había numerosos hombres que se peleaban por un puesto en uno de los rincones de la estancia... Competían por acercarse a la reina del baile, sin duda alguna.

Se dirigió hacia allí.

Había tantos caballeros que al principio solo pudo ver un tocado absurdo muy a la moda que se alzaba por encima de sus cabezas. Daba la sensación de que dos aves del paraíso habían clavado el pico en una mata de... pelo rojo. Un pelo rojísimo.

Solo había una muchacha con semejante pelo en todo el mundo.

En fin, tampoco era de extrañar que Olivia estuviera en el centro de una multitud de caballeros. Tenía una posición elevada y una dote impresionante. Eso supliría con creces la falta de...

En ese momento la multitud se hizo a un lado, permitiéndole ver toda la escena. Olivia se volvió hacia él, haciendo que Lisle se detuviera en seco.

Se le había olvidado lo azules que eran esos ojazos.

Se quedó inmóvil un instante, perdido en ese azul tan profundo como el cielo vespertino de Egipto.

Después parpadeó y se percató del resto de la escena, desde los ridículos pájaros aferrados a los rígidos tirabuzones pelirrojos hasta los escarpines de punta que asomaban por debajo de los volantes y demás adornos del bajo de su vestido verde claro.

Y después la recorrió de nuevo con la mirada, y el cerebro se le reblandeció.

Entre el peinado y los zapatos apareció la elegante curva de su cuello, la suavidad de sus hombros y la blancura de un pecho muy expuesto... y más abajo, una cintura de avispa y unas caderas muy femeninas...

No, algo estaba mal. Olivia podía ser muchas cosas, pero no era hermosa. Despampanante, sí. Los ojos azules y el pelo rojo, sus señas de identidad, eran inconfundibles. Y sí, era su cara la que veía bajo el absurdo peinado... pero no lo era.

La miró boquiabierto, recorriéndola con la mirada de arriba abajo y de abajo arriba una y otra vez. De repente, la temperatura del salón se volvió insoportable, el corazón amenazó con salírsele del pecho y su mente se convirtió en un laberinto de recuerdos entre los que intentaba asimilar lo que le estaban mostrando sus ojos.

Era consciente de que debía decir algo, pero no sabía qué. Sus buenos modales nunca habían sido todo lo instintivos que deberían ser. Estaba acostumbrado a otro mundo, a otro clima, a otra clase de personas. Aunque había aprendido a encajar en la alta sociedad, no era algo que le saliera de forma natural. Nunca había aprendido a decir lo que no pensaba, y en ese momento ni siquiera sabía qué estaba pensando.

En ese instante todos los esfuerzos por civilizarlo cayeron en saco roto. Porque la visión que contemplaba hacía jirones todas las normas, todas las frases huecas y todas las formas adecuadas de mirar y comportarse, y las esparcía a los cuatro vientos.

—Lord Lisle —lo saludó ella con una elegante inclinación de cabeza que agitó las plumas de los pájaros—. Hay una apuesta sobre si vendría o no a la fiesta de la bisabuela.

Al escuchar su voz, tan familiar, la razón empezó a abrirse paso muy lentamente entre la confusión.

«Es Olivia», dijo la razón. Y los hechos eran su voz, sus ojos, su pelo y su cara. Cierto que su cara era distinta porque el óvalo se había suavizado con la edad y se le habían afilado las mejillas, resaltando así sus carnosos labios.

Se daba cuenta de que la gente estaba hablando, de que alguien le preguntaba a otro caballero por su identidad y de que un tercer caballero respondía. Sin embargo, todo eso parecía pertenecer a otro mundo, resultaba irrelevante. No veía a nadie salvo a Olivia, no escuchaba a nadie ni pensaba en otra cosa que no fuera ella.

En ese momento captó el brillo risueño de sus ojos y el rictus burlón de su boca.

Volvió en sí de golpe, un golpetazo que, de haber sido real, lo habrían oído al otro lado del salón de baile.

—No me la habría perdido por nada del mundo —contestó él.

—Me alegro de verte —dijo ella—, y no solo porque he ganado la apuesta. —Le lanzó una mirada lenta y curiosa que le acarició la piel como si lo estuviera tocando con la punta de los dedos y que le provocó un súbito ramalazo de deseo.

¡Dios! Era más peligrosa que nunca.

Se preguntó a quién iría dirigida esa mirada en realidad. ¿Estaba ejerciendo su poder o intentaba provocar a todos sus admiradores al fingir que él era el único hombre de toda la estancia?

Fuera como fuese, era una experta.

Y fuera como fuese, ya era hora de poner fin a aquello.

Olivia ya no era una niña (si alguna vez lo fue) y él ya no era un niño. Y conocía muy bien las reglas del juego. Dejó que su mirada se posase en sus pechos.

—Has crecido —dijo.

—Ya sabía que te reirías de mi pelo —replicó ella.

Olivia sabía que no se estaba refiriendo a su pelo. Porque era muchas cosas, pero nunca había sido ingenua.

Sin embargo, Lisle aceptó la indirecta y observó su tocado. Aunque sobresalía por encima de las cabezas de la mayoría de los caballeros presentes, él era lo bastante alto para mirar a los pájaros a los ojos. Era consciente de que otras mujeres llevaban tocados igual de impresionantes. Mientras que la moda masculina había ido evolucionando hacia la sobriedad en las últimas décadas, la femenina había ido perdiendo el norte cada vez más.

—Se te han posado un par de pájaros en la cabeza —comentó—. Y se han muerto.

—Seguro que creen estar en el cielo —dijo un hombre desde un punto cercano.

—Yo diría que su inmovilidad se debe más al rígor mortis —replicó.

Olivia le lanzó una sonrisa fugaz. A Lisle le sucedió algo extraño en el pecho. Y también ocurrió algo más abajo, aunque no tenía nada de extraño; todo lo contrario, era una sensación que le resultaba muy conocida.

Mandó sus sentidos al olvido.

Se dijo que Olivia no podía evitarlo. Había nacido así, pertenecía a los Atroces DeLucey. No debía tomárselo a pecho. Era su amiga y su aliada, casi una hermana. Se obligó a recordarla como el día que la conoció: una niña escuálida de doce años que intentó abrirle la crisma con su propio cuaderno de dibujo. Una niña provocadora y demasiado fascinante.

—Me he vestido para ti —adujo ella—. En honor a tu noble cruzada en Egipto. Ordené que la seda de mi vestido fuera del mismo verde que el Nilo en tus acuarelas. Hemos tenido que usar aves del paraíso porque no pudimos encontrar ibis.

Olivia adoptó un tono cómplice y se inclinó hacia él, ofreciéndole una visión más cercana y amplia de esa piel de alabastro, cuyas curvas tenían el tamaño ideal para encajar en las manos de un hombre. A esa distancia tan corta, veía a la perfección la fina capa de sudor que la temperatura en el salón de baile le había dejado sobre la piel. También se percató del aroma tan femenino que ascendía del mismo lugar. Una peligrosa mezcla de olor corporal y de un delicado perfume floral.

La muy condenada tendría que haberlo avisado.

Piensa en la escuálida niña de doce años, se dijo Lisle.

—Quería vestirme como las mujeres de las copias de las pinturas de las tumbas que nos mandaste —prosiguió ella—, pero estaba totalmente prohibido.

El aroma y el énfasis con el que pronunció «prohibido» le estaban reblandeciendo de nuevo el cerebro.

Hechos —se dijo Lisle—. Cíñete a los hechos, como...

¿Dónde estaban sus pecas?

Tal vez la tenue iluminación del salón de baile las ocultaba. O tal vez se había puesto polvos en el pecho. ¿O se lo había blanqueado con zumo de limón?

Deja de pensar en sus pechos. Ese es el camino a la perdición. ¿Qué ha dicho? Algo sobre pinturas de las tumbas.

Pensó en imágenes de figuras planas sobre muros de piedra.

—Técnicamente, las mujeres de esas pinturas no están vestidas —señaló él—. Cuando vivían, se envolvían en largas piezas de lino muy finas, que se pegaban al cuerpo.

Una vestimenta que no dejaba nada a la imaginación, razón por la que incluso él, que prefería ceñirse a los hechos y dejar el reino de la imaginación a sus padres, no tuvo el menor problema para imaginarse el nuevo y voluptuoso cuerpo de Olivia envuelto en un lino muy fino.

—Después, una vez muertas, les ponen demasiadas cosas, las envuelven en capas y capas de vendas de los pies a la cabeza. Ninguno de los atuendos parece muy adecuado para un baile inglés.

—No has cambiado nada —dijo ella retirándose—. Siempre has sido muy literal.

—Solo Lisle desperdiciaría una oportunidad de oro —comentó un caballero—. En vez de halagar a la dama, como haría cualquiera con dos ojos, e intentar congraciarse con ella, se distrae con un discurso aburrido sobre costumbres paganas.

Sí, porque ese tema es seguro, pensó Lisle.

—Te aseguro que no estoy distraído —repuso—. De hecho, toda mi atención está puesta en un lugar muy concreto.

Le encantaría estrangular al canalla que le había dado a Olivia esa cara y ese cuerpo... como si le hicieran falta más armas. Seguro que había sido el demonio. Había hecho algún tipo de trato con él en algún momento de los cinco años transcurridos desde la última vez que la vio. Como era de suponer, Satanás, al igual que cualquiera que hiciera tratos con ella, se habría llevado la peor parte.

En un rinconcito de su cabeza, la misma vocecita que le avisaba de la presencia de serpientes, escorpiones y maleantes a la vuelta de la esquina le dijo: «¡Cuidado!».

Aunque él ya sabía que debía tenerlo, porque conocía a Olivia.

Era peligrosa. Guapa o despampanante, con o sin pechos, ejercía una fascinación fatal. Cautivaba sin esfuerzo a hombres que en otras circunstancias eran inteligentes, y eso a pesar de que hubieran presenciado cómo destrozaba la paz de otros individuos igual de inteligentes.

Lo sabía. Las cartas de Olivia habían estado repletas de numerosos «desengaños románticos», entre otras cosas. Había escuchado más historias desde que entró en el salón de baile. Sabía cómo era Olivia.

Solo estaba temporalmente desencajado porque era un hombre. Era una reacción puramente física, lo más natural del mundo cuando uno se topaba con una mujer guapa. Una reacción que solía experimentar con frecuencia. En ese momento le resultaba perturbadora porque quien la provocaba era Olivia.

Que era su amiga y su aliada, casi su hermana.

Siempre había pensado en ella de esa forma.

Y así continuaría pensando en ella, se dijo.

Se había llevado una buena impresión, eso era todo. Era un hombre que se llevaba buenas impresiones casi todos los días de su vida y que vivía para ellas.

—Puesto que estoy tan atento —dijo—, tal vez la dama sea tan amable de concederme el siguiente baile.

—Es mi pieza —protestó uno de los hombres que estaban junto a ella—. La señorita Carsington me la ha reservado.

Olivia cerró el abanico de golpe.

—Ya bailaremos otra, lord Belder —repuso ella—. Hace una eternidad que no veo a lord Lisle y pronto se marchará de nuevo. Es el hombre más esquivo del mundo. Si no aprovecho esta oportunidad, solo Dios sabe cuándo volveré a tener otra. A lo mejor se ahoga en un naufragio. Podrían comérselo los cocodrilos o sufrir una mordedura de serpiente o una picadura de escorpión. Podría sucumbir a la peste. Resulta que no es feliz a menos que esté arriesgando su vida para progresar en nuestros conocimientos sobre las civilizaciones antiguas. En cambio, puedo bailar con usted en cualquier momento.

Belder lanzó una mirada asesina a Lisle, pero sonrió a Olivia y no protestó más.

Mientras la alejaba del rincón, Lisle por fin comprendió por qué tantos hombres seguían retándose a duelo por ella.

Todos la deseaban y no podían evitarlo; Olivia lo sabía y no le importaba.

2

La mano enguantada que Olivia había tomado era cálida, aunque más fuerte y firme de lo que recordaba. Cuando esa mano aferró la suya, notó que la invadía un repentino calor por todo el cuerpo, comenzando por... Y esa no fue la primera sorpresa de la noche ni mucho menos.

¿Le había dado la mano a Lisle alguna vez? No lo recordaba. Sin embargo, había sido algo instintivo, al igual que marcharse con él, a pesar de que ya no era el muchacho a quien conocía.

El cambio más apreciable era lo mucho que había crecido. Y no solo en términos físicos, si bien dicho crecimiento resultaba impresionante. Al acercarse a ella hacía apenas un momento, había bloqueado con su cuerpo el resto del salón de baile. Siempre había sido más alto que ella, pero ya no era un muchacho desgarbado, era un hombre que exudaba virilidad en cantidades abrumadoras.

Y ella no era la única que se sentía abrumada por su virilidad. Entre las hordas de hombres que la rodeaban se encontraban varias de sus amigas. Se había percatado de cómo lo miraban en cuanto se acercó. En ese momento y mientras atravesaban el gentío en dirección a la pista de baile, vio que muchas cabezas se volvían... y por primera vez no se trataba solo de cabezas masculinas, y tampoco lo hacían para mirarla a ella.

En su caso, también lo había mirado abiertamente nada

más verlo llegar, aunque lo conocía bien. El problema de Lisle era que se ganaba la atención de la gente porque no se parecía a nadie.

Lo observó con disimulo, analizándolo, tal como era su costumbre con todo el mundo, tal como haría cualquier Atroz DeLucey que se preciara.

El sol egipcio le había oscurecido la piel hasta darle un tono broncíneo y le había aclarado el pelo, que brillaba como el oro. Aunque esos no eran los únicos cambios que había experimentado.

El frac negro se ceñía a sus anchos hombros y a su fornido torso, y los pantalones se amoldaban a unas piernas largas y musculosas. Llevaba una prístina camisa blanca y unos relucientes zapatos negros. Aunque su atuendo se asemejaba al del resto de los caballeros, en cierto modo parecía no ir del todo vestido, tal vez porque en ningún otro hombre dicho atuendo resaltaba el poderoso físico que se escondía bajo una apariencia elegante.

Vio que otros caballeros reparaban en su presencia y dejaban de hablar para observarlo o para intentar cruzar la mirada con él.

Solo veían el exterior, lo cual era excitante de por sí, admitió para sus adentros.

Pero ella sabía que Lisle era distinto en otro sentido mucho más sutil. Entre otras cosas, porque no había disfrutado de la educación típica de un caballero. Dafne Carsington le había enseñado todo lo que podría haber aprendido en el colegio y en la universidad, y mucho más. Rupert Carsington le había enseñado tácticas de supervivencia que pocos caballeros necesitarían: a luchar con cuchillo, por ejemplo, o a arrojar a un hombre por una ventana.

Era consciente de todo eso. Pero había un detalle que la había cogido por sorpresa: el cambio que se había producido en su voz, el seductor y exótico acento que se adivinaba bajo su elegante dicción y la facilidad de dicho sonido para crear fantasías sobre jaimas, turbantes y mujeres semidesnudas recostadas en alfombras turcas.

Sus ademanes tampoco eran los de antes. Durante casi diez años había vivido en un mundo complicado y peligroso, donde había aprendido a moverse con el sigilo y la agilidad de un felino o de una cobra.

El tono dorado de su piel y de su pelo le recordó a un tigre, pero esa imagen tampoco abarcaba la magnitud del cambio. Se movía como... el agua. Mientras atravesaba la muchedumbre, sus movimientos provocaban ondas. Las mujeres se desmayaban de forma figurada y los hombres se imaginaban matándolo.

Puesto que había aprendido a estar muy pendiente de su entorno, estaba segura de que Lisle era muy consciente de dicha reacción, si bien su expresión no delataba nada.

Pero ella, que lo conocía desde hacía tanto tiempo, sabía muy bien que la tranquilidad y la indiferencia que proyectaba no eran tales. La fachada lógica y pedante escondía una naturaleza fuerte y obstinada. Cosa que no había cambiado, o eso sospechaba ella. Lisle, además, poseía un temperamento volátil que, a juzgar por el rictus de sus labios, estaba a punto de estallar.

Olivia tiró de su mano. Él la miró y sus ojos grises relucieron con un brillo plateado a la luz de las velas.

—Por aquí —le dijo, y lo guió a través de un grupo de sirvientes con bandejas, situación que aprovechó para soltarlo de la mano y coger dos copas de champán.

Dejó atrás el salón de baile y enfiló el pasillo en dirección a una antesala. Lisle la siguió tras un breve titubeo.

—Cierra la puerta —le dijo ella.

—Olivia...

—¡Por favor! —protestó—. Ni que tuviera yo una reputación que perder.

Lisle cerró la puerta.

—De hecho, la tienes, aunque lo normal es que la hubieras echado a perder hace un siglo.

—Hay pocas cosas que el dinero y la posición social no puedan comprar, incluida la reputación —replicó—. Aquí tienes una copa. Déjame darte la bienvenida como Dios manda.

—Le ofreció la copa. Él la cogió, y sus dedos se rozaron a través de los guantes.

El contacto fue como una descarga que Olivia notó a pesar del tejido. Una descarga que la atravesó hasta llegar al corazón, cuyos latidos se aceleraron.

Se alejó un poco y levantó su copa para brindar.

—Bienvenido a casa, amigo mío —dijo—. En la vida me había alegrado tanto de ver a alguien.

En realidad, le habría encantado correr hacia él y arrojarle los brazos al cuello. Lo habría hecho, pese a los dictados de las buenas costumbres, pero la expresión que atisbó en esos ojos plateados cuando se posaron en ella la disuadió al instante.

Lisle era su amigo, sí, y la única persona que la conocía mejor que él era la bisabuela Hargate. Sin embargo, ya no era el niño que tan bien conocía. Era un hombre.

—Estaba aburrida como una ostra —prosiguió Olivia—, pero la cara que has puesto cuando me has visto el pecho ha sido un poema. Me ha costado la vida misma no soltar una carcajada.

En ese momento Lisle volvió a mirárselo y el calor comenzó allí donde se posaron sus ojos, tras lo cual se fue extendiendo por su piel y por sus entrañas. Al cabo de un momento Olivia empezó a sudar, tal como le había sucedido poco antes cuando sus miradas se encontraron por primera vez. Como advertencia bastaba por sí misma: era mejor no jugar con ese fuego en concreto.

Lisle observó sus pechos con ojo crítico, como si estuviera examinando una hilera de jeroglíficos.

—No los tenías la última vez que te vi —comentó—. Me han dejado anonadado. ¿De dónde los has sacado?

—¿Cómo que de dónde los he sacado? —exclamó. Qué típico de él reflexionar sobre sus senos como si fueran un par de vasijas antiguas—. Pues crecieron sin más. Como todo lo demás. Muy despacio. ¿A que es raro? En todo lo demás fui muy precoz. —Bebió un sorbo de champán—. Pero vamos a olvidarnos de mi pecho, Lisle.

—Para ti será fácil. No eres un hombre. Yo todavía no me he acostumbrado a ellos.

En su caso, ella no se había acostumbrado a lo que sentía cuando la miraba de esa manera. Soltó una carcajada.

—En fin, pues sigue mirándolos si quieres. La bisabuela me dijo que el día menos pensado los hombres dejarán de sentirse interesados por ellos, y me aconsejó que disfrutara mientras pudiera.

—No ha cambiado en lo más mínimo.

—Su salud es más delicada y se cansa con facilidad, pero sigue con sus actividades. No sé qué voy a hacer cuando ya no esté.

La bisabuela era su confidente, la única que estaba al tanto de todos sus secretos. Porque no podía contarle ciertas cosas ni a su madre ni a su padrastro. Ambos lo habían dado todo por ella. Y la verdad los alteraría mucho. Debía evitar que averiguasen la verdad.

—No sé qué habría hecho sin ella esta noche —comentó Lisle—. Ha tomado como prisioneros a mis padres para que yo pudiera escapar. —Se pasó una mano por el pelo, desordenándoselo de tal forma que cualquier mujer se desmayaría solo con echarle un vistazo—. No debería permitir que sus asuntos me afectaran tanto, pero no consigo dominar el arte de ignorarlos.

—¿Qué han hecho esta vez? —le preguntó.

Él se encogió de hombros.

—Siguen tan desquiciados como siempre. No quiero aburrirte con los detalles.

Olivia sabía que sus padres eran una cruz para él porque se comportaban como si fueran el ombligo del mundo y todos los demás, sus hijos incluidos, solo eran simples actores secundarios en el intenso drama de su vida.

La bisabuela era la única capaz de pararles los pies sin despeinarse siquiera, porque decía y hacía lo que le apetecía. Los demás se sentían impotentes, o eran demasiado educados o comedidos para intervenir, o tal vez habían llegado a la conclusión de que no merecía la pena. Incluso su padrastro conseguía refrenarlos solo hasta cierto punto, y era una actividad que lo sacaba tanto de quicio que solo intervenía en circunstancias extremas.

—Cuéntamelo —insistió—. Me encantan las locuras de lord y lady Atherton. En comparación, me veo como una persona cuerda, lógica y bastante aburrida.

Lisle esbozó una sonrisilla.

Olivia notó que le daba un vuelco el corazón.

Se apartó de él y se dejó caer sin mucha gracia en un mullido sillón situado junto a la chimenea.

—Acércate al fuego —le dijo—. Hace un calor infernal en el salón de baile, aunque sé que tú no lo notas. Supongo que al alejarte de esa multitud de cuerpos acalorados debes de sentirte como en una caseta de hielo. —Señaló el sillón que tenía enfrente—. Cuéntame qué se les ha ocurrido ahora a tus padres.

Lisle se acercó a la chimenea, pero no se sentó. Se mantuvo un rato en silencio con la mirada clavada en el fuego. Después la posó en ella, apenas un instante, y la devolvió a las fascinantes llamas.

—Algo relacionado con un castillo en ruinas que la familia posee a unos quince kilómetros de Edimburgo —dijo.

—Qué raro —comentó Olivia una vez que él le resumió la escena acontecida con sus padres.

Sabía perfectamente que sería capaz de añadir los detalles histriónicos por sí misma. Durante los últimos años había pasado más tiempo con ellos que él.

—Ojalá fuera raro —replicó él—. Pero en su caso es lo más normal del mundo.

—Me refiero a los fantasmas —precisó ella—. Es raro que los trabajadores dejen su empleo por culpa de los fantasmas. Imagínate todos los que hay en la Torre de Londres, como el verdugo persiguiendo a la condesa de Salisbury para cortarle la cabeza.

—Ana Bolena con la cabeza bajo el brazo —añadió él.

—Los dos principitos —apuntó Olivia—. Y eso es solo el comienzo. Además, estamos hablando de un único edificio. Tenemos fantasmas en todos sitios, y nadie se preocupa por ellos. Por eso me resulta raro que los trabajadores escoceses se asusten. Lo normal sería que les gustase su presencia.

—Lo mismo les comenté a mis padres, pero la lógica es una lengua que no funciona con ellos —repuso—. En realidad, esto no tiene nada que ver con los fantasmas ni con el castillo. Su propósito es retenerme aquí.

—Pero si te quedas, te volverás loco —señaló ella.

Olivia siempre lo había entendido. Desde el día que se conocieron y él le habló de sus planes de ir a Egipto, que ella tildó de noble cruzada.

—No le daría tanta importancia si de verdad me necesitaran —reconoció—. Sé que mis hermanos me necesitan; en realidad, necesitan a alguien, sea quien sea, pero no sé qué hacer. Mis padres no los echarían en falta si me los llevara a Egipto, pero son demasiado jóvenes. Los niños europeos no se aclimatan bien.

Olivia echó la cabeza hacia atrás para mirarlo a la cara. Cada vez que su mirada se cruzaba con la de esos ojazos azules, Lisle sentía algo en su interior, algo complicado, algo que afectaba no solo al instinto animal y a sus órganos reproductores: algo que le golpeaba el pecho y le provocaba una especie de dolor, como si le asestaran una puñalada.

Desvió la vista nuevamente hacia el fuego.

—¿Qué vas a hacer? —la oyó preguntar.

—No lo he decidido todavía —respondió—. La supuesta crisis ha estallado esta noche, minutos antes de salir de casa. No he tenido tiempo para pensar qué voy a hacer. Y no es que vaya a involucrarme en la tontería del castillo. Me refiero al tema de mis hermanos. Pasaré más tiempo con ellos antes de decidir qué hago.

—Tienes razón —convino ella—. No merece la pena que te preocupes por lo del castillo. Sería una pérdida de tiempo. Si quieres...

Dejó la frase en el aire porque en ese momento se abrió la

puerta de repente para dar paso a lady Rathbourne. Una belleza en toda regla, aunque su pelo fuera oscuro y sus ojos no tan azules como los de su hija. Sin embargo, Lisle era capaz de mirarla con ecuanimidad, con afecto y sin sentir cosas complicadas.

—¡Por el amor de Dios, Olivia! Belder está buscándote por todas partes —dijo la dama—. Se supone que deberías estar bailando con él. Lisle, a estas alturas ya deberías ser capaz de pararle los pies a Olivia para que no te fuerce a mantener un *tête-à-tête*.

—¡Mamá, hace cinco años que no nos vemos!

—Lisle irá a verte mañana, siempre y cuando no le importe abrirse camino entre las hordas de pretendientes enamorados —contestó Su Ilustrísima—. De momento, las demás jóvenes están pidiendo a gritos bailar con él. No es de tu propiedad, y tu prolongada ausencia está inquietando a Belder. Vamos, Lisle, estoy segura de que no querrás acabar la noche peleándote con uno de los celosos pretendientes de Olivia, pobrecillos; es tan absurdo que no merece la pena ni contemplarlo.

Cuando salieron de la antesala, no tardaron en separarse. Olivia fue en busca de lord Belder y del resto de sus admiradores. Él se dirigió hacia las numerosas jovencitas, tan diferentes de Olivia que bien podrían haber pertenecido a dos especies distintas.

Fue mucho más tarde, mientras bailaba con una de ellas, cuando recordó de repente lo que había visto poco antes de que lady Rathbourne interrumpiera la conversación. El fugaz brillo en los ojos azules de Olivia antes de que su mirada se tornara evasiva. Una expresión que había aprendido a reconocer hacía mucho tiempo.

Estaba pensando. Olivia había estado pensando.

Y eso, tal como su madre diría a todo aquel que quisiera escucharla, siempre era peligroso.

No se trataba de una reunión oficial de la Sociedad de Anticuarios. En primer lugar, porque sus reuniones habituales tenían lugar los jueves. En segundo, porque dichas reuniones comenzaban en noviembre.

Sin embargo, las visitas del conde de Lisle a Londres no eran frecuentes, y posiblemente se hubiera marchado de la ciudad llegado noviembre. Todo erudito interesado en las antigüedades egipcias quería escuchar lo que el conde iba a decir, de modo que la reunión, aunque organizada deprisa y corriendo, estuvo muy concurrida.

La última vez que estuvo en Londres, lord Lisle leyó una ponencia memorable sobre los nombres de los faraones egipcios, a pesar de tener tan solo dieciocho años. Técnicamente, la interpretación de los jeroglíficos era la especialidad de Dafne Carsington. Todo el mundo lo sabía. Todo el mundo sabía que la dama era un genio. El problema era su condición de mujer. Si no la representaba un hombre, sus descubrimientos y teorías serían terriblemente rebatidos y ridiculizados por ese enorme y vociferante sector masculino que temía y odiaba a las mujeres inteligentes... sobre todo si demostraban serlo más que ellos.

El hermano de la dama, que solía representarla en dichas ocasiones, estaba en el extranjero. Su marido, Rupert Carsington, que en el fondo no era tan obtuso como la gente pensaba, no sería capaz de leer una ponencia con la seriedad que el tema merecía... o sin dormirse durante el proceso.

Puesto que Lisle y Dafne llevaban años colaborando y él sentía un enorme respeto por sus habilidades, se ofreció gustoso a ocupar su lugar y a presentar su último informe con la seriedad que este merecía.

Sin embargo, hubo una persona entre el público que se lo tomó todo a broma.

Lord Belder estaba sentado en la primera fila, al lado de Olivia, burlándose de todo aquello que él decía.

En caso de que lo hiciera para impresionarla, se había equivocado de parte a parte.

Posiblemente su intención fuera la de provocarlo. El día anterior se lo encontró cuando fue a hacerle una visita a Olivia. Sin embargo, medio mundo estaba en casa de los vizcondes de Rathbourne, de modo que apenas pudo intercambiar un par de palabras con ella. Cuando le dijo que iba a presentar una ponencia, Olivia le aseguró que asistiría, momento en el que Belder se ofreció a acompañarla. Según él, no se perdería por nada del mundo «el discursito» de lord Lisle.

En el mejor de los casos, el temperamento del conde se encendía con facilidad. En ese momento, estaba hirviendo de furia por la falta de respeto hacia Dafne. Belder se estaba burlando del arduo trabajo que ella había realizado. No obstante, estaba seguro de que al muy imbécil no tardarían en pararle los pies. No se encontraban ni en Almack's ni en una fiesta, y la audiencia no solía ser permisiva con ese tipo de comportamiento.

Acababa de pensarlo cuando intervino uno de los asistentes.

—Señor —dijo un hombre con voz gélida—, tal vez sería mejor que se guardara su ingenio para un lugar más apropiado, como su club... o tal vez para alguna cafetería o taberna. Hemos venido para escuchar al caballero que está en el atril, no a usted.

Lisle fingió quitar una mota de polvo de sus papeles.

—¿Ingenio? —preguntó sin alzar la vista—. ¿Eso era ingenioso? Le pido disculpas, lord Belder, por no haber respondido a sus comentarios. Lo he confundido con un santo.

—¿Con un santo? —exclamó el aludido con una carcajada, debida sin duda a la presencia de Olivia y con la intención de demostrarle lo poco que le importaba que lo amonestaran en público cual colegial maleducado.

—Exacto —contestó el conde—. Verá, en Egipto se llama «santos» a aquellos que demuestran ser lentos de entendederas o que carecen por completo de estas. Y tildan como bendiciones divinas las excentricidades que puedan demostrar en cuanto a su apariencia, sus comentarios o su comportamiento.

La audiencia estalló en carcajadas. Los eruditos no tardaron mucho en saciar su sed de venganza y convirtieron a Belder en el blanco de sus bromas. Este reaccionó a los comentarios poniéndose de un tono más rojo que el pelo de Olivia.

Una vez que lo pusieron en su sitio tal como merecía la actitud demostrada, Lisle continuó con la ponencia sin mayor contratiempo.

Cuando acabó el turno de preguntas y la audiencia comenzó a dispersarse, atravesó el muro de hombres que rodeaba a Olivia (una bandada de aves atolondradas alrededor de un cocodrilo adormecido, en su opinión) y se ofreció a llevarla a casa. Olivia se apartó de Belder con una sonrisa tan deslumbrante que a Lisle se le nubló la vista de golpe. Después lo tomó del brazo. Juntos se encaminaron hacia su carruaje, seguidos de cerca por su doncella, Bailey.

El lacayo ya había desplegado los escalones y Olivia estaba a punto de subir cuando de repente sufrieron un encontronazo con un chiquillo que corría por la calzada, esquivando a los grupos de eruditos que caminaban por Strand Street debatiendo acerca de los faraones.

Aunque también logró esquivar a Lisle, cometió el error de mirar a Olivia, cuya deslumbrante belleza lo cegó y lo desestabilizó. Sus piernas siguieron moviéndose, se tambaleó y perdió el equilibrio.

En ese momento lord Belder se acercó al carruaje de Olivia. El muchacho se dio de bruces con él y ambos cayeron al suelo. El primero sobre la acera y Belder, sobre el canal de desagüe.

El niño se puso en pie sin demora, miró a Belder con gesto horrorizado y salió corriendo.

—¡Al ladrón! —rugió Belder.

Un par de amigos lo atraparon cuando intentó esquivarlos.

Lord Belder se puso en pie. Los conocidos que fueron testigos de la escena le dedicaron las bromas de rigor:

—¿Recién salido de la cama, Belder?

—¿Esa es la última moda en baños de belleza?

Etcétera, etcétera.

Unas sustancias negras y marrones en cuyo origen era mejor no indagar le manchaban el pantalón beis, la chaqueta azul, la artística corbata, el chaleco y los guantes. Después de echarse un vistazo, miró al chiquillo. Su expresión hizo que este intentara escapar mientras gritaba:

—¡Ha sido un accidente, milord! ¡No le he robado nada!

—Es cierto —intervino Olivia, haciéndose oír por encima del jaleo—. Yo he visto lo que ha pasado. Si hubiera estado robando, habría...

—Espera en el carruaje y deja que yo me encargue de esto —la interrumpió Lisle antes de que pudiera explicar cómo se cometían los pequeños hurtos. Al fin y al cabo, era una experta en la materia.

—No seas tonto —protestó—. Puedo solucionarlo yo.

Intentó apartarla del lugar, pero ella se zafó de su mano y se acercó a los hombres que retenían al niño.

—Suéltenlo —les dijo Olivia—. Ha sido un accidente.

Lisle veía claramente las señales de peligro: el rubor que se extendía desde su cuello hasta las mejillas y el velado insulto que le imprimió a la palabra «accidente», que a sus oídos sonó como un «alcornoques».

Puesto que era imposible alejarla físicamente del lugar, tendría que hacerse oír por encima de ella. Sin embargo, Belder se le adelantó.

—Señorita Carsington, usted no sabe de lo que son capaces estas desgraciadas criaturas —dijo—. Se dan de bruces con la gente adrede, para robar lo que lleven en los bolsillos.

—Tal vez, pero... —intervino Lisle.

—Este no lo ha hecho —lo interrumpió Olivia—. Un ladrón como Dios manda habría sido más rápido y eficiente, ni siquiera lo habría notado. Se habría cuidado mucho de darse de bruces con usted o de llamar la atención. Y no se habría detenido, sino que habría desaparecido de inmediato. Además, suelen trabajar en parejas.

Llevaba toda la razón, y cualquiera con dos dedos de frente se habría dado cuenta.

Belder, no obstante, estaba furioso, tenía varias cuentas que saldar y el niño era el chivo expiatorio perfecto. Se limitó a mirar a Olivia con una sonrisa paternal y después se dirigió a los testigos.

—Que alguien llame al alguacil —dijo.

—¡No! —gritó el niño—. ¡Yo no he robado nada! —Se debatió con brazos y piernas, en un intento por liberarse.

Lord Belder le dio un guantazo en la cabeza.

—¡Será bruto! —gritó Olivia al tiempo que levantaba la sombrilla que llevaba plegada para estampársela a lord Belder en el hombro.

—¡Ay!

—¡Suelten a ese niño! —Blandió la sombrilla contra los hombres que lo retenían.

Belder la aferró del brazo a fin de que dejara de golpear a sus amigos.

Lisle se fijó en el guante manchado que agarró el brazo de Olivia y lo vio todo rojo.

Se acercó a lord Belder, lo atrapó sin miramientos por el brazo y le dio un tirón para alejarlo de ella.

—No la toques —le advirtió en voz baja y amenazadora—. No vuelvas a tocarla en la vida.

3

Dos minutos después

—¡Ay, señorita! —exclamó Bailey—. ¡Van a matarse!

Lisle había soltado a Belder prácticamente nada más tocarlo, pero este no iba a dejar que el asunto quedara ahí. Empujó a Lisle, quien le devolvió el empujón con saña, estampándolo contra la reja. Belder se enderezó de un salto, se quitó los guantes, tiró su sombrero al suelo y alzó los puños. Lisle hizo lo mismo.

«No la toques», había dicho Lisle en un tono grave y letal que le había provocado un escalofrío.

¡Qué tontería! No era una colegiala. Y sin embargo, a Olivia se le desbocó el corazón como nunca antes lo había hecho, a pesar de que los hombres se peleaban por ella a todas horas y a pesar de que sabía que ella no significaba nada para Lisle. Había reaccionado por instinto, ya que era un hombre protector por naturaleza. Claro que también era beligerante por naturaleza.

No obstante, hacía años que no lo veía pelear.

Hacía años que no se metía en una pelea, se recordó. Los hombres solían encontrarse al amanecer, en lugares recónditos, porque los duelos eran ilegales.

Los puñetazos, en cambio, no lo eran. De todas formas, no eran habituales entre los caballeros, y mucho menos a plena luz del día y en una de las calles más concurridas de Londres.

Con razón estaba entusiasmada.

—Intentarán matarse —corrigió a Bailey—. Pero solo se darán una buena tunda, y eso es mejor que encontrarse con pistolas a veinte pasos. Belder estaba buscando pelea y Lisle está encantado de darle el gusto.

Una rápida miradita a su doncella le indicó que Bailey tampoco era indiferente al espectáculo. Bailey, una mujer bajita, guapa y morena, no era tan delicada como parecía. No seguiría siendo su doncella si lo fuera.

—Nunca has visto a Lisle pelear —añadió Olivia—. Sé que parece un ángel con ese pelo rubio y esos ojos grises tan fríos, pero es un púgil incansable. Una vez vi cómo hacía papilla a un chico robusto como un toro que era casi el doble de grande que él.

Sucedió el día en que ella emprendió su noble cruzada y el camino a Bristol. Lisle no aprobaba que Nat Diggerby fuera su acompañante.

A decir verdad, a ella tampoco le había hecho mucha gracia el chico. Aunque fingió que no le importaba, fue un alivio enorme que Lisle ocupara su lugar.

Se concentró de nuevo en la pelea, deseando poder verla mejor. Escuchaba los gruñidos y el ruido de los puñetazos, pero una multitud de caballeros le bloqueaba la vista. Dichos caballeros vitoreaban a uno y a otro contrincante a la par que apostaban sobre el resultado.

Incluso ella sabía que no debía intentar colarse entre la multitud. Una dama no se internaba entre un montón de hombres sedientos de sangre. Una dama esperaba a una distancia prudencial de la refriega.

Ojalá pudiera subirse al pescante o a la parte trasera del carruaje, donde iba el lacayo, para ver mejor, pero tampoco podía hacerlo.

Solo le quedaba esperar mientras escuchaba el estruendo producido por la pelea y atisbaba de vez en cuando a los contendientes. Solo le quedaba esperar que Lisle saliera de una pieza. Se dijo que estaba acostumbrado a pelear. En Egipto intentaban matarlo día sí y día también. Aun así, Belder le tenía unos celos irracionales y Lisle lo había humillado delante de una considerable audiencia.

Después de lo que le parecieron horas pero que apenas fueron unos minutos, se oyó un grito seguido del silencio. La multitud de hombres comenzó a dispersarse. Belder estaba tirado en el suelo y algunos de sus amigos se acercaron a él.

Olivia se abrió paso entre los caballeros que quedaban con ayuda de los codos y de la sombrilla.

Cogió a Lisle del brazo y tiró de él.

—Vamos —le dijo.

Lisle la miró sin reconocerla. Tenía el pelo alborotado y sucio, y le sangraba el labio. La corbata estaba manchada de sangre, además de rota. Tenía una manga de la chaqueta desgarrada.

—Vamos —repitió—. No puede seguir defendiéndose.

Lisle miró al hombre que yacía en el suelo antes de volverse hacia ella.

—¿No vas a consolarlo?

—No.

Lo vio sacar un pañuelo con el que intentó limpiarse el labio, pero le dolía.

Le quitó el pañuelo de las manos y se encargó de la tarea.

—Mañana tendrás el ojo morado y pasarás unos cuantos días a base de puré —le avisó.

—Tienes un don para atraer a los idiotas —replicó él.

Olivia dejó de limpiarle la boca.

—Se te va a hinchar el labio —comentó—. Con un poco de suerte, no podrás hablar. —Meneó la cabeza, se dio media vuelta y echó a andar hacia el carruaje.

Lisle la siguió.

—No deberías alentarlos si no los quieres —dijo él.

—No me hace falta alentarlos —señaló—. Las mujeres DeLucey atraen a los hombres. Y los hombres, en general, son idiotas. Tú incluido. Querías una excusa para pelear, lo mismo que él.

—Tal vez —admitió Lisle—. No recuerdo haberme divertido tanto dándole una paliza a alguien.

Lisle le ofreció su mano, sucia y magullada, para ayudarla a subir el estrecho escalón del carruaje. Ella se la miró con una ceja enarcada.

—¿Remilgada? —le preguntó él.

—En absoluto —contestó—. Solo estaba pensando que eso te va a doler luego.

—Ha merecido la pena —replicó Lisle.

¡Hombres!, pensó ella.

Aceptó la mano, subió al carruaje y se sentó. Bailey subió detrás de Olivia y se sentó en el asiento de enfrente.

—No estoy segura de que merezca la pena sufrir solo por tener la satisfacción de darle una paliza a Belder —comentó.

—Estoy acostumbrado a los ojos morados y a las mandíbulas doloridas —dijo él.

—No me refería a eso —repuso—. A tus padres no les hará mucha gracia cuando se enteren. —Lisle se encogió de hombros—. Será mejor que me dejes llevarte a casa —le aconsejó.

Lisle negó con la cabeza.

—Vas en otra dirección. Nichols vendrá enseguida, en cuanto recupere mi sombrero.

El delgado ayuda de cámara corrió hacia el carruaje en ese momento, sacudiendo el sombrero de su señor con un pañuelo.

Bailey miró al apuesto criado de Lisle con ojo crítico y expresó su desdén con un resoplido.

—Será mejor que nos vayamos directas a casa, señorita —dijo la doncella.

—Tiene razón —convino Lisle—. La historia de que has golpeado a Belder con tu sombrilla no tardará en correr por todo Londres. Será mejor que estés en casa antes de que alguien llegue con el cuento, a fin de moldear la realidad a tu conveniencia.

Daba igual la versión que les diera a sus padres de lo sucedido; estaban empezando a cansarse de los escándalos. Los abuelos Hargate también tendrían algo que decir, y no sería nada agradable. Según ellos, ya era hora de que estuviera más que casada. Creían que necesitaba un marido y unos hijos para sentar la cabeza. Habían conseguido con gran éxito que sus hijos sentaran la cabeza. Sin embargo, estos eran todos varones y no se parecían a ella en nada. Nadie era como ella, salvo los Atroces DeLucey, unas criaturas inconstantes e imprevisibles.

Si se casaba, su vida se reduciría a la condición de esposa y madre, y se pasaría los años asfixiándose poco a poco. Jamás volvería a hacer nada remotamente interesante. Jamás podría vivir las grandes aventuras con las que siempre había soñado.

Claro que tampoco tenía muchas posibilidades de vivir aventuras en ese momento, ya que la alta sociedad se regía por unas reglas cada vez más estrictas.

Sin embargo, mientras no fuera la esposa de nadie y mientras la bisabuela siguiera viva para defenderla de los demás, al menos contaba con un mínimo de libertad.

No renunciaría a ella hasta que no le quedara más remedio.

—Cena con nosotros —le dijo a Lisle—. Así podremos hablar.

—En ese caso será mejor que me asee primero —señaló él.

La miró con una sonrisa, y por un instante a Olivia le pareció un colegial muy sucio y le recordó al muchacho que había hecho papilla a Nat Diggerby y que había interpretado el papel de su fiel escudero de camino a Bristol.

La sonrisa, además de esos recuerdos, le provocó un nudo en el estómago.

—Será mejor que lo hagas, sí —convino.

Lisle cerró la puerta del carruaje.

Y ella apoyó la espalda en el asiento para evitar la tentación de mirar por la ventana y ver cómo se alejaba.

El carruaje se balanceó un poco cuando los lacayos ocuparon sus puestos. Uno de ellos golpeó el techo y el vehículo se puso en marcha.

Al cabo de unos minutos, Bailey dijo:

—Señorita, todavía tiene el pañuelo de Su Ilustrísima.

Olivia lo miró. Lo mandaría lavar y después lo añadiría a su colección. El guante de su mano derecha ocultaba el escarabajo que Lisle le había mandado hacía tanto tiempo. Lo había engastado en un anillo, que no se quitaba nunca. También atesoraba sus cartas, aunque eran muy escasas: una carta de Lisle por cada seis que ella le enviaba.

Atesoraba su amistad y cada una de sus cartas. Atesoraba las fruslerías que le había mandado, y los variopintos objetos que encerraban algún recuerdo. Sabía que eso era lo único que obtendría de él. Porque Lisle se había entregado en cuerpo, alma y mente a Egipto, hacía mucho tiempo.

—No lo echará en falta —dijo.

Atherton House,
esa misma noche

—¡Ay, Peregrine! ¿Cómo has podido? —chilló lady Atherton—. ¡Una pelea! ¡Como un vulgar rufián! ¡Y en mitad de Strand Street, donde te habrá visto todo el mundo! —Se volvió hacia su marido—. ¿Has visto, Jasper? Esto es lo que pasa por haberlo dejado a cargo de Rupert Carsington todos estos años.

Era una afirmación absolutamente ilógica. Lisle llevaba metiéndose en peleas desde que tenía uso de razón. No había necesitado que el tío Rupert le enseñara nada a ese respecto. Jamás había rehuido una pelea en la vida, sin importar quién fuera el adversario ni cuán fuerte o numeroso. Nunca lo había hecho y nunca lo haría.

—¡Te has convertido en un salvaje! —rugió su padre—. Ni siquiera eres capaz de dar una conferencia en la Sociedad de Anticuarios sin provocar una revuelta.

—Nada de revuelta —replicó—. Solo ha sido una pequeña refriega. Los periódicos tienen cosas más importantes que contar.

—Los periódicos se desviven por publicar una historia morbosa en la que los hombres se peleen por Olivia Carsington —lo contradijo su madre—. No me puedo creer que hayas permitido que ella te convierta también en un hazmerreír.

¡Qué bochorno! ¿Cómo voy a mirar a mis amigas a la cara después de esto? ¿Cómo voy a poder levantar la cabeza? —Se dejó caer en el diván y prorrumpió en sollozos.

—Estas son las consecuencias de consentirte esas tonterías de Egipto —dijo su padre—. Pues voy a cortar de raíz el asunto de una vez por todas. Hasta que no vea un atisbo de lealtad familiar, un mínimo de caballerosidad, no vas a conseguir ni un solo penique más de mí.

Lisle miró a su padre un instante. Por supuesto, había esperado una escena. Se habría llevado un chasco si sus padres no se hubieran tirado de los pelos. Pero eso era una novedad. No estaba seguro de haber escuchado bien. Al igual que los hijos de otros nobles, él dependía económicamente de su padre por completo. Y lo único que obtenía de él era dinero. Sus padres nunca le habían demostrado afecto ni comprensión, dos cosas que le ofrecían los Carsington con creces. Pero no acudiría a los Carsington en busca de dinero.

—¿Me estás desahuciando? —preguntó.

—Te has reído de nosotros, nos has desdeñado, nos has utilizado y has abusado de nuestra generosidad —enumeró su padre—. Lo hemos soportado todo con suma paciencia, pero te has pasado de la raya. ¡Has avergonzado a tu madre!

Al escuchar eso, la aludida se desmayó.

—¡Esto es una locura! —exclamó—. ¿De qué voy a vivir?

Su padre corrió hacia su madre para pasarle las sales por debajo de la nariz.

—Si quieres dinero, tendrás que hacer lo mismo que los demás caballeros —contestó su padre mientras levantaba con cuidado la cabeza de su esposa del cojín, sobre el que había caído muy convenientemente—. Respetarás los deseos de tus padres. Irás a Escocia como te hemos pedido y asumirás tu responsabilidad por una vez en la vida. ¡Solo volverás a Egipto por encima de mi cadáver!

Lisle no fue a cenar con ellos, después de todo. Bien avanzada la tarde, Olivia recibió una nota suya:

Si voy a cenar, tendré que matar a alguien. Será mejor mantenerme alejado. Ya tienes bastantes problemas.

L

A la que ella respondió:

La Correspondencia no es segura. Reúnete conmigo en Hyde Park Corner. Mañana. A las diez en punto. NO ME FALLES.

O

Hyde Park,
a la mañana siguiente

Hacía apenas unos años los caballeros más elegantes de Londres salían a pasear por Hyde Park todas las mañanas y después volvían a hacerlo a una hora más frecuentada, entre las cinco y las siete de la tarde.

En ese momento dar un paseo antes del mediodía no solo no estaba de moda, sino que se consideraba de lo más vulgar.

Por lo tanto, las mañanas eran el momento perfecto para una cita clandestina, como Olivia le había dicho en una de sus cartas.

Olivia, cómo no, llegaba tarde, y a él nunca se le habían dado bien las esperas. Sin embargo, se olvidó de su impaciencia en cuanto la vio, con un sombrerito cuya pluma azul claro se agitaba como una bandera a punto de entrar en combate. Llevaba un traje de montar de corte militar, del mismo azul intenso que sus ojos.

El ángulo del sol matutino hacía que sus rayos se reflejaran en los rizos que escapaban del sombrero y de las horquillas, haciéndolos brillar como granates.

Cuando Olivia llegó a su altura, Lisle todavía no había recuperado el aliento.

—No tienes ni idea de lo que me ha costado darle esquinazo a Bailey —le informó ella—. Cualquiera diría que se alegraría de no tener que venir, porque odia montar a caballo en la ciudad, pero no, estaba empeñada en acompañarme. Me ha costado la misma vida convencerla de que se quedara para «evitar sospechas». Pero de todas maneras me he visto obligada a traer a un lacayo. —Señaló con la cabeza hacia el joven criado ataviado con librea que se mantenía a una distancia respetuosa tras ella—. Claro que ni tú ni yo tenemos nada que ocultar, pero toda la familia está molesta conmigo por meterte en la pelea que tuviste con Belder.

—Me metí yo solo —replicó.

—Tienes el ojo fatal —comentó ella, y se inclinó hacia delante para examinarlo bien.

—Parece peor de lo que es en realidad —explicó—. Nichols sabe cómo tratar estas heridas. —De no haberlo sabido, tendría el ojo totalmente cerrado—. Se pondrá de todos los colores en los próximos días, pero después volverá a la normalidad. Mi boca, como ya habrás observado con cierta contrariedad, no ha sufrido tantos daños como creías.

—No estás tan guapo como en el baile —le soltó ella—. Mi madre ha conseguido un informe detallado de la pelea y de tus heridas a través de otra fuente, y está furiosa. Dice que tengo que mantenerme alejada de ti. Dice que ya tienes bastantes problemas y que no necesitas que yo te meta en más líos.

—Tonterías —replicó—. ¿Con quién voy a hablar si te mantienes alejada? Vamos. Aquí hay demasiado ruido.

Aunque el parque en sí estaba desierto en lo que a miembros de la alta sociedad se refería, Hyde Park Corner era un hervidero de actividad. Buhoneros, lecheras, soldados y transeúntes de todas clases y colores pululaban por la calle. En Knightsbridge Road, el Royal Mail y los coches de postas pugnaban por un hueco con las carretas, los elegantes carruajes privados, los jinetes y los viandantes. Pilluelos, gatos callejeros y perros deambulaban entre vehículos y caballos.

Fue en ese lugar, en Hyde Park Corner, donde comenzó su primera aventura juntos. El recuerdo lo asaltó de golpe: Olivia, junto a un chico tan robusto como un toro... La paliza

St James Town 416-393-7744

Toronto Public Library

User ID: 2 xxxxxxxx 5926

Date Format: DD/MM/YYYY

Number of Items: 3

Item ID:37311430494 2
Title:ADULT FICTION SPANISH / ST.
JAMES TOWN
Date due:28/02/2019

Item ID:37310539603 16
Title:La flor de lis y el le H n
Date due:28/02/2019

Item ID:37310539602 58
Title:La loba de Francia
Date due:28/02/2019

Telephone Renewal# 416-395-5505
www.torontopubliclibrary.ca
Thursday, February 7, 2019 5:27 PM

que le dio al muchacho para quitárselo de encima antes de subir a la carreta en la que ella se había montado...

Cada vez que la esperaba, también esperaba ver a la chiquilla escuálida que era en aquel entonces, con ese pelo y esos ojos deslumbrantes. Y cada vez que la veía con ese nuevo aspecto, se desestabilizaba. Todavía no estaba acostumbrado a la belleza en la que se había convertido. Mirar esos rasgos era casi doloroso, y las delicadas curvas de ese cuerpo, que el ceñido traje de montar resaltaba maravillosamente, le provocaban un confuso torbellino de emociones.

Emociones que estaban mal. La clase de emociones que cualquier mujer atractiva inspiraría en un hombre, y un buen número de mujeres de moral disoluta podrían atender.

En ese momento necesitaba una amiga y una aliada.

Sin embargo, cuando entraron en el parque se dio cuenta de que todavía no estaba preparado para hablar. Antes debía desterrar esas confusas emociones de su cabeza... o de su corazón, porque no tenía muy claro dónde se encontraban ubicadas.

—¿Una carrera? —sugirió.

A Olivia se le iluminaron los ojos.

Sus caballos estaban descansados, de modo que les encantó galopar hacia el oeste por Rotten Row, lugar que a esa hora estaba desierto. La yegua de Olivia era tan poderosa como el caballo de Lisle, y ella montaba con la misma habilidad y el mismo arrojo que demostraba en todos los aspectos de su vida. Aunque él ganó la carrera, estuvo muy ajustada y al final los dos se echaron a reír. Se rieron de ellos mismos y por el placer de galopar en una espléndida mañana otoñal.

Aminoraron el paso hasta que los caballos se pusieron al trote antes de internarse en el parque.

Cuando llegaron a una arboleda, lejos de los senderos más transitados, aminoraron todavía más el paso.

En ese momento Lisle le contó lo que había sucedido.

—¿Te han desahuciado? —preguntó, incrédula—. ¡No pueden hacerlo! Aquí te volverás loco. Tienes que regresar a Egipto.

—Ya te dije que estaban empeñados en retenerme en casa —le recordó—. Pero ni yo mismo sabía hasta qué punto. Creía que se calmarían pasado un tiempo, o que se les olvidaría, como suele pasar. Pero hoy están más empeñados que ayer con ese dichoso castillo. Mi padre solo me dará fondos si me encargo de su fantasiosa restauración.

—Me imagino lo que está pensando —afirmó ella—. Cree que te involucrarás tanto en el proyecto que le transferirás tu pasión.

El comentario hizo que le remordiera la conciencia y se le acelerara el corazón.

—¿Mi pasión? —preguntó.

—Tus padres están celosos de Egipto —contestó ella—. No ven la diferencia entre un viejo castillo y los monumentos antiguos. Para ellos todo es «viejo».

Jamás habría tildado a Egipto de ser una «pasión», pero Olivia lo había hecho, y tal vez, después de todo, lo que sentía por ese lugar y por el trabajo que realizaba allí fuera una especie de pasión.

Olivia lo entendía todo muy bien, en ocasiones mejor que él mismo. Claro que ella era una DeLucey y su familia había sobrevivido todas esas generaciones porque eran unos expertos en entender a las personas y manipularlas a su antojo.

—Supongo que debo sentirme agradecido por que no se les haya ocurrido hacerlo antes —dijo.

—Si lo hubieran hecho, lord Rathbourne habría corrido con los gastos —le aseguró ella.

—Tu padrastro ya ha hecho demasiado por mí —replicó—. Ahora tiene que pensar en ti, y en tus hermanas y hermanos.

—Podría darte mi dinero —le ofreció—. Sabes que lo haría.

—Eso sería increíblemente inapropiado —repuso Lisle—. Me alegro de que no sea posible.

Sabía que habían protegido los fondos de Olivia con sumo cuidado, no solo contra los cazafortunas, sino también contra ella misma. Era una rara mezcla de contradicciones: poseía una mente calculadora y un corazón generoso. Su forma de defender al niño del día anterior era un ejemplo típico.

Olivia se acercó más y le tocó una mano.

—No voy a permitir que te quedes atrapado aquí —declaró—. Ya se nos ocurrirá algo.

Y allí estaba ese brillo en sus ojos azules.

—No, no se nos va a ocurrir nada —replicó él con firmeza.

Era su amiga, su aliada y su confidente, pero su impulsividad, su falta de ética en ocasiones y su naturaleza efervescente le ponían los pelos de punta con frecuencia... A él, que todos los días lidiaba con serpientes, escorpiones, cocodrilos, maleantes, asesinos y, lo peor de todo, con funcionarios.

En cuanto a ella, decir que su juicio era dudoso se quedaba, en el mejor de los casos, cortísimo.

Nueve años antes lo había enredado para ir a Bristol en busca del tesoro de un pirata, nada más y nada menos. Fue una de sus Ideas, con mayúscula. Podría haber acabado en tragedia para él (en un sádico internado escocés, por ejemplo) si lord Rathbourne no hubiera intervenido.

Sabía muy bien que el hecho de que lo enviaran a Egipto en vez de a un internado se debía únicamente a Rathbourne. De la misma manera que sabía que no podía confiar en los milagros. Además, ya no era un niño, era un hombre. No podía esperar, ni quería hacerlo, que sus amigos y familiares lo sacaran de todos los apuros.

—No, Lisle, tienes que escucharme —insistió Olivia—. He tenido una Idea maravillosa.

Olivia con una Idea.

Una idea capaz de provocarle el pánico a cualquier hombre con un mínimo de inteligencia y una pizca de instinto de supervivencia.

—Nada de Ideas —sentenció—. De ningún tipo.

—Vayamos a Escocia —dijo ella—. Juntos.

El corazón le latía tan fuerte que tenían que oírlo desde el palacio de Kensington. Había estado pensando en ese castillo escocés desde el sábado.

—¿Has perdido el juicio? —le preguntó Lisle.

—Sabía que dirías eso —replicó.

—No pienso ir a Escocia.

—Pero iríamos juntos —insistió—. Será divertido. Una aventura.

—No seas tonta —le soltó él—. Ya no somos niños. Ni siquiera a ti se te puede ocurrir irte a Escocia con un hombre. Tus padres nunca lo permitirán.

—No tienen por qué enterarse.

Lisle abrió los ojos de par en par.

—Olivia...

—Mañana por la mañana se van a Derbyshire —le informó—. Yo me quedo en la ciudad con la bisabuela.

Lisle desvió la mirada.

—La cosa empeora por momentos.

—Lo he meditado mucho —le aseguró.

—¿Cuándo? —quiso saber él, mirándola con esos ojos demasiado penetrantes—. Acabo de contarte lo que ha pasado.

—He estado pensando en el castillo —precisó. Y era cierto. Lo mejor era ceñirse todo lo posible a la verdad cuando se hablaba con Lisle. No solo era escrupulosamente lógico y sincero, además estaba convencida de que era capaz de leerle la mente un poquito—. Estaba intentando idear un plan para evitarte ese destino.

—No vas a rescatarme —le dijo—. No eres mi príncipe azul ni ninguna otra cosa que se te haya pasado por la cabeza. Tengo casi veinticuatro años y soy más que capaz de cuidarme yo solo.

—Por favor, no recurras al orgullo masculino conmigo —le pidió—. Si me escucharas, te darías cuenta de lo práctica que es mi Idea.

—¡Hace nueve años tuviste la práctica Idea de salvar a tu madre de la penuria huyendo a Bristol para desenterrar el tesoro de un pirata, escondido según tú en el jardín del conde de Mandeville!

—Sí, y fue divertido, ¿a que sí? —replicó—. Fue una aventura. Tú vives aventuras todo el tiempo. Yo... —Hizo un gesto vago con la mano—. Yo rompo compromisos y golpeo a los hombres con mi sombrilla.

Lisle le lanzó una mirada indescifrable. Acto seguido, espoleó su caballo.

Lisle necesitaba un poco de espacio.

No quería pensar en eso, en la niña que solía ser Olivia. La niña que quería ser un caballero y emprender nobles cruzadas.

La joven lo siguió.

—No te cierres en banda —le suplicó—. Eres un erudito y los eruditos tienen una mente abierta.

—A la locura no —replicó—. No puedes poner rumbo a Escocia solo porque estás aburrida de romper compromisos y golpear a los hombres con tu sombrilla. Siento mucho que tengas que ceñirte a las tontas reglas que atañen a las mujeres, pero no puedo hacer nada para cambiarlas. Hasta yo sé que no puedes subirte a un carruaje y recorrer más de quinientos kilómetros sin provocar un escándalo de proporciones épicas.

—Siempre provoco escándalos —repuso Olivia—. Soy famosa por mis escándalos. Todo lo que diga o haga en una cena o en una fiesta se convierte en la comidilla de la alta sociedad a la mañana siguiente. Olivia Carsington, el escándalo de anoche, esa soy yo. Debería grabarlo en mis tarjetas de visita.

Lisle echó un vistazo a su alrededor. El parque estaba muy tranquilo esa mañana y el ruido procedente de las calles aledañas era tan leve que se podía escuchar el susurro de las hojas de los árboles agitadas por el viento, el golpeteo de los cascos de sus caballos y los trinos de los pájaros.

También era capaz de escuchar los latidos de su propio corazón. Se sentía tentado, espantosamente tentado.

Aunque ella siempre lo había tentando. Llevaba tentándolo desde que tenía doce años. Si no hubiera pasado los últimos diez años en Egipto, Olivia le habría puesto la vida patas arriba.

—Voy a decirte algo que deberías saber a estas alturas —dijo—. Pero como veo que has perdido el juicio, supongo que no me queda otra. Quizá pienses en mí como en un hermano, pero no lo soy. No puedes viajar conmigo sin carabina.

—Por supuesto que tengo que ir acompañada de una carabina —convino ella—. Pero puedes confiarme todos los preparativos. Lo único que tienes que hacer es...

—No voy a hacer nada —la interrumpió—. Es la idea más descabellada que... —Dejó la frase a medio acabar y meneó la cabeza—. Es increíble. Mi padre me ha dejado sin un penique, no tengo adónde ir ni medios para ganarme la vida... y tú quieres que te lleve a un castillo en ruinas que está a más de quinientos kilómetros de aquí. ¡En octubre! ¿Sabes cómo es Escocia en octubre?

—Es gris, húmeda, fría, tenebrosa e increíblemente romántica —contestó ella.

—¡No pienso ir! —exclamó—. No puedo creer que estemos discutiendo el asunto.

—Será divertido —insistió Olivia—. Una aventura.

Una aventura. Él vivía aventuras todo el tiempo. Pero no con Olivia. No desde hacía años.

Sin embargo, no era la misma Olivia de antes. A la antigua Olivia podía manejarla. Hasta cierto punto. Claro que por aquel entonces él tenía trece años y se enfrentaba al género femenino con desdén e incluso con hostilidad.

—Es mi última oportunidad para vivir una aventura —continuó ella—. La familia está hasta la coronilla de mis desvaríos, y los abuelos Hargate están presionando para que me case. Y cuando empiezan a insistir, es mejor tirar la toalla. Sabes lo mucho que les gusta que todo el mundo se case y siente la cabeza. Voy a tener que decantarme por un pretendiente y sentar la cabeza, voy a tener que convertirme en madre y esposa. Sentar la cabeza, sentar la cabeza, sentar la cabeza... ¡Jamás podré hacer nada remotamente interesante!

En ese momento Lisle recordó lo valiente que había sido Olivia de niña. Se fugó sola... se subió a una carreta... engatusó a dos criados para jugar una partida de cartas... Y pensó en la vida que llevaba en ese momento, de una fiesta a otra, en un entorno donde el más mínimo desliz hacía que las cotillas se pusieran a chismorrear tras los abanicos.

—¡Maldita sea, Olivia, no me hagas esto! —exclamó.

—Sabes que es verdad —replicó ella—. Las mujeres llevan una existencia muy limitada. Somos las hijas de alguien antes de pasar a ser las esposas de alguien y las madres de alguien. Nunca hacemos nada de nada, al contrario que los hombres.

Lisle meneó la cabeza al escucharla.

—No. No voy a dejar que mis padres me chantajeen.

—No te queda más remedio —repuso Olivia—. Siempre has podido olvidarte de ellos o salirte con la tuya, pero por fin se han dado cuenta de que tienen una ventaja increíble sobre ti.

—Y tú estás cayendo en su trampa —replicó—. ¿Sabes lo que supone reconstruir un castillo viejo?

—Lo sé perfectamente, sí —contestó ella.

—Podrían ser años. ¡Años! En Escocia. ¡Con las gaitas!

Olivia sonrió.

—No serán años si yo te ayudo —le aseguró—. Y no te vendrá mal que tus padres crean que han ganado una batalla. Si jugamos bien nuestras cartas, estarás de vuelta en Egipto para... mmm, seguramente para la primavera.

La sonrisa habría bastado para hacerlo capitular. Sin embargo, la vocecita que lo había mantenido con vida todos esos años le dijo: «Espera y piensa».

Le costaba mucho pensar cuando esos ojazos azules lo miraban fijamente y volvía a sentir esa especie de puñalada en el corazón.

Sin embargo, no consiguió engatusarlo del todo. Seguía siendo el niño terco que ella había conocido, además del erudito, del observador imparcial que la había visto en acción hacía muy poco. Sabía que Olivia era capaz de hacer que la gente, en especial si pertenecía al género masculino, creyera cualquier cosa.

—No —dijo lo más suave que pudo—. Si dejo que me controlen de esta manera, usarán la misma táctica una y otra vez. Si cedo a esta exigencia, me plantearán muchas más.

La sonrisa de Olivia no flaqueó.

—En fin, si no estás de acuerdo, no se puede hacer nada —concluyó con voz cantarina.

—Sabía que lo entenderías.

—Claro que sí. Absolutamente.

—Bien, porque...

—No tienes que explicarme nada —lo interrumpió—. Lo entiendo muy bien. Pero no puedo demorarme. Tengo que hacer muchas cosas hoy. —Se tocó el ala del sombrero con la fusta y se alejó al galope.

4

Atherton House,
viernes 7 de octubre

Lisle debería haberse dado cuenta.

Debería haber estado preparado.

Claro que eso era imposible cuando se trataba de algo relacionado con Olivia.

Olivia. Repentinamente. Inesperadamente.

Las tres palabras grabadas a fuego en su mente.

Se la encontró al bajar a desayunar.

Y no solo a Olivia. Había llevado consigo a la condesa viuda de Hargate y a dos de las Arpías, a lady Cooper y a lady Withcote.

Lisle no había dormido bien. En la tranquilidad de su club se le habían ocurrido varias ideas para lidiar con sus padres, pero todas tenían fallos insalvables. Después apareció lord Winterton. Sus pasos se habían cruzado más de una vez en Egipto y tenían muchas cosas de las que hablar. Winterton lo invitó a su casa para examinar una colección de papiros que había conseguido en su último viaje. Los papiros fueron una agradable distracción respecto a la cuestión de sus padres y de Olivia, y la mente analítica de Winterton supuso un gran alivio en contraste con el torbellino emocional de esos días. Aceptó su invitación para cenar y el tiempo pasó volando.

En resumen, que, en lo que a soluciones se refería, estaba tal cual se encontraba cuando Olivia se alejó al galope el día anterior.

Todo el mundo lo miró con una sonrisa cuando entró en el comedor matinal.

Lisle se enorgullecía de carecer de imaginación. Tampoco creía en los malos augurios.

Hasta ese momento.

Se acercó al aparador, se sirvió un plato y se encaminó a la mesa, para sentarse junto a lady Withcote y enfrente de Olivia.

—Olivia nos ha estado contando tu plan —dijo su madre.

Se le formó un nudo en el estómago al escuchar aquello.

—Mi plan —repitió. Miró a Olivia.

—El de llevarme a Escocia contigo para ayudarte con el castillo —añadió la susodicha.

—¿Cómo?

—Creía que ya se lo habrías contado —prosiguió Olivia—. Siento mucho haberte estropeado la sorpresa.

—Es comprensible, niña, no te preocupes —dijo la condesa viuda—. Te dejaste llevar por la impaciencia y no pudiste esperar.

—¿Cómo?

—Ciertamente ha sido una sorpresa —dijo su madre—. Y debo confesar que al principio no me entusiasmaba la idea.

—Pero...

—Tu madre no creía que fuera apropiado —le explicó la condesa viuda—. No le parecía bien que un par de jóvenes fueran a Escocia juntos. Creía que no era apropiado para una dama tan joven como Olivia. Como si no hubiéramos caído ya en la cuenta y no hubiéramos solucionado el problema.

—Solucionado...

—Lady Cooper y lady Withcote han tenido la amabilidad de ofrecerse como carabinas —le informó Olivia—. Las tres llevaremos a nuestras doncellas. La bisabuela ha accedido a prestarnos a algunos sirvientes hasta que podamos contratar a alguien. Y yo me llevaré al cocinero y al mayordomo de mi madre, ya que la familia no va a necesitar de sus servicios mientras esté en Derbyshire.

Lisle miró las caras sonrientes que lo rodeaban. Olivia lo había hecho. Había seguido adelante con sus planes después de que le dejara muy claro que...

No, era una pesadilla. No estaba despierto.

¿Acaso estaban ciegos sus padres? ¿Era el único que se percataba de lo sospechoso que resultaba el buen comportamiento de la condesa viuda? ¿Nadie más veía el brillo malicioso de sus ojos? No, no veían nada porque Olivia había engañado a todo el mundo.

Era una locura, una locura absoluta.

¡Lady Cooper y lady Withcote como carabinas! Al igual que todas las amigas de la condesa viuda, vivían para y por los cotilleos, la bebida, el juego y los jovencitos. Sería imposible encontrar a dos carabinas menos adecuadas a no ser que se buscara en un burdel.

Era absurdo. Tendría que obligarlos a todos a recuperar el sentido común.

—Olivia, creía haber dejado claro que...

—Claro que sí —lo interrumpió ella con expresión inocente—. Lo entendí muy bien. Si tuviera una vocación, al igual que tú, solo un asunto de vida o muerte me apartaría de ella. Tu vocación es el Antiguo Egipto. Un castillo escocés no disparará tu imaginación.

—No tengo imaginación —la corrigió—. Veo lo que hay, no lo que no hay.

—Sí, lo sé, y por eso sería extremadamente complicado que intentaras descubrir la belleza de un castillo en ruinas —repuso Olivia—. Necesitas una mirada experta, e imaginación. Yo proporcionaré ambas cosas mientras tú te centras en el lado práctico de la cuestión.

—Siento mucho no haber comprendido las dificultades, querido —dijo su madre—. Tal como Olivia ha dicho, enviarte solo sería como mandar a un soldado a la guerra con un fusil descargado.

Lisle miró a su padre, que a su vez lo miró con una sonrisa indulgente. ¡Indulgente! ¡Su padre!

¿Y por qué no? Olivia había hecho a sus padres lo que le hacía a todo el mundo: les había hecho creer.

—Es una solución brillante —dijo su padre—. Estarás allí para proteger a las damas de cualquier espectro espantoso que pulule por el castillo y para averiguar qué ha puesto en marcha esa desafortunada serie de acontecimientos.

—Y Olivia estará allí para protegerte de la decoración —añadió su madre, que soltó una carcajada. Todos se echaron a reír.

—Ja, ja —dijo él—. El entusiasmo me ha quitado el hambre. Creo que voy a dar un paseo por el jardín. Olivia, ¿por qué no me acompañas?

—Estaré encantadísima —contestó ella, la inocencia personificada.

En el jardín,
diez minutos después

Lisle miraba a Olivia con una expresión más gélida que el hielo.

—¿Has perdido el juicio? —le preguntó—. ¿Es que no me escuchaste ayer? ¿Te pasa lo mismo que a mis padres, que solo escuchan las voces de su cabeza?

Que la comparase con los locos de sus padres le resultó irritante. Pese a todo, Olivia mantuvo una expresión alegre e inocente y no le dio una patada en la espinilla.

—Por supuesto que te escuché —contestó—. Por eso me di cuenta de que mantenías una postura irracional con respecto a este tema y de que tendría que tomar medidas desesperadas para salvarte de ti mismo.

—¿A mí? —preguntó él—. No soy yo quien necesita que lo salven. Sé muy bien lo que hago y por qué lo hago. Te dije que no podíamos ceder a su chantaje.

—No te queda otra alternativa —repuso.

—Siempre hay alternativas —replicó Lisle—. Solo necesito un poco de tiempo para encontrarlas. ¡Ni siquiera me has dejado tiempo para pensar!

—No tienes tiempo —le recordó—. Si no te haces ahora con el control de la situación, tus padres subirán las apuestas. No los entiendes. No sabes cómo piensan. Yo sí. —Eso era lo que los DeLucey hacían, así se ganaban la vida. Analizaban el corazón y las mentes de los demás y utilizaban lo que veían en su interior—. Aunque solo sea por esta vez, tienes que confiar en mi juicio.

—Tú no tienes juicio —la corrigió él—. No sabes lo que quieres. Te sientes encorsetada aquí y mis padres te han dado una oportunidad para pasártelo en grande. Solo piensas en eso. Vi el brillo de tus ojos cuando te hablé por primera vez del castillo encantado. Casi podía oír tus pensamientos. Fantasmas. Un misterio. Peligro. Para ti es una aventura. Tú misma me lo dijiste. Pero para mí no lo es.

—Porque no se trata de Egipto —señaló—. Porque nada salvo Egipto es interesante o importante para ti.

—No es...

—Y porque eres terco —continuó—. Porque te niegas a abrir tu mente a las posibilidades. Porque quieres pelear, como de costumbre, en vez de encontrar el modo de sacarle el máximo partido a esta oportunidad. Sé que no eres un oportunista. Esa es mi especialidad. ¿Por qué no quieres darte cuenta de que lo más inteligente es que aunemos nuestros recursos?

—¡Me importa un comino lo que es más inteligente! —exclamó Lisle—. Para mí esto no es un juego.

—¿Eso es lo que crees? ¿Crees que para mí es un juego?

—Te lo tomas todo como si lo fuera —contestó él—. Ayer te hablé en confianza. Creía que lo entendías. Pero para ti solo es un juego. Juegas con la gente como si fueran peones.

—Lo hice por tu bien, ¡alcornoque insoportable!

Sin embargo, Lisle estaba demasiado ocupado con su orgullo herido y su indignación para prestarle atención.

Continuó hablando como si ella no hubiera dicho nada.

—Admito que has jugado bien tus cartas —dijo—. Me

has demostrado que eres capaz de manejar incluso a mis padres y de conseguir que apoyen tus ridículos planes. Pero yo no soy como ellos. Yo te conozco. Me sé tus trucos. ¡Y me niego a que me pongas la vida patas arriba porque la tuya te aburra!

—Es uno de los comentarios más detestables, hirientes y ridículos que me has dicho en la vida —replicó—. Te estás comportando como un completo idiota, y los idiotas me aburren. Vete al cuerno. —Lo empujó con fuerza.

Lisle no se lo esperaba. Se tambaleó hacia atrás, perdió el equilibrio y cayó sobre un seto.

—¡Imbécil! —le gritó ella y se alejó a la carrera.

Club White's,
poco después de la medianoche

Lisle había pasado todo el día intentando ventilar su rabia boxeando, practicando esgrima, cabalgando y, desesperado, disparando al blanco en la galería de tiro.

Aún quería matar a alguien.

Estaba sentado en la sala de juegos, observando a sus ocupantes por encima de su copa mientras decidía quién era mejor para una pelea, cuando una voz muy solícita dijo por encima de su hombro:

—Siento mucho molestarlo, Ilustrísima, pero ha llegado un mensaje para usted.

Lisle echó un vistazo a su alrededor. El criado colocó una bandeja de plata en la mesita que tenía al lado.

La nota doblada y sellada llevaba su nombre. Aunque por culpa de un par de botellas de vino no tenía la mente tan despejada como cuando llegó al club, no tuvo el menor problema en identificar la letra.

Además, no hacía falta ser un genio para darse cuenta de que un mensaje de Olivia después de la medianoche no podía contener buenas noticias.

Rompió el sello.

Milord:

Tras haber esperado <u>En Vano</u> todo el día una DISCULPA, ya <u>no puedo seguir</u> esperando. Dejaré que sea usted quien les Explique a los marqueses de Atherton su <u>Absurdo Rechazo</u> a hacer aquello que haría <u>feliz a TODO EL MUNDO</u>. He <u>hecho</u> mis preparativos. He hecho mi <u>Equipaje</u>. Los criados están preparados para partir en esta Gran Expedición. Las Encantadoras Damas que tan <u>amablemente</u> han accedido a abandonar la Comodidad de sus Residencias a fin de ~~acompañarnos~~ acompañarme en esta Noble Cruzada están Preparadas e <u>impacientes</u> por partir.

Si se da por Abandonado, solo puede culparse <u>a sí mismo</u> y a su <u>ruin ingratitud</u>. Mi Conciencia está <u>Tranquila</u>. No me ha dejado OTRA ALTERNATIVA.

Cuando lea esta nota, ya me habré Ido.

Atentamente,

OLIVIA CARSINGTON

—No —murmuró—. Otra vez no.

En el antiguo camino del norte,
una hora después

—Hace una eternidad que no montaba en un carruaje para hacer un viaje largo —comentó lady Withcote cuando el vehículo se detuvo para pagar en el fielato de Kinsland—. Se me había olvidado por completo lo poco que me gustaba. Los viajes son terribles, sobre todo por las calles adoquinadas.

—Terribles, ya lo creo —convino lady Cooper—. Me recuerda mi noche de bodas. ¡Qué experiencia más agitada! Estuvo a punto de quitarme las ganas de repetir.

—Es lo que sucede con el primer marido —comentó lady

Withcote—. Más que nada porque las novias son muy jóvenes y solo saben que algo encaja en un sitio.

—Y a lo mejor ni eso —repuso lady Cooper.

—Como resultado, no saben cómo educar a sus maridos —concluyó lady Withcote.

—Y cuando por fin aprenden a hacerlo, el marido ya no tiene solución —añadió lady Cooper con un suspiro.

Lady Withcote se inclinó hacia Olivia, que compartía el asiento opuesto con Bailey.

—Aun así, no creas que fue tan malo. Nuestros padres escogieron al primero, y casi nos duplicaba la edad. Un detalle que aumentaba las posibilidades de enviudar a una edad temprana. Y después, puesto que éramos más listas y habíamos madurado, supimos a quién escoger como segundo marido.

—Algunas de nosotras catamos al segundo marido antes de acceder al matrimonio —confesó lady Cooper.

—Y otras ni siquiera se molestaron en casarse una segunda vez —añadió lady Withcote.

Olivia sabía que se estaban refiriendo a su bisabuela. La condesa viuda había sido fiel a su marido. Después de que este muriera, no le fue fiel a nadie.

—En fin, por el momento ya hemos pasado las calles adoquinadas —comentó con voz alegre cuando el carruaje reemprendió la marcha.

Un carruaje como ese, lujoso y bien equipado para los trayectos largos, estaba diseñado para soportar los rigores de los caminos. Sin embargo, no estaba pensado para la comodidad, como era el caso de los carruajes diseñados para la ciudad. El traqueteo de las ruedas sobre los adoquines presagiaba un viaje ruidoso además de movido.

Durante la última hora, las damas se habían gritado por encima del traqueteo de las ruedas sobre los adoquines y se habían sacudido en sus asientos. Olivia había gritado y se había sacudido con ellas. Le dolía el trasero y la espalda, aunque Shoreditch Church, el punto de referencia para medir las distancias con la capital, quedaba a escasos dos kilómetros de su posición actual.

Se percató con alivio de que las casas comenzaban a dispersarse y el camino parecía más llano. El carruaje se movía más rápido y el siguiente kilómetro pasó más deprisa que el anterior. Atravesaron el fielato de Stamford y subieron por Stamford Hill. Desde la cima de la colina supuestamente podía verse la catedral de Saint Paul.

Olivia se irguió para bajar la ventanilla. Sacó la cabeza y miró hacia atrás, pero era noche cerrada. Solo distinguía el brillo de alguna farola y las luces tras las ventanas de las grandes mansiones, en las que los bailes durarían horas. La luna no saldría hasta pasado el amanecer, ya que estaba en cuarto creciente, y para entonces no serviría de nada.

Volvió a subir la ventanilla, la aseguró y se acomodó en su asiento.

—¿Alguna señal de él? —preguntó lady Cooper.

—No, todavía es muy pronto —contestó—. Habremos recorrido un buen trecho cuando por fin nos alcance. Demasiado para dar media vuelta.

—Sería terrible tener que regresar —dijo lady Withcote.

—Esto es lo más emocionante que hemos hecho en mucho tiempo.

—Estos tiempos son aburridísimos.

—No como en nuestra época.

—¡Ay, qué tiempos aquellos, querida! —convino lady Cooper—. Ojalá los hubieras conocido.

—Los hombres se vestían de maravilla —le aseguró lady Withcote.

—Parecían pavos reales, de verdad que sí.

—Pero, pese a toda la seda y el encaje, eran muchísimo más feroces y despiadados que esta generación.

Con la excepción de Lisle, pensó ella. Claro que Lisle había crecido rodeado de los Carsington y los hombres de esa familia no estaban domesticados, ni siquiera los más civilizados.

—¿Te acuerdas cuando Eugenia se peleó con lord Drayhew? —preguntó lady Cooper.

Lady Withcote asintió con la cabeza.

—¿Cómo olvidarlo? Yo estaba recién casada y ella era la viuda más atrevida de la época. Lord Drayhew se había vuelto muy mandón, según dijo ella, y no pensaba aguantarlo. De modo que huyó.

—Y él salió tras ella —continuó lady Cooper—. Eugenia estaba en la casa que lord Morden tenía en Dorset. ¡Menuda pelea cuando Drayhew los encontró!

—Se enfrentaron en un duelo. Duró una eternidad.

—En aquellos tiempos se batían a espada.

—Una pelea de verdad. No esa tontería de los veinte pasos y las pistolitas. Eso solo requiere puntería.

—Pero una espada... Una espada requiere habilidad.

—El problema era que los dos caballeros eran igual de letales con las espadas. Se hirieron mucho y bien, pero ninguno era capaz de rematar al otro y ninguno quería rendirse.

—Al final cayeron los dos al suelo. No podían luchar hasta la muerte, pero sí lucharon hasta el agotamiento.

—¡Qué tiempos! —Lady Withcote dejó escapar un suspiro nostálgico.

—¡Sí, qué tiempos aquellos, querida! Los hombres eran hombres de verdad. —Lady Cooper también sonrió.

Los hombres siempre serían hombres, pensó Olivia. Cambiaba el envoltorio, sí, pero su mente permanecía invariable.

—No se preocupen —les dijo—. No necesitamos a los hombres para divertirnos. Con o sin ellos, vamos a vivir una gran aventura.

Mientras tanto, en Londres

Lisle llegó a Ormont House al tiempo que un carruaje cargado de equipaje y criados enfilaba la calle.

Con un poco de suerte sería el carruaje de avanzadilla, no el último en partir.

Sin embargo, no esperaba que la suerte se pusiera de su parte.

Le pagó al cochero del carruaje de alquiler, subió los escalones de entrada a la carrera y llamó con fuerza.

El mayordomo de la condesa viuda, Dudley, abrió la puerta. Su expresión se avinagró mientras lo recorría con la mirada. Sin duda alguna estaba a un paso de llamar a un criado para que echara al intruso a patadas.

Aunque el resto de sus magulladuras se estaban curando rápidamente, el ojo morado se había puesto de más colores: verde, rojizo, púrpura y amarillento. En sus prisas por llegar, se había dejado el sombrero y los guantes en el club. Nichols jamás le habría permitido salir de casa en esas condiciones, pero su ayuda de cámara no estaba con él para asistirlo.

Sin embargo, los mayordomos inteligentes y experimentados no sacaban conclusiones precipitadas. Dudley se tomó su tiempo para analizar a fondo al desastrado hombre que había llegado a su puerta a una hora en la que los borrachos, los vagabundos y los ladrones comenzaban a hacer sus rondas.

El mayordomo adoptó su expresión impasible habitual y dijo:

—Buenas noches, lord Lisle.

—Ya ha llegado, ¿eh? —preguntó una voz cascada aunque bien audible por detrás de Dudley—. Hazlo pasar, hazlo pasar.

El mayordomo le hizo una reverencia y se apartó. Lisle entró en el vestíbulo. Oyó cómo la puerta se cerraba a su espalda mientras seguía hasta el enorme recibidor.

Allí estaba la condesa viuda de Hargate, apoyada en su bastón. Iba ataviada con una recargada bata de seda con encajes y volantes que había pasado de moda mucho antes de que la turba parisina tomara la Bastilla.

La anciana lo miró de arriba abajo.

—Parece que alguien te ha sacado de tus casillas.

Por muchos años que tuviera la anciana y por mucho miedo que toda la familia, él incluido, le tuviera, Lisle no dominaba el arte de decir lo que no pensaba. Y en ese preciso momento no tenía paciencia para los buenos modales.

—Ha dejado que se fuera —le dijo—. Y si se lo ha permitido, es porque la muy ladina le ha sorbido el seso.

La condesa viuda soltó una risotada. Menuda bruja estaba hecha.

—¿Cuándo se ha marchado? —quiso saber.

—Al dar la medianoche —contestó ella—. Ya conoces a Olivia. Le encantan las entradas y salidas melodramáticas.

De eso hacía más de una hora.

—Es una locura —masculló—. No puedo creer que la dejara marcharse a Escocia sola. Y para colmo en plena noche.

—No puede decirse que sea en plena noche —replicó Su Ilustrísima—. Las fiestas están empezando ahora. Y no está sola. Agatha y Millicent viajan con ella, por no mencionar una horda de criados. Admito que el mayordomo es un peso pluma, pero el cocinero pesa una tonelada. Se ha llevado seis criadas fuertes con ella y otros tantos criados, y ya sabes la buena planta que tienen mis criados. Claro que ahora ya solo puedo admirar las vistas.

La mente de Lisle comenzó a divagar sobre lo que la anciana había hecho o dejado de hacer con los criados antes de que su avanzada edad le impidiera seguir haciéndolo. Se concentró con mucho esfuerzo en Olivia.

—Un grupito de criados —dijo—. Dos ancianas excéntricas. Sé que la mima y que la consiente en todo, pero esto pasa de castaño oscuro.

—Olivia puede apañárselas sola —repuso ella—. Todo el mundo la subestima, en especial los hombres.

—Yo no lo hago.

—¿En serio?

Se negó a permitir que esa mirada penetrante lo desconcertara.

—Es la criatura más ladina que existe sobre la faz de la tierra —adujo él—. Lo ha hecho a propósito.

Olivia sabía que se sentiría culpable y responsable, aunque fuese ella quien había metido la pata. Sabía que no podría decirles a los padres de Lisle que se había marchado sola al castillo de Gorewood mientras que él se quedaba en casa.

Se quedaba en casa.

Posiblemente para siempre.

En casa. Sin Olivia para hacerle la estancia soportable, aunque ella fuera insoportable a veces.

¡Maldita fuera!

—No puedo creer que no haya ni una sola persona en esta familia capaz de controlarla —dijo—. Ahora tengo que poner mi vida patas arriba y dejarlo todo para salir detrás de ella... y para colmo en plena noche.

—No hay prisa —repuso la condesa viuda—. Recuerda que va con esas dos locas. Tendrá suerte si llegan a Hertfordshire antes del amanecer.

Mientras tanto,
en el antiguo camino del norte

Olivia sabía que, dado que viajaba con un séquito, no podría ir a la velocidad del Royal Mail. Aun así, cuando la condesa viuda le había dicho que tardaría dos semanas en llegar a Edimburgo, creyó que estaba bromeando, o que se refería a los viajes del siglo anterior.

Comenzaba a cambiar de opinión.

Sabía que tendrían que parar a cambiar los caballos cada quince kilómetros, incluso cada menos tiempo si recorrían tramos en pendiente. Si bien los mejores mozos de cuadra eran capaces de cambiar los caballos en dos minutos, de modo que cumplieran los estrictos horarios del correo y del coche de postas, no se aplicaba lo mismo a su séquito y a ella.

En ese instante cayó en la cuenta de que las ancianas necesitarían de descansos más largos en las posadas. De que se detendrían con más frecuencia que el correo o que los viajeros de un coche de postas y de que las pausas serían más largas, ya fuera visitando el excusado, dando un paseo para estirar las piernas o recuperando fuerzas con comida y vino. Sobre todo vino.

Las ancianas habían dado buena cuenta de la enorme cesta preparada por el cocinero. La misma cesta que, ya vacía, descansaba en el suelo del carruaje a los pies de Bailey.

Claro que, visto por el lado positivo, no podía pedir mejores acompañantes para un largo viaje.

Las dos ancianas se pasaron todo el camino narrando espeluznantes historias sobre sus años de juventud, hasta que por fin, pasado Waltham Cross, llegaron a Hertfordshire.

Dado el paso tranquilo que llevaban, los mismos caballos podrían haber recorrido otros quince kilómetros, hasta Ware, pero el cochero quería parar allí, en la Posada del Halcón, para cambiar de tiro. La familia Carsington siempre hacía las mismas paradas, en las mismas casas de postas, en todos los viajes, motivados por los años de experiencia. La condesa viuda había señalado los puntos y también había anotado los nombres de las posadas preferidas en su ejemplar de *Los caminos de Paterson*.

—Por fin —dijo lady Withcote cuando el carruaje entró en el patio.

—Me muero por tomarme una taza de té —afirmó lady Cooper. Golpeó el techo del carruaje con su sombrilla—. Sé que no debemos perder tiempo, querida. Solo tardaremos un minuto.

Olivia lo dudaba mucho. Tendría que meterles prisa.

—Iré con ustedes —se ofreció—. Está muy oscuro, apenas hay luz y llueve.

En ese momento escuchó el golpeteo de la lluvia sobre el carruaje.

—¡Por Dios, niña! No nos hace falta una enfermera para andar cuatro pasos —protestó lady Cooper, indignada—. Espero no estar tan decrépita.

—Claro que no —dijo Olivia—. Pero...

—Hemos estado aquí miles de veces —la interrumpió lady Withcote.

—Sería capaz de encontrar el camino con los ojos cerrados y borracha —aseguró lady Cooper.

—Ya lo has hecho —comentó lady Withcote—. Cuando volvías a casa después de uno de los desayunos de lady Jersey, si no me falla la memoria.

Durante la conversación, un criado abrió la portezuela

del carruaje y desplegó los escalones. Las damas bajaron con paso tambaleante.

—Menuda fiesta aquella —dijo lady Cooper—. No como las de ahora. Un aburrimiento supino tras otro.

—Ya nadie acaba muerto.

La portezuela del carruaje se cerró, sofocando sus voces. Olivia miró por la ventana hasta que se perdieron de vista. La lluvia las convirtió en un par de siluetas oscuras, lady Cooper un poco más baja y regordeta que su amiga, antes de que la oscuridad se las tragara por completo.

Se dejó caer contra el asiento.

Aunque según los mapas del señor Paterson solo habían recorrido unos dieciocho kilómetros, habían tardado casi tres horas. La emoción y el ajetreo de su apresurada marcha ya habían desaparecido. Sin esa distracción, el torbellino de rabia y dolor regresó.

¡Qué hombre más estúpido, terco y desagradecido!

Ojalá lo hubiera empujado más fuerte. Ojalá hubiera llevado la sombrilla. Le habría encantado estampársela en esa cabeza tan dura que tenía.

En fin, ya le enseñaría a no intentar mangonearla. Hasta entonces pensaba que Lisle la entendía... pero no, se había convertido en un hombre y se comportaba como todos los demás.

Pasaron varios minutos. La lluvia golpeaba el techo del carruaje y los adoquines, silenciando el traqueteo de las ruedas y los cascos de los caballos. Los viajeros seguían su camino incluso de madrugada, durante una noche lluviosa. Las casas de postas nunca descansaban.

Pese al enfado, o tal vez agotada por su causa, debió de quedarse dormida, porque levantó la cabeza de golpe al oír voces fuera del carruaje.

La portezuela se abrió. Allí estaba el cochero y varios hombres más, incluidos dos criados de la bisabuela, todos con paraguas.

—Si no le importa, señorita —dijo el cochero—. Se acerca una tormenta de las buenas.

—Es muy gorda, señorita —añadió otro hombre; el posadero, al parecer—. Y el tiempo empeora por momentos. He instado a las otras damas a esperar a que escampe. Creo que pasará en un par de horas como mucho.

Una ráfaga de viento recorrió el patio, intentando llevarse los paraguas a su paso. La lluvia se había convertido en una furiosa cortina de agua.

Olivia estaba impaciente por reemprender la marcha. Lo mejor era alejarse todo lo posible de Londres antes de que Lisle las alcanzara. Sin embargo, y a pesar de que Lisle creyera que no estaba en su sano juicio, no era una loca imprudente capaz de poner en peligro a los criados o a los caballos.

De modo que Bailey y ella se bajaron del carruaje y entraron en la posada a toda prisa.

Aunque la condesa viuda estaba convencida de que alcanzaría a Olivia sin problemas y a pesar de haber tenido un día agotador, Lisle no se acostó para descansar un par de horas, como habría hecho el hombre sensato que era.

En cambio, y nada más regresar a casa, se aseó a toda prisa, se cambió de ropa y le ordenó a su ayuda de cámara que hiciera el equipaje. Dado que Nichols estaba acostumbrado a partir sin previo aviso, salieron de Londres a las dos y media de la madrugada.

Un carruaje los seguía con los baúles y las cajas, así como con todos los enseres domésticos que Nichols había creído pertinentes y pudieron embalarse con tan poca antelación.

De ahí que Lisle y su ayuda de cámara estuvieran en el antiguo camino del norte, a unos quince kilómetros de Londres, cuando el viento arreció por la campiña y los nubarrones decidieron soltar toda su carga, de modo que la llovizna se convirtió en un chaparrón y después en un auténtico diluvio en cuestión de minutos.

5

Olivia encontró a sus compañeras de viaje cómodamente sentadas a una mesa grande emplazada en un rincón del comedor. Les habían servido comida y bebida. Había otros viajeros desperdigados por la estancia. Algunos se secaban delante del fuego, otros estaban sentados a la mesa y unos cuantos aprovechaban el descanso para afeitarse o limpiarse las botas.

Siempre le había gustado detenerse a comer en las casas de postas porque en ellas se conocía a todo tipo de personas, de todas las clases sociales, no como entre la alta sociedad, donde todos eran iguales y se podía decir que prácticamente todos estaban emparentados entre sí.

Puesto que por regla general no podía demorarse tanto como le gustaría, le habría encantado disfrutar de la compañía en ese momento, pero el sueñecito que había echado en el carruaje le había recordado lo cansada que estaba.

Lo habitual era contar con una semana o más para preparar un viaje tan largo como ese. Ella lo había organizado todo, tanto su equipaje como el de las dos ancianas, en menos de cuarenta y ocho horas, de modo que apenas había tenido tiempo para dormir.

Ese fue el motivo por el que, en vez de sentarse con los demás en el comedor, se quedó con la mejor habitación de la posada, en palabras del posadero. Una vez en ella, se sentó en el enorme y cómodo sillón orejero situado frente al fuego. Sin embargo, pese al calorcito y al silencio, su mente no dejó de cavilar. Tuvo que pasar un buen rato hasta que el torbellino de pensamientos y emociones se calmó lo justo para sumirse en el olvido del sueño. Tras lo que le pareció un momento, alguien le dio un toquecito en el brazo y se despertó sobresaltada.

—Siento mucho tener que molestarla, señorita —le dijo Bailey.

Olivia alzó la vista, todavía medio dormida. Su doncella la miraba con el ceño muy fruncido. Mala señal. Bailey no era de las que se preocupaba por tonterías.

—Las ancianas —dijo al tiempo que se levantaba con tanta rapidez que se mareó.

—Sí, señorita. Un altercado por culpa de una partida de cartas. Siento mucho despertarla, pero han molestado al hijo del magistrado local, que ha montado un escándalo y no para de exigir que llamen a los alguaciles. No hay manera de apaciguarlo. Parece que el posadero le tiene miedo. Pensé que le gustaría poner a las damas a salvo.

Mientras hablaba, Bailey se apresuró a atusarle el pelo y a sacudirle las faldas para quitarle las arrugas en la medida de lo posible, a fin de que no se notara que su señora había dormido con la ropa puesta.

Consciente de que tal vez tuvieran que abandonar la casa de postas a la carrera, logró que Olivia se pusiera la mayor parte de su ropa de abrigo mientras caminaban por el pasillo. Las voces se oían desde el descansillo.

Olivia corrió escaleras abajo en dirección al comedor.

En ese momento comprendió que había estado ocupada con sus inquietos pensamientos más tiempo del que creía. No solo había dejado de llover, sino que además había amanecido. Al otro lado de las ventanas se distinguía la luz grisácea del nuevo día. El comedor estaba lleno a rebosar. La lluvia debía de haber retrasado a muchos viajeros, y todos estaban hambrientos. Aquellos deseosos de reemprender el viaje sin más demora comían a toda prisa y se marchaban. Pese a su partida, la clientela era mucho más numerosa que hacía unas cuantas horas. Los sirvientes entraban y salían cargados con bandejas.

Por encima del bullicio se oía una voz masculina que no paraba de gritar, y era evidente que el ambiente se estaba caldeando por momentos. El posadero no había sido capaz de controlar la situación, así que se estaba cociendo una buena gresca.

En circunstancias normales a Olivia no le habría importado. Una pelea de esa magnitud podía ser interesante. El problema era que también solía atraer a las autoridades. Y eso significaría un importante retraso, cosa que prefería evitar.

Todas esas reflexiones pasaron por su mente mientras analizaba al culpable del alboroto.

Un joven fornido, de pelo castaño claro y que debía de haber pasado toda la noche bebiendo, golpeaba con el puño la mesa donde ella había dejado a las ancianas. A juzgar por lo que se veía en la mesa, las damas no solo habían vaciado la bodega del posadero, sino también la despensa y los bolsillos de la clientela.

—¡Han hecho trampas! —gritó el borracho—. ¡Lo he visto!

Lady Cooper se levantó de su silla.

—Si hay algo que no soporto, es a un mal perdedor —comentó—. Trampas, dice, ¡habrase visto!

—Vamos, vamos, señor Flood —terció el posadero—, solo es una partidita de nada...

—¿Una partidita? ¡Este par de ancianas me ha robado cincuenta libras!

—A cualquier cosa le llaman robar —replicó lady Withcote—. ¿Qué culpa tenemos nosotras de su poco aguante con el alcohol?

—Y de que no vea bien —añadió lady Cooper—. Y de que no sea capaz de distinguir una sota de un rey.

—Nosotras no tenemos la culpa de que tenga la cabeza demasiado abotargada para recordar las cartas que tiene en la mano —sentenció lady Withcote.

—¡He visto perfectamente que hacían trampas, brujas embusteras!

—¿Brujas? —chilló lady Withcote.

—¡Cómo te atreves a insultar a una dama, grandísimo patán! —gritó lady Cooper—. ¡Si yo fuera un hombre...!

—¡Si usted fuera un hombre, lo tumbaría de un puñetazo! —la interrumpió el joven.

Olivia se abrió camino entre la multitud.

—Señoras, acompáñenme —dijo—. Salta a la vista que este hombre no está en sus cabales, porque de otro modo no exhibiría estos malos modales ni amenazaría a un par de mujeres indefensas.

El borracho se volvió hacia ella nada más oírla, colorado como un tomate. Abrió la boca para hablar, pero no fue capaz de pronunciar palabra.

Ese era el efecto que solía tener sobre los hombres la primera vez que la veían. Estaría borracho, sí, pero no era ciego.

Olivia decidió aprovechar la momentánea distracción para sacar a las damas del comedor.

Pero para su irritación, el joven se recobró pronto de la impresión.

—¡Ah, no, ni hablar! —gritó—. ¡Me han emborrachado, me han engañado y me han robado, y no pienso dejar que vayan de rositas! ¡Las denunciaré ante el magistrado y me encargaré de que las azoten públicamente como castigo! —Cogió una silla y la estampó contra la pared—. ¡Quiero mi dinero!

La amenaza no asustó a Olivia en absoluto. Cualquier Atroz DeLucey era capaz de ablandar a un magistrado como si fuera arcilla. Sin embargo, no estaba de humor para engatusar a magistrados ni para perder el tiempo tranquilizando a tipos tercos y desagradables.

Llevaba dos días muy ajetreados con los preparativos del viaje, y todo por culpa de un hombre obstinado, maleducado e idiota. Y cuando por fin lograba cerrar los ojos un rato, la despertaban por culpa de otro hombre obstinado, maleducado e idiota.

Estaba cansada, hambrienta y el joven al que consideraba su mejor amigo había demostrado ser un alcornoque, tan obtuso como los demás.

—Usted, señor —dijo con la dicción perfecta y el tono

gélido que su padrastro usaba para poner en su sitio a los advenedizos y a los ignorantes—, acaba de insultar a estas damas. Discúlpese.

El borracho se detuvo justo cuando estaba a punto de levantar otra silla. La soltó y se volvió para mirarla.

—¿Cómo?

Los murmullos y cuchicheos de la clientela cesaron de repente.

—He dicho que se disculpe.

El hombre se echó a reír.

—¿Con este par de mangantes? —exclamó señalando a sus acompañantes con un pulgar muy sucio—. ¿Es usted tonta?

—En ese caso, elija su arma —repuso Olivia.

—¿Cómo?

—Elija —repitió—. Pistolas o espadas.

El hombre echó un vistazo por la estancia.

—¿Esto es una broma? Porque no pienso permitir que se rían de mí.

Olivia se quitó los guantes, se acercó a él y le cruzó la cara con uno de ellos.

—Cobarde —dijo.

Se oyó un murmullo colectivo.

Mientras se apartaba del borracho, echó un discreto vistazo por el comedor, reparando en sus alrededores: vías de escape, obstáculos y posibles armas.

—Su comportamiento es indigno —añadió ella—. Es usted despreciable.

—¡La madre que...!

Se abalanzó hacia ella.

Olivia agarró la jarra del café que descansaba sobre la mesa de su derecha y se la estampó en la cabeza.

A partir de ese momento las cosas se «animaron» bastante.

Durante lo peor de la tormenta, Lisle se vio obligado a buscar refugio en una posada en Enfield, situada a más de kilómetro y medio de la casa de postas.

El sol ya estaba bien alto cuando logró llegar al susodicho establecimiento. Aunque esperaba encontrarse el patio atestado de viajeros ansiosos por reemprender la marcha, descubrió que la gente se agolpaba en la puerta del comedor, de puntillas para ver lo que sucedía en el interior.

Desmontó y, después de dejar a Nichols al cargo de los caballos, se dirigió a la puerta del comedor.

—¿Qué pasa? —oyó que preguntaban.

—El hijo del magistrado, que está otra vez borracho y ha vuelto a enfadarse por algo —contestó alguien.

—Lo de siempre.

—Pero esta vez hay una pelirroja que le está cantando las cuarenta.

Lisle entró a toda prisa, a tiempo de escuchar cómo Olivia insultaba a alguien. Se internó en la multitud, pero no fue lo bastante rápido. Vio, y escuchó, cómo le cruzaba la cara con un guante a un hombre en claro estado de embriaguez.

Un testigo boquiabierto le cortó el paso y le impidió llegar a tiempo para bloquear al borracho antes de que este se abalanzara sobre ella. Olivia le estampó una jarra de café en la cabeza y el hombre cayó al suelo. Un sirviente que en ese momento pasaba con una bandeja se tropezó y golpeó a un huésped. Hubo gente que corrió hacia la puerta, algunos se subieron a las sillas y a las mesas, pero la mayoría se acercó al lugar de los hechos.

Lisle reparó en la presencia de Bailey mientras se abría paso entre el gentío para llegar hasta Olivia. A diferencia del resto del personal, la doncella mantenía la cabeza fría y estaba ayudando a las dos ancianas a ponerse en pie con mucha calma, al tiempo que les señalaba el camino hacia el patio.

En ese momento lo distrajo de nuevo la voz de Olivia.

—Es una desgracia para sus congéneres, y eso que pertenece al sexo fuerte —la escuchó decir con un tono de voz gélido que debía de haber aprendido de Rathbourne.

El aturdido borracho seguía tumbado en el suelo, mirándola sin dar crédito.

Era el momento perfecto para hacer mutis.

Pero no.

—Un caballero acepta los chichones y aprende la lección —prosiguió Olivia, furiosa—. Desde luego... ¡Mira que discutir con señoras! Debería darle vergüenza, so fanfarrón. Qué pena que entre los presentes no haya ningún hombre capaz de darle una buena tunda.

—¡Y que lo diga, señorita! —gritó alguien desde el fondo de la estancia.

—Se aprovecha por ser quien es.

—Nadie le rechista porque es el hijo del magistrado.

Los ánimos estaban muy caldeados. Por regla general, Lisle estaría encantado de unirse a la refriega. Disfrutaría de lo lindo dándole a ese imbécil una somanta de palos que no olvidaría en la vida.

Sin embargo, las peleas de ese tipo eran impredecibles... tanto como lo era Olivia en un arranque de furia. Cabía la posibilidad de que acabaran matándola.

Se acercó a ella y le dio unos golpecitos en un hombro. Ella lo miró de reojo fugazmente. Tanto fue así que apenas alcanzó a ver esos relampagueantes ojos azules, y siguió con el rapapolvo.

Dado su estado de ánimo, no tenía claro que lo hubiera reconocido. Y dado su estado de ánimo, solo cabía hacer una cosa.

Se pegó a ella por detrás, le rodeó los hombros con el brazo derecho para aferrarla por la axila izquierda, la golpeó en la base de la espalda con la cadera para desestabilizarla y, una vez que perdió el equilibrio, la alejó a rastras del lugar. Olivia se debatió para zafarse de sus manos, pero el ángulo en el que había quedado su cuerpo no le daba mucho margen de maniobra. Lo único que podía hacer era dejarse arrastrar mientras lo ponía de vuelta y media.

—¡Vete al cuerno, no he acabado con él! ¡No pienso irme a ningún lado! ¡Suéltame!

—Cierra el pico —replicó—. Tenemos que salir de aquí antes de que llegue el alguacil. Si la gente descubre quién eres, acabarás otra vez en los periódicos.

—¿Lisle?

—¿Quién pensabas que era?

Tras un breve silencio...

—¡No! —la oyó chillar—. ¡Quítame las manos de encima! ¡No he acabado con ese alcornoque borracho!

Olivia intentó asestarle una patada, pero él logró mantener las piernas a salvo de sus ataques mientras la arrastraba por los adoquines del patio en dirección al carruaje.

—Como no te tranquilices, te juro que te dejo inconsciente, te ato, te amordazo y te llevo directa a Derbyshire —la amenazó.

—¡Oooh, eres tan grande y tan fuerte...! ¡Mira cómo tiemblo!

—O a lo mejor te dejo a un lado del camino, atada y amordazada.

El posadero, que los había seguido, los adelantó a la carrera para abrir la portezuela del carruaje antes incluso de que lo hiciera el lacayo. Lisle la subió y ella entró a trompicones. En cuanto su doncella la cogió, cerró la puertezuela con todas sus fuerzas.

—En marcha —le ordenó al cochero—. Yo te sigo de cerca.

El vehículo abandonó el patio traqueteando sobre los adoquines.

—Gracias, señor —dijo el posadero—. En estos casos es mejor quitar a las damas de en medio. Es lo que siempre digo: «Ojos que no ven, corazón que no siente».

Lisle arrojó una bolsita con monedas al hombre.

—Siento mucho el desorden que han causado —se disculpó.

Sin más demora, fue en busca de Nichols y de su caballo. Al cabo de unos minutos volvía a cabalgar por el antiguo camino del norte.

Olivia iba a matarlo.

Si él no la mataba antes.

Ware, Hertfordshire,
a treinta kilómetros de Londres

Tras declararse famélicas, lady Cooper y lady Withcote se apearon y entraron a toda prisa en La Cabeza del Sarraceno para desayunar.

Olivia le ordenó a Bailey que las acompañara, pero ella se quedó en el carruaje, intentando recuperar la compostura. Necesitaba tener la cabeza fría para pensar, para lidiar con Lisle.

El cansancio y el incordio que le suponía reconocer que había calculado mal la jugada le dificultaban la tarea de pensar con lógica. Tampoco le había ayudado mucho escuchar la chá-chara de las dos ancianas, por entrañables que fueran. Ver a Lisle apartar a alguien de un empujón había sido lo más emocionante que habían presenciado en años. De modo que si-guieron hablando sobre el episodio, con sus típicos comen-tarios subidos de tono sobre sus músculos, su resistencia y demás.

La conversación le hizo recordar la tibia presión de ese brazo tan fuerte. Se podía decir que aún lo sentía, como si hu-biera dejado su huella. ¡Maldito fuera!

Daba igual, se dijo. Solo era un hombre que había hecho alarde de su virilidad, y sí, era emocionante, pero lograría su-perarlo.

Y puesto que se trataba de Lisle, era de esperar que se com-portara de forma exagerada y apareciera antes de lo previsto.

Porque sabía que iba a seguirla. Se veía como su hermano mayor y, además, su carácter era protector por naturaleza. Por si eso no bastaba, se creía muchísimo más racional y reso-lutivo que cualquier mujer, una conclusión típicamente mas-culina. Ningún hombre se fiaba de que una mujer se hiciera cargo de nada, salvo del cuidado de la casa y de los niños; aun-que entre las clases pudientes ni siquiera se les confiaba esa labor.

Hasta su madre, que conocía todos y cada uno de sus de-fectos, sabía que era más que capaz de encargarse de los preparativos de un viaje tan largo y de la restauración de la propiedad. No tenía pensado ocuparse ella sola, por supuesto, si bien sería capaz de hacerlo si se lo proponía.

En fin, en el fondo todo marchaba según lo planeado, salvo por ese imprevisto en la casa de postas. Un imprevisto muy divertido, por cierto. La cara del borracho cuando lo golpeó con el guante fue un poema.

Pero luego tuvo que aparecer Lisle y sacarla a rastras y...

La portezuela del carruaje se abrió en ese momento.

Y allí estaba él, mirándola con un arcoíris alrededor de uno de esos ojos plateados.

—Sería mejor que bajaras a desayunar —le dijo—. No volveremos a parar hasta mediodía.

—¿Volveremos? —repitió, enfatizando el uso del verbo en plural—. Me dijiste que no vendrías. Preferirías vivir en la pobreza en Egipto o morir de hambre antes que ceder a la presión de tus padres. Para ti ir a Escocia es un destino peor que la muerte.

—Y viajar contigo va ser todavía peor, me temo —replicó él—. ¿Quieres comer o no? Pasarán horas antes de que tengas otra oportunidad para hacerlo.

—No estás al cargo de este viaje —le recordó.

—Lo estoy desde este instante —la contradijo Lisle—. Estabas decidida a obligarme a hacer esto, así que tendrás que hacerlo a mi modo. Me da igual que comas o que te mueras de hambre, tú decides. Yo voy a echarle un vistazo a la famosa cama. —Y dejando la portezuela abierta, regresó al interior de la posada.

Diez minutos después Olivia irrumpió en el dormitorio.

—Tú... —dijo. Sin embargo, ni cegada por la furia podría obviar la enorme cama, que la frenó en seco—. ¡Por el amor de Dios! ¡Es gigantesca!

Lisle alzó la mirada del poste que estaba examinando.

Olivia tenía el bonete ladeado y se le estaba soltando el moño, de modo que los rizos pelirrojos le rozaban la delicada piel del cuello. Tenía la ropa arrugada por el viaje. La furia re-lampagueaba todavía en esos ojos increíblemente azules, a pesar de haberlos abierto de par en par en cuanto vio la cama, tan famosa en la época de Shakespeare. Tenía una apariencia indómita, y aunque a esas alturas ya debería haberse acostumbrado a la belleza de su rostro, verla de esa forma lo desestabilizó otra vez, de modo que el corazón comenzó a latirle de forma rápida y dolorosa.

—Sí, por eso la llaman la Gran Cama de Ware —replicó con voz serena—. ¿No la habías visto nunca?

La vio negar con la cabeza, y el movimiento agitó sus rizos.

—Es muy antigua; para los cánones ingleses, me refiero —prosiguió—. Shakespeare la menciona en *Noche de reyes*.

—Ya he visto otras del estilo —le aseguró ella—. Tonela-das de roble tallado hasta el último milímetro. Pero ninguna tan grande.

Ciertamente la exuberancia del tallado era mareante. Flo-res, frutas, animales, personas y seres mitológicos cubrían toda la superficie visible de la madera de roble.

—El colchón mide más de dos metros de largo y más de tres de ancho, dando un área interior considerable —comen-tó. Los hechos siempre eran un tema seguro y relajante—. En realidad, es una habitación en sí misma, rodeada por cortinas. Mira los paneles.

Olivia se acercó.

El movimiento hizo que a Lisle le llegara su olor y recor-dó el roce de su cuerpo bajo sus manos cuando la obligó a sa-lir de la posada.

«Hechos», se repitió. Se concentró de nuevo en las carac-terísticas físicas de la cama. En el interior del dosel podían admirarse dos paneles tallados con escenas de la ciudad, que incluían sus famosos cisnes. Pasó el índice con cuidado sobre la madera tallada. Carecía de la elegancia del arte egipcio. Sin embargo y para su sorpresa, le resultó entrañable.

—Son como ventanas, ¿lo ves? —dijo—. Su propósito era el de entretener. Seguro que recién hecha todo era mucho más espectacular. Aquí y aquí se aprecian restos de pintura. Supongo que en aquella época era muy colorida, como los templos y las tumbas egipcias. Y al igual que sucede en Egipto, los visitantes han dejado su huella. —Pasó el dedo sobre unas iniciales—. Y sus firmas.

Devolvió la mirada al rostro de Olivia. Tenía una expresión maravillada. La furia había desaparecido, la tormenta había amainado porque ella también había sucumbido al encanto de la cama. Era una mujer sofisticada, ladina y nunca había sido una inocentona, pero poseía una imaginación portentosa y ciertas cosas la cautivaban, al igual que les sucedía a los niños.

—Qué raro que no la hayas visto antes —dijo.

—No es raro —lo contradijo ella mientras examinaba la cabeza de un león en cuyo hocico se veía un sello rojo—. Nunca viajamos por este camino porque normalmente vamos a Derbyshire o a Cheshire. Además, cuando salgo de Londres siempre lo hago porque he caído en desgracia, lo que significa que hay que alejarme de la ciudad lo antes posible. Así que nunca he tenido tiempo para admirar este tipo de cosas.

Apartó la mirada de ella. Si seguía contemplándola, acabaría atontado. Decidió examinar uno de los sátiros que adornaban los postes.

—Abofetear a ese borracho con un guante y llamarlo cobarde no ha sido muy sensato por tu parte.

—Pero me ha resultado la mar de satisfactorio.

—Has perdido los estribos —le recordó. Cuando eso sucedía, no confiaba ni en el cerebro ni en los instintos de Olivia. Ni siquiera podía confiar en que cuidara de sí misma. Se alejó del poste y entrelazó las manos a la espalda—. ¿Qué es lo que siempre te dice tu madre al respecto? —le preguntó, imitando el tono paciente que había empleado lady Rathbourne para dirigirse a ella el día que la conoció.

Olivia lo miró con los ojos entrecerrados.

—Que cuente hasta veinte.

—Creo que no has contado hasta veinte —apostilló.

—No estaba de humor para hacerlo —replicó ella.

—Me sorprende que no le hayas dedicado una de tus disculpas. —Se llevó una mano al pecho y con voz de falsete dijo—: «¡Ay, señor! Mis más sinceras y humildes disculpas». Después de decirle eso, podrías haber pestañeado de forma exagerada y haberte hincado de rodillas. —Eso era lo que había hecho el día que la conoció, y la actuación lo había dejado anonadado—. Así habrías conseguido que todo el mundo se echara a llorar... o que se quedaran mudos por la impresión, incluido el borracho, y podrías haber salido de allí tan tranquila.

—Ahora me arrepiento de no haberlo hecho —repuso Olivia—. Así habría evitado que me sacaran de la posada por la fuerza bruta.

En cuanto a Lisle, habría evitado tocar ese cuerpo tan esbelto.

—Lo que no entiendo es por qué no lo sacaste a él de la posada y le pusiste la cabeza bajo el chorro de la fuente —siguió ella—. Eso es lo que debió hacer alguien en cuanto comenzó la trifulca. Pero todo el mundo le tenía miedo. Tú no, creo. Pero tenías que hacer un alarde de virilidad y despotismo... ¡conmigo!

—Era más divertido sacarte a ti a rastras —adujo.

Olivia se acercó para examinarle el ojo.

Su olor lo rodeó y notó que se le aceleraba aún más el corazón.

—Ese Belder... —comentó ella mientras meneaba la cabeza—. Debería haberte golpeado más fuerte. —Y salió del dormitorio.

El día era gris y desapacible, y la lluvia había asentado el polvo. Las damas necesitaban aire fresco, según ellas. Un carruaje tan lóbrego y mal ventilado no era precisamente la forma más agradable de viajar.

Olivia sospechaba que el motivo por el que querían bajar las ventanillas no era otro que el de admirar el paisaje masculino que tenían tan a mano.

El paisaje, por supuesto, era digno de admirar, de modo que no se resistió a darse el gusto, aunque Lisle había acabado convirtiéndose en una terrible desilusión.

Viajaba a caballo, casi pegado a su ventanilla, y mantenía el paso del vehículo en vez de adelantarse como ella había esperado que hiciese. La velocidad a la que se movía el carruaje, por consideración a los vetustos huesos de las damas, debía de ser demasiado lenta para él. Para ella desde luego lo era. Le encantaría viajar también a caballo, pero como no había previsto que pudiera antojársele, no lo había dispuesto.

Su silla de montar viajaba en uno de los carruajes que transportaban el resto de sus pertenencias, y estaba muy bien guardada porque no había creído necesitarla hasta que llegaran a su destino. Si bien podía haber alquilado una montura en alguna de las casas de postas, ya que era capaz de montar cualquier caballo sin problemas, la silla de montar era otra cuestión. La silla de montar de una dama era un objeto tan personal como el corsé, y se hacía a medida.

Claro que ella no necesitaba una silla para montar. Al fin y al cabo, era la hija de Jack Wingate, y se manejaba a lomos de un caballo como el mejor jinete.

Sin embargo, era un secreto que prefería guardarse. Como también lo era el atuendo masculino que Bailey le había adaptado y que yacía pulcramente doblado en uno de los baúles, oculto entre el resto de sus cosas.

Recordó lo sorprendido que se mostró Lisle la primera vez que la vio vestida con ropa masculina. Justo estaba recordando ese momento, ¿cómo iba a olvidar la expresión tan cómica que puso?, cuando el carruaje se detuvo.

El vehículo se zarandeó un poco cuando los lacayos bajaron de la parte trasera. Vio que uno se adelantaba a la carrera para sujetar a los caballos.

—¿Qué pasa? —preguntó lady Cooper.

—Creo que Lisle ha notado algo raro en una de las ruedas —contestó lady Withcote.

La portezuela se abrió y un lacayo desplegó los escalones. Lisle estaba tras él.

—No quería molestarlas, señoras —dijo—. Solo vengo a por Olivia.

Las ancianas le sonrieron.

—Solo viene a por ti —dijo lady Cooper.

—Me dijo que pensaba dejarme tirada en la cuneta —replicó ella.

—No seas tonta —le recriminó lady Withcote—. ¿Cómo va a hacer algo así?

Podría hacer algo mucho peor, pensó ella. Porque había tenido mucho tiempo para reflexionar sobre la herida que le había infligido a su orgullo masculino. Seguro que había preparado un rapapolvo aburrido y desquiciante.

—No habíamos planeado detenernos tan pronto —le recordó—. Íbamos a parar en ... —Le echó un vistazo al libro que tenía en la mano, *Los caminos de Paterson*—. En Buntingford.

—Quiero enseñarte una cosa —repuso él.

Olivia sacó la cabeza por la portezuela y miró a derecha y a izquierda.

—No hay nada que ver —comentó.

Salvo un hombre demasiado guapo montado a lomos de un caballo, con pinta de formar parte de él.

—No seas tan quisquillosa —le recriminó él.

—¡Por Dios, niña, no seas tan quisquillosa! —exclamó lady Cooper—. Deja que el muchacho te enseñe lo que quiera enseñarte.

—Me vendría bien una parada —terció lady Withcote—. La aprovecharía para echar un sueñecito sin tantas sacudidas y sin tanto traqueteo. Me siento un poco mal. Supongo que se me ha indigestado la comida.

Olivia se volvió para mirar a las ancianas.

—¿No quieres ver lo que quiere enseñarte? —le preguntó lady Cooper.

La joven se apeó.

Las damas se inclinaron para ver qué sucedía a través del vano de la portezuela.

Olivia se acercó a Lisle. Consciente de la musculosa pierna que tenía tan cerca y que veía por el rabillo del ojo, le acarició el hocico al caballo.

—Me dijiste que nunca tenías tiempo para admirar las cosas interesantes que había por el camino —lo oyó decir—. Hay algo justo al girar a la izquierda.

Un tanto sorprendida, volvió la cabeza en dirección al lugar que le indicaba. Después lo miró a él.

—No voy a llevarte a un lugar desierto para matarte —le aseguró Lisle—. Al menos no ahora mismo. Si me voy contigo y regreso solo, lady Cooper y lady Withcote podrían notarlo. Y Bailey lo notaría seguro. Está aquí cerca. Podríamos ir andando sin problemas, pero el campo está muy embarrado. Puedes montar el caballo de Nichols.

Olivia levantó una mano para impedir que el aludido desmontara.

—No, quédate donde estás. Puedo ir a la grupa de Su Ilustrísima.

—No, no puedes —la contradijo Lisle.

—Has dicho que está aquí cerca —le recordó—. No tiene sentido perder tiempo haciéndole los ajustes necesarios a la silla para poder montar el caballo de Nichols. Unos ajustes que después tendría que revertir él para seguir el viaje. Puedo sentarme a la grupa contigo.

Lisle la miró. Después miró a Nichols.

Pese al aguacero que les había caído encima la noche anterior, el ayuda de cámara conservaba su aspecto elegante y compuesto. Aunque no lo demostraba, Nichols preferiría la muerte antes que hacer los ajustes necesarios para que ella montara en su caballo. Olivia no veía motivos para torturarlo de ese modo; ni la había insultado ni la había herido.

—¿Qué te pasa? —le preguntó a Lisle—. ¿Tienes miedo de que te tire del caballo de un empujón?

—Más bien me asusta un poco la posibilidad de que me apuñales por la espalda —contestó—. Júrame que estás desarmada.

—No seas ridículo —replicó ella—. Nunca te apuñalaría por la espalda. Eso sería deshonroso. En todo caso lo haría en el cuello o en el corazón.

—Muy bien, pues —dijo Lisle mientras sacaba el pie izquierdo del estribo para que ella lo usara como apoyo.

Después de agarrarlo del brazo, tomó impulso y se sentó a horcajadas tras él.

—¡Demonio de chica! —gritó lady Withcote—. ¡Yo no he podido hacer eso en la vida!

—Millicent, tú eras muy ágil para otras cosas... —señaló su amiga.

Mientras tanto Olivia acababa de percatarse del grave error de cálculo que había cometido.

6

Había actuado de forma impulsiva, y ¿por qué no hacerlo?

Estaba tan cómoda a lomos de un caballo como el mejor jinete.

Había cabalgado a la grupa miles de veces con su padre.

Y ahí estaba la clave, que lo había hecho con su padre, y cuando era pequeña.

Lisle no era su padre. Había cabalgado a la grupa con él en un par de ocasiones, pero de eso hacía siglos, cuando todavía no exudaba tanta virilidad.

No se le había ocurrido agarrarse a su gabán. Le había pasado los brazos por la cintura, porque eso era lo natural.

Y en ese momento se sentía muy acalorada porque notaba su estrecha cintura bajo los brazos y estaba pegada a su musculosa espalda. Era consciente del roce de sus muslos y de sus piernas, y del ritmo acompasado de sus cuerpos mientras el caballo avanzaba por el embarrado camino.

Incluso sentía cómo se desintegraba su fuerza moral... la poca que tenía.

En fin, solo sería un trecho muy corto, en cuyo final la esperaba un sermón largo y aburrido. Eso la ayudaría a refrenar ciertos impulsos inútiles e inoportunos.

Apoyó la mejilla en la nuca de Lisle y aspiró el olor terrenal a hombre, caballo, aire de la campiña y tierra mojada, y entre todos ellos, la excitante y sutil reminiscencia de su jabón de afeitar.

Al cabo de un momento, le oyó decir:

—Me pregunto para qué otras cosas era ágil Millicent.

—Nada tan exótico como te imaginas —señaló ella—. Supongo que no sería tan ágil como las bailarinas de tu harén. Ni tan flexible.

—En primer lugar, no me imagino nada —replicó Lisle—. Y en segundo, las bailarinas no tienen por qué pertenecer a un harén.

¡Vaya por Dios!, exclamó Olivia para sus adentros. Una clase magistral sobre matices semánticos. Eso la ayudaría a olvidarse de su abrumadora virilidad y de su olor masculino, que deberían embotellar y etiquetar con el símbolo de la calavera y las tibias cruzadas.

—El término «harén» se emplea normalmente para referirse a las mujeres que residen en una misma casa —le explicó—, aunque ese no sea el significado exacto de la palabra, que designa un lugar sagrado o prohibido. Las bailarinas, sin embargo...

—Pensaba que íbamos a torcer a la izquierda —lo interrumpió.

—Ah, sí. —Le indicó al caballo que saliera del camino.

Justo a tiempo. Tal vez fuera por su olor, o por el calor de su cuerpo, o por toda la virilidad que irradiaba, o más probablemente por la abrumadora combinación de todos esos elementos, pero de repente se descubrió muy interesada por el significado correcto de la palabra «harén».

No tardaron en llegar a un prado que atravesaron hasta alcanzar una zona cercada en cuyo centro se levantaba lo que parecía un bloque de piedra.

—Aquí está —dijo Lisle.

Al acercarse, Olivia reparó en la placa metálica incrustada en la piedra.

—Una piedra —comentó—. Has detenido el carruaje para traerme a ver una piedra.

—Es la Piedra del Globo —le informó él—. El primer globo aerostático que voló en Inglaterra aterrizó aquí.

—¿De verdad?

—Existe otro lugar que reclama el honor, pero...

—¡Tengo que verlo!

Ansiosa por bajarse y alejarse de él a fin de recobrar la lucidez, no dudó ni un momento en desmontar. Colocó una mano en la parte trasera de la silla y la otra en su muslo... y lo sintió al instante: aquel contacto tan íntimo le provocó una descarga, aunque ya era demasiado tarde para echarse atrás. Además habría sido absurdo. Ese era el modo más rápido y fácil de desmontar.

Pasó la pierna sobre la grupa del caballo, consciente de la presión de la mano de Lisle sobre la suya... consciente de la dureza de su muslo debajo de esa mano que la ayudaba a mantener el equilibrio. Se deslizó hasta el suelo con el corazón desbocado.

Sin esperar a que él desmontara, se apresuró a acercarse a la valla, se levantó las faldas y trepó hacia el interior de la zona cercada.

Sabía que acababa de ofrecerle una vista privilegiada de sus enaguas y de las medias. Sabía lo que ese tipo de imagen provocaba en los hombres. Sin embargo, Lisle la había soliviantado en ese sentido. Así que era justo que se la devolviera.

—«Sirva como constancia y asombro para la posteridad —declamó con el tono solemne que solía emplearse en las ceremonias de Estado—, que en el día 15 de septiembre de 1784, Vincent Lunardi de Lucca, oriundo de la Toscana, el primer viajero aéreo que alzó el vuelo en Gran Bretaña desde Artillery Ground en Londres y que sobrevoló las tierras de esta nación durante dos horas y quince minutos, tomó tierra en este mismo lugar.»

Lisle seguía en la valla. Todavía no se había recuperado del trayecto a caballo. De los brazos de Olivia alrededor de su cintura, de esos diabólicos pechos presionados contra su espalda y del roce de esas piernas contra las suyas. Su cuerpo seguía vibrando como consecuencia de su proximidad, sobre todo en la parte delantera central.

Hasta tal punto lo había aturullado que había estado a punto de seguir recto en vez de tomar la desviación hacia la izquierda.

Ni siquiera había tenido tiempo de recuperar el sentido común cuando la vio saltar la valla, ofreciéndole una magnífica vista de sus enaguas y de sus medias.

En ella era normal un comportamiento tan desmedido, como bien había demostrado en el pasado, porque lo veía como a un hermano. Por eso le daba igual levantarse las faldas y no había titubeado a la hora de montar tras él.

Sin embargo, no era su hermano, ni mucho menos el niño que permanecía imperturbable ante un despliegue de ropa interior femenina. Por no mencionar que durante su niñez Olivia no llevaba ese tipo de medias, con el tentador bordado azul, ni esas enaguas tan femeninas con su profusión de encaje. Y en aquella época no tenía unas piernas tan torneadas ni unos tobillos tan espléndidos. O en caso de que los tuviera, él no había reparado en ellos.

Una vez que logró asimilar todos esos detalles y que sus órganos reproductores se calmaron de modo que su mente recuperó el control, saltó sobre la valla y se colocó a su lado mientras ella terminaba de leer la rimbombante placa que conmemoraba el primer vuelo en globo aerostático en Inglaterra.

Cuando acabó, lo miró y dijo:

—¿No es asombroso? Un sitio tan tranquilo como este fue testigo de un acontecimiento histórico. Es maravilloso que dejaran constancia en el lugar.

—Dijiste que nunca has tenido tiempo para detenerte a ver lugares interesantes —adujo él.

Y por muy enfadado que estuviera con Olivia, se había compadecido de ella cuando la oyó confesar algo así. Cuando era pequeño, su padrino solía llevarlo con él en sus viajes. Lord Rathbourne siempre se aseguraba de detenerse en aquellos puntos significativos del trayecto y se los mostraba mientras le contaba anécdotas, sobre todo si eran historias escalofriantes de las que tanto gustaban a los niños e incluían macabros asesinatos, espíritus y cosas del estilo.

Le parecía extraño e injusto que una niña con la imaginación desbordante de Olivia y con su sed de aventuras y emociones hubiera tenido tan pocas oportunidades de disfrutar de esos lugares de interés.

—No tenía ni idea de esto —confesó—. Imagínate. Hace casi cincuenta años. ¿Qué pensaría la gente que vivía aquí cuando lo vio?

—Se asustaron —contestó—. Ponte en el lugar de un aldeano de aquella época. —Levantó la vista hacia el cielo encapotado—. De repente, miras hacia arriba y ves que aparece una cosa gigantesca donde supuestamente solo hay pájaros y nubes.

—No sé yo si me habría asustado.

—Tú en concreto no —reconoció Lisle—. Pero si hubieras sido una aldeana normal y corriente, sí.

Algo del todo inconcebible. Olivia jamás sería una persona normal y corriente.

—Siempre he deseado montar en un globo aerostático —la oyó decir. No le sorprendió—. Debe de ser muy emocionante —prosiguió ella— mirar hacia abajo y ver el mundo desde tanta altura.

—Subir hasta lo más alto es estupendo —señaló Lisle—. Bajar es otra cuestión. Lunardi no sabía cómo manejar el globo. Se armó de unos cuantos remos pensando que podría remar en el aire.

—Pero lo intentó —replicó Olivia—. Tuvo un sueño y lo siguió. Una noble cruzada. Y aquí hay una piedra que conmemora la ocasión, para que quede constancia de aquello, como reza la placa.

—¿No te parece que la frase está un poco... inflada? —le preguntó. Era una broma pésima, pero no pudo resistirse.

—¡Inflada! Lisle, por Dios... —Resopló por la nariz y disimuló la carcajada que acababa de escapársele—. Qué chiste más horrible.

—El tal Vincent se llevó consigo un gato, un perro, una paloma y una cesta con provisiones —dijo—. Lo de las provisiones lo entiendo. Lo de los animales, no. En cualquier caso, la paloma no tardó en escaparse y al gato le sentó muy mal el viaje por el aire, de modo que acabó a escasa distancia de Londres.

Ese comentario sí le arrancó una carcajada. Una carcajada incontenible y sincera que lo sobresaltó. Porque no se parecía en nada al sonido tan agudo y afectado de algunas mujeres. Su risa era gutural, ronca, y se deslizó por su espalda con la suavidad del terciopelo.

Era una risa que despertaba imágenes peligrosas (cortinas vaporosas agitadas con la brisa sobre sábanas arrugadas, por ejemplo) y que lo desarmó al mismo tiempo. La miró con una sonrisa bobalicona.

—Pues menos mal —comentó ella—. ¿Te lo imaginas? La cesta de un globo aerostático, tan pequeña, atestada con las provisiones, los remos, los instrumentos y todo lo demás. Y para colmo el gato, el perro y la paloma. Y el pobre gato, vomitando. Me imagino la cara de Lunardi. ¡Las ganas que tendría de arrojar el gato por los aires! Me preguntó si tomó tierra cuando se detuvo a soltarlo...

—Olivia, por favor, sabes perfectamente que no tengo imagin...

Sin embargo, en ese punto Lisle resopló por la nariz y acabó estallando en carcajadas al imaginarse exactamente lo que ella acababa de describir.

Sus preocupaciones y sus frustraciones desaparecieron por un instante, y volvió a ser el niño feliz de antaño. Se apoyó en la valla y rió como hacía años que no lo hacía.

Después le contó la historia de la señorita Letitia Sage, con sus casi noventa kilos de peso, que fue la «primera viajera aérea» y que ascendió en un globo acompañada por un amigo de Lunardi, llamado Biggins.

Como era de esperar, Olivia esbozó la escena: la cesta del globo girando en el aire como una peonza y la enorme mujer deslizándose hacia el suelo... en dirección al aterrorizado Biggins. No obstante, en el último momento el viento cambió de dirección y Biggins se libró de morir aplastado.

Olivia no solo lo contaba, sino que interpretaba los distintos papeles, usando un tono de voz distinto para cada personaje, incluidos los animales.

Mientras intercambiaban historias y se reían a mandíbula batiente, se fueron acercando. Fue algo natural, en absoluto premeditado. Como siempre les había sucedido.

Podría haberse quedado con ella en ese lugar durante un buen rato, desterrado el enfado y el resentimiento, disfrutando de su compañía. La había echado de menos, y eso era un hecho innegable. Recordó cómo gracias a ella el mundo había recobrado el equilibrio cuando lo llevó hasta la antecámara durante la fiesta, hacía tan solo unos días, y le dijo: «Cuéntamelo».

Claro que no tardó mucho en volver a desequilibrar su mundo, más bien a ponerlo patas arriba, y todavía sentía deseos de matarla. Pero también lo tenía deslumbrado, y reconocía que hacía mucho tiempo que no se sentía tan feliz.

No tenía prisa por irse, pese a la desagradable racha de viento que sopló de repente y los azotó como si fuera una bofetada.

Sin embargo, vio que Olivia tiritaba y dijo:

—Será mejor que volvamos.

Ella hizo un gesto afirmativo, con la vista clavada en el monumento.

—La verdad es que les hemos dado a las damas tiempo suficiente para que especulen con lo que hemos estado haciendo exactamente.

—Menudo par —comentó—. ¿Cómo lograste convencer a mis padres de que serían unas carabinas apropiadas? Ya puestos, todavía no entiendo cómo has logrado convencer a todo el mundo...

—Lisle, sabes muy bien que explicar la trampa va en contra de las normas de un DeLucey.

—Admites que has hecho trampa —replicó, observando su risueño perfil.

Olivia se volvió para mirarlo a la cara con una expresión inocente en sus ojos azules, como si no escondiera nada.

—Todas las que he podido. ¿Sigues enfadado conmigo?

—Estoy furioso.

—Yo también estoy enfadada contigo —reconoció—. Pero de momento lo pasaré por alto, porque me has enseñado la piedra en vez de obligarme a escuchar un sermón aburrido sobre la moral, la ética y blablablá.

—¡Yo no echo sermones!

—Todo el tiempo —lo contradijo—. Por regla general me resulta enternecedor, pero hoy no estaba de humor. Así que como te has contenido, estoy dispuesta a hacer las paces con un beso. Metafóricamente hablando, claro. De momento.

Lisle se percató de que la estaba mirando a los labios y se obligó a desviar la mirada hacia su oreja derecha, un lugar que le pareció inofensivo. Pero no. Porque era una oreja pequeña y con una forma preciosa. Adornada con un pendiente de oro, del cual colgaba una piedrecita de jade. Se percató de que estaba inclinando la cabeza hacia ella.

Y se obligó a desviar la vista hacia otro lado. A la Piedra del Globo, al prado, a cualquier sitio menos a ella. Porque su feminidad le resultaba excesiva a una distancia tan corta. ¿Dónde diantres estaba el viento?, se preguntó. Se había calmado con la misma rapidez con que había arreciado, y su ausencia permitía que oliera su perfume.

Se volvió para decirle que era hora de marcharse.

Justo cuando ella volvía la cabeza y se acercaba a él.

Sus labios se rozaron.

Y Lisle sintió una poderosa descarga.

Por un electrizante momento se limitaron a mirarse en silencio.

Después se apartaron de un brinco como si acabara de caer un rayo sobre la valla.

Olivia se frotó la boca con el dorso de la mano, como si acabara de rozarla un insecto y quisiera borrar su contacto.

Él hizo lo mismo, mientras el corazón le latía desbocado.

Frotarse los labios no sirvió de nada. Olivia era consciente de que nunca podría borrar el recuerdo de ese roce: la cálida firmeza de esos labios, la insinuante promesa de su sabor.

—Tu boca no debía interponerse en mi camino —protestó ella.

—Me he vuelto para hablar contigo —adujo Lisle—. No esperaba que tus labios estuvieran tan cerca.

Olivia se encaramó a la valla.

—Te he dicho que estaba dispuesta a hacer las paces con un beso, pero ¡metafóricamente! —exclamó.

—¡Me has besado!

—Iba a ser un besito fraternal en la mejilla.

O al menos esperaba que esa hubiera sido su intención. Esperaba haber tenido esa intención. Esperaba no haberse vuelto loca.

—No eres mi hermana —señaló él con su característica pedantería mientras se encaramaba también a la valla—. Entre nosotros no existe ningún vínculo familiar. La única relación es que tu padrastro estuvo casado hace mucho con la hermana de mi padre.

—Gracias por la lección de genealogía —replicó.

—Lo que quiero decir...

—No volveré a hacerlo —lo interrumpió—. Puedes quedarte tranquilo.

—Lo que quiero decir —insistió Lisle— es que los hombres no reparamos en ese tipo de detalles. Cuando tenemos cerca a una mujer atractiva que parecer dar un primer paso...

—¡Yo no he dado ningún paso!

—Que parece —repitió él—. He dicho «que parece». ¿Estás sorda o qué?

—Ahora mismo me encantaría estarlo.

—Las mujeres son sutiles —prosiguió Lisle—. Son rápidas a la hora de hacer distinciones. Los hombres no. Los hombres somos como los perros y... ¡Por Dios! ¿Por qué te estoy explicando esto? Sabes exactamente cómo somos los hombres.

Eso mismo pensaba ella hasta ese instante.

Habían llegado al lugar donde el caballo pastaba. Olivia miró al animal antes de volverse para mirar a Lisle.

—Será mejor que regresemos, antes de que las ancianas se

mueran de la curiosidad —dijo—. Puedes seguir con la lección durante el camino de regreso.

—No pienso volver a montarme en ese animal contigo —repuso él.

Ella tampoco quería hacerlo. Los músculos, el calor y el olor del cuerpo masculino envenenaban el cerebro femenino. Y se negaba a permitir que un hombre la volviera idiota, y mucho menos Lisle.

Lo vio entrelazar los dedos.

—Arriba.

Era la opción más inteligente. Sin embargo...

—El camino es un barrizal —le recordó—. Vas a estropearte las botas.

—Tengo más —replicó él—. Sube.

Olivia suspiró, aunque logró disimular para que pareciera un resoplido impaciente, cogió las riendas y apoyó un pie en sus manos. Un pequeño impulso la ayudó a montar.

Con eficiencia y rapidez, Lisle la ayudó a ajustar los estribos y le bajó las faldas.

—¡Por el amor de Dios! —exclamó ella.

—Se te ve todo —adujo él.

—Qué puritano te has vuelto —le reprochó.

—Y tú eres una descuidada que vas por ahí enseñando toda esa... feminidad al mundo.

¡Vaya!, pensó ella. De modo que eso le molestaba.

Se alegró de saberlo. Porque él también la había molestado.

Sonrió y chasqueó la lengua con suavidad para que el caballo se pusiera en marcha.

Las ancianas estaban dormidas cuando regresaron, y ni siquiera se despertaron cuando el carruaje reemprendió la marcha.

Acompañada por sus ronquidos, Olivia abrió *Los caminos de Paterson* para leerle a Bailey la información sobre los pueblos y las aldeas que iban dejando atrás, así como los nombres de los personajes ilustres que residían en los alrededores y las descripciones de sus hogares.

El carruaje aminoró la marcha para subir la cuesta de la loma en la que se emplazaba la siguiente casa de postas, Buntingford. El camino siguió ascendiendo hasta la siguiente parada en Royston. A partir de ese punto, los caballos avivaron el paso ya que durante un buen trecho el camino era llano. Atravesaron el río Cam, y siguieron hasta Arrington, donde se detuvieron en el hotel Hardwicke Arms. Los recibió la dueña en persona, un detalle en absoluto sorprendente. La mujer había reconocido el carruaje de la condesa viuda de Hargate y, al igual que cualquier otro posadero cuyo negocio estuviera en el camino real, sabía lo que significaba el blasón: dinero. Montones y montones de dinero. Gastado a espuertas.

En ese lugar fue donde lady Cooper y lady Withcote se despertaron. Tras declararse muertas de sed y de hambre, se apearon del carruaje en cuanto el lacayo desplegó los escalones.

Olivia estaba a punto de seguirlas cuando Lisle se acercó a la portezuela, a pie en esta ocasión.

—Sé que dijiste que tú decidías los pormenores del viaje, pero tenemos que comer —dijo ella—. Todas estamos famélicas. —La trifulca en la Posada del Halcón le había impedido desayunar. Y cuando pararon en Ware estaba tan enfadada que ni siquiera se había acordado de la comida.

—No tenía intención de matarte de hambre —replicó Lisle, que le ofreció la mano.

Olivia la aceptó y se desentendió del incomprensible nerviosismo que la invadió de repente mientras bajaba los estrechos escalones. Tan pronto como puso los pies en el suelo, le soltó la mano y echó a andar hacia el hotel.

Sin embargo, no logró alejarse; Lisle caminaba con unas zancadas tan largas que no tardó en alcanzarla.

—Si me hubieras recordado que no te dio tiempo a desayunar, habríamos parado antes —le reprochó él—. No suelo fijarme en esos detalles, así que será mejor que no dependas de mí al respecto. De no haber tenido hambre, ni me habría acordado de la comida. Porque cuando viajamos en Egipto no me encargo de la comida, para eso están los sirvientes.

Además, lo normal es que viajemos en *dahabiya,* con un cocinero, provisiones y todo lo necesario para preparar la comida a bordo. No tenemos que detenernos a comer en posadas, claro que fuera de El Cairo tampoco es que abunden. Viajar en *dahabiya* es como viajar en una casa flotante.

Olivia se dejó llevar por la imaginación, y las detalladas escenas que recreó su mente le hicieron olvidar sus inoportunos sentimientos.

—Debe de ser maravilloso —comentó—. La elegante embarcación surcando el Nilo. La tripulación con sus túnicas blancas y sus turbantes. Muy diferente a esto. —Hizo un gesto con la mano que abarcó el patio del hotel—. Flotando sobre el agua. Con un paisaje espectacular hasta donde alcanza la vista. Una franja verde con abundante vegetación. Y más allá del verde, el desierto y las montañas. Entre ambos, los templos y las tumbas como fantasmas de un mundo antiguo.

Ya estaban en el interior del establecimiento cuando acabó de describir su ensoñación. Descubrió que Lisle la miraba como si fuera un garabato extraño en una piedra.

—¿Qué? —le preguntó—. ¿Qué pasa ahora? ¿Voy enseñando mucho el cuello?

—Qué fácil te resulta imaginar cosas —le oyó decir.

Para ella era algo tan natural como respirar.

—En este caso, es como si estuviera recordando la escena —replicó—. Me has enviado bosquejos y acuarelas, y además tenemos montones de libros sobre Egipto. —La mayoría los había comprado ella, para poder seguir los viajes que Lisle describía brevemente en sus cartas—. No puedo verlo como tú lo ves, pero entiendo lo mucho que lo añoras.

—Entonces ¿por qué...? —dejó la pregunta en el aire y meneó la cabeza—. No. Hemos declarado una tregua.

Sabía lo que Lisle había estado a punto de preguntarle. Si entendía lo mucho que añoraba Egipto, ¿por qué lo había enredado en ese horrible viaje hacia uno de los lugares que más odiaba de la tierra, solo para apaciguar los ánimos de unos padres a quienes les importaba un comino su felicidad y que no le entendían en absoluto?

Ella comprendía, mejor que nadie, el deseo de experimentar una vida distinta a la real. El deseo de perseguir un sueño.

Y quería que Lisle tuviera esa vida.

También la quería para ella, pero hacía siglos que había comprendido que ese sueño era casi imposible para una mujer.

Claro que no había abandonado la esperanza ni había cejado en su empeño de encontrar el modo de hacerlo realidad. «Casi imposible» no era lo mismo que «imposible».

No obstante, tendría que vivir a través de las vidas de otros hasta que encontrara el modo de realizar su sueño, si acaso alguna vez lo lograba. Si Lisle acababa atrapado para siempre en Inglaterra... No, eso sería impensable. Porque acabaría ahorcándose, y ella se ahorcaría a su vez para demostrarle su solidaridad. Si no se moría antes de aburrimiento, claro.

Lisle debería estar al tanto de eso, pero era un hombre, y los hombres eran lerdos.

Por lo tanto, siendo un hombre, y siendo lerdo, lo lógico era que no reparara en la grandiosidad de su plan.

Además, cabía la posibilidad de que en el caso de que lo hiciera saliera corriendo y gritando horrorizado por lo que había hecho. No, más bien la estrangularía con sus propias manos.

Porque Lisle carecía de imaginación, claro.

Hotel The George, Stamford, Lincolnshire,
a ciento cuarenta kilómetros de Londres,
poco después de medianoche

Los gritos despertaron a Lisle, a pesar de que necesitaba dormir con desesperación.

—Juerguistas —farfulló—. Lo que nos hacía falta.

Guiar a tres mujeres problemáticas a lo largo de casi seiscientos kilómetros no era labor para un pusilánime. Al igual que los caballos, las damas tenían que comer y descansar. A diferencia de los caballos, no podían cambiarse por un tiro descansado. A diferencia de los caballos, no se las podía enjaezar.

Eso significaba que debía estar muy pendiente con las paradas en el camino. No podía dejarlas demasiado tiempo en un mismo lugar, porque de lo contrario se eternizaban, y cuanto más se demoraban en un sitio, mayor era la posibilidad de que crearan algún problema.

Por suerte, a las nueve y media de la noche llegaron al hotel The George sin mayor contratiempo. Los otros dos carruajes no tardaron en alcanzarlos. Dado el número de sirvientes y la gran cantidad de equipaje que llevaban, ocupaban prácticamente todas las habitaciones de un pasillo. Para su inmenso alivio, las tres damas se retiraron pronto a sus respectivas habitaciones. Si bien Olivia le informó primero de que necesitaba un baño.

—Lady Cooper y lady Withcote aseguran que apesto a caballo —le había dicho.

Estaba seguro de que ese par de alcahuetas había añadido mucho más. Comentarios subidos de tono sobre caballos, sobre cómo montarlos a horcajadas, y en general todo aquello que él ya había pensado y que deseaba desterrar de su mente.

Solo le faltaba añadir unas cuantas imágenes de Olivia en la bañera...

Se volvió y se tapó la cabeza con un almohadón. Los gritos seguían oyéndose, aunque no distinguía las palabras.

El sueño se despidió de él para el resto de la noche.

Los gritos se aproximaron, acompañados de unos pasos furiosos.

—¡He visto cómo lo hacías!

—¡Estás imaginándote cosas!

—¡Le estabas haciendo ojitos!

—¿Y tú, qué? Estabas coqueteando con él.

—Estás borracho.

—No estoy borracho ni tampoco estoy ciego.

Lisle se rindió, arrojó el almohadón al suelo y aguzó el oído. Como debían de estar haciendo los demás huéspedes, lo quisieran o no.

—¡Eres un cerdo! —gritó la mujer—. ¿Qué estabas haciendo detrás del carromato?

—¡Meando, imbécil!

—No soy imbécil ni tampoco estoy ciega. Te vi, os vi a los dos, en el patio del establo.

—Pues estarías imaginándote cosas. ¡La madre que te trajo, Elspeth, no me hagas perseguirte por este pasillo!

—Exacto, Elspeth —murmuró Lisle—. Llévatelo a otro pasillo.

—¿Cómo te atreves a insultar a mi madre? —chilló la mujer—. ¡Eres un bruto, un mentiroso y un canalla!

—¡Ven aquí!

Otro chillido.

—¡Quítame las manos de encima!

—¡Eres mi esposa, maldita seas!

—Sí, eso, maldíceme. Eres tú quien me engaña y para colmo me maldices. ¡Te odio! ¿Por qué no le hice caso a mi padre?

En ese momento alguien llamó a una puerta. ¿Era la suya?, se preguntó.

—¿Señor? —le llamó Nichols, cuya silueta distinguió entre las sombras, procedente del pequeño dormitorio contiguo—. ¿Abro la puerta?

—¡Dios, no! —contestó Lisle—. Mantente alejado de una disputa conyugal. Es imposible predecir lo que...

—¡Aléjate de mí o grito!

Volvieron a llamar a la puerta, pero en esa ocasión fue a la de al lado.

—¿Señor? —le preguntó Nichols.

—Ni se te ocurra —le advirtió Lisle.

—¡Elspeth, ya me estás hartando!

—¡Más harta estoy yo de ti!

—No me obligues a arrastrarte de vuelta.

—Como el bruto que eres, ¿verdad? —replicó la mujer, tras lo cual soltó una risotada burlona.

Volvieron a llamar a otra puerta, más alejada de la suya.

—Eres idiota. Nadie va a abrirle la puerta a un par de desconocidos y menos a esta...

Un silencio repentino.

Y otra voz. Aunque Lisle estaba demasiado lejos para captar las palabras, no tuvo ningún problema para reconocer a la persona que hablaba: Olivia.

—¡Maldita sea! —exclamó al tiempo que apartaba las mantas y salía corriendo hacia la puerta.

7

La mujer se abalanzó entre sollozos hacia Olivia, que la rodeó con los brazos de forma instintiva y la metió en la habitación.

Acto seguido, se la pasó a Bailey.

—¡Oiga! —exclamó el hombre—. Es mi mujer.

Olivia contuvo un suspiro y regresó a la puerta. No le importaban las discusiones, pero una disputa conyugal no era una discusión en condiciones. Sabía que había muchas posibilidades de que la mujer fuera la víctima. El matrimonio estaba pensado de esa manera, de modo que el hombre tenía todo el poder.

Eso, por supuesto, no quería decir que una esposa no pudiera comportarse como una idiota. Le daba en la nariz que ese era el caso que tenía delante. Claro que no se le podía dar la espalda a una damisela en apuros.

Detestaba con toda su alma las disputas conyugales.

Le regaló una sonrisa deslumbrante al hombre... que retrocedió un paso.

—Parece que su esposa está muy alterada —comentó.

—Yo diría que está loca —replicó el hombre—. Ha dicho que...

—Lo he oído —lo interrumpió—. Estoy segura de que todo el pueblo lo ha oído. Sinceramente, creo que usted debería haber actuado con más tacto. En su lugar, yo me marcharía para idear otra estrategia. Comience por despejarse la cabeza.

—No estoy borracho —le aseguró el aludido—. Y no dejaré que un grupo de mujeres me dé órdenes.

—No me está causando muy buena impresión —dijo Olivia alegremente.

—¡No me importa! ¡Devuélvamela!

Se inclinó en actitud amenazadora hacia ella.

Si bien el hombre no era alto, sí que era recio y fornido, con brazos como los de un herrero. Podría cogerla en volandas y tirarla por los aires si quería. Y dado que estaba bastante borracho, era una posibilidad real.

Olivia irguió la espalda, cruzó los brazos por delante del pecho e intentó olvidar que solo llevaba su ropa de dormir, que consistía únicamente en el camisón. Bailey no había dado con su bata en la oscuridad debido a las prisas, y ella no había esperado a que la encontrara antes de abrir la puerta.

No solo fingió que estaba completamente vestida, sino que además llevaba una armadura de cuerpo entero.

—Sea razonable —insistió—. Mi conciencia me impide entregársela si ella no quiere regresar con usted. ¿Por qué no intenta engatusarla?

—¡Elspeth! —gritó el hombre—. ¡Sal ahora mismo!

Esa era su idea de «engatusar». ¡Hombres!

—¡Bruto! —exclamó Elspeth—. ¡Infiel! ¡Casquivano! ¡Libertino!

—¿Libertino? Maldita sea, Elspeth, solo me he dado una vueltecita por el patio. Estás sacando las cosas de quicio. ¡Sal o entraré a buscarte! —Miró a Olivia—. Señorita, si yo fuera usted, la haría salir o me quitaría de en medio. No es asunto suyo. —Dio un paso hacia delante.

De repente, un brazo lo agarró y lo obligó a dar media vuelta.

—Ni se le ocurra —le dijo Lisle.

—¡Tiene a mi mujer!

—Cierto. Pero no puede entrar a buscarla.

El hombre miró la mano que lo sujetaba antes de desviar la vista hacia la cara de Lisle, cuya expresión era muy calmada, la misma que solía preceder a un acto muy violento. La mayoría de la gente no tenía problemas para interpretar dicha expresión.

El marido ultrajado debió de interpretarla correctamente, porque en vez de romperle a Lisle la mandíbula, se volvió para mirarla a ella con el ceño fruncido.

—¡Mujeres!

—Lo entiendo perfectamente —dijo Lisle—. Pero aquí no puede hacer nada. Se dice que la ausencia aviva el cariño. ¿Por qué no baja y espera a que su fiel compañera recupere el sentido común?

—Será tonta... —masculló el hombre, pero no del todo en serio. La peligrosa serenidad de Lisle le había quitado las ganas de pelear.

Lisle le soltó el brazo y el hombre se marchó poniendo verdes a las mujeres.

Antes de volverse hacia Olivia, Lisle esperó a que el hombre hubiera desaparecido de su vista. Esos ojos grises la recorrieron de la cabeza a los pies, desde su pelo enredado hasta los pies descalzos, pasando por el camisón de muselina. Sintió su escrutinio como si fuera una caricia.

Le devolvió la mirada, dejando que sus ojos lo recorrieran muy despacio, desde el pelo alborotado hasta las pantorrillas desnudas que acababan en sus pies descalzos, pasando por el ojo morado y la camisa de dormir que le llegaba por las rodillas.

Después deseó haber clavado la vista en la pared que Lisle tenía detrás. Recordaba su olor, la fuerza de su cuerpo y su calor corporal. Algo pecaminoso cobró vida en su vientre.

—Conociéndote no debería sorprenderme —dijo Lisle—. Pero no dejo de darle vueltas. Es de noche. Pero te has acercado a la puerta, con poquísima ropa, casi desnuda, y se la has abierto a unos desconocidos.

—No es verdad que lleve poquísima ropa —replicó—. Y si ese es el caso, lo mismo puede decirse de ti.

Como si quisiera contradecirlo, Nichols se acercó a su señor y lo ayudó a ponerse un magnífico batín de seda verde con un forro de color vino.

Sin apartar la vista de ella, Lisle aceptó la atención de su ayuda de cámara antes de decirle que se marchara. Nichols se fue con la misma discreción con la que había aparecido. El hecho de que un hombre como Lisle pudiera conservar a un ayuda de cámara tan sofisticado y eficiente era un misterio tan difícil de resolver como los jeroglíficos y los esquemas que Lisle le dibujaba en las cartas para demostrar una teoría.

Un batín tan elegante debía de ser cosa del ayuda de cámara. Lisle no era un hombre que se preocupara por su ropa. Siempre había supuesto que vestirlo debía de ser un trabajo muy poco agradecido. Sin embargo, el ayuda de cámara lo había seguido incluso hasta los rigores de Egipto.

Los celos se apoderaron de ella, pero los desterró al punto. ¿Qué podía envidiarle a un hombre que se pasaba la vida siendo invisible?

Mientras tanto, y dado que Bailey estaba ocupada con la esposa histérica, ella seguía muy ligera de ropa.

—Era una emergencia —adujo—. No podemos perder tiempo vistiéndonos como es debido cuando alguien en apuros pide ayuda. —Señaló a la mujer, que se estaba sonando la nariz con lo que creyó reconocer como uno de sus pañuelos—. Una damisela en apuros —continuó—. ¿Qué querías que hiciera?

Lisle meneó la cabeza. La luz del candelabro que tenía detrás hacía brillar su pelo rubio, como si fuera un halo... Claro que no necesitaba que resaltasen su aspecto angelical.

Olivia bajó la mirada para resistir la tentación de pasarle los dedos por el pelo para ordenárselo. La clavó en el cinturón del batín, pero eso le recordó la estrecha cintura a la que se había aferrado pocas horas antes. No sabía dónde mirar.

—Me habría gustado que pensaras antes de actuar —contestó él.

—No, eso no es cierto —lo contradijo—. Te habría gustado que me quedara sentadita a la espera de que un hombre viniera y pensara por mí.

—Ni siquiera a mí se me ocurriría pensar que pudieras quedarte sentada —repuso Lisle—. Creía que tendrías el buen tino de no inmiscuirte en una disputa conyugal. ¿Es que nunca escuchas a tu padrastro? ¿No es una de las reglas de Rathbourne?

Era muy consciente de los pies descalzos de Lisle, a escasos centímetros de los suyos.

—Creo que me dijo algo sobre no discutir con una dama.

—Gracias por recordarme esa regla —dijo él—. Eres, y siempre lo has sido, temeraria hasta la exageración. Es una pérdida de tiempo discutir contigo en cualquier momento, y mucho más en un pasillo helado en mitad de la noche.

—Eres tú el que lleva el batín de abrigo —replicó—. Yo no tengo frío.

Lisle bajó la mirada hacia sus pechos. Ella no lo hizo. No le hacía falta. Era muy consciente del estado de sus pezones.

—Pues una parte de ti sí lo tiene —señaló él—. Y ahora rebatirás mi comentario, pero ya estoy harto. —Dio media vuelta y se perdió por el pasillo.

Ella se quedó junto a la puerta un instante, viendo cómo se alejaba.

Siempre se alejaba a pie... o a caballo... o en barco... Se alejaba en busca de sus aventuras, de su amante, que no era otra que Egipto. Regresaba el tiempo justo para desestabilizar su mundo. Por un breve período volvía a contar con su amigo y su aliado, pero después se marchaba y ella se sentía cada vez más disconforme e inquieta con su vida. Esperaba ansiosa sus cartas, poder compartir su vida, y él... Él se olvidaba de ella si no le escribía a todas horas, recordándole su existencia.

Apretó los puños y lo siguió.

Lisle regresó a su habitación, cerró la puerta y se apoyó en ella con los ojos cerrados.

¡Dios! ¡Dios! Olivia medio desnuda.

Y en la puerta de la habitación de una posada, donde todo el mundo podía verla. El marido de Elspeth se había regalado la vista. Los pezones de Olivia estaban duros como piedras bajo el diáfano camisón...

Su miembro también estaba duro como una piedra, un estado en el que había pasado todo el día.

—Baja y tráeme una copa de brandy —le dijo a Nichols—. No, mejor que sea una botella. No, que sean tres.

—Podría traerle un poco de leche caliente con especias, milord —repuso el ayuda de cámara—. Muy relajante después de tanta emoción.

—No quiero relajarme —dijo—. Quiero olvidarme de todo. Dichosas mujeres.

—Sí, milord.

El ayuda de cámara se fue.

Ni siquiera había acabado de cerrar la puerta cuando comenzaron a llamar de nuevo.

—Largo —ordenó—. Seas quien seas.

—No pienso marcharme. ¿Cómo te atreves a dejarme con la palabra en la boca? ¿Cómo te atreves a regañarme y darme órdenes como si fuera...?

Abrió la puerta de golpe.

Y allí estaba ella, con tan poca ropa como antes, con el brazo levantado para volver a llamar a la puerta.

—Vuelve a tu habitación —le ordenó—. ¿Qué narices te pasa?

—Tú —contestó ella—. Llevas años sin venir a Inglaterra. Regresas por un tiempo muy corto y luego vuelves a irte. —Empezó a agitar los brazos, de modo que el camisón se le ciñó a los pechos—. No tienes derecho a darme órdenes ni a inmiscuirte en mi vida. Tal como has señalado en tantas ocasiones, no eres mi hermano. No estamos emparentados de ninguna manera. No tienes derecho a controlarme. —Más aspavientos. El pelo le caía desordenado sobre los hombros. Una de las cintas que le cerraban el camisón se estaba desatando—. Si quiero dejar entrar a diez mujeres en mi habitación, no tienes derecho a impedírmelo —continuó ella—. Si quiero que diez hombres entren en mi habitación, no puedes impedírmelo. No soy de tu propiedad y no permitiré que me des órdenes. No vas a regañarme por hacer lo que creo que está bien. No vas a...

La agarró por los brazos, haciendo que Olivia soltara un chillido, la metió en la habitación y cerró la puerta. Ella se zafó de sus brazos y se alejó.

—Esto es de lo más irritante —dijo él.

—Lo mismo digo —convino ella—. Se me había olvidado lo irritante que puedes llegar a ser.

—Y a mí se me había olvidado que se te olvidan las formas, y el lugar donde te encuentras, cuando se apodera de ti uno de tus... arranques.

—¡No es un arranque, so alcornoque!

—Me da igual cómo los llames —replicó—. No puedes andar por ahí medio desnuda y montando escenas en público. Si ese pobre diablo no hubiera estado tan ensimismado con su mujer, o si hubiera sido otra clase de hombre, o dos hombres, cuando abriste la puerta, las consecuencias habrían... No, me niego a pensar en las consecuencias. ¡Maldita sea, Olivia! ¿Es que nunca piensas antes de actuar? ¿Nunca te paras, aunque sea un instante, a considerar lo que podría pasar?

—Sé cuidarme sola —contestó ella al tiempo que levantaba la barbilla—. Tú deberías saberlo mejor que nadie.

—¿En serio? —quiso saber—. Muy bien, Olivia, a ver si es cierto.

La rodeó con un brazo y la pegó a él.

—Ah, no, no...

La cogió de la barbilla y la besó.

Olivia sabía cuidarse sola, sí. Levantó la mano para clavarle las uñas en las muñecas. Colocó la pierna de modo que pudiera asestarle un rodillazo en sus partes nobles.

Pero algo salió mal.

No podía mover la cara porque Lisle le sujetaba la barbilla, con suavidad pero también con firmeza. Y eso le impedía escapar de la electrizante sensación de sus labios y de la presión de su boca, que se apoderaba de la suya con exigente determinación e insistencia. Lisle era terco como una mula, y se entregaba a fondo en todo lo que hacía, de modo que ella no pudo huir ni obviarlo. No pudo contenerse. No pudo frenar el deseo de disfrutar de la calidez de esos labios y de su sabor.

Ese aroma masculino tan rematadamente tentador se le coló por la nariz y la embriagó con sueños, anhelos y pasión. El suelo desapareció bajo sus pies, como si estuviera subida en un globo aerostático.

Le colocó las manos en los hombros. Y acto seguido le rodeó el cuello y lo abrazó como si pudiera caer desde kilómetros de altura al frío suelo si se soltaba.

Se suponía que debía golpearle las espinillas. En cambio, le acarició la pantorrilla con un pie descalzo. La mano que no le sujetaba la barbilla se deslizó por su espalda hasta aferrarle el trasero y pegarla más contra él, contra su entrepierna. Solo los separaban unas delgadas capas de muselina y seda que no ocultaban nada, que no ofrecían protección alguna. Su erección, dura y ardiente, le presionaba el vientre.

No era del todo inocente. Conocía las sensaciones que despertaba un pene en erección presionando sobre su cuerpo, pero nunca había experimentando una pasión tal que le corriera por las venas como el fuego corría por la pólvora. Sabía lo que era el deseo, pero jamás imaginó que pudiese ser doloroso como en ese momento. Nunca había sentido esa desquiciada impaciencia.

Lisle se dejó caer contra la puerta, llevándosela consigo, y todo lo que ella sabía desapareció de su mente. Todo su saber y sus trucos se desvanecieron. Solo quedó el deseo, y no se trataba de un bonito deseo romántico, sino de una locura. Se frotó contra él, abrió la boca para acogerlo y saborearlo. El beso se tornó apasionado y lujurioso. Sus lenguas se encontraron y exploraron el interior de sus bocas, imitando el acto que su cuerpo pedía a gritos.

Olivia oyó un ruido, pero no le importó. Era un ruido vago que podía proceder de cualquier sitio.

Un golpe en alguna parte. No sabía dónde. Podía incluso ser su corazón, que aceleraba su pulso con la percepción física de cada centímetro de ese cuerpo masculino al que estaba pegada. Podía tratarse del palpitante deseo, que la abrumaba desde lo que se le antojaba una eternidad.

Alguien estaba llamando a la puerta, pero el corazón le latía con fuerza contra el pecho, por la pasión, por el anhelo y... y por el miedo, porque lo que sucedía escapaba a su control.

Más golpes. Y una voz.

—¿Milord?

Una voz masculina. Conocida. Al otro lado de la puerta.

El instinto de supervivencia de los DeLucey, perfeccionado a lo largo de las generaciones, la arrancó del desquiciado universo al que sus emociones la habían trasladado. Y regresó al mundo real, que de repente le pareció un lugar inhóspito.

Sintió que Lisle se tensaba y se apartaba de ella.

Le soltó el cuello.

Se atrevió a mirarlo a la cara. Mostraba una expresión serena. No había indicios de que él hubiera abandonado el mundo real.

Lisle le colocó el camisón en su sitio con mucha calma. Para no ser menos, ella le enderezó el batín.

Y para rematar la interpretación, le dio unas palmaditas amistosas en el pecho.

—En fin, que te sirva de lección —dijo Olivia.

Abrió la puerta, saludó a Nichols con una inclinación de cabeza y salió de la habitación, con la cabeza dándole vueltas y las piernas temblorosas, aunque con la esperanza de no estamparse contra una pared ni caerse de bruces.

Seis y media de la mañana,
domingo 9 de octubre

En el sueño de Lisle, Olivia llevaba una sábana de lino muy fina. Lo llamaba desde el último peldaño de una escalera de piedra. Detrás de ella solo había oscuridad.

—Ven a ver mi tesoro escondido —le decía.

Lisle empezó a bajar los escalones.

Olivia le sonrió antes de desaparecer por una puerta, que se cerró de golpe.

—¡Olivia!

Aporreó la puerta. Oyó truenos en respuesta. Aunque no eran truenos. Conocía ese sonido. Eran piedras que rodaban. Una trampa. Miró hacia atrás. Oscuridad. Solo escuchaba el ruido de las enormes piedras que bloqueaban la entrada.

Un golpe. Y otro. Contra la madera.

¿Qué era ese ruido?

No se trataba de piedras, sino de una puerta.

Alguien aporreaba la puerta.

Se despertó de golpe, tal como había aprendido a hacer tantos años atrás en Egipto, cuando despertarse de golpe podía significar la diferencia entre la vida y la muerte.

Se incorporó en la cama. La tenue luz que se filtraba a través de las cortinas le indicó que ya estaba amaneciendo.

¿Dónde demonios estaba Nichols? Dada la hora, a punto de abandonar la cama de una criada. ¿O se habría colado en la cama de alguna de las huéspedes?

Maldijo a su criado mientras se levantaba y después se puso el batín, se calzó las zapatillas y echó a andar hacia la puerta.

La abrió de golpe.

Y se encontró con Olivia al otro lado, con la mano dispuesta para llamar nuevamente.

Meneó la cabeza al verla. Seguía soñando.

No. El pasillo que Olivia tenía detrás estaba iluminado por la misma luz de su dormitorio.

Y ella estaba totalmente vestida. Su mente adormilada se percató poco a poco de los detalles: el extravagante bonete... el cuello alto de su vestido de viaje con las mangas de jamón tan a la moda... las botas de media caña... Ropa de viaje, le dijo su adormilado cerebro. Pero no tenía sentido.

—¿Qué? —preguntó—. ¿Qué?

—Estamos listas para partir —le informó ella—. Los carruajes de los criados ya han salido y las damas están esperando en el nuestro.

No tenía la menor idea de lo que le estaba diciendo. Su mente no dejaba de conjurar imágenes de la noche anterior: Olivia medio desnuda y él cometiendo una locura. Un craso error. Un error de proporciones épicas y casi fatal.

Sin embargo, al verla delante con algo tan liviano como una camisola que acabó desatándose por los movimientos, con el pelo suelto, y con esos aspavientos que hicieron que ciertas partes de su anatomía comenzaran a agitarse...

Había visto a bailarinas en El Cairo, e incluso cuando estaban en público y completamente vestidas, se movían de forma sugerente. En las fiestas privadas las había visto hacer eso y mucho más, hasta descubrir sus pechos y sus vientres, o bailar con un pañuelo como única ropa. A pesar de todo lo que esos cuerpos flexibles eran capaces de hacer, siempre había mantenido la cabeza fría.

Olivia se había plantado delante de él, furiosa y sin ánimo alguno de seducirlo. Se podía decir que estaba vestida, al menos técnicamente hablando... y él había enloquecido.

Si Nichols no hubiera llamado a la puerta...

—¿Qué hora es? —le preguntó. ¿Qué día era? ¿Seguía soñando?

—Las seis y media —respondió ella.

—¿De la mañana?

La sonrisa de Olivia era deslumbrante, y peligrosa.

—Si nos marchamos ahora, podremos llegar a York al anochecer.

—¿Marcharnos? —repitió—. ¿Ahora?

—Llegaremos a York antes que el carruaje del Royal Mail —afirmó Olivia.

—He dormido tres horas —replicó—. ¿Qué te pasa?

—Me gustaría llegar al castillo de Gorewood lo antes posible —contestó—. Cuanto antes lleguemos, antes podremos llevar a cabo nuestra misión y antes podrás regresar a Egipto. —Lo miró de arriba abajo—. No parece que estés listo.

—¡Pues claro que no estoy listo!

Otra sonrisa deslumbrante.

—En fin, entonces supongo que llegarás a York cuando puedas.

Olivia se dio media vuelta y se alejó.

Y él se quedó en la puerta, observando incrédulo cómo se perdía por el pasillo contoneando las caderas.

Entró en la habitación y cerró la puerta.

Esta se volvió a abrir al cabo de un instante.

—Ya sé lo que es —dijo—. Su revancha.

—¿Milord? —Nichols acababa de entrar con una bandeja en las manos—. Escuché que las damas se estaban preparando para partir —dijo su ayuda de cámara—. Pensé que querría un café.

8

York,
esa noche

De niño, Lisle vio una vez cómo el carruaje del correo partía al anochecer de la Taberna de York, en Saint Helen Square.

Dudaba mucho que Olivia lo hubiera visto ese día. Tal vez su séquito y ella hubieran llegado a tiempo, pero se habían detenido en el hotel The George, en Coney Street, un establecimiento muy antiguo cuya pintoresca fachada, con sus curiosas figuras, databa del siglo XVI.

Cuando Lisle llegó ya había anochecido y el carruaje del correo había partido hacía mucho tiempo. Había espoleado aproximadamente doscientos kilómetros ese día. Había espoleado a su caballo con la intención de no pensar en la noche anterior, y había reducido las paradas al máximo por el mismo motivo. En ese instante, debería estar demasiado cansado y hambriento para pensar, pero su conciencia se negaba a quedarse relegada en el fondo de la mente.

Subió la escalera con gesto cansado y enfiló el pasillo. Oyó unos pasos apresurados que se acercaban desde la distancia.

Olivia apareció por una esquina tan de repente que apenas tuvo tiempo de prepararse antes de que se dieran de bruces. El impacto hizo que ella se tambaleara un poco, pero la rodeó de inmediato con los brazos para evitar que se cayera al suelo.

—Sabía que me echarías de menos —le dijo él.

No fue el comentario más sensato a tenor de lo sucedido la noche anterior, ni tampoco fue muy sensato no soltarla de inmediato. Sin embargo, antes que un hombre sensato era un hombre a secas, de modo que hizo lo que haría cualquier hombre cuando una mujer bonita caía en sus brazos.

Olivia llevaba metros y metros de suave y gruesa seda con encaje y volantes... y por lo menos seis kilómetros de tela en las enormes mangas de jamón. Estaba vestida, sí, salvo en los lugares donde la tela debería cubrirla, de modo que la blanca piel de sus hombros y de su pecho quedaba ampliamente expuesta. Notó su calidez, sus curvas y su suavidad, y en un momento de locura olvidó los motivos por los que debía soltarla.

En ese instante los ojos azules de Olivia lo miraron con expresión arrobada.

—Te he echado muchísimo de menos —dijo ella con la voz desgarrada—. Las horas se me han hecho eternas. No sé cómo he podido soportar la separación, pero me ha dejado sin fuerzas. —Dicho lo cual, se dejó caer entre sus brazos.

El cansancio que Lisle sentía, sumado a la flagrante feminidad que tenía entre los brazos, hizo que, al menos por unos breves instantes, creyera que se había desmayado de verdad.

Hasta que recordó que se trataba de Olivia.

—Llevo cabalgando desde esta mañana muy temprano —le recordó—. Tengo los brazos molidos, al igual que el resto del cuerpo, así que es posible que te deje caer. Muy posible.

Olivia se enderezó y lo empujó.

Lisle la soltó y retrocedió dos pasos.

—¿Son cosas mías o llevas menos ropa de la que deberías llevar?

—Es un vestido de noche, para la cena —explicó ella.

—Pero no estás cenando —replicó—. Estás corriendo por los pasillos de un hotel como si te persiguiera el diablo.

—Porque se han escapado —dijo Olivia—. Las dos. Huyeron cuando me di la vuelta.

—Teniendo en cuenta el trayecto que han tenido que soportar hoy, no me sorprende —repuso—. Olivia, ya deberías saber que las reliquias hay que tratarlas con mucho mimo.

—¡No son reliquias! —protestó ella—. Son dos ancianas perversas que ni siquiera chochean y que se han escapado en mitad de la noche. —Sus palabras estuvieron acompañadas de los consabidos aspavientos, y el movimiento agitó de manera muy erótica las partes de su cuerpo que tan a la vista estaban.

Lisle intentó apartar la mirada, pero estaba cansado y su fuerza de voluntad no estaba a la altura del desafío.

—Se les ha metido en la cabeza visitar la catedral —explicó ella—, porque no la han visto desde el incendio. Y querían ver la cripta.

Lisle obligó a su mente a desentenderse de todas esas curvas que le había dado el demonio. Hizo memoria y recordó que un loco le había prendido fuego a la catedral de York dos años antes. El incendio había dejado al descubierto una cripta bastante grande bajo el coro.

—Quieren reptar por las entrañas de una catedral quemada —señaló—. De noche. Sería una locura incluso para ti.

—¿Qué van a reptar? —exclamó, corrigiéndolo—. No estamos hablando de tus tumbas ni de ti. Lo único que quieren es un poco de emoción. Unas ruinas quemadas en plena noche son irresistibles. Y convenientes, porque están a unos minutos a pie de aquí. Pero deberían haber vuelto hace horas.

—Iré a buscarlas —dijo.

¡Las muy condenadas...! Estaba muerto de hambre. Casi deliraba por la falta de sueño. Y para colmo tenía que recorrer las calles de York en busca de dos viejas desquiciadas.

—Iré yo —replicó ella—. Son responsabilidad mía y además he dejado que me engañaran. «Solo quiero darme un baño y echarme una siestecita» —dijo, imitando la voz de lady Cooper—. ¡Vaya par de lagartas! Sabían que eso era justo lo que yo quería hacer. Debería haberme dado cuenta. Se han pasado la mañana durmiendo en el carruaje hasta la hora del desayuno, y también han dormido toda la tarde. Así que están descansadas y rebosantes de energía. Debería haberme dado

cuenta de que tramaban algo. Yo tengo la culpa. Voy a salir en
su busca con un par de criados.

—No vas a ir a una catedral quemada en plena noche sin
mí —le advirtió—. Yo estoy acostumbrado a reptar por tumbas y templos a oscuras. Tú no.

—Tienes que darte un baño —le recordó ella—. Apestas.

—Quiero darme un baño tranquilo —dijo—. Quiero cenar tranquilo. Me gustaría disfrutar de una noche de sueño
sin interrupciones. Pero no podré hacerlo mientras esas dos
anden sueltas por ahí.

—Soy muy capaz de...

—Lo sé, lo sé —la interrumpió—. Iremos juntos. Pero antes tienes que ponerte una ropa más adecuada, más práctica.

—¡No tenemos tiempo!

—Si están muertas, lo seguirán estando cuando lleguemos
allí —repuso—. Y si solo están en apuros...

—¡Solo!

—... o a punto de meterse en líos, que es lo más probable,
estoy seguro de que sobrevivirán otro cuarto de hora. Son tan
delicadas como un oso pardo.

—Lisle...

—No puedes arrastrarte por unas ruinas quemadas en
busca de cadáveres con ese vestido —señaló—. Deja que Bailey te ponga algo menos... menos... —Señaló con la mano el
pronunciadísimo escote—. Menos vaporoso. Pero date prisa.
Te doy un cuarto de hora, nada más. Si no estás lista para entonces, me iré sin ti.

Quince minutos y medio después

—Pantalones —dijo Lisle con sequedad.

Olivia había aparecido justo a tiempo. Él ya estaba en la
calle, preparado para marcharse... solo. Tal como ella sospechaba que haría.

—Me dijiste que me pusiera algo más práctico —le recordó con voz entrecortada por las prisas con las que había teni-

do que prepararse—. No pretenderás que me meta en un sitio estrecho con un vestido.

—No vas a meterte en ningún sitio estrecho —apostilló él.

—Para las mujeres casi todos los sitios son estrechos de un tiempo a esta parte —le informó—. Por si no te has dado cuenta, los vestidos son muchísimo más voluminosos que antes. Casi todas las mangas de mis vestidos parecen jamones. Estoy segura de que la bisabuela podía moverse con más libertad con sus miriñaques.

—Si te hubieras quedado en tu habitación y hubieras dejado la búsqueda en mis manos, no tendrías que haberte puesto una ropa que no está diseñada para las curvas femeninas.

—Entiendo... —murmuró—. Crees que tengo el trasero muy grande.

—Yo no he dicho eso —replicó Lisle—. No tienes la figura de un hombre. Es imposible que alguien te confunda con un hombre. ¡Dios, no tenemos tiempo para estas tonterías! —Se dio media vuelta y echó a andar.

Y ella lo siguió.

Lisle estaba de un humor de perros, y Olivia sabía que en parte ella era la culpable. Lo había despertado a una hora inhumana tras un día y una noche agotadores... y tras un episodio espantosamente emocional, en el que no quería pensar. Estaba enfadada con él y molesta hasta un punto que ni siquiera alcanzaba a entender.

Lo que había hecho esa mañana equivalía a abofetearlo y salir corriendo. Muy maduro. Sin embargo, tenía la cabeza hecha un lío, un estado poco habitual en ella, y eso no le gustaba un pelo.

—No quiero hacerme pasar por un hombre —le aseguró—. Me he vestido pensando en la comodidad, de forma práctica. Me dijiste que me pusiera algo práctico, y la ropa femenina no lo es. De hecho, cada vez va a peor en ese sentido. Por lo tanto, un hombre razonable se habría percatado de que para una mujer es imposible cambiarse de vestido en un cuarto de hora. Tendría que haberte dado una lección y bajar en camisola.

—Como si no te hubiera visto antes en camisola —replicó él.

—Si te refieres a lo que llevaba anoche, era un camisón —precisó. Y no hablemos de lo de anoche, porque no estoy preparada, pensó.

—Pues a mí me pareció una camisola.

—No habrás visto muchas si eres incapaz de distinguir ambas prendas.

—Soy un hombre —dijo Lisle—. No nos fijamos en los detalles del atuendo femenino. Nos fijamos en lo mucho o lo poco que lleva una mujer. Me di cuenta de que tú parecías llevar muy poco encima.

—¿Comparada con quién? —quiso saber—. ¿Con las egipcias? Parecen mujeres de extremos. O lo llevan todo tapado salvo los ojos o bailan solo con unas cuantas campanitas. El asunto es que...

—Por aquí —la interrumpió él, girando en Saint Helen Square.

La plaza, más amplia que Coney Street, estaba mejor iluminada que la calle.

Cuando pasaron junto a la Taberna de York, Olivia alzó la vista. Los oscuros edificios se recortaban contra un cielo cuajado de estrellas.

No tardaron en cruzar la plaza, tras lo cual doblaron en Blake Street, aunque enseguida enfilaron Stonegate, una calle mucho más estrecha.

—El asunto es que las mujeres deberían poder ponerse pantalones en este tipo de situaciones —dijo Olivia.

—El asunto es que las mujeres no deberían inmiscuirse en situaciones que exigieran ponerse pantalones.

—No me vengas con esas. La tía Dafne los usa.

—En Egipto —puntualizó él—, donde las mujeres usan un atuendo parecido a los pantalones, aunque no son tan ajustados y sobre ellos se ponen otras prendas que los cubren. Si te pusieras esos pantalones en El Cairo, te arrestarían por escándalo público y te azotarían.

—Admito que me quedan un poco justos —comentó—.

No sé cómo los hombres los soportáis. Aprietan en una zona muy sensible.

—Ni se te ocurra hablar de zonas sensibles —le advirtió Lisle.

—Tengo que hablar de algo —repuso ella—. Uno de los dos tiene que hacer algo para aligerar tu taciturna compañía.

—En fin, sí... —Dejó la frase en el aire y se detuvo—. Maldita sea, Olivia... Sobre lo de anoche... Cuando llamaste a mi puerta...

Ella también dejó de caminar, con el corazón latiendo acelerado.

—Fue un error —prosiguió él—. Un terrible error, por mil razones. Lo siento.

Lisle tenía razón, se dijo. Había sido un terrible error por numerosos motivos.

—Sí —convino—. Es cierto. Y no fue todo culpa tuya. Yo también lo siento.

Lisle parecía aliviado.

Y ella se dijo que también lo estaba.

—Bien —dijo él, y asintió con la cabeza—. Asunto resuelto.

—Sí.

—Pero para que no haya malentendidos, que sepas que sigues siendo muy irritante y que no me disculpo por haberte regañado.

—Lo entiendo —respondió ella—. Yo tampoco me disculpo por lo que te dije.

—Muy bien.

Reemprendieron la marcha.

Era una situación incómoda. Lisle no se había sentido incómodo en su compañía hasta ese momento. Esa era la consecuencia de cruzar una línea que nunca debió cruzar. Se había disculpado con ella, pero no podía disculparse con Rathbourne ni desentenderse de la sensación de que lo había traicionado. Tampoco podía desentenderse de la sensación de que había hecho algo irrevocable. Había abierto la caja de Pandora y en ese momento...

La voz de Olivia interrumpió el prolongado silencio.

—Quince minutos —dijo—. Solo un hombre puede pensar que es un margen de tiempo apropiado.

—Sabes muy bien que contaba con que no lo lograras —replicó.

—Y tú sabes muy bien que lo lograría o moriría en el intento —le soltó ella—. Al principio sucumbimos al pánico porque Bailey no encontraba mis pantalones y pensé que tendría que ponerme los de Nichols.

La miró. No se parecía en nada a un muchacho. ¿O sí? ¿Estaba imitando su manera de andar?

—Menuda ridiculez —dijo.

—Bueno, sabía que sería difícil —admitió ella—, pero fue lo primero que se me pasó por la cabeza al ver que no encontrábamos mi ropa. Pero después, mientras Bailey me quitaba el vestido y la enagua para ponerme los pantalones, me imaginé lo que podría haber pasado.

Él se estaba imaginado a su doncella quitándole la ropa y poniéndole unos estrechos pantalones.

La caja de Pandora.

Aunque pensar así no era peligroso. Era un hombre. Los hombres siempre habían tenido pensamientos libidinosos. Era una reacción totalmente natural y normal.

—Seguro que se habría negado —prosiguió Olivia— y yo habría tenido que distraerlo mientras Bailey lo dejaba inconsciente. Solo así podríamos haberle quitado los pantalones. Después, cuando me hubiera ido, Bailey le habría curado las heridas y le habría dicho que lo sentía mucho, pero que era una emergencia.

—¿Por qué no te has quedado tranquilita en Londres, escribiendo dramas para el teatro? —preguntó.

—Lisle, piensa un poco —le dijo—. Si tuviera un mínimo de paciencia para quedarme tranquila en algún sitio, habría seguido comprometida con el primer caballero que me propuso matrimonio, me habría casado, habría tenido hijos y me habría sumido en esa existencia casi invisible en la que se sumen otras mujeres. —Empezó a gesticular—. ¿Por qué las mujeres tenemos que quedarnos quietecitas? ¿Por qué tenemos que ser como lunas en miniatura, sin poder salirnos de nuestras pequeñas órbitas, girando siempre alrededor de un planeta que no es otra cosa que un hombre? ¿Por qué no podemos ser planetas? ¿Por qué tenemos que ser lunas?

—En términos astronómicos —comentó Lisle—, esos planetas a los que te refieres orbitan alrededor del sol.

—¿Tienes que ser tan literal? —replicó.

—Sí —contestó él—. Yo soy terriblemente literal y tú eres escandalosamente imaginativa. Un ejemplo: yo veo una catedral que se alza por encima de algunos edificios, ¿tú qué ves?

Olivia miró hacia el extremo de la calle, donde una torre negra se alzaba en el cielo nocturno.

—Veo una ruina fantasmagórica que acecha a través de un estrecho callejón, una figura enorme y tenebrosa recortada contra un cielo cuajado de estrellas.

—No estoy seguro de que sea una ruina —señaló—. Lo averiguaremos enseguida.

Unos cuantos pasos más los llevaron al extremo de la calle. Cruzaron High Petergate, enfilaron un callejón y entraron en las ennegrecidas y fantasmagóricas ruinas o, dependiendo del punto de vista, la quemada catedral de York.

Lisle supuso que el tenue resplandor que se veía al otro lado de las vidrieras reforzaba la idea de Olivia de que ese lugar era «fantasmagórico». Para él solo era una señal de vida.

—Parece que hay alguien en casa —comentó—. De todas maneras, prefiero no entrar a tientas. —Se sacó un yesquero y un cabo de vela del bolsillo del gabán.

—Yo tengo fósforos —dijo Olivia.

Meneó la cabeza al escucharla.

—Esos chismes apestan. —Se paró un instante a encender la vela.

—Son asquerosos, sí —convino ella—. Pero nunca se sabe cuándo pueden venir bien.

—Son muy útiles para las personas acostumbradas a que sus criados enciendan el fuego —replicó—. Cualquier persona habilidosa puede crear una chispa con facilidad, y con más seguridad, con un yesquero.

—La mayoría de la gente no repite algo miles de veces, a propósito, solo para demostrar que puede hacerlo.

—No he practicado miles de... ¡Dios! ¿Por qué caigo siempre? ¿Es mucho pedir que te quedes a mi lado? No sabemos cómo van los trabajos de limpieza.

—El hecho de que haya conseguido meter mi gigantesco trasero en unos pantalones no significa que mi cerebro se haya reducido a un tamaño masculino —le soltó Olivia—. Soy muy consciente de que tienes la vela y yo no tengo ganas de ir dando tumbos entre las ruinas de una catedral. Está oscurísimo y silencioso, ¿verdad? Londres es tan bullicioso de noche como de día. Y está mejor iluminado. Pero el entorno es magnífico: iglesia medieval, oscuridad medieval y silencio sepulcral.

Al final resultó que el camino estaba despejado. Sin embargo, no se adentraron mucho. Estaban recorriendo el ala meridional del transepto cuando se acercó a ellos un hombre con un farolillo.

—Lo siento, caballeros —dijo el recién llegado—. No se admiten visitas después del anochecer. Sé que a algunas personas les gusta el ambiente tenebroso o quieren llevarse un susto de muerte...

—No hemos venido de visita —lo interrumpió él—. Solo hemos venido a...

—Tienen que regresar de día. Admito que hay mucho jaleo con los trabajadores y demás, pero antes de que podamos empezar con la reconstrucción hay que limpiar el lugar, ¿verdad? Y ahora con este asunto de la cripta, todo el mundo quiere echar un vistazo.

—No hemos ven...

—He perdido la cuenta de todos los eruditos que han pasado por aquí, midiendo y discutiendo. Las últimas noticias de las que estoy enterado son que costará cien mil libras reparar el daño, pero eso no incluye la cripta, ya que todavía no han decidido qué hacer con ella. La mitad dice que debería sacarse a la luz y la otra mitad asegura que tiene que quedarse como está.

—No hemos venido por...

—Caballeros, vuelvan mañana, que alguien estará encantado de acompañarlos por el lugar, de responder todas sus preguntas y de contarles por qué están discutiendo qué partes son de estilo gótico normando y qué partes son de estilo gótico perpendicular. —Les hizo un gesto para que retrocedieran hasta la puerta.

Lisle supuso que el sereno era un poco duro de oído además de locuaz, de modo que dijo más alto:

—Estamos buscando a dos señoras.

El hombre dejó de agitar el farol.

—¿Señoras?

—Son mis tías —dijo Olivia, con una voz muy parecida a la de un muchacho.

Siempre se le había dado bien imitar.

Lisle la fulminó con la mirada. ¿Por qué siempre tenía que adornar las historias?

—Una es más o menos de esta altura —añadió él, colocando la mano a la altura de la oreja de Olivia. —La otra es un poco más baja. Querían ver la catedral, en especial la cripta.

—Ah, sí, claro —dijo el hombre—. Les dije que volvieran mañana. Les advertí que no era seguro, pero se negaron a hacerme caso. Antes de darme cuenta me engatusaron para que les mostrara la catedral y contestara sus preguntas. Pero no me han contratado para hacer visitas guiadas de noche, y no pienso hacer otra excepción.

—Por supuesto que no —lo tranquilizó—. Pero tal vez pueda decirnos cuándo se marcharon.

—Pues hará unos diez minutos. Puede que un cuarto de hora. No me acuerdo exactamente. Pero se marcharon a toda prisa. Me dijeron que habían perdido la noción del tiempo.

—¿Por casualidad le dijeron adónde iban? —preguntó Lisle.

—Al hotel The George, en Coney Street. Me preguntaron cuál era la ruta más rápida para volver. Dijeron que llegaban tarde a la cena.

—Si se marcharon hace diez minutos, deberíamos habernos cruzado con ellas —comentó.

—Quizá tomaron otro camino —aventuró el sereno—. ¿Han venido por Stonegate?

—Así es —contestó—. ¿Las señoras...?

—Como les dije a ellas, la traducción del nombre de esa calle hace referencia a las piedras que se trajeron para construir la catedral —explicó el hombre—. Las transportaron desde las canteras en barco y las desembarcaron en Stayne Gate, bajo el ayuntamiento.

—¿Cree que...?

—Me preguntaron también dónde vivió el escritor Lawrence Sterne durante el tiempo que pasó en Stonegate, cuando todavía estaba soltero.

—¿Cree que tomaron otra dirección? —se apresuró a preguntar Lisle.

—Quizá se equivocaron al doblar una esquina y fueron a parar a Little Stonegate —contestó el sereno—. Espero que no se hayan perdido. Les prometo que salieron sanas y salvas de la catedral. Como hay tan poca luz y tantos escombros desperdigados, es sencillísimo...

Un chillido hizo que guardara silencio de golpe.

Lisle se volvió hacia la procedencia del sonido. No vio nada. Y en ese momento se percató de que tampoco vio nada en el lugar donde debería estar Olivia.

—¡Olivia! —gritó.

—¡Ay, ay, ay! —exclamó Olivia. Después, al recordar que se suponía que era un hombre, añadió—: ¡Maldita sea mi estampa!

Le temblaba la voz. De hecho, el dolor le había arrancado

unas lágrimas y quería echarse a llorar, aunque por la frustración. No se le ocurría una salida digna para su situación.

—Estoy aquí.

—¿Dónde?

La luz de una vela y de un farol iluminó varios montones de escombros.

—Aquí —repitió.

Por fin la luz se dirigió hacia su ignominiosa postura.

Estaba tirada sobre un montón de tablas, de piedras y lo que fuera con lo que había tropezado, con el trasero en pompa. Un montón de escombros pequeñísimo en realidad, se dio cuenta cuando los hombres se acercaron más. Sin embargo, y al igual que el diminuto agujero que acabara con Mercutio, había bastado para acabar con ella. Se había golpeado la rodilla (¡qué dolor!), y había caído sobre un codo, un golpe que le provocó un ramalazo de dolor por todo el brazo. Claro que eso no fue nada comparado con lo que sintió cuando intentó incorporarse.

Lisle le dio su vela al sereno y se acuclilló a su lado.

—Por esto mismo les dije que no vinieran de noche —murmuró el sereno—. Uno se puede caer de bruces y partirse la crisma. Incluso durante el día hay que ver dónde se ponen los pies.

—Apártese un poco —le ordenó Lisle—. Y sostenga el farol en alto.

El sereno se apartó e hizo lo que le pedía.

Olivia contuvo un gemido y consiguió cambiar un poco de postura. Le daba igual lo que viera Lisle, pero prefería que el sereno no se quedara boquiabierto mirándole el trasero.

—¿Dónde está tu sombrero? —le preguntó Lisle en voz baja.

—No lo sé.

Lisle le pasó los dedos por el pelo, que llevaba recogido en la nuca con un moño muy tirante.

—No parece que estés sangrando.

—Me he caído sobre el brazo.

—Si no lo hubieras hecho, te habrías partido la crisma.

—A mi cabeza no le pasa nada malo —replicó.

—Según se mire...

—Es el pie. No puedo levantarme.

—Voy a estrangularte —la amenazó—. Te dije que...

—Que me quedara cerca, lo sé. Pero solo me he apartado un poco. Quería echar un pequeño vistazo antes de que nos echara. Y después...

—Tropezaste.

—No ha sido un golpe muy fuerte, pero el pie derecho no aguanta mi peso. Creo que me he torcido el tobillo. ¿Me ayudas a levantarme?

—¡Maldita sea! ¿Te has roto algo?

—No lo creo. Solo es el pie. No me hace caso... y me duele horrores si intento obligarlo.

Lisle masculló algo en árabe. Olivia supuso que no había un improperio lo bastante fuerte en su propia lengua para expresar lo que sentía. Acto seguido, la cogió del pie derecho y el dolor estuvo a punto de lanzarla disparada al techo. Lisle le examinó el pie, centímetro a centímetro, moviéndolo de un lado a otro. Olivia contuvo los gemidos a duras penas... aunque no tenía muy claro si quería gemir por el dolor o por el placer de sentir sus manos, que se trasladaron rápidamente pero con mucho cuidado del pie a la rodilla.

—Creo que no hay nada roto —le informó él.

—Eso es lo que te he... —Se interrumpió cuando Lisle la obligó a incorporarse.

Antes de que pudiera recuperar el aliento, la cogió por debajo de los brazos y tiró de ella hasta ponerla en pie. Cuando su pie derecho tocó el suelo, dio un respingo.

—No te apoyes en él —le aconsejó—. Apóyate en mí. Es una suerte que no vayamos muy lejos. —Introdujo un brazo por debajo de la chaqueta para sujetarla. Un brazo fuerte y cálido.

Olivia fue consciente de que la mano de él había quedado por debajo de un pecho. Y dicho pecho reaccionó, ya que se le endureció el pezón, al tiempo que la recorrían unas sensaciones que pusieron a prueba sus principios morales.

Al mismo tiempo que la mantenía erguida, Lisle se sacó unas monedas del bolsillo y se las dio al sereno.

—Siento las molestias —le dijo al hombre.

—Espero que el joven se recupere pronto —dijo el sereno.

—Gracias —replicó ella con voz juvenil.

Lisle no dijo nada. La sacó de la catedral y la ayudó a bajar muy despacio los escalones que daban al patio.

Después cruzaron en silencio el estrecho callejón hasta llegar a High Petergate.

Lisle no estaba seguro de poder hablar.

Olivia le había dado un susto de muerte. Se podría haber partido el cuello o la crisma.

La preocupación ni siquiera lo abandonó cuando se aseguró de que seguía de una pieza, porque podía tener un hueso roto o astillado, o haber sufrido una conmoción.

Parecía que solo se había torcido el tobillo. El problema era que había tardado demasiado tiempo en llegar a esa conclusión.

Le había examinado la cabeza, el pie y la pierna. La había examinado a conciencia y se había tomado su tiempo para hacerlo.

Eso no fue sensato. Había demostrado todavía menos sensatez al incorporarla, ya que le había metido el brazo por debajo de la chaqueta en vez de pasárselo por encima.

Y en vez de encontrarse con la protección que supondría un chaleco, su mano encontró la fina tela de una camisa y la pretina de unos pantalones. Cuando Olivia se dejó caer sobre él, la parte baja de su poco protegido pecho quedó apoyada sobre su mano. Y bajo la camisa, su piel era muy cálida.

Ni un santo habría tenido presencia moral suficiente para caminar de esa manera, con ese pecho rozándole la mano y esas caderas presionándole las suyas mientras salían despacio de la catedral, bajaban los escalones, cruzaban el patio y seguían hacia el hotel. Al tenerla tan cerca podía oler el aroma de su pelo y de su piel...

Sigue andando —se dijo—. Un pie detrás del otro. Es la hijastra de Rathbourne. Que no se te olvide.

—Lisle —dijo ella.

—No hables —le ordenó.

—Sé que estás enfadado, pero ya estábamos allí, no sabía si alguna vez podría volver a la catedral, y solo me alejé un poquito...

—Solo —repitió—. Solo esto. Solo aquello. Si llegas a partirte el cuello, ¿qué le habría dicho yo a tu madre? ¿Y a tu padrastro? «Por cierto, Olivia solo está muerta.»

No podía, ni quería, pensar en eso.

Tampoco hacía falta. Estaba viva. Pero la había tocado, y cada caricia le recordó el largo y tórrido beso de la noche anterior y el modo en el que su pierna desnuda le había recorrido la pantorrilla. Su olor le saturaba la nariz y su pecho se pegaba a su brazo, y todos sus instintos querían reafirmar, de la forma más primitiva posible, allí, contra la pared de ese estrecho callejón, que ella estaba tan viva como él.

Está coja, cerdo, se recordó.

—Sí, pero no me he partido el cuello —replicó ella—. No es propio de ti darle vueltas a lo que podría haber pasado.

—¿Que no es propio de mí? —preguntó—. No sabes lo que es propio o impropio de mí. Solo me has visto en estas circunstancias, presa de la constante tensión, preparado para enfrentarme al siguiente desastre. —E intentando no hacer una locura, algo imperdonable e imposible de deshacer.

Era un hombre lógico y honorable. Tenía conciencia. Conocía la diferencia entre el comportamiento honorable y el deshonroso. Sin embargo, había cruzado una línea y su mundo tan cuidadosamente ordenado se estaba haciendo añicos.

—De verdad, Lisle, estás haciendo una montaña de un...

—¡Cada vez que vuelvo a casa pasa lo mismo! —estalló—. ¿Y te extraña que no quiera vivir en Inglaterra? En Egipto solo tengo que enfrentarme a serpientes, escorpiones, tormentas de arena, ladrones y asesinos. Aquí siempre es una escena tras otra, y problemas donde no los hay realmente. Si no son mis padres gritando, llorando y dando órdenes, eres tú, provocando revueltas e intentando matarte.

—¡Esto es increíble! —Olivia intentó apartarse.

—No seas tonta —le dijo—. Vas a caerte de bruces.

—Puedo apoyarme en la pared para andar —replicó ella—. No te necesito.

La pegó con más fuerza a su costado.

—Estás siendo muy infantil.

—¿Yo?

—¡Sí, tú! Para ti todo es un drama. Las emociones son lo primero y lo último. No hay nada más.

—¡No nací con un escarabajo de piedra por corazón!

—Quizá deberías utilizar la cabeza de vez en cuando y no tu corazón —le aconsejó—. Quizá deberías pensar antes de decidir alejarte por un presbiterio en ruinas de noche. O quizá, y esto sería toda una novedad, deberías haberme dicho lo que ibas a hacer.

—Me lo habrías impedido.

—Con toda la razón del mundo.

—¡Mira quién fue a hablar! —exclamó ella—. Tú te metes en tumbas y en pasadizos bajo tierra.

Habían llegado a Stonegate. Mantuvo rígido el brazo que la sujetaba porque, de otra manera, acabaría zarandeándola.

—Yo sé lo que hago —replicó, y tuvo que echar mano de todo su autocontrol para mantener la voz baja y supuestamente calmada—. No actúo primero y pienso después. No me lanzo a ciegas a hacer lo primero que se me pasa por la cabeza a cada momento.

—¡No ha sido así! ¡Estás tergiversándolo todo!

—¡Y tú no te has visto! —exclamó—. No ves lo que haces. Y tampoco ves lo que les haces a los hombres. Te aburres y los usas para entretenerte, sin importarte quién sale herido. Te aburres y te entrometes en mi vida, engañas a tu familia y a la mía, causas estragos en solo Dios sabe cuántas servidumbres...

—De acuerdo, siento mucho haberlo hecho —dijo ella—. En la vida me he arrepentido tanto de algo.

Debería haberse detenido en ese momento. En un rinconcito lógico de su mente, Lisle era consciente de que ni siquiera debería haber empezado esa conversación. Pero ese destello de su conciencia fue incapaz de atravesar el furioso torbellino de pensamientos.

—Yo también lo siento —replicó—. Siento haber vuelto a casa. Siento haberme acercado a menos de un kilómetro de ti. Debería haberme quedado donde estaba. Sí, prefiero quedarme ciego descifrando jeroglíficos. Prefiero asarme en el desierto y enfrentarme a tormentas de arena, escorpiones, serpientes y asesinos. Prefiero hacer cualquier otra cosa, estar en cualquier otro sitio, siempre que me mantenga en la otra punta del mundo, alejado de mis padres y de ti.

—¡Ojalá nunca hubieras vuelto! —chilló Olivia—. Ojalá te fueras de nuevo. Pagaría gustosa el pasaje de ida y te mantendría allí para siempre. No me importa lo que te pase. Vete a Egipto. Vete al cuerno. ¡Pero vete!

—Ojalá pudiera irme al cuerno —le aseguró—. Sería el paraíso después de dos días en tu compañía.

Olivia le dio un empujón, muy fuerte.

No estaba preparado. Perdió el equilibrio, cayó sobre la puerta de una tienda y aflojó el brazo. Apenas fue un instante, pero a ella le bastó para apartarse.

—Te odio —dijo Olivia, y cruzó la calle cojeando, tras lo cual siguió caminando despacio con la mano apoyada en la pared.

Él se quedó donde estaba un momento, mirándola con el corazón desbocado.

No cruzó la calle. No se fiaba de sí mismo.

De modo que echó a andar muy despacio, él por un lado de la calle y Olivia por el otro. Y así, despacio y en silencio, separados por un mundo entero, regresaron al hotel.

9

Lunes 10 de octubre

Imbécil.

Bruto.

La cabalgada fue ardua y larga, más de ciento sesenta kilómetros desde Alnwick hasta Northumberland. Lisle la empezó furioso con Olivia y la acabó furioso consigo mismo.

¡Menudas cosas que había dicho la noche anterior!

Olivia era su amiga. Una amiga desquiciada y peligrosa, sí, pero él tampoco era perfecto ni mucho menos.

Tenía mucho genio, para empezar. Perdía los estribos con facilidad, pero no recordaba haber sido nunca tan cruel con una mujer.

Y se trataba de la mujer que le había escrito fielmente semana tras semana. Se trataba de la mujer que siempre había comprendido lo que significaba Egipto para él.

Imbécil. Bruto.

Y ese fue solo el comienzo. Cuando llegó al hotel El Cisne Blanco en Alnwick, horas después de que anocheciera, había repasado todos los epítetos que conocía en seis o siete lenguas.

Consciente de que la larga cabalgada, más la falta de un baño y de la cena, había sido en parte la culpable de la debacle de la noche anterior (aunque no excusaba su comportamiento), se bañó, se arregló y cenó antes de ir a la habitación de Olivia.

Llamó a la puerta dos veces. Bailey abrió.

—Debo hablar con la señorita Carsington —anunció.

—No estoy —dijo Olivia desde el interior—. He salido. He ido a vender mi diabólica alma a Lucifer.

Lisle despachó a la doncella con un gesto de la mano. Bailey miró a su señora primero y después lo miró a él, tras lo cual se apartó.

—Bailey, hay que ver... —protestó Olivia—. No me puedo creer que le permitas intimidarte.

—Sí, señorita —reconoció la doncella—. Lo siento, señorita. —Y se marchó a la habitación contigua, aunque dejó la puerta entreabierta.

Lisle se acercó y la cerró.

Después se volvió hacia Olivia. Un primer vistazo a la estancia le había indicado que estaba sentada frente a la chimenea. En ese momento descubrió por qué no había corrido hacia la puerta para echarlo a empujones, o a golpe de atizador, o para clavarle un abrecartas en el cuello.

Iba vestida con una bata y, al parecer, con otro liviano camisón debajo, y tenía las faldas levantadas y el pie metido en una enorme palangana llena de agua. Le dolía el tobillo. Lo recordó de repente y se sintió tan avergonzado que se ruborizó. No sirvió de nada que se dijera que Olivia se había hecho daño por actuar como una imbécil. El caso era que se había hecho daño, que le dolía y que él le había dicho un sinfín de barbaridades.

Atravesó la habitación para colocarse frente a ella, de modo que la palangana quedó en medio.

—No quiero que me odies —dijo.

Lo peor que podía haber dicho. Lo supo en cuanto vio el furioso brillo de esos ojos azules. Olivia se mantuvo en silencio y se limitó a desviar la relampagueante mirada hacia sus pies.

El silencio pareció palpitar en su cabeza, en su corazón. No me odies, no me odies, no me odies, se repetía Lisle.

Él también desvió la mirada hacia sus pies, tan delgados, blancos y vulnerables. Sabía perfectamente lo que tenía que decir. Las palabras estaban en algún rincón de su mente.

«Lo siento.»

Dos palabras. Sin embargo, sentía una terrible opresión en el pecho y su mente parecía funcionar muy despacio, de modo que fue ella quien puso fin al silencio.

—Te aborrezco —dijo Olivia en voz baja y trémula—. Me has roto el corazón. De la forma más cruel.

La miró sin dar crédito.

—¿Que te he roto el corazón?

—Sí.

Se había comportado como un bruto, sí, le había dicho cosas crueles, también. Pero... ¿que le había roto el corazón?

—¡Por favor! —exclamó—. Sabes perfectamente que no es así.

Otro destello letal de esos ojos azules.

—Compararme con tus padres... ¡Con tus padres! Cuando sabes que me he enfrentado a ellos incontables veces para defenderte mientras tú no estabas aquí para hacerlo. Y decirme que te has mantenido alejado todo este tiempo por mi cu... culpa... —Apartó la mirada.

Era cierto. Olivia era su amiga, pero era como el simún: impredecible y violento cuando atravesaba el desierto arrastrando la arena a su paso y convirtiéndola en una ola gigantesca de la que todo el mundo huía para esconderse. Se llevaba por delante las jaimas, esparcía los objetos personales y lanzaba por los aires animales y personas como si fueran juguetes. Era hermoso, espectacular y rara vez provocaba alguna muerte, pero dejaba la ruina a su paso.

Olivia era un simún humano, y no podía negar que esa era una de las razones para mantenerse alejado de ella, aunque prefería cortarse la lengua a repetirlo.

Se acuclilló para mirarla a la cara.

—No estarás llorando de verdad, ¿eh?

Olivia volvió la cabeza con brusquedad en dirección a la chimenea. La luz del fuego se reflejó en su pelo, arrancándole cegadores destellos cobrizos a los desordenados rizos.

Si de verdad hubiera sido su hermana, podría haberle acariciado el pelo. Si hubiera sido su amante... Pero no podían ser amantes. Nunca. No podía deshonrarla y no podía casarse con un simún, era así de simple y de irrevocable.

—¿Por qué iba a malgastar mis lágrimas llorando por un bruto insensible como tú? —replicó ella—. ¿Por qué iba a dejarme afectar por la cruel injusticia de tus acusaciones?

«Cruel injusticia», repitió Lisle para sus adentros.

Drama. El drama era una buena señal. Y además era sincero. La opresión que notaba en el pecho comenzó a ceder. Si Olivia recurría a sus tácticas para provocar que se sintiera culpable, estaba más cerca de lograr su perdón. Aunque tardaría un buen rato y tendría que soportar una buena diatriba, cosa que se merecía.

—Desde luego, ¿por qué? —repuso él—. Nunca he tenido que morderme la lengua contigo, y no me gustaría tener que hacerlo. Pero si eso es lo que quieres, lo haré. Tengo mucha práctica. Pero que quede clara una cosa: eso me deprimirá más que el infernal clima escocés, mis dichosos padres y el puñetero castillo, todos a la vez. Si tenemos que estar juntos durante sabrá Dios cuánto tiempo en ese lugar remoto con esas dos locas, y no puedo hablar contigo...

—¡Ni lo intentes! —lo interrumpió ella—. No finjas que soy tu confidente cuando has dicho y hecho todo lo posible para dejarme claro que no lo soy. Si tu idea de sincerarte consiste es insultarme de esa forma tan mezquina...

—¡Mezquina! —Excelente. Y también muy cierto.

—No soy un perro al que puedas darle una patada cada vez que quieras desahogar tu mal humor —sentenció ella.

—Podrías devolvérmela —señaló—. Siempre lo haces.

—Ojalá pudiera —apostilló Olivia—. Pero como puedes ver, estoy temporalmente coja.

En ese momento le miró el pie, desnudo en el agua. Recordó el roce de ese pie contra su pierna desnuda. La caja de Pandora. Cerró la tapa con fuerza.

—¿Te sigue doliendo mucho? —le preguntó.

—No —respondió ella—. Solo ha sido una torcedura de tobillo. Pero Bailey cree que está un poco hinchado y me ha obligado a ponerlo en remojo. Tengo que obedecerla o me abandonará, y si me abandona, sabes que me quedaré destrozada.

—No te abandonará —la tranquilizó—. Ni yo tampoco. Al menos hasta que hayamos concluido esta noble cruzada tan absurda. Me has obligado a participar en ella y ahora tendrás que sufrir las consecuencias. Te guste o no, Olivia. Tú te lo has buscado.

Se dijo que era una frase estupenda con la que hacer mutis. Se dijo que un mutis sería lo más inteligente. Ella le había perdonado, más o menos, y él ya no sentía deseos de ahorcarse.

Pero estaba su tobillo...

Bailey creía que lo tenía un poco hinchado.

Esa no era una buena señal. Y él sabía mucho de esas cosas. Había aprendido de Dafne Carsington a curar y a atender las frecuentes heridas y enfermedades que sufrían los sirvientes y los trabajadores de las excavaciones.

Tal vez no solo se hubiera torcido el tobillo. Podía haber sufrido un esguince, o quizá haberse roto uno de los delicados huesecillos de los muchísimos que había en el pie.

Se arrodilló delante de la palangana. Prescindió del atuendo femenino, del brillo del fuego en su pelo y del resto de los detalles relacionados con su fragante feminidad para concentrarse en su pie derecho como si fuera un objeto independiente del resto de su persona.

—A mí no me parece que esté hinchado —dijo—. Pero es difícil asegurarlo mientras lo tengas bajo el agua. —Le aferró con mucho cuidado el pie y lo levantó.

La oyó jadear.

Algo temblaba, o su mano o el pie de Olivia.

—¿Te duele? —le preguntó.

—No —respondió ella.

—A mí me parece que está bien —dijo mientras se lo giraba con mucho cuidado a derecha e izquierda.

Era un pie delgado, de elegantes proporciones y dedos correctamente colocados en orden menguante, como los pies de las estatuas egipcias. La piel mojada era muy suave al tacto.

—Creo que ya lo has examinado lo suficiente —la oyó decir con voz estrangulada—. Se me está enfriando.

Sí. Lo suficiente. Más bien demasiado.

—En cualquier caso, ya es hora de que lo saques del agua —se apresuró a aconsejarle. Notó que le temblaba la voz y esperó que Olivia no reparara en ello—. Se te está arrugando. —Alargó el brazo en busca de la toalla que descansaba cerca de la palangana, se la colocó sobre un muslo y apoyó el pie en ella.

Con mucho tiento comenzó a masajeárselo descendiendo desde el tobillo hasta los dedos. Y después siguió el camino inverso. Al llegar al tobillo, continuó por la pantorrilla hasta la rodilla. Y bajó de nuevo.

Olivia no se movió en ningún momento.

Una vez que dejó el pie herido en el suelo, sobre una toalla seca, Lisle se dispuso a hacer lo mismo con el pie izquierdo, siempre con cuidado de no rozarla directamente con los dedos. No le sirvió de nada, porque de todas formas sentía cada una de las elegantes curvas a medida que pasaba sobre ellas: los delicados huesos, el empeine, la exquisita hilera de sus dedos.

—Si te has arrodillado a mis pies —la oyó decir—, supongo que es a modo de disculpa.

—Sí, es posible —reconoció Lisle.

Era el mismo pie que le había acariciado la pierna la otra noche.

Lo levantó como si fuera a dejarlo sobre la toalla, como había hecho con el otro. Pero titubeó. Apenas un instante, o una eternidad. El deseo lo abrumó hasta hacerse insoportable.

Se inclinó y la besó en la espinilla.

La oyó tomar aire con brusquedad. Él también tenía problemas para respirar por culpa de los furiosos latidos de su corazón, que bombeaba la sangre hacia la parte inferior de su cuerpo.

Le colocó el pie en el suelo con mucho cuidado y se levantó despacio.

Mal. Mal. Muy mal. Injusto para él, para ella, para todos. Pero ya estaba hecho, y además se había detenido, y la levita que llevaba puesta ocultaba lo que Olivia acababa de hacerle. O más bien lo que se había buscado él solo.

—O a lo mejor me estoy tomando la revancha —soltó.

Y salió de la habitación con paso despreocupado y elegante, mientras el simún rugía en su interior.

En cuanto la puerta se cerró tras Lisle, Bailey abrió la que comunicaba con la habitación contigua y entró.

—Señorita, lo siento —se disculpó—, pero no pensé que...

Olivia levantó una mano para silenciarla.

—No importa —le dijo. Apenas reconocía su propia voz. Sin aliento. Porque el corazón todavía le latía tan rápido que casi era doloroso—. Él... —No completó la frase.

¿Qué demonios estaba pensando Lisle? ¿Acaso no habían acordado que el episodio de Stamford había sido un terrible error? Sin embargo, habían cruzado una línea. No debía olvidar que él era un hombre, y cuando un hombre empezaba a tener ideas de esa naturaleza... ¡Menuda tontería! Los hombres siempre tenían ese tipo de ideas. Aunque supuestamente Lisle debía mantener las distancias con ella.

¡El muy imbécil no debía seducirla!

Ya fuera una disculpa o una revancha, suponía un riesgo letal. ¡Para el futuro de ambos!

—¡Hombres...! —exclamó.

—Sí, señorita —asintió Bailey.

—Supongo que yo he tenido la culpa.

—No sé, señorita.

—Es que estaba furiosa, ¿sabes?

—Sí, señorita.

—¡Me dijo unas cosas...! —Todavía le dolían al recordarlas.

—Sí, señorita.

—Debería haberme tapado los pies cuando él entró, o al menos bajarme las faldas.

—Sí, señorita, pero eso debería haberlo hecho yo, y en cambio la dejé abandonada.

—Tú no tienes la culpa de nada, Bailey. Soy una DeLucey.

Da igual que sea otras muchas cosas. La herencia de los De-Lucey siempre se impone. Lisle hirió mis sentimientos y tenía que vengarme adoptando una actitud provocativa. ¿Se te ocurre algo más tonto? Como si no lo hubiera calado en la fiesta de la bisabuela. Como si no hubiera visto el cartel que lleva sobre la cabeza: «Peligro. No juegues con este fuego». Cualquier DeLucey lo habría visto. El problema es que cualquier DeLucey se habría lanzado de cabeza a por él de todas formas.

—Sí, señorita.

—Es muy difícil resistirse a un desafío tan arriesgado.

—Sí, señorita.

—El problema es que Lisle es un desafío demasiado arriesgado.

Esas manos tan avezadas y esas caricias tan íntimas que resultaban insoportables, tan interminables y minuciosas. Si Lisle se decidiera a conquistar a una mujer, lo haría de esa forma: con paciencia y minuciosidad. Tal como la había besado la otra noche: con total convicción, sin tregua ni cuartel.

Si hubiera sido otro quien la acariciara de esa manera, quien la besara de esa manera, sus principios morales se habrían desmoronado y se habría entregado al momento alegremente.

—Tan malo es si lo haces como si no —añadió—. Si estás casada, puedes tener aventuras. Pero el matrimonio es una mala apuesta para la mujer. Si te equivocas de carta y te casas con el hombre equivocado, te pasas el resto de tus días en el infierno. Algunos son peores que otros, cierto, pero no deja de ser un infierno al fin y al cabo.

—Eso es cierto, señorita —convino Bailey, cuya opinión sobre los hombres no era muy favorable. Ver cómo actuaban alrededor de su señora destruiría las ilusiones que albergara cualquier jovencita sobre el género masculino—. De todas formas, la vizcondesa, su madre...

—Por favor, no pongas a mi madre como ejemplo —la interrumpió Olivia. Su madre había encontrado el amor de su vida. Dos veces—. Ella no es como yo. Ella es buena.

Martes 11 de octubre

Olivia intentó levantarse antes del alba, tal como había hecho los dos últimos días. Esa mañana, sin embargo, la idea de sacar otra vez a esas dos malas pécoras de sus camas antes de que amaneciera y de llevar a Lisle otro día más por la calle de la amargura mientras las seguía había perdido por completo el encanto.

El sol estaba bien alto y entraba a raudales por la ventana cuando por fin decidió enfrentarse al nuevo día.

Bailey le llevó la bandeja del desayuno. Junto con una carta.

En la parte frontal se leía «Señorita Carsington». La letra, tan precisa e inclinada, le resultaba muy familiar.

Rompió el sello, desdobló el papel y leyó:

> *Alnwick,*
> *martes 11 del presente mes*
>
> Querida Olivia:
> Cuando leas estas líneas, ya me habré puesto en marcha, porque estoy decidido a llegar hoy a Gorewood antes de que oscurezca para poder hacer un reconocimiento. Acabo de caer en la cuenta (y dado que soy un hombre, supongo que no te extrañará que haya tardado tanto en hacerlo) de que ignoramos si la monstruosidad está amueblada. Sospecho que lo justo. De modo que cuento con ~~tu buena disposición para~~ que hagas algunas compras en Edimburgo. Nichols ha redactado una lista preliminar, que procedo a adjuntar. Una vez que lleguemos, hará un inventario completo y te lo enviaré a Edimburgo.
>
> Puesto que estoy acostumbrado a los catres y a las mantas en el suelo de las tumbas, no soy el más indicado para elegir colores ni estilos. Tú decides, y si se te ocurre algo que podamos necesitar, no dudes en añadirlo a la lista de la compra. Sé que de todas formas tu gusto en la materia que nos ocupa es muy superior al mío.

Le he enviado una carta a Mains, el procurador de mi padre en Edimburgo, para informarle de tu cometido. Envíale todas las facturas. Estoy seguro de que le encantará ayudarte en todo aquello que precises, como a cualquier hombre sensato. Su nombre y su dirección están en la lista de Nichols.

Nos veremos dentro de una o dos semanas en el Castillo de los Horrores.

Atentamente,

L

—¡Lisle, por favor! —exclamó Olivia—. Qué gesto tan pueril que hayas tachado esas palabras. Pero... —Guardó silencio para reflexionar—. Sí, no eres un completo imbécil después de todo. Has reconocido tu error, estoy segura. Ojos que no ven, corazón que no siente.

—¿Señorita?

Olivia agitó la carta en el aire.

—Un respiro, Bailey —dijo—. Él se ha ido y nosotras nos vamos de compras.

Edimburgo,
12 de octubre

Querido Lisle:

En vez de Obligar a las Damas a soportar otro <u>Interminable Día</u> en el Carruaje, he decidido acortar las etapas del Trayecto hasta Edimburgo. Hemos llegado hoy a última hora de la Tarde. Y ¡ay! La primera Impresión es tal cual Scott la describió:

> *El sombrío esplendor rodea la cumbre*
> *donde se alza el enorme castillo,*
> *y a los pies de la empinada calle*
> *con su escarpada espalda elevándose al cielo*
> *se levanta, laberíntica y aglutinada*
> *mi ciudad, tan romántica.*

Tal como recordarás, ya había estado aquí durante mi Infancia, pero mis Recuerdos eran un poco confusos y pensaba que eran fruto de <u>un Sueño</u>. El Castillo que corona la Gran Roca y se alza sobre la Niebla y la Bruma, rodeado por los Campanarios y las Agujas que atraviesan la grisácea panorámica. La Ciudad Antigua con sus <u>altos</u> edificios encaramados en las rocas. Pero allí estaba, <u>la Ciudad más Asombrosa del Mundo</u>. Y sí, estoy segura de que su misterio desafía incluso al de la Gran Esfinge.

Pero sé que mi Efusividad <u>te aburre</u>. Por lo tanto, voy al Grano. La Pintoresca y Antigua Ciudad está llena de Tiendas muy Variopintas. Me queda mucho por descubrir en la Nueva Ciudad de Edimburgo, <u>mucho menos romántica</u>, claro, situada en una explanada al noroeste. (Ahí es donde vivía tu primo, por cierto, en una Elegante Residencia atestada como <u>no te puedes imaginar</u> de Libros viejos y Papeles). No me cabe la menor duda de que podremos adquirir <u>lo esencial</u> en solo un par de días de Compras.

Te lo iré enviando todo salvo los criados que nos sean <u>imprescindibles</u>. Edwards, que hará las veces de Mayordomo, estará encantando de encargarse de que el Castillo esté <u>habitable</u> para Recibirnos. Mientras tanto, iré al Registro de la Servidumbre y dejaré constancia de nuestras necesidades. Dado el MIEDO QUE LOS LUGAREÑOS sienten por el lugar, debemos confiar en <u>nuestra Reducida Tropa</u>, al menos durante un tiempo. Sin embargo, estoy <u>plenamente convencida</u> de que pronto llegaremos al fondo de todo este ASUNTO DEL CASTILLO ENCANTADO y podremos contratar una servidumbre escocesa. Porque, como recordarás, los Sirvientes Ingleses que nos acompañan son <u>un préstamo</u> y <u>deben regresar</u> lo antes posible, preferiblemente antes de que mi madre descubra que los he Robado.

Atentamente,

Olivia Carsington

Roy y Jock Rankin regresaron el miércoles de Edimburgo con los bolsillos llenos gracias a los tintineantes beneficios obtenidos de la venta de ciertos objetos que no les pertenecían. Descubrieron que la taberna de Gorewood era un hervidero de rumores: el hijo del marqués de Atherton, el conde de Lisle, iba a instalarse en el castillo de Gorewood acompañado por un regimiento de criados ingleses. Ya había llegado un carruaje cargado de baúles, arcas y sirvientes, y se esperaba la llegada de los demás en breve.

Roy y Jock se miraron.

—Ni hablar —dijo Roy—. Solo son unos cuantos londinenses que vienen a echarle una ojeada al castillo. Esta gente siempre está pensando en tonterías y diciendo que alguien va instalarse en el castillo. Nadie se ha instalado en él desde que se mudó el viejo hace ya... ¿Cuántos años, diez?

Sin embargo, la gente estaba emocionada, mucho más de lo que solía estarlo cuando llegaban viajeros ingleses para explorar el castillo.

Al rato los hermanos Rankin abandonaron la taberna pese a la lluvia para averiguar qué había de cierto en los rumores.

Sus vecinos estaban en lo cierto, sin que sirviera de precedente. Desde el camino de entrada y pese al chaparrón que estaba cayendo, se veía luz en al menos tres ventanas. Se acercaron a hurtadillas y descubrieron un carruaje y un tiro de caballos en los destartalados establos.

—Esto no puede ser —dijo Roy.

—Tendremos que pararles los pies —sentenció Jock.

Jueves 13 de octubre

Edwards, el mayordomo, no estaba tan borracho como le gustaría. Llovía sin cesar desde que habían llegado al castillo de Gorewood. Un horripilante montón de piedras que apestaba a humedad por la falta de uso. Habían llevado ropa de cama, pero no había camas. Para el conde eso sería una tontería, ya que estaba acostumbrado a dormir en el suelo, pero para Edwards no.

Habían estado trabajando desde la salida del sol hasta bien pasado el atardecer, intentando transformar la enorme mazmorra en un lugar habitable para las damas. Los lugareños no se habían mostrado cooperativos. Nada más llegar, se negaron a comprender las instrucciones más básicas, e incluso Su Ilustrísima, con todas las lenguas paganas que conocía, no logró entender ni media palabra de lo que le decían.

Todos veían a la servidumbre londinense como si fuera un ejército invasor. Lo normal sería que los comerciantes se alegraran por la nueva clientela, pero bastaba con preguntarles por algo para que se limitaran a poner cara de no entender nada. Y cuando por fin se dignaban tratarlos como a otro cliente más, les ofrecían lo que no habían pedido.

Al menos en la taberna La Curva Curvada trataban a los clientes en condiciones, si bien para encontrarla había tenido que doblar más de diez esquinas y al final se había visto obligado a pedirle a alguien que le hiciera un croquis. Se había pasado por la taberna para echarse algo caliente al gaznate antes de volver al puñetero castillo en mitad de la lluvia.

El camino estaba desierto y no había ni un solo farolillo que lo iluminara. A un lado se veía la silueta destrozada de una iglesia que había ardido hacía ya un siglo. Distinguió las tumbas del cementerio, con sus lápidas inclinadas como si sufrieran el peso de la lluvia, la oscuridad y el frío.

Estaba mirando en esa dirección cuando oyó un ruido delante de él. De repente, algo se abalanzó sobre él. Una figura blanca a la que le brillaban los ojos.

Gritó, dio media vuelta y echó a correr.

Y corrió y corrió y siguió corriendo.

Castillo de Gorewood,
viernes 14 de octubre

Querida Olivia:
Será mejor que busques otro mayordomo. Edwards ha desaparecido. Atentamente,

L

10

Castillo de Gorewood,
lunes 17 de octubre

Olivia estaba en mitad del camino, con la vista clavada en el monolito que coronaba la cima.

Lisle había dejado el pueblo y había llegado justo a tiempo para ver cómo se detenía el carruaje de Olivia junto al cementerio y la iglesia medio derruida. La vio apearse y colocarse a un lado del camino. Una vez allí y con las manos sobre el pecho, Olivia contempló, completamente embobada, el castillo de Gorewood.

Una comitiva de vehículos, en su mayoría carretas y carromatos, repletos con sabría Dios qué, había precedido al carruaje de Olivia. Y otros más lo seguían. Todos los habitantes del pueblo habían dejado sus quehaceres y habían salido a la calle para ver la procesión boquiabiertos.

Él también estaba boquiabierto. No había visto semejante procesión de carruajes desde la coronación del rey Jorge IV, diez años antes.

Olivia no reparaba en los caballos, las carretas y los carromatos que pasaban junto a ella. No reparaba en nada, salvo en lo que fuera que estuviese viendo en ese enorme y rectangular montón de piedras grises.

Sabía que veía más mundos que él.

Aunque en ese momento él solo la veía a ella, en una postura muy típica. Se quedó inmóvil un instante, contemplándola. Estaba tan quieta que una persona más imaginativa la tildaría de «hechizada».

Como se trataba de Olivia, sin duda lo estaba. No hacía falta tener imaginación para saberlo. Solo hacía falta conocerla.

¿Qué pensaría de las pirámides?, se preguntó.

Una pregunta absurda. Se quedaría hechizada. No le importarían las duras condiciones del viaje. Olivia había crecido en las calles de Dublín y de Londres. Estaría contenta y emocionada... hasta que la novedad del momento se esfumara y ella se aburriera.

Su vida no era siempre tan emocionante como Olivia pensaba. El trabajo en sí era repetitivo y tedioso. Encontrar una tumba podía ser cosa de días, semanas, meses e incluso años de paciente búsqueda. Día tras día bajo el sol abrasador, supervisando a los trabajadores que sacaban la arena cuidadosamente... Y el lento y meticuloso trabajo de copiar las imágenes de las paredes de las tumbas y de los templos, de dibujar los monumentos porque podían desaparecer con suma facilidad.

Se habían desmontado paredes y techos completos para decorar museos y colecciones privadas. Se habían desmantelado templos para usar sus piedras en las fábricas.

Echaba de menos ese trabajo repetitivo y tedioso. Echaba de menos encontrar cosas, medirlas, catalogarlas e imponerles un orden.

Olivia entendía su pasión por Egipto, pero jamás entendería su pasión por un trabajo tan concienzudo. La realidad de su vida la aburriría soberanamente, y sabía muy bien lo que sucedía cuando Olivia se aburría.

Algún día vería las pirámides, no le cabía la menor duda. Las visitaría como hacían los demás, como esos aristócratas que surcaban el Nilo en sus barcos, corriente arriba y corriente abajo, antes de regresar a casa al cabo de unos meses cargados de antigüedades.

En ese momento Olivia se volvió, mientras él seguía pensando en otro continente. Desprevenido, sintió que el mundo desaparecía. Solo quedó esa preciosa cara, esos ojos azules y ese cutis de alabastro con las mejillas sonrojadas.

Y algo lo golpeó en el pecho, unos puñales diminutos que se clavaron en su corazón.

—Vaya, ahí está el laird del castillo —dijo Olivia con un fuerte acento escocés con el que debió de familiarizarse en Edimburgo.

Su voz lo sacó del ensimismamiento. Más valía que no hubiera aprendido también a tocar la gaita.

Se acercó a ella.

—Díselo a los lugareños —replicó—. Parecen creer que soy el recaudador de impuestos o el verdugo.

Olivia rió. Esa risa ronca y aterciopelada. Lisle se percató de que lo estaba tentando, y se sintió como una mosquita revoloteando por el borde de una telaraña.

Hechos. Cíñete a los hechos.

Observó el vestido de Olivia como si fuera un hallazgo arqueológico.

Sobre los rizos pelirrojos llevaba la típica locura salida de una sombrerería: un chisme con un ala del tamaño de la proa de un barco, con plumas y lazos en la parte superior. Más abajo, encontró la típica locura salida del taller de una modista: mangas del tamaño de un par de toneles de vino y faldas tan voluminosas que, en comparación, su cintura parecía poder abarcarse con una sola mano.

Ese «parecía» no era un hecho. Ese «parecía» era fantasía. Desterró la idea como si fuera una baratija inservible.

Se quitó el sombrero y le hizo una reverencia para tener algo racional que hacer.

—Bienvenida al Castillo de los Horrores —le dijo—. Espero que sea lo bastante espantoso y tenebroso para ti.

—Es maravilloso —le aseguró—. Supera todas mis expectativas.

Olivia estaba encantadísima. Lo veía claramente, sin temor a equivocarse, en el rubor entusiasmado de sus mejillas y en el brillo de sus ojos.

Si hubieran sido niños, Olivia habría corrido hasta él y le

habría echado los brazos al cuello mientras gritaba «¡Me alegro muchísimo de haber venido!».

Sintió una punzada de tristeza, de añoranza... pero no se podía ser un niño para siempre, y tampoco era algo que deseara.

Se colocó el sombrero de nuevo y se concentró en el castillo de Gorewood y en sus hechos.

—Estilo normando con elevación del terreno y murallas —dijo—. En forma de U. El edificio principal consta de un sótano y tres plantas. Dos alas que parten de la fachada oeste con tres plantas por encima del sótano. Tiene una altura de unos treinta y dos metros desde el suelo hasta la parte alta del parapeto. Las murallas tienen una media de cuatro metros y medio de grosor. Cierto que se aleja de la arquitectura convencional, y es un hecho extraordinario que haya sobrevivido tanto tiempo y prácticamente intacto.

—Gracias por la lección de arquitectura. —Olivia meneó la cabeza de modo que los rizos se agitaron alrededor de su cara—. No cambiarás en la vida, ¿verdad? Me estaba refiriendo a que es fascinante. Tan gris e imponente. Y con esta luz, a esta hora... El sol descendiendo por el horizonte, entre las nubes, creando sombras alargadas sobre el páramo, como si el castillo de Gorewood extendiera sus tinieblas por el valle circundante. —Mientras hablaba, una bandada de cuervos, molestos por algo, emprendió el vuelo desde la torre septentrional, graznando—. Y ahí están tus lóbregos fantasmas —terminó.

—El aura fascinante es asunto tuyo —replicó—. Yo ya he tenido bastante, más de lo que estoy dispuesto a aceptar. No para de llover.

Había sido una sucesión de días muy cortos pasados por agua, seguidos por una sucesión de noches demasiado largas y oscuras pasadas por agua. Mientras, se preguntaba qué había hecho para merecer que lo desterraran a ese lugar. Mientras, deseaba tener a alguien con quien hablar y se repetía que no se refería a ella, sino a alguien sensato. Pero allí estaba Olivia, deslumbrante como una mañana egipcia, clavándole puñales en el corazón y reviviéndolo a un mismo tiempo.

—Entonces declaro que es perfecto —dijo ella—. El entorno perfecto para una historia de terror como *Frankenstein* o *El monje*.

—Si esa es tu idea de la perfección, te quedarás extasiada con el interior —le aseguró—. Es húmedo, frío y oscuro. Algunas de las ventanas están rotas y la argamasa está agrietada. Así que se oyen chillidos y lamentos muy interesantes cuando sopla el viento.

En ese momento Olivia se acercó a él y lo miró por debajo de la gigantesca ala de su sombrero.

—Estoy impaciente —dijo—. Enséñamelo... Ahora, que todavía hay luz.

Olivia se había quedado hechizada, sí, pero había reparado en el arco de entrada medio derruido, bajo el cual había pasado la procesión de carruajes, carretas y carromatos. Allí era donde había esperado encontrarse a Lisle. Se lo había imaginado junto a la también medio derruida garita del guarda, una pintoresca construcción cilíndrica, viendo pasar los carruajes y buscándola con la mirada. Nada más verla saldría de la garita... En fin, no esperaba que la recibiera con los brazos abiertos para que ella pudiera salir corriendo hacia ellos, pero sí que saliera de la garita y la saludara, como haría el señor del castillo.

En cambio, había aparecido de la nada, justo bajo la luz del sol poniente. Allí se quitó el sombrero y le hizo una reverencia, y la luz se reflejó en su pelo, arrancándole destellos dorados. Y también se reflejó en la hierba y en el polvo que levantaban los vehículos, rodeándolo de una nube de motitas doradas.

Fue muy irritante que apareciera de la nada, deslumbrante y dorado como un grabado medieval. Por un instante imaginó que la cogía en brazos, la montaba en su blanco corcel y se la llevaba lejos...

¿Adónde? A Egipto, ¿adónde si no? Donde la dejaría tirada en la arena y se olvidaría de ella en cuanto una momia decrépita y maloliente captara su interés.

Claro que Lisle no podía evitarlo, de la misma manera que ella no podía evitar ser como era. Y además era su amigo.

Su amigo, descubrió al mirarlo de cerca, tenía ojeras. Bajo la sombra del ala de su sombrero, el ojo morado casi no se notaba, pero aquella sombra acentuaba el cansancio de su cara.

También era infeliz. Estaba soportando la situación con estoicismo, pero su tono de voz y su lenguaje corporal ponían de manifiesto que estaba decidido a hacer el trabajo, pero que no lo movía la pasión.

Sin embargo, Olivia no dijo nada; se limitó a escucharlo hablar con ese estilo tan pedante mientras pasaban bajo el arco de entrada que daba al patio de armas, cubierto de maleza.

Las murallas exteriores se estaban derrumbando, se percató, pero el establo que había al otro lado del patio de armas apenas necesitaba arreglos. En general, no se encontraba en un estado tan ruinoso como habían indicado los Atherton. Aunque no era de sorprender: tanto Lisle como ella sabían que el castillo solo era un medio para conseguir un objetivo.

Llegaron a una escalinata, de unos nueve o diez metros, que conducía a una puerta.

—Por aquí se llega al primer piso —le explicó él—. Antes había que cruzar el puente levadizo y pasar por debajo del rastrillo, pero hace mucho que se desintegraron. Cuando se hicieron las últimas grandes reformas el siglo pasado, mi antecesor debió de decidir que una escalinata era mucho más práctica. Creo que fue una decisión sensata. Los puentes levadizos y los rastrillos no son útiles en la actualidad, y cuesta una barbaridad mantenerlos.

Olivia se imaginaba a la perfección el puente levadizo y el rastrillo. Se imaginaba el castillo como había sido antaño, cuando las murallas eran fuertes y los hombres hacían guardia desde las torres, las garitas y los parapetos.

Antes de que pudiera poner un pie en la escalinata, Lisle le tocó la muñeca para que se detuviera. Si él fuera el personaje romántico que ella había imaginado poco antes, la abrazaría y le diría lo mucho que la había echado de menos.

Ella, para su consternación, lo había echado de menos.

Ojalá hubieran podido explorar Edimburgo juntos. Incluso él habría caído rendido ante la belleza de la ciudad. Incluso él habría apreciado lo diferente que era de Londres, como si perteneciera a otro mundo.

Sin embargo, su mano enguantada se limitó apenas a rozarla antes de señalarle una puerta, bloqueada por malas hierbas y cascotes, a nivel del suelo.

—Mira allí —le dijo—. Tenemos un sótano de tres habitaciones en el edificio principal. Cámaras abovedadas. Y una sala del pozo en el ala sur. Os he asignado la torre meridional. Es un poco más calentita y luminosa. Las Arpías se quedarán en la planta baja porque las mataría subir tantas escaleras.

Olivia, alzó la vista... y tuvo que seguir alzándola hasta llegar a lo alto del castillo. Las escaleras interiores debían de ser muy estrechas y pronunciadas. Y oscuras. En sus orígenes, si los enemigos conseguían entrar en el castillo, quedarían atrapados y morirían antes de que pudieran llegar demasiado lejos.

—Un puente levadizo y un rastrillo serían muchísimo más románticos —comentó antes de subir la escalinata tan poco romántica.

—¿Te conformarás con una mazmorra? —preguntó Lisle—. Porque tenemos una muy húmeda en el sótano del ala norte.

—Estoy segura de que nos vendrá bien —contestó.

—Ahora mismo no se puede utilizar —prosiguió él—. Salvo la sala del pozo, todas las estancias del sótano se encuentran en un pésimo estado. Una de las escaleras que bajan desde la primera planta está destrozada. Dicha escalera y los muros de carga parecen haberse llevado la peor parte.

Olivia llegó a lo alto de la escalinata. La puerta se abrió y pasó junto al criado que la sostenía. Después enfiló un estrecho pasillo en cuyo extremo se quedó pasmada, como una palurda.

—A mí me pasó lo mismo —le aseguró Lisle desde su espalda—. Al escuchar los desvaríos de mis padres, creí que habría árboles creciendo en la chimenea y nidos de pájaros en el balcón de los trovadores.

Sabía que los padres de Lisle habían exagerado. Siempre lo hacían. Aun así, nada la habría preparado para lo que se encontró.

Era un salón de banquetes gigantesco. Desde luego, ella había visto muchos salones así, pero todos estaban bien amueblados y contaban con todo lujo de comodidades. Ninguno demostraba sus orígenes tanto como ese.

Sobre ella se alzaba una gran cúpula abovedada. A la izquierda, en el otro extremo de la larga estancia, el fuego crepitaba en una inmensa chimenea que en vez de contar con una repisa estaba rematada por un alero semicircular que ascendía hasta el techo. A cado lado de la chimenea había un par de hornacinas donde alguien había colocado velas.

La estancia era espléndida. Aunque no contaba apenas con muebles, su aspecto se parecía mucho al que debió de tener siglos atrás, cuando María Estuardo fue al castillo.

Eso, pensó, era lo que debió de sentir Lisle cuando visitó por primera vez un templo antiguo: la sensación de internarse en otro mundo completamente distinto y más antiguo.

Apenas fue consciente de que los criados salían al gran salón y se alineaban a la espera de sus órdenes, y aunque sabía que debía empezar a trabajar, de momento solo era capaz de maravillarse con lo que la rodeaba.

—Diecisiete metros de largo y siete y medio de ancho —le informó Lisle, que estaba a su lado—. Nueve metros de altura en el punto central de la bóveda. El balcón de los trovadores se remodeló el siglo pasado. Hay un pasillo oculto detrás del balcón. No estoy seguro de que haya que cambiar nada.

Se volvió para mirarlo.

—Es espléndido.

—Me alegro de que lo consideres así —reconoció él—. Espero que seas capaz de hacer ver a la servidumbre ese esplendor. No parecen muy convencidos.

—Lo conseguiré —le aseguró fervientemente.

Sabía lo que tenía que hacer. Para eso había ido a ese sitio. Para convertir una ruina en algo magnífico y devolverle la vida al pueblo. Para hacer algo que mereciera la pena.

Se concentró en la hilera de criados, que no parecían muy contentos. Cosa extraña, los que ya llevaban unos días en el castillo no parecían estar más nerviosos que los que habían viajado con ella. Supuso que Lisle había hecho todo lo posible por mantener alta la moral. Sin embargo, eran criados londinenses al fin y al cabo. Debían de pensar que habían regresado a la Edad Media.

Aunque no cuadró los hombros físicamente, sí lo hizo en su mente. Esa parte era coser y cantar para ella. Cuanto antes la llevara a cabo, antes acabaría su trabajo allí.

Después Lisle podría regresar con su verdadero amor, mientras que ella...

¡Por Dios bendito, solo tenía veintidós años! Aún disponía de tiempo para encontrar a su verdadero amor.

Las probabilidades no estaban a su favor, pero ya había vencido a las probabilidades antes.

Para muestra, el largo trecho que había recorrido desde que lo conoció. Y en ese momento tenía un castillo... No para siempre, pero ella no era una mujer que pensara en el futuro.

Una hora después

Lisle sabía que Olivia era un camaleón. Era capaz de imitar no solo el acento y el dialecto del lugar, sino también los gestos y los ademanes. La había visto codearse de tú a tú con rateros de pacotilla, prestamistas y buhoneros. ¿Por qué no iba a asumir con la misma facilidad el papel de señora del castillo?

Aun así, se llevó una sorpresa cuando poco después de entrar en él, Olivia se quitó ese ridículo sombrero y se convirtió en su bisabuela, lady Hargate. La romántica y extasiada Olivia que había visto en el camino se transformó en una mujer fría, distante y autoritaria conforme daba instrucciones a los criados.

La prioridad era convertir el gran salón en una estancia cómoda, ya que pasarían bastante tiempo allí. Nichols había ordenado al primer contingente de criados que limpiara la estancia. Después de inspeccionar el trabajo realizado, Olivia dio órdenes para que se distribuyeran los muebles y para las demás tareas.

En un momento dado, Lisle se percató de que estaba analizando a Olivia de la misma manera que analizaba las vendas de una momia, de modo que recuperó el buen juicio y se marchó.

Subió a su habitación, donde se echó un largo y lógico sermón acerca de las hechiceras que se convertían en tormentas de arena. Después recogió sus planos y sus dibujos y regresó a la planta baja.

Con suma frialdad y lógica, entregó los papeles a Olivia:

—He pensado que te costaría menos comprender la distribución del castillo con esto.

Olivia sacó las hojas de papel y las extendió sobre la enorme mesa que los criados habían colocado en el centro de la estancia. Las observó un instante, mientras la luz del fuego y de las velas bailoteaba en el extraño recogido que su doncella le había hecho en la coronilla.

—¡Vaya, Lisle, qué idea más espléndida! —exclamó ella.

¿Qué se sentiría al enredar un dedo en uno de esos tirabuzones?, se preguntó él.

—Tengo algunos de los libros y diarios de tu primo Frederick Dalmay —le comentó—. Contienen dibujos y planos, pero nada tan detallado como esto.

—Es lo que suelo hacer cuando me encuentro con un edificio desconocido —se justificó él—. Y necesitaba hacer algo productivo. La lluvia torrencial limitó mis opciones, porque empezó a llover el primer día.

—En Edimburgo también ha llovido todos los días, pero no tardaba en escampar —señaló ella sin apartar la mirada de los dibujos, los planos y las notas.

—Aquí ha llovido un poco más. El gélido diluvio fue constante desde que llegamos a Coldstream,* nuestra prime-

* «Arroyo frío» en inglés. (*N. de las T.*)

164

ra parada después de partir de Alnwick. Supongo que eso es humor escocés... Nos llovió durante todo el camino hasta aquí. No dejó de llover hasta anoche mismo. Recorrer el castillo me ha mantenido ocupado.

También lo había hecho para mantener a raya los pensamientos inquietantes. Aunque eso no lo había logrado del todo.

—¿Es lo que haces en Egipto? —quiso saber ella.

—Sí. Después de sacar toda la arena.

—Tus dibujos son preciosos —dijo Olivia, alzando la vista por fin.

Lisle miró los dibujos extendidos sobre la mesa antes de mirarla a la cara.

Y vio el precioso rubor de sus mejillas. Parecía proceder de su interior, pero tal vez la luz de las velas lo incrementara. Ni siquiera la luz del sol de mediodía era suficiente para iluminar el interior a través de las estrechas ventanas que se abrían en unas paredes de cinco metros de grosor.

—No te estoy tomando el pelo ni te estoy echando flores —le aseguró ella—. Tienes una mano excelente para el dibujo.

Intercambiaron una mirada risueña, y eso lo dijo todo, o eso creía él. Estaban pensando en lo mismo, en el día que se conocieron, cuando Olivia le dijo que sus dibujos eran espantosos.

—Solo he tardado una década en progresar de «execrable» a «excelente» —comentó.

Olivia se concentró de nuevo en los dibujos y trazó con un dedo el perímetro de la estancia principal del primer piso.

—Esto lo simplifica todo —la oyó murmurar.

¿Ah, sí?, se preguntó él. Tal vez todo se hubiera vuelto increíblemente complicado... Ese dedo elegante y grácil, esa mano de huesos frágiles, el brillo de su piel a la luz del atardecer en ese viejo salón, la sonrisa ante un recuerdo compartido...

Retrocedió un paso, para evitar ceder a la tentación de tocarla.

—Los planos nos facilitan la tarea de priorizar las reparaciones —dijo él—. Cuando tengamos trabajadores, en el caso de que los consigamos, sabré exactamente por dónde tienen que empezar y qué tienen que hacer.

—Por eso has ido hoy al pueblo —aventuró ella.

—Para lo que me ha servido...

—No puedo creer que no hayas tenido suerte con los lugareños —repuso Olivia—. Diriges a cientos de trabajadores en Egipto.

—Allí es distinto —replicó—. Conozco las diferentes lenguas que utilizan lo suficiente para comunicarme y ellos me entienden. La cultura escocesa es otro cantar. Aunque sospecho que los habitantes de Gorewood se están haciendo los tontos porque no quieren entenderme. Y apostaría lo que fuera a que exageran el acento a propósito porque no quieren que yo los entienda.

—Estoy impaciente por llegar al meollo de la cuestión —confesó ella—. Tú eres el hijo del laird. Tienen un problema con tu castillo. Deberían creer que pueden confiarte sus preocupaciones.

—Tal vez no me vean como un hombre en quien confiar.

Olivia desechó ese comentario con un gesto de la mano.

—No seas tonto. Te basta con aparecer en cualquier lado para inspirar confianza, todo lo contrario de lo que le ocurre al común de los mortales. Pero hay que ir paso a paso. Lo primero son nuestros criados.

—En fin, lo siento mucho —dijo—. No fue mi intención perder al mayordomo.

Olivia se olvidó de los dibujos para concentrarse en él por completo.

—Edwards... Iba a preguntarte al respecto, pero al ver el castillo se me olvidó todo lo demás. Hasta que vi las caras de los criados, tan... tan...

—Al borde del suicidio, sí —añadió Lisle—. No puedo culparlos. Han tenido que acampar en el gran salón, justo como habrían hecho sus predecesores siglos atrás. Me sorprende que no se hayan fugado.

Los ojos de Olivia se iluminaron, interesados.

—¿Crees que Edwards se ha fugado?

—Se podría dec...

Un rugido y un tremendo estrépito lo interrumpieron.

La puerta que daba al pasillo de la cocina se abrió de golpe y el personal de la cocina irrumpió en el gran salón.

Los rugidos (humanos) continuaron llegando en oleadas.

Olivia miró al ayudante de cocina que se escondía debajo del balcón de los trovadores antes de mirar al pasillo de la cocina y, por último, a Lisle.

—Tiene que ser Aillier —dijo él, en referencia al cocinero londinense que ella les había mandado para que les preparase la comida—. Lleva unos días un tanto contrariado.

—¿Un tanto contrariado? —preguntó.

—Hemos estado sobreviviendo a base de fiambre y queso —le informó Lisle—. Se niega a preparar comida en el horno. Dice que es una abominación. Se me pasó por la cabeza tirarlo por la ventana, pero seguramente no quepa... y en el caso de que cupiera, nos quedaríamos sin cocinero y sin mayordomo.

Olivia levantó la barbilla al oír aquello.

—Tal vez te ayude a tirarlo por la ventana —dijo con la misma indignación y frialdad que lady Hargate habría usado—. ¡Por Dios, no tenéis pan recién hecho! Con razón el personal está tan desmoralizado.

Y se dirigió hacia la cocina con la cabeza bien alta y echando chispas por los ojos.

Nichols, que había estado hablando con uno de los aterrorizados ayudantes del cocinero, se apresuró a bloquearle el paso.

—Le pido disculpas por ponerme en su camino, señorita Carsington, pero no es seguro. Me han dicho que está armado con un cuchillo de carnicero. Le recomiendo que espere a que yo lo desarme.

Miró a Nichols de arriba abajo. Si se ponía una armadura completa, no pesaría ni sesenta kilos.

—Es más duro de lo que parece —dijo Lisle, que le leyó

el pensamiento sin problemas—. Y más fuerte —añadió en voz baja—. Y con una resistencia envidiable... o al menos esa es la reputación que tiene entre las egipcias.

Su voz era demasiado baja y su boca estaba demasiado cerca de su oreja. Su aliento era cálido y le hacía cosquillas en el lóbulo y en ese punto tan sensible situado justo detrás.

No tenía tiempo para eso.

¡Hombres!

—Gracias, Nichols, pero no podemos consentir que entres en primer lugar. —Se volvió hacia Lisle y añadió en voz tan baja como la que él había utilizado—: No podemos permitir que parezca que un temperamental cocinero francés nos intimida. Los lugareños se enterarían y se reirían a nuestra costa.

—Lo siento, Nichols —dijo Lisle más alto—. No podemos permitir que te diviertas tú solo. La señorita Carsington y yo nos ocuparemos de este asunto.

Olivia agitó la mano con gesto imperioso.

Nichols se hizo a un lado.

Se oyeron más rugidos al otro lado de la puerta.

En cuanto fulminó al ayuda de cámara con la mirada, este abrió la puerta.

Y ella entró en tromba en la guarida del dragón.

Olivia intentó adelantarse por el corto pasillo, pero Lisle la cogió de la cintura, la levantó en vilo y la colocó a su espalda. Esa última parte, la de soltarla, no resultó ni mucho menos tan sencilla como debería haber sido. Era más ligera de lo que parecía; esa voluminosa ropa engañaba mucho. El frufrú de la tela era demasiado tentador; se parecía demasiado al sonido de las sábanas. Le recordó la delgadez y la delicadeza de sus pies, la elegancia de sus dedos, la blancura de su piel bajo sus manos.

Todos los sueños y las fantasías que había reprimido con tanto celo se alzaron cual fantasmas. Volvió a enterrarlos de golpe.

—Tú puedes encargarte de la conversación —le dijo—. Pero yo entraré primero por si comienzan a volar objetos.

—No seas ridículo —protestó ella—. ¿Crees que no soy capaz de manejar a los criados?

Olivia le dio un codazo en las costillas y entró delante de él en la cocina.

La siguió de cerca, refunfuñando una retahíla de improperios.

Por encima del hombro de Olivia vio a un Aillier con la cara enrojecida y blandiendo un cuchillo de carnicero. Dado que medía más de metro ochenta de alto y uno de ancho, y estaba rodeado de cuchillos muy afilados, no hacía falta ser un genio para comprender por qué el personal de la cocina había huido cuando el cocinero perdió los nervios.

Lisle había escuchado las quejas conforme entraban. Pronunciadas en tres idiomas distintos, aunque se podrían resumir en:

—¡Decir que esta cocina es prehistórica es quedarse corto! ¡Esto es una pocilga! ¡No se puede esperar que cocine en semejante sitio!

Cuando Olivia entró en la cocina, el cocinero se detuvo boquiabierto, con el cuchillo suspendido en el aire.

—Por favor, no se interrumpa por mí —le dijo—. ¿Qué decía?

Aillier se repuso pronto de la sorpresa.

—¡Es insoportable, *mademoiselle*! —exclamó—. Este es un lugar de brutos. Y los lugareños son unos salvajes ignorantes. ¿Cómo voy a decirles lo que necesito? No hablan ni inglés ni francés. No saben una palabra de alemán o de italiano. Su idioma es para los animales, de su boca solo salen gruñidos y unos ruidos espantosos.

—Mira quién habla —susurró Lisle.

—Entiendo —dijo Olivia—. Los lugareños son inferiores. ¿Qué más?

Aillier agitó el cuchillo de carnicero y señaló primero el horno y después el gigantesco fogón, a cuyo lado hasta el cocinero parecía empequeñecer, el fregadero de piedra, las sartenes y los utensilios de cocina que se apilaban sobre una vieja mesa de caballete.

—Esperar que yo, ¡Aillier!, cocine en semejante lugar es... ¡una tortura! —rugió el cocinero, aunque con cierta inseguridad que poco antes no era evidente—. Es inhumano que un artista sea víctima de esta... de esta pocilga. No pienso tolerarlo.

Olivia echó un vistazo a su alrededor con mucha parsimonia.

La cocina ocupaba la primera planta del ala norte del castillo. Pese al grosor de las paredes y al tamaño del fogón, el espacio libre era considerable. Uno de los tres ventanales se había reconvertido en un horno. Aun así, incluso en los días lluviosos, era una cocina mucho más luminosa que otras que había visto. En algunas mansiones inglesas las cocinas estaban bajo el nivel del suelo.

—Pues a mí me parece que es bastante impresionante —masculló Lisle.

Ni Olivia ni el cocinero le hicieron caso.

—Esto no es una tortura —le dijo Olivia a Aillier—. La tortura tendrá que esperar hasta que acondicionemos la mazmorra. Lo que tenemos aquí son condiciones adversas. Un gran cocinero es capaz de realizar su trabajo en cualquier lugar. ¿Recuerda el desafío que el príncipe Talleyrand le propuso al gran Carême? Comida para un año, sin repetir un solo plato y con ingredientes de temporada procedentes de la propiedad. Pero si usted no es capaz de estar a la altura de este desafío, no se puede hacer nada. No tiene sentido desear que posea las habilidades de un cocinero superior o que confíe en las que sí tiene. Si no está preparado para la tarea...

—¿Que no estoy preparado?

—Por favor, recuerda que ese hombre tiene un cuchillo de carnicero en la mano y que está muy afilado —murmuró Lisle.

—Si ha decidido tirar la toalla, *monsieur* Aillier —prosiguió ella—, deje de protestar y hágalo de una vez. Una de las mujeres del pueblo se encargará de prepararnos la comida hasta que pueda venir un buen cocinero de Londres. Un romano esta vez. Tengo entendido que son muy valientes cuando se enfrentan a las adversidades.

Tras haber soltado su discurso, Olivia se dio media vuelta y se marchó como si nada.

Lisle no se movió. Por un instante solo fue capaz de mirarla. Pero se percató de que Aillier la observaba marcharse, boquiabierto y con muy mal color de cara. Se preparó para la reacción del cocinero, pero Aillier se limitó a bajar la mano que blandía el cuchillo muy despacio.

Lisle retrocedió por el pasillo. De momento no volaban los cuchillos, pero el silencio en la cocina no auguraba nada bueno.

Poco después oyó la voz del cocinero, refunfuñando algo acerca de los romanos y de sus salsas incomestibles, y luego comenzaron a chocar las sartenes.

Siguió andando hasta donde se encontraba Olivia, cerca de la puerta. En ese instante revivió la escena en su cabeza, con más claridad que el sol: Aillier blandiendo el enorme cuchillo de carnicero... y Olivia, diminuta a su lado, con sus enormes mangas de jamón, sus voluminosas faldas y esos absurdos y exagerados tirabuzones. Olivia, con la barbilla en alto, cantándole las cuarenta al inmenso cocinero. La expresión de Aillier. La expresión de ella.

¡Dios! ¡Dios! Olivia.

Olivia se detuvo en seco cuando oyó un ruido sofocado, como si estuvieran estrangulando a alguien, o eso pensó al principio. Aillier. ¿Había salido al pasillo? ¿Había atacado a Lisle? Se dio media vuelta con el corazón desbocado.

En el tenebroso pasillo vio a Lisle, apoyado contra una pared, doblado por la cintura y agarrándose el abdomen...

Riéndose.

Retrocedió hasta él.

—Aquí no, idiota —dijo en voz baja—. ¡Te va a oír!

Aillier seguía hablando solo, golpeando sartenes, pero estaban a muy pocos metros de la cocina.

Lisle la miró con los labios apretados, pero se le escapó una carcajada.

Lo cogió del brazo y tiró de él hacia la puerta. Lisle la siguió pero, después de unos cuantos pasos, volvió a apoyarse en la pared y se tapó la boca con una mano.

—Lisle... —lo reprendió.

—Tú... —dijo él. Pero no fue capaz de decir nada más, y soltó otra carcajada.

—Lisle. —le repitió.

—Graciosísimo. Tú... Él...

—Vas a hacerte daño.

—Tú... —repitió Lisle—. Tú sola. —Y se echó a reír nuevamente.

Lo observó con atención mientras se preguntaba qué le había pasado. Cuando llegó al castillo, Lisle estaba muy cansado y tenía una actitud muy estoica, pero en ese momento...

Lo vio sacar el pañuelo y secarse los ojos.

—Lo siento —se disculpó él.

—Estás agotado —dijo.

—Sí —convino—. Es posible.

Lisle se apartó de la pared, pero volvió a estallar en carcajadas incontrolables. Olivia lo miró hipnotizada, con una sonrisa, mientras el estómago le daba vueltas como las motitas doradas que habían girado en torno a él. Experimentaba una sensación rarísima; se sentía caer solo por escuchar el sonido de su risa, una risa pícara y alegre. Una risa que se coló sin remedio en su corazón.

En ese instante Lisle se detuvo y volvió a secarse los ojos.

—Lo siento. No sé qué... En serio, Olivia, eres de lo que no hay.

La cogió de la mano para abrir la puerta y volver al salón, o eso creía ella.

Sin embargo, se encontró de espaldas a la pared, en el rincón de la puerta, con las manos de Lisle en la cara, saboreando su risa cuando la besó.

11

Era maravillosa. Solo quería decírselo.

Lisle creía que eso era lo que había hecho, que eso era lo que estaba haciendo.

Sin embargo, levantó los brazos y cogió esa preciosa cara entre las manos, deseando decir: «Se me había olvidado. Se me había olvidado esta parte de ti».

Se le había olvidado la niña tan milagrosa que era, dispuesta a intentar cualquier cosa, a enfrentarse a cualquier cosa. Aquella mujer hermosa se había interpuesto en su camino, de modo que no podía ver a Olivia con claridad.

No obstante, era esa niña de la misma forma que era esa mujer, era un milagro y era hermosa. Estaba mirando esos inmensos ojos azules, cuyo color no distinguía en el sombrío pasillo. Sin embargo tampoco le hacía falta, porque tenía grabado a fuego en la memoria ese azul intenso que tanto le había sorprendido el día que se conocieron.

Y después estaba su boca, carnosa, suave y ligeramente entreabierta por la sorpresa, a escasos centímetros de la suya. Era incapaz de hablar. Antes de darse cuenta la estaba besando.

Sintió que Olivia se tensaba y le colocaba las manos en el pecho.

Apártame, sí, es lo mejor. Pero todavía no, todavía no, se decía Lisle. La dulzura de su boca, el olor de su piel, su cercanía y su calidez... No estaba preparado para renunciar a todo eso. ¡Todavía no!

Olivia no lo apartó. La tensión se disolvió y su cuerpo se amoldó al de él, dócil y sumiso, mientras le colocaba las manos en los hombros. Y entonces ella le devolvió el beso, de repente y con ferocidad. Y allí estaba, ese sabor que él había intentado olvidar. Era como morder una cereza madura. Un sabor que lograba que un hombre se olvidara de todos los demás sabores durante ese maravilloso primer momento. Debía de ser la fruta que Eva le había dado a Adán. ¿Qué otra fruta podría ser tan pecaminosa?

Lisle también había olvidado otras cosas: la determinación, la conciencia y la inteligencia. Si las hacía a un lado, ¿qué le quedaba?

La certeza de haberla echado de menos.

En ese momento se encontraba entre sus brazos la niña a la que tanto había echado de menos y también la mujer, ese camaleón humano al que conocía desde hacía tanto tiempo. Tan arrojada e independiente hacía escasos momentos, tan tierna y entregada en ese instante. Él también se rindió al dulce pecado, al olor de su piel, al sutil aroma floral de su pelo y de su ropa. Un olor que le subió a la cabeza como el humo del opio.

Aunque había algo más rondándole por la cabeza. Una sombra. Una voz que le advertía: «Ya basta. Para. Recuerda».

Todavía no.

Olivia le enterró los dedos en el pelo, y esa caricia le llegó a lo más profundo del alma: se coló en el rinconcito vacío de su corazón, ese rinconcito que tan cuidadosamente había escondido, donde guardaba los deseos y los anhelos imposibles. Anhelaba algo, aunque no sabía muy bien qué, pero no era una necesidad animal, no era lo más evidente y sencillo. Eso podría reconocerlo sin problemas. Lo que sentía era desconocido.

Necesitaba algo más, eso era lo único que sabía.

Le pasó las manos por los hombros y los brazos. La apretó más contra él y la besó con mayor pasión en busca de ese «algo más» tan esquivo.

Olivia cedió del mismo modo que cedían las dunas del

desierto, separándose mientras arrastraban a los incautos a su interior. Se mostró tan osada en ese momento como siempre lo había sido y respondió a su apremiante exploración iniciando su propia búsqueda. Claro que ella tampoco sabía qué estaba buscando. Lisle se percató de que ese mundo también era desconocido para Olivia. En ese mundo ambos eran neófitos, aunque ninguno era inocente.

Mientras tanto, los muros que con tanto cuidado habían erigido para proteger su amistad se convirtieron en arena y cedieron.

Lisle bajó las manos hasta aferrarla por el trasero y la acercó a su entrepierna. Olivia se frotó contra él, una provocación insoportable. Le pasó las manos por los pechos una y otra vez, pero había ropa por medio, demasiada ropa. Exasperante.

Agarró sus faldas y se las subió, pero había más ropa debajo... metros y metros de faldas y enaguas. Siguió tirando hacia arriba más y más, provocando un furioso frufrú que le pareció una protesta.

Sin embargo, Olivia no protestó. Lo animó en silencio, lo invitó y lo retó frotándose contra él, prolongando el beso. Sus lenguas juguetearon y se debatieron hasta convertir el juego en una imitación de la cópula.

Cuando por fin llegó a la última capa de sus voluminosas enaguas, introdujo la mano bajo la tela y rozó el borde de una media. Después rozó su piel, una piel aterciopelada y femenina. Deslizó los dedos hacia arriba, hacia su entrepierna. Olivia jadeó y él dio un respingo, como un niño al que hubieran pillado haciendo una travesura.

Y en ese instante la mano de Olivia se deslizó hacia la parte delantera de sus pantalones.

Lisle tomó una brusca bocanada de aire, pero en ese mismo momento se oyó un estruendo. Un sonido metálico. No muy lejos. Cerca.

En la cocina. Aillier golpeando cazos.

Si un cazo lo hubiera golpeado en la cabeza, habría sido más efectivo, aunque el ruido bastó para que pusiera los pies en la tierra y volviera a la realidad del lugar donde se encontraban y de lo que estaba a punto de hacer. Recobró el sentido común, al menos en parte. Le puso fin al beso, levantó la cabeza y se apartó un centímetro.

Olivia lo miró con la cabeza echada hacia atrás, los ojos como platos y la mano todavía sobre la parte delantera de sus pantalones. Apartó la mano de golpe.

Y él bajó la vista con pesar hacia el lugar que esa mano acababa de abandonar. Le soltó el vestido, que de inmediato volvió a cubrirle las caderas y las piernas entre el frufrú de la seda.

—Lisle —la oyó decir.

—No pretendía hacer eso —le aseguró. Su voz sonaba ronca y algo aturdida. Imbécil—. Yo solo... —Necesitaba pensar. Tal vez debería darse de cabezazos contra la pared—. Lo que has hecho en la cocina... —dijo—. Has estado maravillosa. Pero... ¡Dios!

Olivia retrocedió un paso. Tenía la ropa hecha un desastre. Delicioso. Terrible. Lo que él había hecho, claro.

—Ha sido la emoción del momento —adujo ella—. Nos hemos dejado llevar. Habernos expuesto a un peligro mortal nos ha excitado.

—La excusa de «No sé lo que me ha pasado» —replicó él con voz ronca—. Muy buena. Eso valdrá.

Lisle parecía desoladísimo.

Olivia entendía el motivo. No era como ella. Tenía principios. Era un hombre con gran conciencia del deber, del honor y de la lealtad... Todos los principios que su padrastro le había enseñado.

Y ella era muy consciente de eso.

En su caso, la falta de principios no impedía que le temblaran las piernas. Había estado en un tris de perder la virginidad. Con él.

—Ha sido culpa mía —dijo ella—. Ya sabes que adolezco de una falta absoluta de moralidad. Es la maldición de los

Atroces DeLucey. Todos somos iguales, salvo mi madre. Pero mi madre es una aberración.

—Tenemos que salir de aquí —dijo él—. Ahora mismo.

—No podemos —replicó—. Una mirada y los criados sabrán que hemos tenido un encuentro clandestino.

—No sabrán nada de nada —le aseguró él—. Creerán que hemos tenido una escaramuza con el cocinero.

Olivia se miró el vestido. Tenía el corpiño torcido.

—Esto no parece el resultado de una escaramuza —repuso. Se lo colocó bien y se alisó las faldas. Se le estaba deshaciendo el recogido, pero sería inútil pedirle a Lisle que se lo arreglara.

—Sal —le ordenó él.

Pasó por su lado y recorrió el resto del pasillo. Lisle no se adelantó para abrirle la puerta. Olivia supuso que estaba esperando a que su erección desapareciera. Su excitación era prodigiosa... y no le había hecho falta ponerle la mano encima para darse cuenta, ya que era más que evidente, pero...

Adolecía de una falta absoluta de moralidad. Si la tentación llamaba a su puerta, ella la abría sin pensárselo.

Lisle era demasiado estimulante para que una mujer sin principios morales pudiera resistirse. Y le resultaba más excitante cuando estaba de buen humor que cuando estaba de mal humor, como había sucedido en Stamford. El beso le había aflojado las rodillas por completo. Si Lisle la hubiera soltado, habría acabado en el suelo, derretida en un charquito de deseo insatisfecho.

Supuso que Lisle le había puesto al arte de besar el mismo empeño y el mismo afán con el que se había propuesto mejorar sus dotes como dibujante. De la misma manera que había aprendido a encender fuego con un yesquero a la primera.

Y cuando se acostara con una mujer... Mejor no pensar en eso.

Abrió la puerta y salió al gran salón.

Lisle la siguió al cabo de un momento.

Allí estaban todos los criados, justo donde los habían dejado, esperando en lo que antiguamente era un pasillo oculto por una celosía.

Ya no parecían abatidos.

Todos parecían muy interesados.

Olivia cuadró los hombros, y volvió a convertirse en la señora del castillo.

—Volved al trabajo —les dijo a los ayudantes de la cocina, que pasaron a su lado y desaparecieron por la puerta que conducía a la cocina.

Les impartió más órdenes a los demás criados, que se apresuraron a cumplir con sus quehaceres.

El gran salón se quedó vacío, salvo por un par de criados al fondo, cerca de la chimenea, que trasladaban muebles a las estancias de las Arpías. La puerta de sus aposentos estaba abierta, de modo que oían perfectamente a las dos ancianas mientras discutían quién se quedaba con el dormitorio del primer piso y quién ocupaba el de la planta superior.

Decidió que lo solucionaran ellas solas.

Cuando se volvió de nuevo hacia Lisle, lo vio hablando con Nichols. El ayuda de cámara asintió con la cabeza y se alejó.

—Lo han oído —dijo Lisle en voz baja.

—Supongo que por eso estaban tan atentos.

—A nosotros no —precisó—. Han oído tu enfrentamiento con Aillier. —Señaló la puerta de la cocina con un gesto de la cabeza—. La puerta no encaja bien. Súmale las grietas en las paredes y las ventanas rotas, de ahí que los ruidos se oigan mucho más de lo que lo harán cuando acabemos con la restauración. Han oído cómo te gritaba, y también parte de tu respuesta. Se han enterado de su reacción. Y han sido testigos de que las aguas volvían a su cauce al cabo de un instante. Ya has visto que los criados no han dudado en regresar a la cocina. Y el resto del personal está muy impresionado.

Sonrió al escucharlo.

—He matado al dragón.

—Has estado maravillosa —repitió. Hizo una breve pausa—. Debería haberlo imaginado. Siento mucho haber dudado de ti. Que sepas que sigue sin gustarme estar aquí... pero has hecho que sea un poco menos desagradable.

—Gracias. Tú también me resultas entretenido.

Lisle enarcó las cejas.

—Entretenido...

—De todas formas, lo que ha pasado en el pasillo de la cocina no debe volver a suceder —dijo—. Ya sabes que adolezco de una falta de moralidad. Y sé que a ti te sobra; tienes principios éticos y morales para dar y regalar. —Hizo un gesto con la mano para restarle importancia.

—Sí. Para dar y regalar. —La expresión atormentada volvió a asomar a sus ojos.

Los remordimientos le estaban pasando factura.

Le dieron ganas de mandar al cuerno a su padrastro por haberle inculcado los estrictos principios del deber y el honor.

—Lisle, es lo más natural del mundo. Somos jóvenes y guapos...

—Y modestos, que no se te olvide.

—A ti te gusta ceñirte a los hechos —prosiguió Olivia—. Pues hagámoslo. Hecho: el intelecto debe librar una batalla dificilísima contra los instintos animales. Hecho: no contamos con unas carabinas decentes. Conclusión: la situación está abocada al desastre. Haré todo cuanto esté en mi mano para no volver a cometer el error, pero...

—Perfecto —la interrumpió él—. Eso quiere decir que yo tengo que proteger tu honor. Como lo estoy haciendo tan bien...

Lo cogió por las solapas.

—Escúchame con atención, y déjate de pamplinas morales. No podemos cometer el mismo error otra vez. ¿Sabes lo cerca que hemos estado de lo «Irrevocable»? Hemos estado así de cerca... —Lo soltó y levantó la mano para hacer un gesto con el pulgar y el índice que reforzaba la idea. Hizo una pausa para darle más dramatismo a sus palabras—. A punto de caer en la trampa de tus padres.

Lisle echó la cabeza hacia atrás como si lo hubiera abofeteado.

Alguien tenía que hacerlo. Alguien tenía que hacer algo. Ella no había planeado que eso sucediera. Había pensado que podría manejarlo a su antojo como al resto de los hombres. Pero no podía y era consciente de que se deslizaban por una pendiente muy peligrosa. Si Lisle lo dejaba todo en sus manos, ella las levantaría y gritaría: «¡Sí, más rápido, más rápido!».

Lisle rompió el tenso silencio.

—¿Qué has dicho?

Por fin había logrado que le prestara toda su atención.

—Están intentando retenerte aquí al obligarte a cargar con la pesada responsabilidad del castillo —contestó—. Con la esperanza de que cuanto más tiempo pases en casa, menos pienses en Egipto, y poco a poco te olvides de ese país y te encapriches de una jovencita inglesa adecuada con la que acabes casándote y sentando la cabeza.

La miró boquiabierto.

—No...

En ese momento Lisle cayó en la cuenta de lo que intentaba decirle, y puso los ojos como platos.

—Exacto —dijo Olivia—, ni siquiera les importa que sea conmigo.

Lisle tardó un rato en asimilar esas palabras. Sin embargo, rememoró la escena en su cabeza: los rostros sonrientes de sus padres, las miradas cómplices que se lanzaban por encima de la mesa, las sonrisas y la expresión benevolente de la condesa viuda. Como una representación teatral.

—Olivia —dijo con voz calmada, pero con el corazón desbocado—, ¿qué les dijiste?

—¿Yo? ¿Que qué les dije yo? No seas tonto. Nunca habría cometido la estupidez de decirlo con palabras. Me limité a dejar que lo creyeran.

—¿A dejar que creyeran...? —Le costaba la misma vida decirlo—. ¿A dejar que creyeran que me habías echado el ojo?

—Es el ejemplo perfecto de paparrucha sentimental que tus padres se creen a pies juntillas —respondió Olivia—. La única excusa que explicaría a sus ojos mi empeño en acompañarte y en quedarme aquí contigo.

—Para atraparme —apostilló—. Para obligarme a casarme.

—Sí. —Le dedicó una sonrisa radiante—. Sé que estás conmocionado.

—Por decirlo suavemente.

—Al fin y al cabo, los dos sabemos que nunca les he caído bien. Pero como ya te he dicho en alguna ocasión, la posición y el dinero pueden comprarlo casi todo, y yo tengo muy buenas relaciones, además de ser muy rica.

Lisle se llevó una mano a la cabeza y se apoyó en la mesa. Olivia era de lo que no había. Acababa de decirle como si tal cosa que les había mentido a sus padres... Bueno, más bien había dejado entrever que...

—Me dejas sin aliento.

Olivia se colocó a su lado, apoyándose también en la mesa con muchísima naturalidad, como si no acabaran de hacer lo que habían hecho hacía un momento. ¡En el pasillo de la cocina, por Dios!

—Eso sí, no conté con que sintiéramos esta atracción tan inconveniente —reconoció ella.

—Inconveniente.

—Por más irritante y testarudo que seas, eres mi mejor amigo —continuó ella—. No quiero arruinar tu vida y sé que tú no quieres arruinar la mía. A nuestro alrededor tenemos muchos ejemplos de lo que es un buen matrimonio. Mi madre ha encontrado el verdadero amor dos veces. Yo me contentaría con hacerlo una sola vez. Y también lo deseo para ti. Pero sabes que tú y yo no seríamos un matrimonio bien avenido.

—¡Por Dios, no!

Lo miró con el ceño fruncido.

—Tampoco hace falta que te pongas así.

—Es un hecho —replicó.

Sabía que era un hecho. Olivia era una maravilla de la naturaleza, pero lo mismo podía decirse del simún. Y de los huracanes, las riadas y los terremotos. Él había crecido en mitad del caos. Rathbourne le había proporcionado orden. Y necesitaba el orden. Su vida durante los últimos diez años había sido ordenada, a la par que entretenida. Había tenido la buena suerte de descubrir a una edad temprana lo que quería hacer, y había perseguido ese objetivo con paciencia y determinación.

Cuando estaba con Olivia, todo escapaba a su control. O más bien él perdía el control, lo cual era todavía peor. Como muestra bastaba lo que había hecho. Una vez, y otra, y otra.

—Bueno... En fin... —dijo ella.

—En fin... —Se apartó de la mesa—. Me voy al tejado.

—¡Al tejado! Admito que mis planes se han desviado un poco de su curso original, pero no hay motivo por el que no podamos controlar la situación. —Se apartó también de la mesa—. Las cosas se nos han ido un poco de las manos, pero no es el fin del mundo. No tienes por qué llegar al extremo de tirarte del tejado.

En un primer momento solo atinó a mirarla en silencio. Y después le dijo con suma paciencia:

—No voy a tirarme del tejado. Voy a terminar mi inspección del castillo. Como ha estado lloviendo, no he podido hacer mediciones en el tejado, ni comprobar en qué estado está ni trazar un plano.

—¡Ah! —exclamó ella. Retrocedió dos pasos—. Entonces no pasa nada.

—Tirarme del tejado —masculló—. Desde luego...

—Es que pareces muy alterado.

—Porque no sé si echarme a llorar o a reír o darme de cabezazos contra la pared —repuso—. Necesito tranquilidad. Necesito con desesperación hacer algo aburridísimo.

Esa misma noche

Si bien no era una de sus cenas más elaboradas, Aillier consiguió llevar a la mesa una comida excelente.

En ese momento Lisle comprendió que era la primera

cena en condiciones que había probado desde que salió de Londres. Un cena en condiciones y civilizada, en una mesa adecuada, con una conversación relativamente inteligente. También era la primera cena que había presidido en una de las propiedades de su familia.

Cuando se levantaron de la mesa y se reunieron en torno al fuego, los acontecimientos tumultuosos del día habían quedado atrás. Sin embargo, eso no era del todo cierto, porque su falta de control respecto a Olivia seguía atormentándolo. Y seguía sin entender cómo esa idea suya conseguiría enviarle de regreso a Egipto en primavera. Fuera como fuese, estaba más calmado, gracias al trabajo que había tenido el buen tino de ejecutar.

Su remedio habitual contra la confusión o el enfado era el trabajo. Medir, evaluar y anotar los resultados era un terreno conocido y tranquilo... incluso en ese lugar, en esa primitiva construcción y con ese espantoso clima.

Mientras se concentraba en esa tarea tan familiar, la confusión y la frustración remitían.

Y acababa de descubrir durante la cena que mientras él se afanaba con su trabajo, el torbellino que era Olivia había cambiado el paisaje. Ella, que era la personificación del caos, había creado la calma.

Los criados habían adoptado una rutina lógica, y en cuestión de horas el castillo empezó a parecer una casa en vez de una fortaleza desolada.

Cuando miraba a su alrededor, veía paz y orden, dos conceptos que ya casi ni recordaba. La comida había tenido un efecto relajante, y el vino, por supuesto, hizo que todo fuera más placentero. Incluso las Arpías resultaban más entretenidas que exasperantes.

En ese momento estaban borrachas, aunque eso era normal. También estaban calladas, porque Olivia estaba leyendo una de las historias del primo Frederick Dalmay acerca del castillo de Gorewood.

Las historias incluían los indispensables cuentos sobre fantasmas y el habitual relato sobre un cuerpo emparedado, en esa ocasión un traidor que había sido torturado en la mazmorra. Su desdichado espíritu vagaba por el sótano. También estaba la criada embarazada a la que habían asesinado, cuyo espíritu se aparecía en el pasillo de la cocina después de las bodas y los alumbramientos. El espíritu de una dama se aparecía en la galería de los trovadores cuando le daba la gana, y también había uno de un caballero que en ciertas festividades recorría la capilla de la segunda planta.

Olivia estaba leyendo el relato de los fantasmas que pululaban por el tejado.

—«Siete hombres acusados de cometer un crimen atroz fueron sentenciados a ser ahorcados y descuartizados. Proclamaron a gritos su inocencia y exigieron una oportunidad para demostrar que decían la verdad en un juicio. Para sorpresa de todos, lord Dalmay accedió. Hizo trasladar a los malhechores a lo alto de la torre meridional y los invitó a demostrar su inocencia saltando hasta la torre septentrional. Quien lo consiguiera sería declarado inocente. Algunos de los seguidores de Dalmay protestaron. Su señoría era demasiado indulgente, dijeron. Esos hombres merecían una muerte lenta y agónica por lo que habían hecho. Pero en las tierras de lord Dalmay, su palabra era la ley. De modo que, uno a uno, los hombres se colocaron sobre las almenas. Uno a uno, saltaron hacia su libertad. Y uno a uno, seis hombres encontraron la muerte.»

—¿Seis? —preguntó Lisle.

—«Uno de los hombres no murió —prosiguió Olivia—. Y lord Dalmay fue fiel a su palabra. El hombre fue declarado inocente y se le permitió marchar.»

El conde soltó una carcajada al escucharlo.

—¿Ese tipo sobrevivió a una caída de más de treinta metros?

—No, consiguió realizar el salto —respondió Olivia.

—Seguro que tenía unas piernas prodigiosamente largas —dijo lady Withcote.

—Ya sabes lo que dicen de los hombres de piernas largas —comentó lady Cooper.

—De piernas largas no, Agatha —la corrigió lady Withcote—. Son los pies. Dicen que si tiene los pies grandes, también tiene grande...

—Es físicamente imposible —aseguró él—. Tendrían que haberle salido alas.

—¿Qué distancia hay entre las torres? —quiso saber Olivia—. ¿Estás seguro de que un hombre ágil no podría saltarla?

—No hay nada como un hombre ágil —declaró lady Cooper con nostalgia.

—¿Te acuerdas de lord Ardberry? —le preguntó lady Withcote.

—¿Cómo olvidarlo?

Lisle miró a Olivia a los ojos. Estaba conteniendo una carcajada, al igual que él.

—Lo convirtió en materia de estudio —añadió lady Withcote—. Cuando estuvo en la India. Dijo que había una especie de libro secreto.

—¿No era un libro sagrado?

—Tal vez fuera ambas cosas, por eso aprendió sánscrito.

—Tampoco es que hubiera que leer mucho. Ya viste su colección de grabados.

—Cada uno de ellos valía más que mil palabras.

—Tan entretenidos como los grabados de Eugenia.

Lisle recordó con claridad meridiana una palabra: «~~Grabad~~». Una de las palabras que Olivia tachaba, una costumbre suya de lo más irritante.

—¿Qué grabados? —preguntó.

—¿Nunca los has visto? —se sorprendió lady Cooper—. Creía que todos los Carsington los habían descubierto en algún momento de su juventud. Son muy educativos.

—Técnicamente, no soy un Car...

—Vamos, Agatha —lo interrumpió lady Withcote—. Como si Lisle necesitase educación. Este jovencito tiene casi veinticuatro años y ha vivido mucho tiempo en un país donde las muchachas bailan desnudas en la calle y los hombres tienen harenes. Es posible que él mismo haya tenido un harén y haya probado hasta cuatrocientas posturas.

—Millicent, sabes muy bien que no son cuatrocientas. Incluso lord Ardberry admitió que la doscientos sesenta y tres y la trescientos cuarenta y ocho eran físicamente imposibles para cualquier persona con columna vertebral.

Lisle miró a Olivia.

—¿Qué grabados? —preguntó de nuevo.

—Los de la bisabuela —respondió ella con desgana. Acto seguido, soltó el libro y se puso en pie—. Voy a subir al tejado —dijo ella—. Necesito un poco de aire fresco. Y quiero ver qué distancia hay entre las torres. —Recogió su chal y salió de la estancia.

Era muy injusto.

Ella había analizado los grabados de la bisabuela. Eran muy educativos. Había ansiado experimentar esas actividades. De hecho, había besado a algunos hombres e incluso les había permitido ciertas libertades, pero había sido decepcionante. Un poco excitante, cierto, aunque más por la certeza de que estaba haciendo algo indebido.

Y luego había vuelto Lisle... convertido en un hombre hecho y derecho que probablemente había aprendido a besar de la mano de expertas orientales. Porque sería típico de él que hubiera acudido a una experta. Para practicar. Con diligencia.

Por fin entendía por qué las ancianas hablaban tanto del tema, por qué la bisabuela había querido tanto a su único marido y por qué después se había divertido tanto como viuda.

No por la emoción.

Sino por la pasión.

La pasión no requería del amor, le había dicho la bisabuela. Pero el amor le añadía un aliciente delicioso.

Le parecía estupendo, pero la pasión tenía una desagradable manera de hacer que se sintiera inquieta y alterada sin motivo alguno. Dado que había tenido la mala suerte de experimentarla por primera vez con Lisle, tenía que lidiar con la pasión insatisfecha, y era muy desagradable.

Subió la estrecha escalera mientras se preguntaba adónde se había ido todo el aire fresco. El viento soplaba por el hueco de la escalera, pero le resultaba tan refrescante para sus emociones como el viento del desierto.

Siguió subiendo por la escalera de caracol hasta dejar atrás la segunda planta y la tercera, donde en otro tiempo se encontraban las dependencias de los soldados, en ese momento convertidas en las de los criados. Y subió todavía más, un último tramo, tras el cual atravesó una portezuela que daba al tejado.

Se acercó al parapeto, colocó las manos en él, cerró los ojos e inspiró hondo. El aire era fresco, maravillosamente fresco, y había tranquilidad y silencio; no se oía ninguna conversación.

Inspiró hondo de nuevo, soltó el aire y abrió los ojos.

Estrellas y más estrellas.

Rodeándola por todos lados.

Nunca había visto tantas. Y la luna, alta en el horizonte, casi llena. Ese maravilloso lugar era precioso.

—¿Qué grabados? —preguntó una voz ronca tras ella.

No se volvió.

—Bueno, ya sabes —respondió con indiferencia—. Los dibujos escandalosos que venden en las imprentas a escondidas. Junto con los que la bisabuela ha coleccionado de sus viajes al extranjero. Desde Aretino hasta las últimas ilustraciones de *Fanny Hill*. Las Arpías y ella todavía están entusiasmadas con esos grabados.

—Ya me imaginaba que sería algo así —dijo Lisle. Sus zapatos apenas resonaban contra el suelo de piedra, pero Olivia sabía que se estaba acercando a ella. Se detuvo a su lado y colocó las manos en el parapeto—. Pero nunca llegaste a contármelo. Sacaste el tema en una carta, pero después tachaste la palabra con esa manía tuya tan irritante.

—No puedo creer que te acuerdes de eso. —Lo miró de reojo, aunque fue un error. La luz de la luna y de las estrellas le arrancaba destellos plateados a su pelo y convertía su perfil en mármol.

—Por supuesto que me acuerdo —replicó él—. Fue muy molesto en su momento. Yo tendría... ¿Catorce o quince años? Por supuesto, me moría de ganas de verlos, y me enfadé contigo por provocarme de esa manera. «Ja, ja, Lisle» —canturreó—. «Yo tengo dibujos guarros y tú no.»

—No te hacían falta dibujos guarros. Tenías bailarinas.

Lisle se volvió hacia ella y apoyó un codo en el parapeto para observarla en silencio un buen rato.

Olivia se dejó observar. Le gustaba jugar a las cartas, y era buena. Nadie podría interpretar su expresión.

—Tienes un curioso problema con las bailarinas —le oyó decir por fin.

—Claro que sí —replicó—. Mírame. —Se señaló las abultadas faldas y las enormes mangas de jamón.

—Te estoy mirando —le aseguró Lisle.

—Mira cómo voy vestida. Encorsetada, con un sinfín de enaguas y atada por los cuatro costados.

—Tal parece ser la moda —repuso él.

—¡Las bailarinas bailan en la calle! —explotó.

Lisle ladeó la cabeza, aparentemente desconcertado.

—Daría cualquier cosa por bailar en la calle —dijo—. Pero nunca lo haré. Si tengo suerte, me enamoraré de algún pobre desgraciado y me casaré con él porque no debo humillar a la familia. Me convertiré en la esposa de alguien, en la madre de sus hijos, y no seré nadie más ni haré nada más. A menos, por supuesto, que se muera y me convierta en una viuda rica para hacer lo que hizo la bisabuela... Pero no, no podré hacer algo así, porque las mujeres ya no pueden hacerlo... y si lo hacen, tienen que ser muchísimo más discretas. Y ya sabes lo indiscreta que soy.

Lisle no respondió.

No la entendía. ¿Qué hombre lo haría, qué hombre podría hacerlo? Incluso él la veía primero como mujer y segundo, o último, como Olivia. A lo mejor ni siquiera hacía esa distinción.

—¿Qué es lo que quieres? —le preguntó él en voz baja—. ¿Qué quieres de verdad? ¿Lo sabes?

Te quiero a ti, imbécil, pensó. Pero era típico de ella desear saltar desde un acantilado cuando había prados magníficos y seguros donde jugar.

Sin embargo, no era tan imprudente para agravar una situación difícil de por sí al decirle que estaba... ¿Qué? ¿Encaprichada?

Contempló el mundo que se divisaba a sus pies.

Estaban en el punto más alto en varios kilómetros a la redonda. Distinguía las siluetas de las casas, el tenue resplandor procedente de sus ventanas y de los pueblos dispersos por los lejanos valles. Sobre otra colina no muy apartada se alzaba otro castillo. La luz de la luna y de las estrellas se derramaba sobre el paisaje. Una fresca brisa le acarició la piel y le agitó los tirabuzones que le enmarcaban la cara, tal como dictaba la moda. La sensación era maravillosa.

—Para empezar, quiero algo así —dijo. Señaló con un gesto el paisaje plateado—. Quiero magia. Romanticismo. Quiero sentirme como cuando vi el castillo por primera vez, como cuando entré en el gran salón. ¿Qué crees que quiero? Me conoces bien. Solo mi madre me conoce mejor que tú. Sabes que quiero encontrar a un hombre que me haga alcanzar las estrellas.

Lisle miró el paisaje iluminado por la luna y después el propio astro rodeado por un manto de estrellas.

—Qué tonta eres —dijo él.

Olivia se apartó del parapeto con una carcajada y levantó las manos. Lisle nunca cambiaría. El romanticismo no se basaba en hechos. Lo mismo habría dado que estuviera hablando con la luna y las estrellas. Aunque ellas la entenderían muchísimo mejor que él. Para Lisle estaba hablando un idioma desconocido... tal vez un idioma lunático.

—Ven, hace frío aquí arriba —le dijo él. Se apartó del muro y le tendió una mano.

Tan práctico como siempre. Claro que así era él, y era su amigo. Lisle no podía evitar provocarle lo que le provocaba. Olivia sabía que no era su intención hacerlo.

En cualquier caso, ella era una egoísta por retenerlo allí

arriba. Lisle no se había acostumbrado al clima. Y como seguro que estaba helado hasta los huesos, creía que a ella le sucedía lo mismo. Solo quería llevarla al interior, resguardarla del viento. Protegerla.

Aceptó la mano.

Y él le dio un tirón, de modo que Olivia perdió el equilibrio y se encontró entre sus brazos. De repente, se descubrió echada hacia atrás, con un musculoso brazo alrededor de la cintura y otro alrededor de los hombros. De forma instintiva le echó los brazos al cuello. Lo miró a la cara. Lisle esbozó una media sonrisa con la vista clavada en sus ojos. Los suyos relucían como la plata a la luz de la luna.

—Un hombre que te haga alcanzar las estrellas —repitió él en voz baja—. ¿Te vale así?

12

La culpa era de la luna, de la luz de las estrellas, del brillo plateado de sus ojos y de la nota que captó en su voz. En cuanto la levantó en brazos, su sentido común se esfumó.

—Sí —contestó.

«Exactamente así», añadió para sus adentros.

—¿Y qué más?

—¡Piensa! —exclamó.

—Besos apasionados, supongo.

—Sí —reconoció.

—Y peligrosos.

—¡Sí, sí!

—Qué imprudente eres —replicó Lisle—. Y qué disparate. —Inclinó la cabeza y la besó.

Quizá pareciera una comedia, pero no lo era. No podía serlo. No había sorna en su voz, ni en sus ojos, ni en el roce de sus labios. Pero claro, Lisle no podía estar interpretando un papel porque era incapaz de hacerlo. Lisle no fingía. Ella sí era capaz de fingir fácilmente. Él jamás lo haría.

Y esos labios no fingían. Se apoderaron de los suyos sin titubear y la besaron hasta que ella se rindió, cosa que ocurrió al instante. El beso, ardiente y voraz, continuó allí donde lo habían dejado. Las emociones eran las mismas. Por mucho que hablaran y razonaran, nada podría desterrarlas. Seguirían en el punto de ebullición, hora tras hora, esperando a que volvieran a liberarlas.

Era un asunto sin resolver que deberían dejar sin resolver. Sin embargo, aquello que les atraía mutuamente sin remedio se negaba a desaparecer sin más, fuera lo que fuese.

Y la verdad era que Olivia no quería que desapareciera. No quería que Lisle se detuviera.

Saboreó el regusto del vino que había bebido, una nota que enriquecía su sabor. Ese sabor que tanto anhelaba. Llevaba toda una vida esperando ese momento, esperándolo a él.

Sí, se dejó llevar hasta las estrellas. Se dejó embriagar por la luna, por el brillo del firmamento y por la magia de la noche. Como si hubiera alzado el vuelo hasta la luna y las estrellas.

No me sueltes. No me sueltes nunca.

Lo abrazó con fuerza y notó que él la estrechaba contra su cuerpo mientras se apoyaba en el parapeto. Esta vez, sus manos se movieron con más rapidez y seguridad que antes. Le apartó el chal y se separó de sus labios para dejar un reguero de besos por su mentón que fue descendiendo hasta alcanzar la piel desnuda de su pecho.

La sensación la dejó temblorosa y fue tan intensa que no pudo contener el grito estrangulado que se le escapó. Descubrió que no podía dominar ni controlar la mareante sensación que se apoderó de ella mientras Lisle le acariciaba el pecho con los labios.

Al cabo de un instante sus manos tomaron el relevo, capturando sus pechos. Estaba a punto de gritar cuando él se lo impidió con un beso, tan tórrido que la silenció por completo y se rindió alegremente. Se dejó arrastrar hasta el fondo de ese mar de sensaciones, feliz de ahogarse en él.

Sus manos acariciaron con ansia esos poderosos brazos y esos hombros. Lisle irradiaba calor y fuerza, y en ese momento creyó imposible saciar su deseo de tocarlo. Ansiaba estar más cerca de él.

Las caricias de Lisle siguieron descendiendo y en el silencio de la noche el frufrú de sus faldas pareció retumbar como un trueno. En realidad, lo que sonaba era su corazón, que latía y latía desbocado por la felicidad, el miedo y la emoción, de un modo tan intenso que resultaba casi doloroso.

Le levantó las faldas con mucha más rapidez que en el encuentro anterior, con menos paciencia. La cálida palma de una mano se deslizó por su muslo y no tardó en encontrar la abertura de sus calzones.

Esa caricia íntima la sobresaltó, pero llevaba esperando toda una vida que la sobresaltaran de esa manera. Toda una vida esperando la calidez de esa mano que la tocaba de forma tan íntima y posesiva. Sus caricias eran pecaminosas, deliciosas y enloquecedoras al mismo tiempo. Comenzó a frotarse contra esa mano porque su cuerpo se lo exigía. Había algo en sus entrañas, una especie de tensión, que la instaba a hacerlo.

No te detengas. No te detengas. No te detengas.

No podía hablar, pero utilizó su cuerpo para transmitir el mensaje y siguió frotándose contra él mientras sus lenguas continuaban enzarzadas en el beso. De repente, Lisle la penetró con un dedo y ella creyó morir. Si no la hubiera estado besando, habría gritado de buena gana.

La estaba acariciando en aquellos lugares secretos que solo ella conocía, pero que él también parecía conocer. Todos y cada uno de ellos. Su cuerpo entero vibraba. Las emociones se habían concentrado en un punto concreto, como una bandada de pájaros, y acababan de alzar el vuelo hacia el cielo, tal como habían hecho los cuervos ese mismo día desde esa misma torre. Su cuerpo sufrió una serie de espasmos como si en realidad fuera su alma la que acabara de volar hacia las estrellas.

Y supo lo que debía hacer. Su instinto se lo gritó.

Hasta ese momento se había limitado a acariciarle los brazos, la espalda y los glúteos. En ese instante buscó la bragueta de su pantalón y tanteó hasta dar con los botones. Lisle se apartó un poco para facilitarle la tarea, pero siguió tocándola con más urgencia si cabía, hasta el punto que Olivia creyó estar a un paso de desmayarse de placer. Sus manos, no obstante, actuaban por instinto, de modo que logró sacar un botón de su ojal.

Justo en ese instante oyó un sonido que en un primer momento pensó que procedía de su garganta. Pero no tardó en comprender que no era ella quien lo emitía. Y tampoco eran los cuervos graznando.

Alguien estaba gritando.

Se oyó un chillido espeluznante, de esos que helaban la sangre en las venas.

Lisle levantó la cabeza y el mundo comenzó a dar vueltas a su alrededor. Un mundo negro y plateado. Estrellas. Millones de ellas.

Tenía una mujer entre los brazos, ardiente y suave.

Olivia. Su rostro resplandecía a la luz de la luna y sus pechos, blancos como el nácar, asomaban orgullosos por el borde del corpiño.

La neblina que le abotargaba la mente se despejó, como si un viento helado la hubiera atravesado.

Sus manos acariciaban un lugar húmedo y cálido.

No. Otra vez no.

Sacó las manos de debajo de las faldas, que volvieron a su sitio y le taparon las piernas.

Le alzó el corpiño y le colocó los pechos en su sitio. ¿Qué más? El chal... ¿Dónde? En el suelo. Lo cogió y se lo echó sobre los hombros.

Lo hizo todo con rapidez y por instinto. No había tiempo para pensar. Estaba acostumbrado a reaccionar de esa forma. Pero ¿qué...?

Gritos. Más gritos. ¿Dónde?

Se asomó por el parapeto para echar un vistazo. Había gente corriendo por el patio de armas.

Piensa, se dijo.

No había cuerpos inmóviles en el suelo.

Bien. Esa era una buena señal.

Echó a andar hacia la puerta de acceso a la escalera.

—Lisle, los pantalones.

Miró hacia abajo.

—¡Que me parta un rayo! —Se abrochó el botón—. Imbécil. Imbécil. Imbécil. ¡Tonto!

—Da igual —la oyó decir—. Da igual.

Olivia estaba arreglándose la ropa. Había sido él, ¡él!, quien la había casi desvestido. ¿Qué demonios le pasaba?

—Antes tengo que ver qué ocurre —dijo—, pero luego...

—Vete —lo interrumpió ella—. Yo iré detrás de ti.

Lisle tardó un rato en descifrar los histéricos gritos y en comprender lo que había sucedido. Algunos balbuceaban algo sobre asaltantes de caminos, otros gritaban que había intrusos, unos cuantos chillaban que habían visto fantasmas y también los había que se habían quedado mudos.

A la postre, y ayudado por Olivia, consiguió que todos regresaran al interior del castillo, lo cual habría sido muchísimo más complicado si a los criados se les hubiera ocurrido refugiarse en algún otro sitio. Algunos habían huido a los establos, pero dudaba que permanecieran mucho rato allí, porque hacía demasiado frío y era un lugar muy expuesto. Si tenían dos dedos de frente, no tardarían en volver con los demás.

Tal como había previsto, cuando Olivia y él lograron acomodar a las ancianas frente al fuego, armadas con sendos vasos de whisky, la servidumbre al completo se había reunido en el salón.

Estar en grupo siempre era más seguro.

Se percató de que los criados no se habían congregado como solían hacer bajo el balcón de los trovadores, un lugar que antiguamente estaba cubierto por una celosía. En cambio, se habían reunido en el extremo opuesto de la estancia, delante de la enorme chimenea.

Como era de esperar, la mayoría ignoraba lo que había sucedido. Al oír los gritos, se limitaron a salir corriendo muertos de miedo.

Necesitó buenas dosis de paciencia y la ayuda de Olivia para interrogarlos a todos, pero a la postre llegó a la conclusión de que lady Cooper fue la primera que gritó. Los demás siguieron su ejemplo sin saber por qué gritaban.

En ese momento estaba discutiendo con lady Withcote acerca de lo que había visto.

—Era un fantasma —afirmaba la anciana—. Lo vi tan claro como el agua. Allí arriba —añadió, señalando hacia el otro extremo de la estancia—. En el balcón de los trovadores.

Todas las cabezas se volvieron hacia ese lugar y miraron hacia arriba. En el balcón no había nada que ver. Estaba a oscuras.

—¿Qué aspecto tenía? —preguntó Lisle.

—Pues como el de un fantasma, blanco y tétrico —contestó lady Cooper—. Etéreo. Como si fuera un jirón de bruma. Estaba flotando sobre el balcón.

Varios criados se echaron a temblar.

—Qué tontería —replicó lady Withcote—. Sé perfectamente lo que ha pasado. Te quedaste dormida, como siempre, y lo soñaste todo.

—Sé muy bien cuándo estoy dormida y cuándo estoy despierta. ¡Y no he soñado nada!

—¿Cuánto tiempo estuvo en el balcón? —preguntó Lisle.

—Ninguno, porque no hubo ningún fantasma —terció lady Withcote.

Lady Cooper lanzó una mirada furiosa a su amiga.

—Sí que lo hubo —insistió—. Algunos criados lo vieron también. No sé cuánto tiempo estuvo exactamente. A lo mejor llevaba ya un rato ahí flotando mientras nos observaba.

Más temblores.

—Cuando miré, ahí estaba —prosiguió la anciana—. Grité. ¿Qué iba a hacer? Es lo que habría hecho cualquier persona. Se habla mucho de los fantasmas, pero jamás había visto uno en carne y hueso con mis propios ojos.

—¡Agatha, por Dios! ¿Cómo iba a ser «en carne y hueso»? No dices más que tonterías.

—Tú también gritaste, Millicent.

—Porque me diste un susto de muerte. Pensaba que eran esos sanguinarios escoceses que venían a matarnos. Y después saliste corriendo del salón al patio de armas, en plena noche, con la mitad de la servidumbre detrás. ¿Qué querías que pensara, que se te habían prendido las enaguas?

Lisle miró a Olivia.

O más concretamente, miró hacia el lugar donde se encontraba antes. Porque ya no estaba.

Echó un rápido vistazo por el salón. Pese a las numerosas velas encendidas, los rincones estaban a oscuras. Comprendió que cualquier intruso podría haberse colado con gran facilidad entre los demás, ayudado por la confusión reinante. No le habría resultado difícil llevarse a alguien...

Ni hablar. ¿En qué estaba pensando? Cualquiera que intentara secuestrar a Olivia se llevaría una buena sorpresa.

Acababa de llegar a esa conclusión cuando de repente apareció una luz en la oscuridad, procedente del extremo norte del salón. Más concretamente cerca del techo. Miró hacia arriba.

Y allí estaba Olivia, en el balcón de los trovadores, con un pequeño candelabro en las manos. Todas las miradas se clavaron en ella.

Nadie como Olivia para hacer una entrada dramática.

—Hubiera lo que hubiese aquí arriba hace un rato —dijo—, ahora no hay nada.

Caminó hasta el centro del balcón y se colocó delante del arco de la pared. Dejó el candelabro sobre la mesa que alguien debía de haber colocado allí arriba. Bañado por la luz de las velas, su pelo adquiría un brillo cobrizo y tenía el porte de una reina: la cabeza bien alta y los hombros erguidos, sin rastro de miedo. Un hombre fantasioso podría haberse imaginado a una antigua antepasada asumiendo dicho porte para instar a sus vasallos a defender el castillo a toda costa.

—Aquí no hay nada —repitió—. Ni un solo jirón de bruma fantasmal. Ni una sola huella de barro. Nada de nada.

La voz de lady Cooper puso fin al hechizo.

—Pero, querida, yo lo vi tan claro como el agua.

—No dudo que viera algo —admitió Olivia—. Tal vez entrara un pájaro por alguna de las ventanas rotas. O también ha podido ser obra de un bromista que se haya colado en el castillo. —Guardó silencio mientras cavilaba sobre esa posibilidad. Y después, añadió—: Bailey, tráeme una escoba y un trozo de tela.

Mientras la doncella se marchaba, Lisle se percató de que el ambiente del salón cambiaba, de que el temor irracional se desvanecía. El petrificado silencio que habían demostrado los criados hasta entonces se transformó en un murmullo a medida que se relajaban.

Al cabo de unos minutos Bailey apareció en el balcón con una escoba y un trozo de tela. Olivia le entregó el candelabro y le ordenó que se marchara. El balcón volvió a sumirse en la oscuridad.

Poco después Lisle oyó algo, una especie de susurro. Justo antes de que algo blanco comenzara a flotar sobre la balaustrada del balcón.

Se oyó un jadeo colectivo.

—Solo hace falta quedarse en la puerta, sostener la escoba con la tela en el extremo y ya está —dijo la voz de Olivia desde la oscuridad.

—¡Por el amor de Dios! —gritó lady Cooper.

Los murmullos de la servidumbre subieron de volumen. Alguien soltó una pequeña carcajada.

Al cabo de un rato, lady Withcote comentó con evidente satisfacción:

—En fin, esto demuestra lo fácil que se puede engañar a alguien.

—Pero ¿quién querría a hacer algo así? —preguntó lady Cooper.

—Algún bromista —contestó lady Withcote—. En todos sitios hay uno.

Olivia reapareció entre ellos de forma tan repentina como se había marchado. Se colocó delante de la chimenea, iluminada por la luz del fuego.

Aunque Lisle sabía que era el efecto de las llamas, verla le robó el aliento. Parecía un ser sobrenatural, allí delante de la enorme chimenea, alumbrada por la luz anaranjada que arrancaba destellos a sus rizos pelirrojos e iluminaba su blanca piel y la gruesa seda de su vestido.

Todavía interpretaba el papel de señora del castillo, comprendió, al ver que se había abrazado la cintura y que su espalda seguía muy derecha.

—Ha sido una broma pesada —les dijo a todos—. Lo más probable es que algunos niños del pueblo quisieran reírse a costa de los forasteros ingleses. Seguro que se lo han pasado en grande al ver que todo el mundo salía corriendo y dando alaridos.

—¿Quién va a culparlos? —replicó lady Withcote entre carcajadas—. Hay que admitir que la escena ha sido muy cómica, ¿verdad, Agatha? Me ha recordado la broma que lord Thorogood le gastó a su esposa. ¿Te acuerdas?

—¿Cómo se me va a olvidar? Según se aseguraba, el amante de su mujer se llevó tal susto que no se le levantó en una semana.

Mientras las ancianas compartían sus picantes recuerdos, Olivia ordenó a los criados que retomaran sus quehaceres. Acto seguido, llamó a Nichols y a Bailey y les ordenó que inspeccionaran todas las habitaciones y los pasillos. Eso tranquilizaría a aquellos que todavía estuvieran preocupados por la posibilidad de que los intrusos siguieran en el castillo.

Cuando llegara la hora de irse a la cama, quería paz y tranquilidad, afirmó.

—Si no os queda otro remedio, drogadlos —fue su orden final.

Ambos se marcharon para cumplir con su cometido.

Las ancianas no tardaron en irse a sus respectivas habitaciones dando traspiés.

De modo que Olivia y Lisle se quedaron solos en el salón.

Olivia estaba contemplando el fuego. La luz de las llamas creaba un halo dorado alrededor de su pelo y le otorgaba un rubor rosado a sus mejillas. La imagen le llegó al corazón.

¿Qué voy a hacer? —se preguntó Lisle—. ¿Qué voy a hacer con ella?

—Buenos reflejos —la alabó en voz alta—. Has logrado que todo el mundo recobre el sentido común en cuestión de minutos.

—No he tenido ni que pensarlo —replicó ella—. Yo misma he creado muchos fantasmas. Incluso he organizado alguna que otra sesión de espiritismo. Es muy sencillo.

—Tu interpretación no debería haberme sorprendido —reconoció—. Pero lo ha hecho.

—No pensarás que creo en fantasmas, ¿verdad?

—Eres una persona romántica.

—Sí, pero no soy una incauta.

No, no era una incauta, ni una ingenua, ni una pánfila. Nunca lo había sido. Tampoco tenía inhibiciones ni era quisquillosa. No se parecía a ninguna otra mujer que hubiera conocido.

Lo recordó todo de golpe y el deseo corrió por sus venas sin más. La pasión de Olivia, la suavidad de su piel, su sabor, su olor, las curvas de su cuerpo. La sangre comenzó a circularle a gran velocidad, haciendo que todo le diera vueltas.

Olivia era un embate de la naturaleza, arrollador e irresistible.

¿Qué iba a hacer?

No podía fiarse de ella y tampoco podía confiar en sí mismo. Solo tenía que recordar lo que había sucedido apenas unas horas después de haber acordado que aquello no sucedería más.

«No quiero arruinar tu vida y sé que tú no quieres arruinar la mía.»

—Hablando de romanticismo... —dijo en voz alta.

—Como te disculpes por lo que ha pasado en el tejado, te estrangulo —lo interrumpió ella.

—Si no nos hubieran interrumpido...

—Sí, lo sé —afirmó Olivia con el ceño fruncido—. Tengo que meditar sobre esto. Estoy segura de que existe una solución. Pero ahora mismo no la encuentro. Ha sido un día muy largo.

Tanto como una vida, añadió él para sus adentros.

Su vida. Una vida que estaba cambiando de forma irrefrenable e irrevocable. Había empezado a cambiar en el mismo momento que rozó sus labios. No, antes. Cuando la vio en el baile.

—Y lleno de acontecimientos, desde luego —apostilló en voz alta.

—Pero con respecto al meollo del asunto... —prosiguió Olivia con el ceño fruncido—. Esto es lo que he pensado. Necesitamos con urgencia un mayordomo. Está claro que Edwards no va a regresar, esté donde esté. Necesitamos con la misma urgencia sirvientes escoceses. Los criados londinenses no encajan en este lugar. No les gusta, no lo entienden y no se adaptan. Está claro que alguien quiere minar el trabajo que estamos realizando. Debemos llegar al fondo de este asunto. Además, necesitamos mozos de cuadra en los que podamos confiar, gente que tenga raíces aquí.

A pesar de que había sido un día agotador, estaba demasiado incómodo y demasiado enfadado consigo mismo para sentir el cansancio. Se suponía que él era el fuerte. Sin embargo, nada más verla en el tejado, a la luz de las estrellas, había hecho lo que había jurado no volver a hacer. Fuera como fuese, no podía pasar por alto lo que Olivia estaba diciendo. Hechos. Había resumido la situación con la misma lógica que habría empleado él, de no haber estado tan aturullado por las... ¡emociones!

—Tienes razón —comentó.

Olivia abrió los ojos de par en par.

—¿De verdad?

—Tenemos un problema, pero no es el único —añadió—. Hemos venido a reconstruir este lugar. A desentrañar el misterio del castillo. Y debemos concentrarnos en eso. Si lo hacemos...

Olivia hizo un mohín.

—Nada de travesuras.

—Cuando el diablo está aburrido, mata moscas con el rabo —señaló Lisle.

—A mí nunca me ha hecho falta que me ayude... —replicó ella con una carcajada mientras se alejaba—. En fin, se puede decir que tenemos un plan. Empezaremos mañana. —Le deseó las buenas noches y acto seguido desapareció hacia el ala sur.

Olivia mantuvo la expresión alegre hasta que traspasó la puerta del salón y comenzó a subir la escalera.

En ese momento se detuvo y se llevó las manos a la cabeza.

¿Qué iban a hacer?

El deseo era algo terrible, no se parecía en nada a lo que siempre había imaginado que sería. ¡Era insoportable! Estar a su lado, mirándolo mientras deseaba con todas sus fuerzas tocarlo, mientras deseaba que la tocara...

Lo que había sucedido en el tejado había sido maravilloso.

Sabía perfectamente lo que era. Al fin y al cabo, había leído la fascinante colección de literatura erótica de la bisabuela, y había aprendido a darse placer a sí misma.

Pero esos momentos no eran sino una desvaída imitación.

Piensa en otra cosa, se ordenó.

De modo que se dispuso a pensar en mayordomos, en cómo se perdían y en cómo se encontraban. Pensó en fantasmas que no eran fantasmas. Mientras subía la escalera de caracol que llevaba a su dormitorio, redactó una lista mental de problemas domésticos.

Se fue a la cama resignada a pasar una mala noche. Sin embargo, los acontecimientos del día la habían dejado exhausta. Apenas había apoyado la cabeza en la almohada cuando abrió los ojos y vio que la luz grisácea del amanecer inundaba el dormitorio. Bailey estaba al lado de la cama, bandeja en mano. Desde ella le llegó el delicioso olor del chocolate.

Castillo de Gorewood,
martes 18 de octubre, por la mañana

Las Arpías no se habían levantado aún, y seguro que no lo harían hasta el mediodía. Ese era su horario habitual, suponía Lisle, a menos que se vieran arrastradas a salir de la cama por alguna fuerza mayor.

Aunque se sentía bastante agitado mentalmente, disfrutó de un desayuno tranquilo.

En ese momento comprendió lo poco tranquilos que habían sido los anteriores.

Oyó los pasos ligeros de los criados mientras trajinaban de un lado para otro, el viento que silbaba al colarse por las grietas y por las ventanas rotas, el crepitar de los leños en la chimenea...

El entorno distaba mucho de ser ideal, ya que se encontraba a cientos de kilómetros de donde quería estar y el trabajo que le aguardaba no le resultaba emocionante en absoluto. Sin embargo, a su alrededor reinaba la tranquilidad. Y el orden. Y podía disfrutar de un momento de paz para reflexionar sobre la ironía de que tuviera que agradecérselo a Olivia.

La susodicha entró justo cuando él apuraba la taza de café que le había preparado Nichols.

Se puso en pie para recibirla.

Ella se detuvo al llegar a su lado y echó un vistazo al interior de la tacita.

—¿Eso es café turco?

Lisle asintió con la cabeza. Oyó el frufrú de su ropa. Aspiró el ligero aroma floral que la envolvía. ¿O era más especiado que floral? Muy sutil. No era un perfume envasado. Posiblemente hierbas y flores secas que guardaba entre la ropa.

—Estoy acostumbrado —adujo—. Pero puedo pasar sin él. No me importaba beber lo que haya disponible. Claro que Nichols tiene las ideas muy claras sobre cómo considera que debe atender a su «señor». Jamás se le ocurriría apañarse con lo que haya a mano. Allí adonde vamos, allí se lleva él el café turco. Estemos donde estemos, lo prepara todas las mañanas. ¿Quieres una taza?

—Me encantaría. —Se alejó para sentarse—. La bisabuela lo toma muy a menudo, pero su doncella es muy celosa y se niega a decirle a Bailey cómo prepararlo.

—Le ordenaré a Nichols que se lo enseñe —afirmó al tiempo que volvía a sentarse—. Nichols desprecia esas actitudes tan desconfiadas. —Y no le importaría enseñarle a una preciosa doncella todo lo que quisiera, incluyendo aquello que dicha doncella ignoraba que quería aprender.

Aunque no usó la campanilla, Nichols apareció, como era habitual que sucediera siempre que lo necesitaban.

—¿Milord?

—Café turco para la señorita Carsington —le ordenó.

—Desde luego, milord.

—Y cuando la señorita Bailey tenga un rato libre, vas a enseñarle a prepararlo.

—Desde luego, milord. —Aunque su voz no cambió, Lisle reparó en el brillo que adquirió la mirada del ayuda de cámara.

Olivia también debió de reparar en él. Cuando Nichols desapareció por la puerta del pasillo de la cocina, dijo:

—Que ni se le ocurra seducir a mi doncella.

—Bastante tengo con mis propios principios morales —replicó Lisle—. No esperarás que me responsabilice también de los de los demás. No puedo inmiscuirme en los pensamientos de Nichols. Es un hombre.

—Me limito a advertírtelo —repuso Olivia—. No me responsabilizo de lo que Bailey haga. Tiene una pésima opinión sobre el sexo masculino.

—Nichols es capaz de cuidarse solo —le aseguró—. Tal como te comenté ayer, es más fuerte de lo que parece. En una ocasión, un simún lo levantó por los aires y lo llevó a cierta distancia antes de dejarlo caer sobre un grupo de beduinos. Los ayudó a limpiar la arena y les preparó café. A cambio, ellos le prestaron un camello. Cuando volvió, se disculpó por su «abrupta ausencia».

Olivia lo miró con un brillo risueño e incrédulo en sus ojos azules.

—Te lo estás inventando.

—No seas tonta —replicó él—. Sabes que carezco de imaginación.

Las fantasías eróticas y los sueños, más eróticos si cabía, no tenían nada que ver con la imaginación, se dijo. Para un hombre, ese tipo de cosas formaba parte de la realidad.

—Me encantaría saber quién tramó todo eso —comentó Olivia.

Lisle siguió la dirección de su mirada, que estaba clavada en el balcón de los trovadores.

—¿Te refieres a tu visitante fantasma?

—Quiero echar otro vistazo a la luz del día —dijo Olivia—. Es posible que no hubiera nada y que lady Cooper se lo imaginara, o lo soñara. Pero no me parece probable. Sé que alguien lleva unos cuantos años jugando a los fantasmas por aquí. Así que ¿por qué parar ahora cuando tienen nuevos espectadores?

—¿Por qué empezaron en primer lugar? —añadió él—. ¿Por qué asustar a alguien para echarlo de este lugar?

—Porque lo quieren para ellos o porque aquí hay algo que anhelan —contestó Olivia.

—Lo que está claro es que nadie quiere el castillo en sí —señaló—. Mains no ha sido capaz de encontrar un inquilino, y no he visto indicios de que haya sido ocupado clandestinamente.

—Mains —repitió Olivia—. Quería hablarte de él.

Nichols reapareció con el café. Llenó la taza de Olivia, hizo lo propio con la de Lisle y volvió a marcharse.

Olivia se volvió para observarlo mientras se alejaba.

—Eso es un don —comentó—. ¿Te has percatado alguna vez del reducido número de hombres capaces de pasar desapercibidos? Por regla general, se esfuerzan por reclamar la atención de todo el mundo. —Volvió a mirarlo—. Aunque tú no eres así. Supongo que se debe a tu vida en Egipto, a la labor que desempeñas allí.

—Moverse de forma sigilosa es una habilidad necesaria —replicó.

—Debería aprender a hacerlo —dijo ella—. Pero con esta ropa es imposible.

Ese día llevaba un vestido marrón. Puesto que estaba diseñado para la mañana, la cubría hasta la garganta. Si no, el modelo sería como el de la noche anterior: de mangas abultadas y faldas voluminosas, realzadas por capas y capas de enaguas.

Lisle ordenó a su mente que regresara al presente.

—Esta ropa ocupa mucho sitio y hace mucho ruido —se quejó Olivia.

—Estabas hablando de Mains —le recordó él.

—Sí. —Aspiró el aroma del café y soltó un suspiro de contento antes de beber un sorbo—. ¡Oh, está buenísimo! Mucho mejor que el de la bisabuela.

—Mains —insistió.

—Tu concentración mental es portentosa —señaló ella.

—Uno de los dos debe tenerla. Tú eres capaz de desvariar con diez pensamientos a la vez.

—Sí, estaba pensando en comida.

—Yo te lleno el plato. —Se puso en pie de un brinco y se acercó al aparador, contento por poder moverse, por hacer algo—. Tú habla.

—De acuerdo. Reconozco que me resultó un misterio absoluto. Esperaba encontrarme con un completo incompetente, como seguro que lo esperabas tú. O con un borracho. O con ambas cosas. Al fin y al cabo, la gente quiere trabajar. No puede decirse que este sea un pueblo próspero. Una cosa es que resulte difícil encontrar un inquilino. No todo el mundo encuentra acogedor un castillo del siglo xv, ni aunque estuviera conservado a la perfección y magníficamente amueblado. Pero que un procurador sea incapaz de contratar gente para trabajar en una propiedad que durante siglos ha sido la fuente de ingresos en kilómetros a la redonda... No me negarás que es raro, ¿verdad?

Regresó a la mesa y dejó el plato delante de Olivia.

Ella clavó la mirada en plato.

—Veo que no hay *haggis*.

—Nuestro cocinero es francés —señaló él.

—Ni tampoco hay salmón —observó Olivia—. Pero veo que de algún modo ha conseguido hornear un brioche perfecto en ese abominable horno.

—Sorprendente, ¿verdad? —le preguntó mientras se sentaba de nuevo—. ¿Y qué me estabas diciendo de Mains?

Olivia cogió los cubiertos.

—Admiro tu capacidad de concentración, de verdad que sí.

—Es que me tienes en ascuas. Por tu forma de tratar el tema, deduzco que tienes algo importante que decirme.

—Varias cosas —reconoció—. Antes de nada, tu procurador empina un poco el codo, es un poco incompetente y un poco vago. Pero ninguna de esas tres cosas es lo importante. Desempeña su trabajo con soltura. Sin embargo, tu primo Frederick Dalmay siempre supervisó dicho trabajo hasta que dejó de hacerlo unos años antes de su muerte. Desde entonces, lo ha hecho tu padre. —En ese momento guardó silencio y comenzó a dar buena cuenta del desayuno.

Lisle no le preguntó nada. No hacía falta.

—Mi padre lo ha estropeado todo —sentenció.

—Podría decirse, sí.

—Órdenes contradictorias —aventuró—. Constantes cambios de opinión.

—Eso parece.

—Me imagino lo que ha pasado —reconoció—. Bueno, en realidad no hace falta imaginar nada. Los lugareños se sienten como siempre me he sentido yo.

—Se impusieron reglas que o bien eran demasiado estrictas o bien contradecían otras. En consecuencia, muchos comerciantes se han marchado. El pueblo no se ha quedado vacío, pero algunas familias se han ido. En otros casos, los trabajadores tienen que desplazarse bastante para trabajar. —Siguió enumerando los problemas entre bocado y bocado.

Lisle dejó que se lo explicara a su ritmo. Tenía mucho en lo que pensar.

—Sé cómo se debe llevar el manejo de una propiedad grande porque he observado a mi padrastro y a mis tíos —continuó ella—. Ya sabes que lord Rathbourne se toma muy en serio sus responsabilidades. Por lo poco que he podido averiguar, tu primo Frederick se guiaba por los mismos principios que mi padrastro.

—Mi padre no —apostilló—. No es capaz de ceñirse a un principio o a una regla ni aunque se los peguen con cola en la nariz.

—Las buenas noticias son que por fin comprendemos por qué no te han recibido con los brazos abiertos.

—Es normal —comentó—. No saben qué nueva calamidad voy a provocarles.

—Tenemos que volver a ganarnos su confianza —concluyó Olivia—. Creo que ese debe ser el comienzo. Después nos encargaremos de los fantasmas.

Antes de que Lisle pudiera replicar, reapareció Nichols.

—Ilustrísima, señorita Carsington, un hombre desea exponer un asunto —anunció.

13

Según les dijo Nichols, un hombre llamado Herrick solicitaba ocupar el puesto vacante de mayordomo.

Olivia miró a Lisle.

—¿Qué ha pasado? —preguntó él—. Ayer no hubo manera de que la gente se acercara.

—Pues claro, porque resulta que hasta ayer ninguna muchacha pelirroja se había enfrentado a un endemoniado francés que además iba armado con un cuchillo de carnicero —le recordó ella.

—Es imposible que se haya corrido la voz tan rápido —replicó Lisle.

—Te recuerdo que eso pasó ayer —insistió—. Cuando hago algo en Londres, casi siempre es el tema de conversación durante el desayuno del día siguiente. Según mi experiencia, las noticias vuelan todavía más rápido en el campo.

—Pero ¿cómo? ¿Quién se lo ha dicho? No tenemos a un solo lugareño en el castillo.

—Los establos —dijo Olivia—. Las noticias viajaron del castillo a los establos, donde siempre hay un fisgón merodeando con algún pretexto. En todos los pueblos hay una persona encargada de enterarse de todo lo que le sucede a todo el mundo.

Lisle miró a Nichols.

—Si fuera un tipo sospechoso, sé que lo habrías puesto de patitas en la calle —comentó.

—Tiene una carta del señor Mains, Ilustrísima, y también otra de lord Glaxton, para quien estuvo trabajando hasta hace poco.

El castillo que vio la noche anterior desde el tejado, aventuró Olivia. Sin embargo, desterró de su mente el tejado y lo que había sucedido allí arriba. Si ponía un gran empeño en pasar por alto el incidente, seguro que acababa olvidándolo todo.

—Hablaremos con él en cuanto la señorita Carsington apure su desayuno —dijo Lisle.

—He acabado —aseguró Olivia.

Lisle miró hacia el plato que ella tenía delante.

—No, no lo has hecho.

—Ya comeré luego —protestó ella—. Los mayordomos no abundan por estos contornos.

—En ese caso, dame ese brioche —replicó Lisle—. Espera un tiempo prudencial, Nichols, y acompáñalo hasta aquí.

Lisle y ella abandonaron la mesa para esperar la llegada del hombre cerca de la gran chimenea, ya que era la parte más cálida de la estancia. Y también la más alejada del pasillo de la cocina, donde podría haber criados aguzando el oído.

Gracias a los misteriosos poderes de Nichols, que parecía tener el don de la oportunidad (o tal vez se debiera a los años que llevaba viviendo con Lisle), el ayuda de cámara apareció justo cuando ella acababa de sacudirle a Lisle el chaleco para quitarle las migas. Lisle no las había visto, o tal vez le daba igual que estuvieran allí, pero Nichols sí repararía en ellas. Y estaba segura de que el pobre hombre se moriría de vergüenza si su señor no presentaba un aspecto impecable delante de un posible nuevo sirviente.

Herrick tenía aspecto de mayordomo. Su porte era imponente. Su altura se aproximaba a la de Aillier, pero gozaba de mejor forma física. Su pelo oscuro estaba perfectamente peinado, y sus ojos eran negros y de expresión penetrante. Poseía los ademanes serenos de un hombre que sabía lo que se traía entre manos. Le recordó a Dudley, el mayordomo perfecto de la bisabuela.

También le recordaba mucho a Nichols, aunque Herrick

era mucho más corpulento. Sin embargo, ambos tenían la misma capacidad para pasar desapercibidos.

Aunque era escocés, apenas hablaba con acento.

—Hasta hace poco estaba trabajando en el castillo de Glaxton —dijo Lisle después de haber leído sus cartas de referencia—. Me pregunto por qué ha dejado un empleo tan ventajoso para venir a este montón de escombros.

—Por ambición, Ilustrísima —contestó Herrick—. El mayordomo del castillo de Glaxton es el señor Melvin. Yo solo era su subalterno. Solíamos discrepar mucho. Y dada la escasa probabilidad de que haya algún cambio en dicha situación o de que el señor Melvin se jubile, he decidido buscar fortuna en otro lado. Hace un mes y medio que avisé de mi marcha, y estaba a punto de aceptar un empleo en Edimburgo cuando me enteré de que había un puesto vacante aquí. La conversación que mantuve ayer con el señor Mains confirmó mi convicción de que este es el lugar idóneo para mí.

Lisle no se molestó siquiera en disimular la sorpresa. Hizo un gesto vago que abarcó la estancia a medio amueblar.

—¿Este lugar en ruinas?

—Desde luego, Ilustrísima, yo lo veo como un desafío.

—Así lo vemos todos —comentó Lisle—, por desgracia.

Olivia decidió que había llegado el momento de intervenir.

—Según mi experiencia —dijo—, los sirvientes prefieren empleos sencillos. Los desafíos, por regla general, no son muy de su agrado.

—En términos generales, desde luego, señorita Carsington —puntualizó Herrick—. Pero a mi parecer esa vida resulta monótona y poco satisfactoria.

—Aquí nada es monótono —afirmó Lisle—. Ni por asomo. Tal vez no sepa que nuestro anterior mayordomo desapareció en misteriosas circunstancias.

—En esta zona las noticias vuelan, Ilustrísima —replicó el hombre—. Los habitantes de Edimburgo, en especial los criados, lo saben todo sobre todos los que viven en un radio de treinta kilómetros. Gorewood se encuentra dentro de ese perímetro.

—¿No le preocupa la repentina desaparición de nuestro anterior mayordomo? —quiso saber ella.

—Si Su Ilustrísima y la señorita Carsington me permiten hablar con franqueza... —contestó Herrick.

—Por supuesto —replicó Lisle.

—El anterior mayordomo era londinense —señaló Herrick con delicadeza... ¿O más bien con lástima?—. Yo no lo soy. Mi familia reside aquí desde hace generaciones. Es difícil que algo nos obligue a abandonar nuestras raíces. O más bien imposible.

Olivia miró a Lisle.

—No me cabe duda de que Su Ilustrísima querrá discutir en privado la cuestión con la señorita Carsington —dijo Herrick—. Esperaré fuera. —Y se marchó de forma sigilosa.

Tanto Olivia como Lisle observaron su partida.

—¿No será el hermano mayor de Nichols? —preguntó ella en voz baja.

—Creo que ambos pertenecen a una especie distinta de la nuestra —contestó él—. Espero que al menos no sea tan mujeriego como mi ayuda de cámara. Aunque no se puede tener todo. Es escocés, como querías, y de la zona. Sus referencias son magníficas. La primera impresión es estupenda. Es discreto. Callado. Habla de forma inteligible. En fin, ¿lo quieres o no?

—Es tu castillo —le recordó ella.

—Este ámbito no es mi fuerte —reconoció Lisle—. Me gusta bastante Herrick, pero serás tú quien esté al cargo de la servidumbre. Se supone que yo debo encargarme de otras cosas más masculinas. Necesito examinar el estado del patio de armas y de la muralla. Y también tengo que inspeccionar exhaustivamente la planta baja del castillo. Quiero descubrir por dónde entraron los intrusos. Yo me encargo de eso y tú del mayordomo.

—Parece una joya —comentó Olivia.

—Me fío de tus instintos de DeLucey en ese aspecto.

—No parece sentirse abrumado por la formidable tarea a la que deberá enfrentarse —señaló ella—. Tendrá que contratar a todo el personal, a ser posible que sean todos lugareños, ponerlo todo en marcha, establecer una rutina para el aprovisionamiento del castillo y demás.

—Sí, en vez de sentirse abrumado, me ha recordado a un perro tan ansioso por seguir el rastro que no para de tirar de la correa —convino Lisle.

—Es alto y apuesto —añadió Olivia.

—En ese caso no hay más que hablar.

Nichols apareció en ese momento.

—A la señorita Carsington le gusta —dijo Lisle—. Haz pasar a nuestro nuevo mayordomo.

Poco después

—Nichols te presentará al resto de la servidumbre y más tarde te acompañará para mostrarte el castillo —le dijo Olivia a Herrick—. Lady Cooper y lady Withcote no suelen levantarse hasta mediodía, como muy pronto. —Las ancianas se lo comerían con los ojos y no pararían de hacer comentarios subidos de tono, pero no le quedaría más remedio que acostumbrarse—. Lord Lisle ha dibujado una serie de planos del castillo, que supongo que te gustará consultar. A mí me han resultado muy útiles. La distribución del castillo es mucho más complicada de lo que parece a simple vista. Claro que a lo mejor estás acostumbrado a las escaleras que se saltan un piso y siguen hasta el siguiente, y a las plantas entre plantas con estancias que nadie se espera y donde menos se esperan.

—¿Se refiere a las entreplantas, señorita? También las teníamos en Glaxton.

—Todavía me faltan algunas por explorar —comentó—. Pero Nichols ha sugerido que la entreplanta situada sobre el pasillo de servicio de la cocina se use como archivo. He ordenado que de momento trasladen allí los libros de cuentas y demás registros.

Herrick se volvió para mirar la parte del muro situada directamente sobre la puerta de acceso a la cocina.

Su forma de inclinar la cabeza, sumada a su perfil aguileño, le recordó a un halcón.

—Tus aposentos están casi al mismo nivel, en la torre septentrional, justo sobre los aposentos de lord Lisle —le informó.

Los ojos oscuros del mayordomo se trasladaron hacia el extremo norte del salón, más concretamente hacia el rincón más cercano al balcón de los trovadores, tras el cual estaba la puerta del pasillo que conducía a sus aposentos.

—Considero que estoy en la obligación de informarte de que anoche se nos apareció un fantasma ahí arriba —dijo Olivia—. En el balcón de los trovadores.

La mirada de ave de presa se clavó en ella. Su expresión era muy serena.

—¿Un fantasma, señorita?

—Alguien que fingía ser un fantasma —precisó ella—. Un incordio. Su Ilustrísima está inspeccionando el exterior para tratar de encontrar el lugar por donde entraron.

—Noté los indicios de vandalismo nada más llegar, señorita. Una lástima, ciertamente, pero el castillo lleva mucho tiempo deshabitado. Una invitación en toda regla.

—Muy tentador, lo sé —reconoció—. Creo que Su Ilustrísima comentó que faltaban peldaños en algunas escaleras, en los tramos de la planta baja. Y también he visto trozos de las almenas desperdigados por el suelo.

—Esos expolios datan de hace muchísimos años —le aseguró Herrick—. Creo que ya han cejado en el empeño de vender el castillo piedra a piedra. Pero lo del patio de armas... —Meneó la cabeza—. Es vergonzoso. Ver para creer.

—¿El patio de armas? —Olivia intentó recordar lo que había visto el día anterior, cuando Lisle la acompañó al exterior.

Las murallas estaban derruidas y en algunos puntos las piedras habían rodado por la pendiente hasta alejarse bastante de los cimientos. Como era natural, el terreno estaba muy desnivelado. ¿Había reparado en algo extraño? No lo recordaba. Las fantasías románticas la tenían demasiado distraída para examinar sus alrededores con detenimiento.

—Han estado excavando —afirmó Herrick—. Alguien está buscando otra vez el tesoro.

Muy poco después

—Un tesoro enterrado —repitió Lisle—. ¿Tenemos algún imbécil que cree que hay un tesoro escondido en el castillo?

El anuncio que Olivia había hecho, tras salir volando del castillo, había resultado mucho más extenso y dramático y había estado acompañado por un despliegue de gestos y de aspavientos, que agitaban algo más que sus brazos.

Era muy irritante.

—Si hubiera revisado todos los papeles y los libros de tu primo Frederick, tal vez lo habría descubierto —aseguró Olivia—. Hizo acopio de todo lo relacionado con el castillo de Gorewood. Recopiló las leyendas en todas sus variantes. Tarde o temprano habría dado con la historia del tesoro enterrado.

—Este no tiene nada que ver con piratas, ¿verdad? —le preguntó él—. Porque tú y yo ya hemos excavado bastante en busca del botín de unos piratas.

Ella le sonrió. No llevaba sombrero, se le había deshecho el recogido y sus rizos se agitaban con la brisa, de la misma manera que lo hacían sus faldas. Lisle notó que su cerebro se derretía ante aquella sonrisa.

¿Qué iba a hacer con Olivia?

—Nada de piratas —contestó ella—. Lo enterraron durante las guerras civiles. Cromwell atacó el castillo, y a la postre, la familia y la servidumbre se vieron obligados a huir. Lo hicieron de noche, pero no pudieron llevarse todos los tesoros.

Su emoción era tal que apenas lograba contenerla. Era muy difícil no dejarse contagiar por ella.

Pero Lisle necesitaba tranquilidad. Necesitaba orden. Tenía un sinfín de problemas que resolver, y no estaba seguro de poder analizarlos con claridad a menos que solucionara primero el problema de Olivia. Y no podía solucionarlo cuando la tenía delante; ni siquiera era capaz de pensar.

—De modo que lo enterraron —concluyó.

Ella asintió con la cabeza.

—Siento mucho aniquilar tu preciosa fantasía, pero es la misma historia mil veces contada —replicó—. ¿Quieres que te la cuente? El bando de Cromwell se mantuvo en el poder más tiempo del que esperaban los monárquicos. La familia lo perdió todo, incluyendo el secreto del lugar donde estaba enterrado el tesoro. Te juro que todas las familias monárquicas de Gran Bretaña enterraron sus joyas y toda la plata antes de huir de Cromwell y de sus hordas al amparo de la noche. Y todos olvidaron el lugar exacto donde enterraron sus respectivos tesoros.

—Ya sé que es una leyenda, pero...

—Nadie sería tan ingenuo, y mucho menos los astutos escoceses, para creer que hay un tesoro enterrado después de doscientos años —la interrumpió—. Nadie que tenga más de doce años, quiero decir. Por favor, dime que no lo crees.

—No tengo por qué creerlo —respondió Olivia—. Lo que sí creo es que alguien lo está buscando. —Echó un vistazo a su alrededor—. Es evidente. —Señaló los pequeños montículos de tierra y los hoyos que se veían por todo el patio de armas—. La tierra ha estado tan mojada que es difícil percatarse. Pero Herrick asegura haber visto indicios de que han estado excavando recientemente.

—Los tesoros enterrados son tu especialidad —repuso—. Puedes excavar todo lo que quieras.

—Lisle, ese no es el tema. ¿Cómo es posible que seas tan obtuso? ¿Es que no ves...?

—Lo veo, pero no puedo salirme por la tangente —la interrumpió—. Hay muchísimo por hacer. Necesito trabajadores, y voy a conseguirlos.

—Por supuesto que debes encargarte de eso. Lo único que quiero...

—No podemos seguir así —volvió a interrumpirla—, con las ventanas rotas, la lluvia y el viento colándose en el interior, y los bromistas entrando a hurtadillas. En el pasado, ningún intruso habría llegado hasta el balcón de los trovadores sin abrirse camino con sus armas. Nuestros fantasmas pueden haber entrado por la puerta desvencijada que te he mostrado, la que lleva al sótano. Desde allí pudieron subir por la escalera rota. Debemos reparar y asegurar esa puerta.

—Estoy de acuerdo, pero...

—Me voy al pueblo a reclutar trabajadores —concluyó.

Olivia dio la espalda a Lisle y se dejó caer sobre un trozo de muralla que había rodado hasta el patio de armas en algún momento del siglo anterior. Si lo observaba alejarse, no podría resistir la tentación de arrojarle algo.

Y eso sería satisfactorio, pero ni lo cambiaría a él ni tampoco cambiaría las circunstancias.

Lisle tenía muchas cosas que hacer y quería hacerlas lo antes posible. Desentrañar el misterio del fantasma y del tesoro era «irse por la tangente». ¿Cómo podía hacerle ver a don Testarudo que ese era el quid de la cuestión?

Alguien llevaba varios años empleándose a fondo. Y ese alguien debía de tener poderosas razones para creer en la existencia del tesoro.

Echó un vistazo a su alrededor. El patio de armas estaba desnivelado, cosa que era normal después de años de negligencia. Era obvio que Frederick Dalmay había concentrado todos sus esfuerzos en el interior.

¿Qué había visto Herrick que tanto Lisle como ella habían pasado por alto? Según Lisle, había llovido durante varios días antes de que ella llegara. Después había que tener en cuenta el desfile de caballos, carruajes, carretas y personas que había pisado la hierba y la tierra mojada. La lluvia y todo ese trajín habían ocultado los indicios, si acaso había alguno, de las excavaciones.

Dejó que su mirada vagara por la muralla medio derruida. En la esquina sudoeste se veían los restos de una torre de vigilancia. ¿Allí? ¿Había algo extraño en el terreno que rodeaba ese punto? Caminó hasta el lugar. La tierra estaba amontonada alrededor de algunos de los hoyos más cercanos a la muralla. No parecía que hubieran excavado recientemente, pero tampoco parecía muy antiguo.

¿Sería eso lo que había notado Herrick?

Se demoró un buen rato examinándolo todo, pero la tierra no le dijo nada.

—No me queda otra —se dijo—. Tendré que recurrir a la solución sensata y preguntarle.

Gorewood,
unas horas después

Lisle descubrió que el ambiente en el pueblo había cambiado por completo de la noche a la mañana.

Nichols y él entraron en las tiendas e hicieron los pedidos sin que nadie fingiera no comprenderlos.

Tal como había dicho Olivia, las noticias sobre la muchacha pelirroja que se había enfrentado a un endemoniado cocinero francés armado con un cuchillo de carnicero debían de haber llegado al pueblo. A esas alturas posiblemente también estuvieran al tanto de que Olivia había creado un fantasma y había transformado el terror en carcajadas.

En fin, no cabía duda de que era una maravilla.

Lisle y Nichols entraron en La Curva Curvada. El lugar estaba atestado para la hora que era, pensó Lisle. Claro que al ser la única taberna del pueblo, seguro que se usaba como punto de intercambio de habladurías.

Se acercó a la barra y pidió una pinta. El tabernero no actuó como si hubiera hablado en griego o en chino. Al contrario, le sirvió enseguida.

—Y una ronda para todos los presentes —añadió Lisle.

Eso causó sensación. Esperó hasta que todos tuvieron sus bebidas. Y entonces habló. Estaba acostumbrado a dirigirse a grupos de desconocidos. Así era como reclutaba trabajadores para las excavaciones. Así era como los convencía de que no abandonaran el trabajo. El dinero no siempre era lo más importante para los egipcios, y tampoco podía decirse que estuvieran muy dispuestos a jugarse el pellejo por los extranjeros. Los extranjeros los tenían por cobardes. Él, sin embargo, los veía como un pueblo sensato. De modo que apelaba a su sensatez y se aseguraba de darles motivos para que le confiaran su integridad física.

Los escoceses eran harina de otro costal. No obstante, sabía que eran valientes hasta rayar en la locura y que también eran capaces de demostrar su lealtad hasta ese mismo extremo. Recordó la batalla de Culloden como ejemplo ilustrativo. Puesto que en ese momento los superaban veinte a dos, decidió dejarse de sutilezas, un arte que de todas formas nunca había dominado.

—Estoy buscando hombres para reparar el castillo de Gorewood —anunció—. Estoy buscando el tipo de hombre que no le tiene miedo a los fantasmas, a los espíritus, a las apariciones ni a las criaturas de la noche. Esta es la última vez que los buscaré en Gorewood. Nichols, aquí presente, ha elaborado una lista con los requisitos que se piden para los carpinteros, albañiles y demás. Aquellos que deseen trabajar pueden anotar sus nombres en la lista y presentarse mañana a las ocho de la mañana, dispuestos para empezar. Si Nichols vuelve con pocos nombres, buscaré en las Highlands, donde me han asegurado que encontraré hombres de verdad.

Apuró la cerveza y se marchó.

Roy lo observó marcharse, como todos los demás. El silencio era tal que se podría escuchar el vuelo de una mosca, ya que todo el mundo estaba mirando la puerta por la que el hijo del laird se había marchado.

Después todos miraron al tipo delgaducho que seguía en la barra con el cuaderno de notas y el lápiz.

Tam MacEvoy soltó una estruendosa carcajada, a la que se sumó alguien más, y al cabo de poco tiempo todo el mundo estaba doblado de la risa, como si nunca hubieran escuchado algo tan gracioso.

—¿Lo habéis oído? —preguntó Tam, cuando logró recuperar el aliento.

—Primero la muchacha pelirroja y ahora él —dijo alguien.

—¿Alguna vez has escuchado algo semejante? —le preguntó alguien a Roy.

—No, nunca —contestó él.

Y era cierto que nunca había escuchado que un grupo de escoceses fuertes y sanos aguantaran semejante desprecio de labios de un inglés. Y para colmo ni siquiera era el laird, a quien todo el mundo tenía por un idiota, sino su hijo. Miró a Jock, que parecía más confundido de lo normal.

—No podemos permitirlo, ¿verdad? —dijo Tam—. Le enseñaremos a Su Ilustrísima quiénes son los hombres de verdad. —Dicho lo cual se acercó al tipo delgaducho, al tal Nichols—. Tú —le dijo.

El tal Nichols ni se inmutó y siguió tan tranquilo y compuesto, mirándolos con el desdén típico de los ingleses.

—Sí, ¿y usted es el señor...?

—Me llamo Tam MacEvoy —contestó el tipo, con la barbilla en alto—. Ya puedes apuntarme. Tam MacEvoy, vidriero.

Otro hombre se abrió paso a codazos para acercarse al criado.

—Y a mí. Craig Archbald, albañil.

—Y a mí.

Y a partir de ese momento todo el mundo empezó a dar empujones, impaciente por exigir que su nombre fuera anotado en la lista.

—Roy —susurró Jock—. ¿Qué vamos a hacer?

—No podemos alistarnos —contestó Roy. En Gorewood todos sabían que no habían dado golpe en la vida. Si empezaban en ese momento, la gente sospecharía—. Actuaremos como siempre.

—Pero...

—No te preocupes. Tengo una idea.

Olivia no vio a Lisle hasta esa noche. Después de volver del pueblo estuvo inspeccionando el patio de armas hasta el ocaso. Cuando oscureció, pasó una hora con Herrick en el archivo y luego subió a su dormitorio.

Aunque no lo había visto, sabía que Lisle había organizado una especie de gabinete en el enorme mirador con el que contaba su dormitorio, un calco del que había en el suyo. Supuso que estuvo trabajando en él hasta que llegó la hora de arreglarse para la cena.

Mejor no pensar en su dormitorio, se dijo.

Cuando después de cenar se sentaron para disfrutar del agradable calor del fuego, Lisle repitió el breve y provocador discurso que había pronunciado en La Curva Curvada.

—¿Y nadie te tiró nada a la cabeza? —replicó ella.

—Desde luego que no —contestó él—. Dos minutos después de que me fuera estaban riendo a carcajadas y vitoreando, según Nichols, y abriéndose paso a codazos para alistarse. Según me ha asegurado, también han apuntado a sus familiares, ya que no quieren que se diga que no son tan valientes como los salvajes de las Highlands... o como esa muchacha pelirroja. Todos sabemos que has sido tú quien ha logrado cambiar las tornas.

—Pero tú has sabido aprovecharte de las circunstancias —señaló.

Le habría gustado estar en la taberna. Y quedarse un rato más para escuchar lo que decían los lugareños. Debió de ser graciosísimo.

—Muy bien hecho —lo alabó lady Cooper—. Estoy deseando ver a esos fornidos escoceses subiendo las escaleras, colocando ladrillos y demás.

—Sin desmerecer lo que se ve de puertas para adentro, claro —añadió lady Withcote al tiempo que le lanzaba una mirada a Herrick, que acababa de entrar con la bandeja de las bebidas.

Cuando se marchó, lady Cooper preguntó:

—¿Dónde lo has encontrado, Olivia?

—Ha aparecido de repente —contestó—, como el genio de *Las mil y una noches*.

—Me encantaría frotar su lámpara —comentó lady Withcote.

—Millicent, brindemos por Olivia, por haber aportado un espécimen tan estupendo a la servidumbre.

—Por Olivia —dijo lady Withcote.

Lisle alzó su copa. Esos ojos grises la miraron, y Olivia vio en ellos la luz plateada de las estrellas y de la resplandeciente luna, y los tórridos recuerdos regresaron en tropel a su mente.

—Por Olivia —lo oyó decir.

—Y por Lisle —añadió lady Cooper—. Y por los fornidos escoceses que están por llegar.

—Por Lisle —dijo lady Withcote.

—Por Lisle —repitió Olivia, que le lanzó una mirada ardiente a Lisle por encima del borde de la copa a modo de venganza.

—Gracias, señoras —contestó él—. Debo pedirles que me disculpen. Mañana llegará un regimiento de trabajadores y necesito tener la mente muy despejada para recibirlos. Eso significa que tengo que retirarme temprano. —Se disculpó por ser tan aburrido, dio las buenas noches y subió a su dormitorio.

Habían recorrido el castillo centímetro a centímetro durante los últimos años. Se conocían al dedillo cada pasillo y cada escalera, cada entrada y cada salida. Escondidos entre los restos de la torre de vigilancia, observaban las ventanas de la torre meridional.

El lugar donde se alojaban las mujeres.

En Gorewood se sabía dónde dormía cada cual, qué doncella trabajaba para quién, dónde dormían los criados, quiénes se escabullían hasta los establos y qué mozo de cuadra era más popular entre las criadas. Al fin y al cabo, era el castillo de Gorewood y lo que sucedía en él era incumbencia de todos.

De modo que Jock y Roy esperaron a que la luz se apagara tras las ventanas de la torre meridional y después, ocultos entre las sombras, atravesaron con rapidez la puerta desvencijada del sótano, subieron la escalera rota y se encaminaron hacia una de las escaleras que llevaba al primer piso.

¡Guuuuoooñiiiiiiiiiguuuuuooooooooooooooooñiiiiiiiiiiiiiiii!
Olivia se incorporó de golpe.

—¡Por el amor de Dios!

Oyó que alguien se acercaba con cautela.

—¿Señorita? ¿Qué ha sido eso?

—No estoy segura. —Olivia se bajó de la cama. A la mortecina luz del fuego, localizó el atizador y lo cogió—. Pero quienquiera que sea el causante va a arrepentirse.

¡Guuuuoooñiiiiiiiiiguuuuuooooooooooooooooñiiiiiiiiiiiiiiii!
Lisle se despertó, bajó de la cama de un salto y agarró el puñal que descansaba bajo su almohada.

—¿Señor? ¿Qué ha sido eso?

—Un horror. El sonido más espantoso que existe sobre la faz de la tierra. El sonido de la muerte, de la tortura y de la agonía del infierno —contestó—. ¡Maldita sea! ¡Son gaitas!

—¡Rápido! —dijo Roy—. Ya vienen.

Jock y él atravesaron la segunda planta en dirección a la puerta de acceso de la escalera de la torre septentrional, y bajaron a la carrera. La escalera estaba tan oscura como boca de lobo, pero la habían subido y bajado tantas veces que lo mismo daba que lo hicieran de noche como de día.

Al llegar a la primera planta, cruzaron el salón y corrieron hasta la otra escalera que los llevaría de vuelta a la torre meridional. Bajaron los peldaños a toda prisa.

—Y ahora, una para las ancianas.

223

Olivia y Bailey irrumpieron en el salón de la segunda planta al mismo tiempo que lo hacían Lisle y Nichols.

—¿Los habéis visto? —preguntó Lisle.

—No, solo los hemos oído —dijo Olivia—. ¿Eso eran...?

—Gaitas —soltó Lisle con cara de asco.

—¿De verdad? Pues sonaban fatal.

—¿Y cuándo no?

Desde la escalera de la torre meridional les llegaron unos gritos distantes. Olivia corrió en dirección al sonido. Lisle ya estaba en la puerta antes de que ella la alcanzara.

—Quédate aquí —le ordenó él mientras la apartaba y comenzaba a bajar la escalera.

Olivia apartó a Nichols de un codazo y lo siguió.

—No me asustan las gaitas —dijo.

—Cualquiera que las use para despertar a la gente en plena noche es capaz de cualquier cosa —señaló Lisle.

—Lisle, por favor, tampoco es para tanto.

—Lo es. Es el peor sonido que existe sobre la tierra. El lamento de diez mil muertos a la vez.

Cuando llegaron a la puerta del dormitorio de lady Withcote, vieron que estaba abierta. La anciana apareció, seguida por su doncella, que intentaba anudarle las cintas de la bata.

—Lo siento, queridos. Pero esos alaridos tan espantosos me han asustado. Estoy segura de que he salido disparada de la cama. No recuerdo la última vez que me sobresalté así en la cama. Creo que fue por los pies fríos de lord Waycroft.

Al ver que estaba sana y salva, Lisle volvió a la escalera, con Olivia pisándole los talones.

Encontraron a lady Cooper en el rellano de su dormitorio, escudriñando el oscuro tramo de escalera que llevaba a la planta baja.

—Procedía de ahí —señaló—. Olivia, no me dijiste que teníamos gaiteros fantasma —le reprochó—. De haber sabido que vendrían, los habría estado esperando. ¿Alguna vez has visto a un hombre tocar la gaita? Es un instrumento que requiere de unos pulmones muy fuertes, ¿sabes? Y de unos hombros también muy fuertes, y de unas piernas...

—Bien, me alegro de que esté sana y salva —la interrumpió Lisle, que se adentró en el oscuro tramo de escalera que llevaba hasta el salón de la planta baja con Olivia pisándole los talones—. Déjame ir primero —susurró—. Espera un momento. Necesito aguzar el oído y no tienes ni idea del ruido que hace tu camisola cuando te mueves.

—No es una camisola, es un camisón.

—Sea lo que sea, no lo muevas —replicó él—. Y ten cuidado con el atizador.

La oscuridad que reinaba en el salón era impenetrable. Dado que no podía ver nada, se limitó a aguzar el oído. Pero solo escuchaba el silencio. Fueran quienes fuesen, se conocían al dedillo el castillo. Y se habían marchado.

Olivia entró al cabo de un momento. No le hizo falta verla. Podía escucharla. El frufrú de su camisón parecía reverberar en la enorme y silenciosa estancia.

En cuanto se acercó, percibió el suave aroma que desprendía su ropa, el olor de su piel, de su pelo y esa nota... ese algo demasiado sutil para ser un olor, pero que ponía de manifiesto que acababa de salir de una cama muy calentita. Un pensamiento que fue seguido de una serie de imágenes: su pálida piel a la luz de la luna, el sonido gutural de su risa, los delicados espasmos de su cuerpo al llegar al clímax...

Apretó los puños... y recordó que todavía empuñaba el cuchillo. Relajó la presión de las manos.

Y desterró las imágenes de su cabeza.

—Se han ido —dijo.

En el balcón de los trovadores apareció una luz. Era Herrick, en camisa de dormir y armado con una vela.

—He tranquilizado a la servidumbre, Ilustrísima —anunció—. A los que han oído el ruido, me refiero. Al parecer no ha llegado a la última planta.

—Qué afortunados... —masculló Lisle.

—¿Organizo una batida por el castillo y sus alrededores para localizar a los intrusos, Ilustrísima?

—Nuestros fantasmagóricos músicos se habrán marchado a estas alturas —contestó—. Diles que vuelvan a la cama.

Herrick se marchó sin añadir nada más.

Lisle se volvió hacia Olivia. Sus ojos ya se habían adaptado a la oscuridad y el salón estaba iluminado débilmente por la luz de la luna, de modo que alcanzó a ver la silueta de un camisón semitransparente, profusamente adornado con volantes y cintas. Desvió la mirada hacia la hornacina más cercana.

—No los atraparemos en plena noche —dijo.

—Desde luego que no —convino ella—. Ellos se conocen el lugar como la palma de la mano y nuestros criados ingleses no, e irán tropezándose con todo hasta que alguno se parta la crisma.

—Debían de estar en el salón de la segunda planta —aventuró Lisle. Apenas a unos metros del dormitorio de Olivia—. Nos estaban provocando. —Tenía ganas de emprenderla a golpes con cualquier cosa.

—Admito que ha sido inquietante —comentó Olivia—. Nadie espera oír unas gaitas en plena noche y mucho menos que suenen tan mal...

—¿Cómo eres capaz de apreciar la diferencia?

—Se toquen bien o no, su sonido llega al alma.

—Siento mucho no haber podido pillarlos —dijo él—. Me habría encantado ver cómo ensartas uno de esos apestosos chismes con el atizador. Solo a un escocés se le puede ocurrir inventar algo tan infernal. Gaitas. ¡El golf!

Olivia se echó a reír. Su risa se deslizó por la nuca de Lisle, dejando una estela de fuego a su paso.

—Olivia, vuelve a la cama —dijo.

—Pero seguro que quieres...

Sí, y no sabes hasta qué punto.

—Ahora no podemos hablar —la interrumpió—. Usa la cabeza. Piensa en lo que no llevas puesto. Uno de nosotros debe ser sensato, y ambos sabemos que tú no lo lograrás. Vete a la cama... y ten cuidado con ese atizador.

14

Viernes 19 de octubre

El sol se ponía tras las colinas. Roy y Jock estaban escondidos en las sombras de la iglesia en ruinas, viendo cómo los hombres bajaban por el camino del castillo en dirección al pueblo después de su primer día de trabajo. Algunos llevaban herramientas al hombro, otros empujaban carretillas y otros conducían carretas.

—Van a tenerlo más sellado que un tonel en menos de una semana—dijo Jock.

—No si nosotros lo abrimos —replicó Roy.

—¿Estás tonto o qué? Hay una caterva de hombres doblando el espinazo de sol a sol. ¿Sabes la cantidad de trabajo que hacen en un día? ¿Y lo poco que haríamos nosotros de noche?

—No hay que deshacer todo lo que hagan —repuso Roy—. Solo las reparaciones del sótano, para poder colarnos. ¿Cuánto crees que va a aguantar la gente de Londres si la despertamos noche sí y noche también?

—No sé cuánto voy a aguantar yo —replicó Jock—. Mira que perder el tiempo corriendo escaleras arriba y escaleras abajo, tocando las puñeteras gaitas, cuando podríamos estar buscando.

—¿Crees que vamos a sacar algo excavando de noche? Hemos estado buscando a plena luz del día. ¿Crees que vamos a tener suerte moviendo las piedras de noche?

Ya les costaba lo suyo encontrar monedas de día. Porque era muy difícil ver algún destello dorado que les gritara: «Mirad aquí. Dinero». Eran del mismo color que la tierra y resultaba difícil distinguirlas entre la argamasa y las piedras.

Jock y él habían sacado una buena tajada por las que habían encontrado. Unas cuantas en el sótano. Otras en el patio... Sin embargo, fue el antiguo pendiente que encontraron en el patio, cerca de la garita del guarda, lo que lo convenció de que el viejo Dalmay no había soltado una sarta de tonterías, como todo el mundo creía. Ese pendiente le indicaba que el tesoro era real, y que estaba allí.

«Debajo del muro», había dicho el viejo Dalmay.

La gente decía que si los Dalmay no fueron capaces de encontrar su propio tesoro cuando todavía tenían la ubicación fresca en la mente, estaba perdido para siempre. Cromwell y los suyos le habían echado las manos encima, al igual que le echaron las manos encima a todo lo demás, decía la gente. Pero si la gente hubiera visto las monedas y ese viejo pendiente, y si supieran cuánto les habían dado por todo eso en Edimburgo, otro gallo cantaría: subirían en tropel con sus palas y sus picos... y no precisamente para ayudar a reconstruirlo.

—El hijo del laird los ha puesto a excavar —dijo Roy—. Si está en el patio o en el sótano, lo encontrarán. Tenemos que pararles los pies.

Lisle estaba intentando no caerse dormido encima del plato. Había sido un día muy largo, aunque muy productivo, y tenía la cabeza más cansada que el cuerpo. Aún no entendía qué había visto su familia en ese feo montón de piedras. Lo habían abandonado por rachas y luego se habían gastado inmensas fortunas en mantenerlo. Daba igual lo que se hiciera, siempre sería frío, húmedo y lúgubre.

Sin embargo, mientras veía a los hombres subir por el camino del pueblo, había sentido una punzada de orgullo, además de alivio. Pese al daño que el laird, su propio padre, había causado, estaban dispuestos a confiar en el hijo. Por fin podría llevar a cabo el trabajo como era debido. Y dado que había trabajo de sobra, se mantendría muy ocupado.

Miró al otro lado de la mesa, hacia el problema que precisamente lo obligaba a mantenerse ocupado. Olivia llevaba un vestido de seda de color azul oscuro, con metros y metros de tela en los lugares más increíbles y, en cambio, con los hombros y gran parte de esos pechos que le había regalado el demonio al descubierto... salvo por el zafiro cuyo brillo se burlaba de él, atrayendo su mirada hacia el centro de ese diabólico regalo.

En ese momento Olivia se puso en pie para trasladarse al lado de la chimenea a fin de disfrutar del té o, en el caso de las ancianas, de otra copita de whisky, y seguir con la conversación o comenzar con la lectura, cuando el lamento de las gaitas surgió de las entrañas de la tierra.

Se puso en pie de un salto.

—Herrick, Nichols, conmigo. Vosotros por las escaleras del ala sur —dijo al tiempo que señalaba a los criados que había junto a la pared.

Todos cogieron velas y salieron disparados en dirección al sótano.

Inspeccionaron las enormes estancias abovedadas entre tropezones, hasta que uno de los criados gritó:

—¡Ilustrísima, aquí!

Lisle corrió hacia el hombre. Lo encontró señalando la pared de una de las estancias.

Alguien había escrito con letras bien grandes y con carbón: ESTO ES UN ABISO.

No encontraron nada más.

Los malnacidos se habían largado. Lisle ordenó a los criados que subieran a decirles a las damas que nadie iba a morir de momento. Después regresó junto al mensaje y lo observó con el ceño fruncido. Cuando les pusiera las manos encima...

Oyó el ya familiar frufrú de la tela. Apartó la vista del desafiante «aviso», con falta de ortografía incluida. Olivia se acercaba con una vela en la mano. Se detuvo junto a él y miró hacia la pared.

—Tengo que admitir que me inquieta un poco que se hayan colado mientras estamos despiertos —dijo ella—. Son increíblemente osados.

—O increíblemente imbéciles —replicó.

—Mi padrastro siempre dice que los criminales suelen ser gente de escasa inteligencia pero muy ingeniosos.

—Lo sé. Preferiría lidiar con criminales inteligentes. Al menos se puede entender su forma de pensar.

—Las gaitas son bastante inofensivas —señaló ella.

—Es cuestión de opiniones —repuso.

—Lo que más me preocupa es el acoso —dijo Olivia—. Inquieta a los criados.

A él también le preocupaba. Necesitaban criados para funcionar, y los criados no permanecían en sus puestos si la situación se complicaba a menos que estuvieran desesperados.

—Por desgracia, no podemos mantener una guarnición militar para protegernos de los invasores, como hacían antaño —comentó.

—Dudo mucho que quieran hacernos daños —señaló ella—. Eso involucraría a las autoridades... y es evidente que quieren que nos marchemos para poder continuar con su búsqueda del tesoro.

—Pues yo no me voy a ninguna parte —declaró—. Ya he empezado con esto y no pienso rendirme. Voy a restaurar esta antigualla inservible y después pienso volver a Egipto aunque tenga que hacerlo en una barca de remos. Mientras tanto, voy a poner trampas en el sótano. Esos imbéciles van a tener que buscarse otra entrada.

—Si encontráramos el tesoro antes que ellos, dejarían de buscar —apostilló Olivia.

Estaba cansado y le costaba mirarla sin perder la sensatez, sobre todo con ese puñal que tenía clavado en el corazón. Estaba furioso consigo mismo por no ser capaz de dominar unos sentimientos que solo podían acarrearle una desdicha. Estuvo en un tris de decirle «No hay tesoro alguno», de decirle que dejara de comportarse como una idiota romántica...

que se pusiera más ropa y que no se acercara hasta el punto de que pudiera oler su perfume.

La voz de la razón le habló justo a tiempo. Piensa.

Tesoro. No había tesoro alguno, pero Olivia no se lo creería.

Quiere buscarlo. ¿Por qué no dejar que lo haga?

La búsqueda la mantendría ocupada, y si se lo exponía de la forma adecuada, también la mantendría fuera de peligro.

—Muy bien —dijo—. Pensemos con lógica. Ni siquiera unos imbéciles integrales se tomarían tantas molestias sin tener una buena razón.

—Exacto —convino ella—. Si tomamos como referencia la época en la que las historias de fantasmas comenzaron a circular, llevan años buscándolo. Tiene que haber algo detrás, lo que sea.

—Si averiguamos qué es, sabremos qué hacer —sentenció—. Tal vez haya algo en los diarios del primo Frederick. O fue algo que dijo. Los problemas comenzaron cuando se marchó a vivir a Edimburgo.

La mente de Olivia estaba analizando las piezas del rompecabezas. Era muy fácil lanzarle un anzuelo sin mentirle directamente.

—Admito que tiene su intriga —confesó—. Pero yo no puedo dedicarme a eso. No tengo tiempo para estudiar los diarios y los libros, ni para hablar con las personas de su círculo más cercano. Tengo que «devolverle todo su esplendor» a este montón de piedras para apaciguar a los locos de mis padres.

Al ver que Olivia se quedaba alicaída, se sintió avergonzado. Aunque lo peor fue que la parte alocada de su persona, la parte que Olivia era capaz de sacar a la luz sin problemas, quería olvidarse de todo lo demás y desentrañar el misterio. Esa parte quería salir en busca del tesoro con ella, como ya habían hecho antes. Qué tentador era. Recordó la emoción de romper las reglas y de sobrevivir gracias al ingenio.

Se dio cuenta de que la tentación lo estaba arrastrando y sabía que debía oponer resistencia, pero esa parte alocada de su ser se negaba a hacerlo.

Al cabo de un momento, la expresión de Olivia se tornó más alegre.

—Tienes razón. Con tesoro o sin él, hay que restaurar el castillo. Y te prometí que volverías a Egipto en primavera. Lo que quiere decir que no podemos perder ni un instante. Yo resolveré el misterio. Ahora que Herrick ha tomado las riendas, tengo mucho tiempo libre... y seguro que a lady Cooper y a lady Withcote les encantará recabar chismes de los amigos de tu primo. —Se acercó a él y le dio unas palmaditas en el pecho—. No tienes que preocuparte de nada —le aseguró—. Tu fiel caballero sir Olivia hará todo lo necesario.

«Cuando crezca, seré un caballero —le había dicho Olivia el día que se conocieron—. La galante sir Olivia, esa seré yo, y me embarcaré en peligrosas cruzadas, protagonizaré nobles hazañas, desharé entuertos...»

En ese instante Olivia se marchó, dejándolo de pie mientras la observaba alejarse hasta que desapareció de su vista y dejó de oír el frufrú de sus faldas.

Se volvió para mirar la pared.

ESTO ES UN ABISO.

Por supuesto que no creía en presentimientos ni malos presagios. Ni en advertencias de imbéciles que no sabían escribir.

Se dio media vuelta y regresó a la planta alta.

Tal como dijo que haría, Herrick fue hasta Edimburgo el miércoles. El jueves ya tenían un ama de llaves, la señora Gow. El viernes, Herrick y la señora Gow habían contratado al personal, íntegramente escocés. Ese mismo día Olivia les dio permiso a los criados londinenses, salvo a los criados personales, para regresar a la ciudad.

Solo Aillier insistió en quedarse. Los otros hicieron el equipaje en un abrir y cerrar de ojos. A media tarde ya se habían ido.

Mientras tanto, se pasó horas repasando los libros, los escritos y los diarios del primo Frederick Dalmay. Cada vez que se hacía mención del castillo de Gorewood (por ejemplo, en un artículo de sir Walter Scott para una publicación sobre antigüedades), Frederick lo había marcado y había escrito notas al margen. Las notas eran ilegibles en su mayoría, pero eso daba igual.

El material impreso le informó de todas las leyendas sobre fantasmas. Descubrió que había diferentes fantasmas en diferentes zonas. También descubrió un montón de curiosidades acerca de los banquetes y un sinfín de desconcertantes entresijos legales. Frederick había llevado un registro de todas las disputas territoriales. Incluso había llevado un diario exhaustivo. Hasta donde fue capaz de comprobar, dichos documentos cubrían casi toda la historia del castillo de Gorewood. De vez en cuando hacían referencia a las molestias propias de la vida en un castillo. Sin embargo, no estaba segura, ya que la caligrafía apretujada y torcida era casi imposible de leer.

Lisle no tendría el menor problema en averiguar lo que ponía, pensó, ya que estaba más acostumbrado a descifrar escrituras desconocidas, algunas parcialmente borradas por el paso del tiempo o por la acción de los vándalos. Decidió que le preguntaría si podía prestarle un poco de tiempo a ese tema.

Y después, el lunes, mientras pasaba una página y debatía consigo misma intentando decidir si le pedía ayuda a Lisle, una hoja de papel amarillenta y medio quemada cayó al suelo.

—Pero es una pista —insistió Olivia, que agitaba el arrugado y amarillento papel delante de la cara de Lisle.

Este lo cogió a regañadientes.

Su plan había estado funcionando a las mil maravillas. Él hacía su trabajo y Olivia hacía el suyo. Sus caminos se cruzaban durante las comidas, con las ancianas presentes, momento en el que agradecía la distracción de su presencia.

Sin embargo, ese día Olivia lo había acorralado en la sala del pozo mientras los trabajadores almorzaban en el exterior.

Parecía flotar en una nube porque había encontrado, aseguraba ella, una pista.

Se suponía que no iba a encontrar pista alguna. Se suponía que iba a estar buscando hasta que él terminara el trabajo y recuperara el buen juicio respecto a ella o, si se demostraba que esta última tarea era imposible, hasta que resolviera qué hacer con ella.

—¿Qué dice? —preguntó Olivia.

Miró la cuadrícula irregular plagada de símbolos raros.

—No dice nada —respondió—. Parecen los garabatos de un niño. Tal vez uno de los primeros trabajos del primo Frederick. Mi madre conserva todos mis dibujos. Por lo visto, conservar este tipo de cosas no responde a un asunto de gusto, sino de valor sentimental.

—¿Estás seguro? —insistió ella.

Le devolvió el papel.

—No es el mapa de un tesoro —le aseguró.

—Tal vez sea un mensaje codificado.

—Ahí no hay código alguno —replicó.

—Esos simbolitos —dijo Olivia—. En las cuadrículas.

Apartó la vista del papel y la miró.

Tenía telarañas pegadas en el vestido y en el pelo por su incursión en la sala del pozo. Al parecer, se había toqueteado el pelo mientras intentaba descifrar el mensaje secreto, porque algunas horquillas colgaban sin orden ni concierto de sus rizos. Sus ojos azules brillaban por la emoción y tenía las mejillas sonrojadas.

Estaba cansado de ese espantoso castillo y de ese espantoso clima, cansado de abrir agujeros en los que enterrar los sentimientos solo para que volvieran a salir a la superficie, como serpientes, y morderlo.

¿Por qué había regresado a Inglaterra?

Sabía que no le sentaba bien estar junto a Olivia.

Aunque había regresado por los Carsington... y no era justo. ¿Por qué mantenerse alejado de la única familia que le importaba, solo porque uno de sus miembros lo volviera del revés como un calcetín?

—Son tonterías —dijo—. Esa clase de cosas que los ancianos conservan sin ningún motivo en particular.

El rubor de sus mejillas se intensificó y le cubrió el cuello. Una señal de aviso.

—Tu primo no era así —replicó ella—. Si leyeras sus diarios, te darías cuenta. Era meticuloso. Si conservó esto, fue por un buen motivo.

—Podría ser por cualquier motivo —repuso—. Así de pronto se me ocurre la senilidad.

Esos ojos azules se entrecerraron cuando lo miraron a la cara.

—Me dijiste que buscara pistas —masculló—. Me dijiste que desentrañara el asunto. Llevo días sin molestarte. Y cuando te pido ayuda, no me prestas atención. Sabes muy bien que este papel significa algo.

—¡No significa nada! —rugió—. No hay tesoro que valga. Tal vez lo hubiera en algún momento, pero cualquier persona sensata sabría que desapareció hace mucho. Incluso los fantasmas han perdido interés. ¿No te has dado cuenta? Ya no hay gaitas aullando en mitad de la noche. No hay ni rastro de ellos desde esa pintada en la pared del sótano.

—Ha estado lloviendo —le recordó Olivia—. No quieren ponerse como una sopa con las gaitas y el resto de sus trucos fantasmales a cuestas.

—El sótano está minado de trampas —replicó—. No lo he ocultado y ellos se han enterado, al igual que el resto del mundo.

—¿Y crees que se han rendido así sin más? ¿Crees que las trampas les han hecho huir?

—En fin, nadie había puesto trampas anteriormente, ¿verdad?

El rubor de Olivia se intensificó todavía más.

—Lisle, no estás...

—Esto es ridículo —dijo—. No voy a discutir contigo sobre fantasmas.

Olivia volvió a agitar el papel.

—Al menos podrías...

—No —la interrumpió—. No pienso perder el tiempo con un galimatías sin sentido.

—No dirías eso si echaras un vistazo a los diarios.

—No pienso leer los diarios —le aseguró. No mientras ella mirara por encima de su hombro. Con su olor. Y el endemoniado frufrú de la seda. No era justo. Olivia sabía que debían mantenerse alejados.

—¡Me dijiste que los leyera! —exclamó—. Me he pasado horas y horas buscando en cientos de documentos, libros, diarios y cartas. Me he pasado horas y horas intentando descifrar su apretada caligrafía. Tú fuiste quien me...

—¡Para mantenerte ocupada! —explotó—. Para no tenerte pegada a mí. Tengo que llevar a cabo esta absurda e innecesaria tarea, que no es más que una enorme pérdida de tiempo y dinero, en un lugar espantoso al que nunca quise venir, y no estaría aquí de no ser por ti.

—¡Lo hice para ayudarte!

—¡Pues menuda ayuda! De no ser por ti, les habría dicho a mis padres que se fueran al cuerno. Prefiero morirme de hambre en Egipto a vivir aquí. ¿Qué me importa su puñetero dinero? Que se lo gasten en mis hermanos. Yo soy capaz de labrarme un futuro. Pero no, aquí estoy, intentando hacer este dichoso trabajo, e intentando hacerlo bien, pero tú no dejas de protestar y molestar para perseguir otra quimera.

—¿Protestar y molestar? Fuiste tú quien...

—¡Era una táctica de diversión! Tú mejor que nadie deberías saber qué es eso. Lo haces a todas horas. Pues bien, yo la he usado contigo. ¿Qué te parece? ¿Cómo se siente al bailar al son de los demás?

—Tú... tú... —Le quitó el sombrero y lo golpeó en el pecho con él. Después lo tiró al suelo y lo pisoteó.

—Qué bonito —dijo—. Una reacción muy madura.

—Si yo fuera un hombre, te retaría a un duelo —replicó Olivia.

—Si tú fueras un hombre, te metería una bala en el cuerpo con sumo gusto.

—¡Te odio! —exclamó ella—. ¡Eres despreciable! —Le dio una patada en la espinilla.

Fue una patada fuerte, pero él estaba demasiado enfadado para sentir dolor.

—Maravilloso. Un comportamiento muy elegante.

Olivia le hizo un gesto obsceno y salió en tromba de la estancia.

Una de la madrugada,
martes 25 de octubre

La noche era clara y la luna, que ya estaba en cuarto menguante, ofrecía suficiente luz para los alborotadores, los rufianes y cualquiera que quisiera espiarlos.

El único «cualquiera» presente en ese momento era Olivia, que salía del castillo después de que todos los demás ocupantes se hubieran acostado. Iba vestida con pantalones y unos calzones de franela debajo. Un chaleco, una chaqueta y una gruesa capa de lana le ofrecían la protección necesaria para sobrevivir a una noche otoñal escocesa. También llevaba consigo una manta de lana para protegerse de la humedad nocturna.

Aunque no la necesitaba: le hervía tanto la sangre que estaba muy calentita.

Así que los fantasmas se habían marchado, ¿no?

—Ya lo veremos —masculló.

Tendría que haberlo desafiado, eso debería haber hecho, después de la cena gélida y educadísima de la que habían disfrutado.

«No se han marchado y puedo demostrarlo», eso debería haber dicho.

A lo que él habría contestado: «No puedes demostrar absolutamente nada».

«¿Que no puedo? ¿Qué te apuestas?», le habría soltado.

«¿Qué te parece el Castillo de los Horrores? Puedes quedártelo», habría respondido Lisle.

«No es tuyo. Pero te diré lo que vamos a hacer. Si demuestro que los fantasmas no se han marchado, dejarás de comportarte como un alcornoque... Ah, perdona, se me había olvidado que no puedes evitarlo», habría replicado.

Y él habría dicho... Miró hacia la torre septentrional. Las ventanas oscuras le indicaron que Lisle dormía... Ojalá tuviera unas pesadillas espantosas. Y él habría dicho... ¿Qué habría dicho?

Daba igual. Olivia le demostraría que los fantasmas no se habían dado por vencidos. Solo estaban buscando otra táctica. Eso habría hecho ella.

De cualquier modo, una apuesta solo habría servido para ponerlo sobre aviso. Lo mejor era dejarle creer que estaba enfurruñada. Si Lisle sospechaba que estaba planeando algo, empezaría a darle la tabarra.

Solo le faltaba que un hombre malhumorado y sin ánimo de cooperar le pusiera trabas.

Ni siquiera le había contado a Bailey su plan de esa noche, porque su doncella se habría quedado despierta esperándola, y ella no sabía cuánto iba a tardar. Si no le quedaba más remedio, estaría fuera hasta el amanecer. Había elegido un escondrijo bastante cómodo.

La elección era obvia. La torre de vigilancia había sido erigida en el extremo sudoeste del patio de armas con el objetivo de observar el territorio. Aunque en ese momento no servía para controlar el terreno circundante, desde la puerta podía ver gran parte del patio al tiempo que le permitía ocultarse.

La única parte desagradable del plan era la espera. Quedarse sentada en un sitio sin una baraja de cartas o un libro no era divertido. Y sentarse en una piedra, aunque fuera una superficie ancha y plana, solo resultaba cómodo durante un breve período de tiempo. Sentía cómo se iba colando el frío a través de la manta de lana, de la capa, de la chaqueta, de los pantalones y de los calzones de franela. El viento silbaba por las grietas. A medida que pasaba el tiempo, la luna y las estrellas comenzaron a perder brillo. Le echó un vistazo al cielo desde su escondrijo.

Las nubes se desplazaban rápidamente por culpa del viento, ocultando la luna y las estrellas. Se arrebujó con la manta. El tiempo siguió su curso y el viento se volvió cada vez más frío. Tenía las piernas entumecidas. Cambió de postura.

¿Lo que sentía en las mejillas era humedad? ¿O solo la frialdad del aire? También se le estaban entumeciendo los dedos. La noche siguió oscureciéndose. Apenas distinguía el perímetro del patio.

El viento silbó por las grietas de las piedras y le llegó el rumor de las hojas al volar por el patio. Quiso cambiar de postura otra vez, pero no tenía espacio suficiente. Le dolían los dedos por el frío, pero no se atrevía a golpear los pies contra el suelo para calentárselos. El trasero se le estaba durmiendo.

Pensó en Lisle y en las barbaridades que le había dicho, en lo que ella le podría haber respondido, pero ya no se acaloraba como antes. Tendría que levantarse y dar una vuelta o se le dormiría todo el cuerpo. Hizo ademán de ponerse en pie.

Y vio un destello por el rabillo del ojo. ¿O no? Había sido muy fugaz. ¿Un farol con cubierta? Acto seguido, el paisaje se oscureció más que antes y el aire se convirtió en un manto húmedo y frío.

Y después oyó los pasos.

—Cuidado con el farol —dijo alguien en voz baja.

Un ruido metálico. Un golpe. Un ruido sordo.

—No veo un pimiento. Ya está lloviendo de nuevo. Te lo dije...

—Caen cuatro gotas.

—Llueve. Te lo dije... ¡La madre que me parió!

La luz le dio de lleno a Olivia en la cara, cegándola.

Lisle estaba a punto de conciliar el sueño cuando empezó a darle vueltas al papel arrugado y medio quemado por enésima vez.

Las cuadrículas irregulares se alinearon en su cabeza y los diminutos números aparecieron en sus celdas.

No podía ser un mapa, ya que no había ni flechas ni una rosa de los vientos.

Pero sí podía ser una especie de código o de taquigrafía.

Su mente empezó a organizar y reorganizar las líneas y los números, y supo que era inútil intentar conciliar el sueño porque estaba pensando.

Abrió los ojos, se incorporó en la cama, encendió la vela de la mesita de noche y soltó un juramento.

Tal como Olivia le había dicho con satisfacción, era incapaz de dejarlo correr.

Saltó de la cama, se puso el batín y avivó el fuego. Cogió la vela y se acercó al enorme alféizar de la ventana. En algún momento, y a juzgar por su aspecto debió de ser cuando construyeron el castillo, había estado acolchado. Acercó un banco al alféizar para usarlo a modo de escritorio.

De día había luz más que suficiente. Por las noches era un lugar muy agradable para trabajar. Cuando no llovía ni estaba nublado, ocasiones excepcionales ambas, podía admirar el cielo estrellado. Cierto que no era el cielo egipcio, pero parecía lo bastante alejado de la civilización, de sus reglas y de sus molestias.

Miró por la ventana y soltó otro juramento. Volvía a llover.

—Dichoso lugar —masculló.

Olivia tardó un momento en recuperar la visión. La luz del farol volvió a alumbrar, pero no hacia ella. Oyó ruidos y voces. Algo cayó al suelo. Y después se oyeron pasos.

No se detuvo a pensar.

Se quitó la manta y salió corriendo tras ellos, en pos de la luz del farol, que se reflejó por el patio antes de colarse por un agujero de la muralla, más allá de la entrada, en dirección al camino.

Era muy consciente de la lluvia helada que caía cada vez con más fuerza, pero el farol alumbraba el camino como una luciérnaga y la instaba a seguir adelante. Sin embargo, en ese momento de repente desapareció. Ya no había luz. Miró a su alrededor. A izquierda y a derecha, hacia delante y hacia atrás.

Nada. Solo oscuridad. Y lluvia, una lluvia helada que le golpeaba la cabeza y los hombros, y le corría por el cuello.

Miró hacia atrás. Apenas veía la silueta del castillo, que era una sombra borrosa a lo lejos, al otro lado de la cortina de agua que le empapaba la capa y empezaba a hacer lo propio con la chaqueta.

No había luz en las ventanas. Nada.

No había nadie que la ayudara.

Tampoco había un refugio... Además, ¿de qué le serviría un refugio en sus circunstancias aunque lo encontrara? Tenía los guantes empapados y le dolían las manos por el frío.

Intentó correr, pero sus pies parecían dos bloques de hielo y la ropa estaba mojada. Si se tropezaba y se caía...

No dramatices. Ponte en marcha. Un pie detrás del otro.

Apretó los dientes para soportar el frío, agachó la cabeza y echó a andar de vuelta al castillo.

La puerta del dormitorio de Lisle en la torre septentrional era gruesa. De no ser por la rendija de las bisagras (otro desperfecto que debía añadir a la lista de reparaciones), no habría oído el ruido. De hecho, no estaba seguro de haberlo oído. Se acercó a la puerta, la entreabrió y aguzó el oído.

Oyó un ruido y a alguien que mascullaba.

Después una maldición. Aunque la voz sonaba muy baja, sabía de quién era.

Cogió la vela, salió del dormitorio y se adentró en lo que en otro tiempo había sido el salón familiar del castillo, una estancia situada encima del gran salón de la planta baja, casi tan grande pero con menos altura. También había una enorme chimenea en ella.

Olivia estaba de rodillas delante de la chimenea. Tiritando mientras intentaba prender una chispa con el yesquero.

Al ver la luz de una vela, levantó la cabeza y parpadeó.

—¿Lisle? —susurró.

Se percató de su estado: el pelo y la ropa chorreando agua, y el charco que se estaba formando a su alrededor.

—¿Qué has hecho? —le preguntó—. Olivia, ¿qué has hecho?

—¡Ay, L... Lisle! —tartamudeó ella, antes de tiritar con más fuerza.

Acto seguido él soltó la vela en el suelo, se inclinó y la levantó en brazos. Estaba calada hasta los huesos. Quería gritarle y ventilar la furia con ella, y tal vez debería haberlo hecho. Pero cabía la posibilidad de que alguien lo oyera, la doncella de Olivia o su propio ayuda de cámara, y acudiera para ayudar.

De modo que ni le gritó ni ventiló la furia con ella. No dijo una sola palabra. Se la llevó a su dormitorio.

15

Lisle dejó a Olivia sobre la alfombra, delante de la chimenea. Tiritaba de forma incontrolada, le castañeteaban los dientes y tenía las manos heladas.

Le arrancó la ropa con el corazón desbocado. La gruesa capa de lana que llevaba estaba empapada. El miedo lo entorpecía hasta tal punto que no podía desabrocharle el botón del cuello. Al ver que no era capaz de pasarlo por el ojal, se lo arrancó de un tirón, le quitó la capa y la arrojó al suelo.

Descubrió que debajo llevaba un atuendo masculino que también estaba empapado. Le apartó la chaqueta de los hombros y tironeó para bajársela por los brazos. Después de arrojarla a un lado, soltó un juramento. A diferencia de la noche de York, en ese momento llevaba chaleco, también mojado y con una hilera de botones que se resistía a ser desabrochada.

Corrió hacia el banco, cogió el abrecartas y asunto resuelto. Una vez cortó los botones, le quitó el chaleco y procedió a encargarse de los pantalones de lana. Como no estaban tan mojados como el resto de las prendas, no le costó tanto desabrochárselos. Cuando se los quitó, soltó otro juramento.

Debajo llevaba unos calzones de franela, que estaban mojados. Capas y capas de ropa, y pese a todo estaba calada hasta los huesos. El corazón le latía frenético por el terror y la rabia. ¿Cuánto tiempo había estado fuera bajo la lluvia? ¿Cómo se le ocurría hacer tal cosa? Podía pillar una pulmonía. Podía darle fiebre. Allí, en mitad de la nada, a kilómetros y kilómetros de distancia de un médico en condiciones.

Ni siquiera intentó desatarle las cintas. Las cortó con el abrecartas y estaba a punto de arrancárselas cuando ella habló:

—E... espera —tartamudeó—. E... espera.

—Esto no puede esperar.

—Yo lo... lo ha... haré.

—Estás tiritando.

—Te... tengo mucho fff... frío.

Le bajó los calzones por las piernas y se los quitó. En cuanto estuvo desnuda, la envolvió con una manta mientras su mente intentaba recordar el motivo por el que debía cubrirla, aunque en realidad no tenía la menor importancia.

Olivia estaba sollozando mientras balbuceaba. Frases inconclusas, comentarios sin sentido. Algo sobre una apuesta y sobre escribir muy poco. Se preguntó por qué no escribía a menudo, por qué guardaba todas esas porquerías, y después respondió que Bailey lo entendía.

Estaba delirando.

El delirio era un síntoma de la fiebre. La fiebre anunciaba una infección pulmonar.

Ni lo pienses, se dijo.

Le echó otra manta sobre los hombros y atizó el fuego. Olivia no paraba de tiritar.

—No pu... puedo pa... parar —la oyó decir—. No sé po... por qué.

Comenzó a frotarle el cuerpo con las mantas a fin de activar la circulación de la sangre, pero la lana era demasiado áspera a juzgar por el respingo que dio Olivia.

Echó un frenético vistazo por el dormitorio. Reparó en las toallas que Nichols había preparado para el baño y el afeitado del día siguiente y las cogió. Apartó la manta de uno de sus brazos y comenzó a frotárselo con la toalla. Después repitió el proceso con el otro. Las manos de Olivia seguían estando heladas y no paraban de temblar entre las suyas.

Se concentró en las extremidades, de modo que lo siguiente fueron sus pies. También estaban helados. Se los frotó con un afán desesperado, sin permitirse siquiera pensar en nada salvo en conseguir que su sangre circulara más rápido y le calentara las extremidades.

No fue consciente del tiempo que pasó de esa forma. El pánico le nublaba la mente.

Le masajeó los hombros y los brazos, las piernas y los pies. Le dolían las manos, pero no pensaba detenerse.

Estaba tan concentrado en su afán por hacerla entrar en calor que tardó un rato en percatarse de que los espasmódicos temblores habían remitido. Además, ya no decía tonterías. Ni le castañeteaban los dientes de esa forma tan espantosa.

Se detuvo para mirarla.

—¡Oh! —exclamó ella—. Creía que jamás volvería a entrar en calor. ¡Ay, Lisle! ¿Por qué me has enfurecido tanto? Ya sabes lo que pasa cuando me sacas de mis casillas.

—Lo sé.

—¿Qué creía que iba a poder hacer yo sola? En realidad, mi intención solo era la de espiar. Creo. Estaba muy oscuro. No había luz en las ventanas. Debería haberte convencido de que vinieras conmigo. Tú y yo nos equilibramos.

Sus comentarios apenas tenían sentido, pero algo era algo. Los latidos de su corazón se ralentizaron poco a poco. La piel que sentía bajo las manos por fin comenzaba a entibiarse. Lo peor de la tiritona había pasado.

Su mente comenzó a funcionar de nuevo.

Y en ese momento lo vio con total claridad.

Olivia, delante del fuego, envuelta en una manta. Su ropa, tirada por el suelo y hecha jirones. Botones esparcidos por doquier.

—¡Ay, Lisle! —la oyó exclamar—. Qué calentitas son tus manos. Esas manos tan maravillosas y diestras...

Se miró las manos, que seguían aferrándole el brazo derecho. Debía alejarse.

No, no debía alejarse.

Comenzó a moverlas de nuevo pero más despacio, frotándole el brazo de arriba abajo y de abajo arriba. Y vuelta a empezar.

Hasta ese momento se había cuidado mucho de no destaparla, limitándose a apartar la manta en el sitio preciso, en un brazo, en un pie. Le cubrió el brazo que le había masajeado y le destapó el otro. Comenzó a masajeárselo muy despacio.

—La sensación que me provocan... —dijo Olivia con una nota de asombro en la voz—. No puedo describirla. Es mágica. ¿Cómo consigues hacerme esto?

Lisle apartó la manta para destaparle los pies. En cuanto le acarició el empeine, la oyó gemir.

Colocó los almohadones tras ella y la instó a recostarse. Olivia cerró los ojos de nuevo y suspiró. Pero no tardó en volver a abrirlos para observarlo.

Continuó frotándole los pies. Primero uno y luego el otro. Después siguió con las piernas, levantando la manta para destaparlas. Sus manos recorrieron la curva de las pantorrillas. Su piel tenía el tacto del terciopelo. Terciopelo tibio. Se percató de que su respiración se había vuelto más profunda y relajada. Había dejado de tiritar por completo.

La miró. Estaba apoyada sobre los almohadones, observándolo con esos ojos azules brillantes a la luz del fuego. Tan brillantes que parecían dos luceros. Su piel resplandecía, resaltando la delicadeza de sus rasgos: los pómulos, el mentón, el orgulloso ángulo de su barbilla. La manta se escurrió, revelando la elegante curva de su cuello y de sus hombros.

Soltó la toalla y le rozó una mejilla con el dorso de la mano. Su piel era tan suave como la seda más exquisita, la que llevaban las egipcias más adineradas, tan fina que se podía pasar por un anillo. Sin embargo, la piel de Olivia no era seda, era su piel, cálida y viva. Hacía apenas un momento había pensado que podía perderla y el mundo se había detenido de repente, convirtiéndose en un vacío negro.

Volvió la mano para sentir la suavidad, la tibieza y la vida en la palma.

Olivia ladeó la cabeza para rozarle la palma con los labios.

¡No, no, no!, exclamó él para sus adentros.

Pero era mentira. En realidad, quería que lo hiciera.

Era algo tan simple... Un mero roce. Esos labios contra la

palma de su mano. Sin embargo, llevaba una eternidad esperando, y ese roce le provocó una miríada de escalofríos que lo recorrieron por entero como si hubiera tocado una varilla electrizada. La descarga rebotó en su corazón, desbocándolo al instante. Y siguió hacia abajo, provocándole una ardiente reacción en la entrepierna. Su cuerpo se tensó por entero y su mente se transformó en una especie de túnel estrecho.

Estaba arrodillado a sus pies, y solo la veía a ella, resplandeciente a la luz del fuego. La piel que acariciaba estaba muy caliente en esos momentos. Estaba viva, caliente y viva. Su pecho subía y bajaba bajo la manta.

El fuego crepitó a su lado. Por lo demás, el dormitorio estaba silencioso y a oscuras. Las sombras reinaban en los rincones.

Olivia sujetaba la manta con una mano sobre el pecho. Un leve tirón de él, y ella extendió los dedos para soltarla. No protestó. No dijo nada. Se limitó a seguir mirándolo, a seguir observándolo con una expresión seria y pensativa, como si él fuera un misterio que necesitara desentrañar.

No había ningún misterio para él.

Solo era un hombre que la había añorado terriblemente y que hacía escasos minutos había vislumbrado un mundo sin ella.

Había vivido sin ella y había permanecido alejado de ella. Pero la había echado mucho de menos. Si Olivia no estaba allí para volver a verla, ¿qué sería de su vida?

Hacía escasos minutos había pensado que iba a perderla. Pero en ese instante estaba caliente y viva a la luz del fuego. Un hecho simple. Olivia estaba a su lado y él la deseaba. Un hecho simple que erradicó el sentido común, las buenas intenciones, la conciencia y el deber.

Separó los extremos de la manta, se la bajó hasta la cintura y se limitó a contemplar lo que veían sus ojos, embriagando su corazón y su mente con su imagen.

—¡Dios! —musitó, y descubrió que le costaba trabajo respirar—. ¡Dios, Olivia!

Su piel era blanca como la luna en el firmamento nocturno. Sus pechos, los que le había regalado el demonio, eran turgentes y resplandecían tan suaves y blancos como la misma luna, aunque estaban coronados por unos pezones rosados que suplicaban que los acariciara. Olivia lo cogió de la mano y él se dejó llevar, sin resistirse. Su mano se posó sobre un sedoso pecho. Sintió que el pezón se endurecía contra su palma. Y en respuesta notó que a él también se le endurecía algo.

El túnel de su mente se estrechó aún más.

Solo la veía a ella. Solo podía pensar en ella. El mundo se reducía a Olivia, resplandeciente a la luz del fuego. Amoldó la mano al curvado contorno del pecho, arrancándole un suspiro. Hizo lo mismo con la otra, tras lo cual les dio un suave apretón y la oyó soltar una suave y ronca carcajada.

—Sí —dijo ella con los ojos cerrados—. Esto es lo que siempre he querido.

Unas palabras simples, que él entendió a la perfección: deseo, placer y algo que no alcanzó a identificar, todo mezclado. O eso le pareció, y le resultó suficiente, porque era lo mismo que podría haber dicho él.

«Esto es lo que siempre he querido.»

Le separó las piernas y ella siguió observándolo, sin oponer la menor resistencia. Se acercó a ella gateando y se inclinó para lamer uno de esos pezones rosados y endurecidos.

—Sí —la oyó susurrar.

«Sí.» Con eso lo había dicho todo. Se lo dijo su piel, se lo dijo su voz y se lo dijo al arquear el cuerpo a modo de ofrenda para que siguiera lamiéndola. Se lo dijeron también sus brazos, que se levantaron para rodearle el cuello y acercarlo más a ella. Se lo dijo con un gemido mientras succionaba el pezón y lamía la nacarada piel que lo rodeaba.

«Sí, esto es lo que siempre he querido.»

Apartó la manta que todavía la cubría en parte y ella aprovechó para acercarle la cara y besarlo. Separó los labios al instante a modo de invitación y le ofreció su boca, dulce como una cereza, incitándolo al pecado. Ese beso fue su perdición. Un beso enloquecedor y apasionado que no era más que la liberación de los cientos de besos atesorados durante años, tan interminable era y tan intensa resultó ser la sensación de abandono, de entrega a Olivia, a sí mismo y a ese mundo enloquecedor donde solo existían ellos.

El mundo se redujo al sabor de esos labios, a su olor, al roce de su piel y a la forma de su cuerpo bajo sus manos. El mundo eran los movimientos de Olivia, que se retorcía bajo sus caricias, y los movimientos de sus manos, que se deslizaron sobre él hasta encontrar los faldones de la camisa. Comenzó a subírsela, de modo que se vio obligado a poner fin al beso para pasársela por la cabeza y arrojarla al suelo. Y se quedó tan desnudo como ella.

«Sí, esto es lo que siempre he querido.»

Al instante notó sus manos sobre los hombros y en los brazos. Explorando los contornos de su torso. Lo recorrió un escalofrío que se transformó en una descarga eléctrica cuando los dedos de Olivia le rozaron los pezones.

—¡Oh! —la oyó exclamar.

Y al instante ella se incorporó, con gran agilidad y sin titubeos, y se los lamió. Pero no tardó en regresar a sus labios, tras lo cual le rodeó las caderas con las piernas. Le introdujo la lengua en la boca, buscando la suya y retirándola al instante, tentándolo al igual que lo tentaba con sus pechos, que no paraba de frotarle contra el torso.

Estaba tan excitado que su verga se estremeció sobre su vientre. La abrazó y le pasó las manos por la espalda, deslizándolas por la curva de su cintura hasta llegar a las nalgas, a las que les dio un apretón.

El fuego crepitaba en la chimenea y tuvo la sensación de que también lo hacía en su interior. Cada caricia, cada beso, avivaba las llamas.

La tumbó por completo sobre el suelo sin dejar de besarla y ella se dejó hacer sin apartarle las piernas de las caderas. Cuando puso fin al beso, la miró y dejó que sus miradas siguieran entrelazadas mientras la instaba a apartar las piernas de él de modo que apoyara los pies en la alfombra.

Deslizó las manos por sus muslos y se detuvo al llegar a la

249

entrepierna, donde el fuego se reflejaba en sus rizos cobrizos y humedecidos. Deslizó un dedo para acariciarla y ella se estremeció al tiempo que arqueaba el cuerpo.

Sabía cómo proporcionarle placer. Era lo que más deseaba en el mundo, darle placer, pero Olivia era tan inflamable que su fuego se llevó por delante cualquier pensamiento. Solo quedaron el instinto y el deseo. Lo más elemental. Dos cuerpos jóvenes que se deseaban mutuamente con un anhelo enloquecedor, tan poderoso e incontenible como el simún.

Olivia lo tocó en ese momento, sus dedos se deslizaron sobre su verga y se cerraron en torno a ella, tras lo cual comenzaron a moverse arriba y abajo.

La apartó con un gruñido y la penetró sin más preámbulo, descubriendo una gran estrechez y cierta resistencia. Olivia se apartó con un respingo, tensa de repente, al tiempo que dejaba escapar un grito de sorpresa. De modo que Lisle se apoderó otra vez de sus labios y siguió besándola, una y otra vez, con tanta pasión que le pareció que ese beso era producto de todo el deseo acumulado durante una eternidad.

Olivia lo abrazó por el cuello. Después le tomó la cara entre las manos. La tensión la había abandonado y le devolvió el beso con ferocidad. Mientras el beso se prolongaba, volvió a penetrarla, con más fuerza. Olivia se tensó, pero no se apartó ni lo empujó.

En ese instante oyó una voz lejana, o tal vez un recuerdo, que le dijo a modo de advertencia: «Para. Es el momento de parar».

Sin embargo, la advertencia parecía muy lejana, y él había llegado a un punto sin retorno, donde solo existía el deseo puro y duro. Estaba dentro de Olivia, era suya, y lo único que atinaba a hacer era seguir moviéndose, seguir penetrándola una y otra vez, en una especie de lenguaje atávico cuyo léxico consistía en una sola palabra que se repetía sin cesar: «Mía».

En algún momento del frenesí enloquecedor, Olivia se relajó por completo y comenzó a salir al encuentro de sus embestidas. Le clavó las uñas en la espalda mientras arqueaba la espalda y siguió levantando las caderas al compás de sus movimientos, cada vez más rápido.

Y entonces sucedió. De repente y sin avisar. Un paroxismo frenético que fue seguido al instante de un placer abrumador. Y la sensación de flotar en un mundo desquiciado donde las estrellas se desplomaban del firmamento o tal vez se trasladaban al fondo del universo.

Y luego llegó la calma y el silencio, roto tan solo por los acelerados latidos de sus corazones.

Olivia yacía, atónita, bajo Lisle.

Los pícaros grabados no alcanzaban a describir la realidad.

Ella misma no lograba abarcarla. La profunda intimidad. Las delirantes emociones.

¡Dios Santo!

Se percató de que los latidos de su corazón se aminoraban y en ese momento se dio cuenta de que la respiración de Lisle también se había ralentizado. Notó que su verga la abandonaba y sintió una simultánea oleada de tristeza y alegría.

Recordó la terrible caminata bajo el frío embate de la lluvia por ese interminable camino. Había sido el peor momento de su vida, el más espantoso.

Porque cuando su padre murió y se le quebró el corazón, tuvo a su madre para consolarla.

Esa noche se había sentido completamente sola mientras contemplaba la oscura silueta del castillo, que no le ofrecía ni el simple consuelo de una luz encendida.

Y ese terrible momento había acabado allí. En una especie de paraíso, que no era el paraíso aburrido y religioso sobre el que la gente hablaba. En los brazos de Lisle.

En ese instante él se apartó de ella y se colocó de costado, llevándola consigo. Se pegó a su espalda, a su trasero y extendió un brazo para que apoyara la cabeza en él. Su otra mano se posó sobre un pecho.

El placer que le produjo ese gesto tan íntimo y posesivo

fue insoportable. Le dio un vuelco el corazón. Tenía miedo de hablar, tenía miedo de que la realidad regresara. Se aferró al momento, a ese momento en el que las cosas por fin eran como tenían que ser, porque por fin se habían unido, por fin se habían amado en cuerpo, alma y mente. Libremente. Por un interminable momento se habían olvidado del resto del mundo, del resto de sus vidas y de la dura realidad.

La voz ronca y baja de Lisle quebró el silencio.

—¿Estás bien?

Sí, por fin, por primera vez en mi vida estoy bien, contestó para sus adentros.

—Sí —dijo Olivia en voz alta.

—Estaba pensando...

—¡No pienses! —lo interrumpió—. Dejemos los pensamientos a un lado un ratito. —Colocó la mano sobre la que descansaba sobre su pecho—. No te muevas. No hagas nada. Vamos a... disfrutar del momento.

Se produjo un largo silencio. Un silencio incómodo. La tensión de Lisle era palpable.

Porque era un hombre bueno y honorable.

—Pensé que ibas a morir —lo oyó murmurar.

—Yo también lo pensé —reconoció.

—Creí que el frío jamás te abandonaría, que se haría más intenso y que seguirías tiritando hasta morir entre mis brazos.

Ella recordó la experiencia. Tenía tanto frío, tantísimo frío, y se sentía tan mal que se limitó a dejarse llevar, a dejar que sucediera, a dejar que él hiciese lo que quisiera. Recordó los furiosos movimientos de las manos de Lisle sobre su cuerpo, el dolor que la invadía a medida que la sangre volvía a circular... Aquellas manos, las manos de Lisle.

—Yo también. Pensaba que nunca volvería a entrar en calor. O tal vez me equivoqué. No sé si estaba pensando, la verdad.

—¿Qué estabas haciendo? —le preguntó Lisle—. Ahí afuera.

Se lo contó. Todo, incluso su conversación imaginaria.

—¿Por qué no me tiraste algo a la cabeza en vez de llegar

a esos extremos? —le reprochó—. ¿No encontraste otra forma mejor para torturarme que salir en pleno chaparrón?

—No estaba lloviendo cuando salí del castillo —señaló ella—. No había ni una sola nube. Bueno, unas cuantas a lo lejos.

—¡Horas, has estado horas fuera! —exclamó Lisle.

—Me han parecido años.

—¿Qué voy a hacer contigo?

—¿Mantener un romance clandestino? —sugirió ella.

—No estoy bromeando.

Se volvió en sus brazos.

—Pero eso es lo que deseamos. Todo este asunto de mantener las distancias... No se puede luchar contra lo inevitable.

—Tampoco es que le hayamos puesto mucho empeño, la verdad —replicó él—. Hemos fallado en la primera prueba de autocontrol.

—Lisle, siempre fallo en las pruebas de autocontrol.

—Yo no. Podría haber llamado a tu doncella. Podría haber echado abajo el castillo con mis gritos para que todo el mundo apareciera y trajera esto, calentara aquello, secara lo otro y te atendiera, y después mandar llamar a algún médico en plena noche. Pero no.

Olivia le acarició la mejilla.

—¿No puedes encerrar tu conciencia en un cajón una temporada? ¿No podemos limitarnos a disfrutar del momento?

Lisle la acercó un poco más y le enterró la cara en el pelo.

—Me vuelves loco —dijo con la voz amortiguada—. Pero enloquecer a tu lado es emocionante y normalmente me lo paso en grande. Nos gustamos, o por lo menos no nos odiamos, y somos amigos. Y ahora hemos hecho el amor... y ha ido muy bien.

El comentario le arrancó a Olivia una carcajada.

—¡Lisle, por Dios!

—No es una mala base para un matrimonio —añadió él.

¡Nooo!, exclamó ella para sus adentros mientras se apartaba.

—¡Lo sabía, lo sabía!

Lisle la pegó de nuevo a su cuerpo, ese cuerpo tan duro. Tan cálido y tan fuerte que lo único que quería ella era derretirse en ese mismo instante.

—Escúchame —le dijo él.

Olivia notó la calidez de sus labios contra la oreja. El olor de su piel le inundó las fosas nasales y le reblandeció el cerebro.

—Nos arruinaremos la vida mutuamente —vaticinó.

—No del todo —replicó él.

—¡Ay, Lisle! —exclamó al tiempo que apoyaba la frente en su pecho—. Te adoro. Siempre lo he hecho. Parte de lo que adoro de ti es tu sentido del honor, tus principios, tu ética, tu sentido del deber y... todas esas cosas buenas. Y esas cosas buenas están nublándote el cerebro y haciendo que no veas la realidad. Estás pensando: «La he arruinado». El hecho es, y escúchame bien porque esto es un hecho, que tarde o temprano habría acabado arruinada. Me alegro de que mi ruina hayas sido tú. Todos deberíamos empezar nuestra vida amorosa de forma espectacular, y yo lo he conseguido gracias a ti.

—¿Empezar? —repitió Lisle, invadido por una repentina tensión.

Todo estaba a punto de irse al traste, pero era inevitable. Lisle estaba decidido a hacer lo correcto, y era el hombre más testarudo del mundo.

—Te adoro —repitió Olivia —. Siempre lo he hecho y siempre lo haré. Pero soy una egoísta y una romántica, y debo ser lo primero en el corazón de un hombre. No me conformaré con lo que se conforman tantas mujeres, que acaban aburridas y solas.

—¿Conformarte? Olivia, sabes muy bien que para mí eres más importante que...

—¿Que Egipto? —lo interrumpió.

Se produjo un silencio breve pero muy elocuente.

—Qué comparación más absurda —replicó Lisle—. Son dos cosas totalmente distintas.

—Tal vez lo sean, pero una de ellas ocupa casi todo tu corazón; siempre lo ha hecho y siempre lo hará. No me conformaré con ocupar un lugar secundario en el corazón de un hombre. —Sus palabras lograron que Lisle diera un respingo—. Tengo que volver a mi dormitorio —dijo al tiempo que se alejaba de él para incorporarse.

Él también se incorporó. Al mirarlo, el corazón le dio un vuelco. La luz del fuego delineaba el contorno de su torso y acariciaba los músculos de sus brazos. Y otorgaba a su pelo el brillo del sol. Era el tipo de hombre que inspiraba sueños y mitos. Los sueños y mitos que inspiraban enormes estatuas de bronce y oro a las que sus adoradores rendían tributo.

¡Cómo le gustaría ser su adoradora! Poseía romanticismo de sobra para ello. Sin embargo, ese exceso de romanticismo sumado a su cinismo le impedían hacer lo más sensato: casarse con él.

Lisle cogió una de las mantas abandonadas en el suelo y la envolvió con ella.

—No estás pensando con claridad —dijo él—. No tienes alternativa. Puedes estar embarazada. Y aunque no lo estés, hay reglas, Olivia. Y sé que no quieres avergonzar a tu familia.

—Pues tendremos que encontrar un modo de eludir esas reglas —replicó—. Acabaríamos amargándonos el uno al otro. Si consigues amordazar tu puñetera conciencia un momento, te darás cuenta de que tengo razón. Eres un hombre demasiado razonable para pasarlo por alto.

El silencio se prolongó. El fuego crepitó en la chimenea. A lo lejos se oía el silbido del viento. Debía de estar lloviendo todavía.

La lluvia. Un fenómeno ordinario. Frecuente. Que había llevado a Olivia a su dormitorio, que los había llevado a hacer lo que habían hecho.

Lo espantoso era que, sin que sirviera de precedente, Olivia se estaba mostrando razonable. Lo espantoso era que, al menos en ese tema, veía la realidad tal como la veía él. Y ella le importaba. Estaba prendado de ella, pero no estaba seguro de que eso fuera suficiente; y de la misma forma que la conciencia lo instaba a casarse con ella, también le decía que si lo hacían, Olivia sería muy desdichada. Siempre que se había permitido imaginarse a Olivia en su vida, lo primero que pensaba era en el efecto que tendría en su rutina, en el caos que eso supondría. Nunca había reflexionado sobre el efecto que él tendría en la de ella.

En ese momento reflexionó sobre lo que guardaba en el fondo de su corazón, no en ese futuro imaginario y caótico que veía a su lado. No podía ofrecerle lo que ella quería y merecía. Olivia debía ocupar el lugar preeminente en el corazón de un hombre, y a él no se le había ocurrido hasta ese momento que tal vez no hubiera dejado espacio en el suyo.

—No lo resolveremos esta noche —concluyó él.

—Me temo que no —señaló ella.

—Será mejor que vuelvas a tu dormitorio.

—Sí, pero antes debemos ocultar las pruebas —le recordó—. Lo más sencillo es encender el fuego en el salón y colocar mi ropa delante para secarla. De esa forma parecerá que he logrado hacer lo que pretendía hacer cuando me encontraste: encender el fuego para entrar en calor.

Era única para buscar ese tipo de salida. Él era capaz de pensar con rapidez en determinadas circunstancias, pero esconder delitos no se le daba muy bien.

Olivia se levantó y la manta cayó al suelo.

La luz del fuego acarició sus voluptuosas curvas, arrancándole destellos cobrizos al vello de su entrepierna. Lisle la recorrió con la mirada de arriba abajo y de abajo arriba con el corazón en un puño.

—Sí, eres preciosa —dijo con dificultad.

Olivia sonrió.

—Pero no te recomiendo vagar desnuda por un castillo escocés —añadió—. Echarás por tierra todos mis esfuerzos y pillarás una pulmonía. —Mientras hablaba echó un vistazo a su alrededor, hasta que localizó su camisa.

Se puso en pie, se la pasó a Olivia por la cabeza y la ayudó a meter los brazos por las mangas. Los puños le ocultaban las manos. Los faldones le llegaban a las rodillas.

—No sé yo si es más fácil intentar explicar esto —comentó Olivia mientras se echaba un vistazo— que intentar explicar que vaya desnuda por los pasillos.

—Ya se te ocurrirá algo.

La tomó de la mano y la acompañó a la puerta. Recordó en ese instante que esas manos habían explorado su cuerpo a placer, abrasándolo.

¿Qué iba a hacer con ella?

Entreabrió la puerta.

El salón estaba a oscuras y en silencio. Aguzó el oído de la misma forma que lo hacía cuando entraba en una tumba donde podrían haberle tendido una emboscada, en busca de algún indicio de respiración.

Nadie respiraba en el salón.

Se adentró en la estancia, llevando a Olivia de la mano. La enorme habitación estaba tan oscura como boca de lobo, salvo por la luz procedente de su dormitorio y, más o menos en el centro, por el mortecino resplandor de las ascuas del fuego que ella había intentado avivar.

—¿Serás capaz de llegar a tu dormitorio sin romperte la crisma? —le preguntó—. Quizá sea mejor que te acompañe.

—No me pasará nada —susurró ella—. Hay pocos muebles con los que tropezarse. —Le soltó la mano y se alejó.

Lisle quiso decir algo, pero dado el torbellino de emociones, le fue imposible encontrar las palabras que necesitaba. La agarró por los hombros y la obligó a dar media vuelta. La besó con un ansia voraz. Y ella se derritió entre sus brazos.

—Vete —le dijo cuando se apartó de sus labios y la alejó de su cuerpo. Y Olivia lo obedeció.

Esperó allí quieto mientras escuchaba sus suaves pasos alejándose por la vasta estancia. No se movió hasta que oyó el distante sonido de la puerta del dormitorio de Olivia al cerrarse.

Después regresó a su propio dormitorio.

Nichols estaba recogiendo la ropa húmeda del suelo.

Atravesar un salón interminable en plena noche no era una tarea sencilla en circunstancias normales. Y Olivia no estaba en plena forma. Le dolía la garganta, le picaban los ojos y lo único que le apetecía hacer era sentarse y llorar durante una semana entera.

Sabía que había hecho lo correcto. Lo necesario. Pero en el proceso había lastimado a Lisle.

Aunque no le importaba infligirle daño físico, porque sabía que era capaz de soportarlo, y tampoco le importaba decirle cuatro cosas bien dichas cuando se comportaba como un alcornoque insoportable, esa noche la había cuidado y le había hecho el amor... y le había destrozado el corazón.

Porque las cosas ya no eran como antes. Si en el pasado había sentido algo por él, porque sí, siempre lo había querido en cierto modo, lo que experimentaba en ese instante era muy diferente. Y muy doloroso de momento.

Deja de lloriquear —se dijo—. Afronta las cosas de una en una.

Y lo primero era llegar a su dormitorio sin que la descubrieran. Porque para explicar la presencia de su ropa delante del fuego del salón podría inventarse algún cuento chino. Por suerte, un comportamiento tan temerario como el de esperar bajo la lluvia no sería extraño en ella. Nadie se espantaría. Ni tampoco se llevarían las manos a la cabeza al descubrir que se había vestido con prendas masculinas. Bastaría con describir lo que había pasado, y obviar lo sucedido desde que Lisle había aparecido en el salón y la había llevado a su dormitorio.

Obviar toda una vida, en otras palabras.

Entró de puntillas en su dormitorio.

Pero no estaba oscuro.

Sobre una mesita cercana a la chimenea había una vela encendida.

Bailey estaba sentada cerca del fuego. Tenía la costura en las manos, pero sus ojos estaban clavados en ella.

—Puedo explicarlo —adujo.

—¡Ay, señorita, usted siempre tiene una explicación para todo! —replicó su doncella.

El señor Nichols, que estaba ocupado en el arte de colocar de forma ordenada la ropa húmeda frente al fuego, se quedó petrificado al ver que aparecía una lucecita de repente. Una lucecita en la oscuridad que flotaba hacia él. A medida que se iba acercando, distinguió la cara de la señorita Bailey, iluminada por la luz de una vela. Un grueso chal ocultaba lo que debía de ser su ropa de dormir, porque logró vislumbrar una sorprendente hilera de volantes y frunces por debajo de una bata, a la altura de los tobillos. Sus pantuflas parecían estar adornadas con cintas de colores, si bien no pudo distinguirlos dada la falta de luz.

—Señorita Bailey —susurró.

—Señor Nichols —susurró ella.

—Espero que no le haya robado el sueño alguna criatura sobrenatural.

—Ni mucho menos —contestó la doncella—. He venido a por la ropa. No podemos dejarla aquí. Mi señora y su señor deben de haber perdido el sentido común. Y lo digo con todo el respeto que merece la inteligencia de lord Lisle, pero los caballeros suelen perder el sentido común a veces y mi señora tiene el raro don de ayudarlos en dicho proceso.

Nichols echó un vistazo a las prendas que había distribuido con tanto esmero.

—¿Por qué darle más importancia a lo ocurrido cuando, aparte de ellos, los únicos que estamos al tanto de que esta noche ha sucedido algo poco habitual somos nosotros dos? —le preguntó la señorita Bailey—. Claro que tratándose de mi señora, lo poco habitual se vuelve habitual. Lo que me preocupa, en particular, es que haya prendas que necesitan un lavado.

Se refería a las manchas de sangre.

Nichols no pudo constatar si el rubor que creía ver en su cara era real; la anaranjada luz del fuego podía ser la causante.

—¡Ejem! —exclamó con suavidad—. Se me ha ocurrido mencionárselo a Su Ilustrísima, sí, pero me pareció una falta de tacto.

—Yo me encargaré de todo —dijo la señorita Bailey, y su actitud puso de manifiesto que estaba más que acostumbrada a ocultar delitos.

—Si me ilumina el camino —dijo él mientras recogía las prendas húmedas—, las llevaré hasta la puerta.

Ella asintió en silencio.

La señorita Bailey llevaba la vela. Nichols llevaba la ropa.

Una vez en la puerta, dejó la ropa sobre el brazo de la doncella con mucho cuidado. Estaba a punto de aferrar el picaporte, pero se detuvo para susurrarle al oído:

—Señorita Bailey...

—No —lo interrumpió ella—. De eso ni hablar.

Nichols suspiró y abrió la puerta.

La señorita Bailey entró en el dormitorio de su señora.

Él cerró la puerta con otro suspiro.

Al cabo de un instante, la puerta se entreabrió y oyó que la doncella le pedía en voz baja que esperara.

Nichols se volvió con renovadas esperanzas.

De repente, salió una camisa por la rendija de la puerta.

—Puede llevarse esto —la oyó decir.

Era la camisa de Su Ilustrísima.

16

Mientras tanto, Roy y Jock tiritaban escondidos en la parte de la iglesia quemada que aún no estaba derruida.

—¿Quién puñetas era? —preguntó Jock.

—¿Qué más da quién fuese? —replicó Roy—. El caso que estaba allí, esperándonos.

—Al final estaba cantado que alguna noche estuvieran esperándonos. Ya oíste lo que decían, que el hijo del laird estaba hablando de conseguir algunos perros.

—Los perros se pueden envenenar —comentó Roy.

—¡Maldito sea el tipo ese que nos estaba esperando! —exclamó Jock—. Casi me meo en los pantalones.

La cara pálida que habían descubierto en la torre de vigilancia también había asustado a Roy. De haberse parado a pensar, habría caído en la cuenta de que se trataba de un humano. Pero ¿quién se habría parado a pensar en un momento así? Lo único que se podía hacer era soltar la pala y el pico y salir corriendo.

Jock no había soltado el farol, pero tampoco se había parado a bajar la cubierta, y esa criatura... No, se corrigió, no era una criatura, era un hombre. Ese hombre los había perseguido hasta la mitad del camino antes de que le quitara el farol al tonto de su hermano.

Y en ese momento estaban atrapados en la dichosa iglesia. Sin fuego y sin forma de encender uno.

Pero con mucho tiempo para pensar, eso sí. De noche y

bajo la intensa lluvia, el viejo castillo que se alzaba sobre la loma era una tenebrosa silueta que se recortaba contra un cielo no menos tenebroso. Roy clavó la vista en él mientras reflexionaba.

No supo cuánto tiempo había pasado antes de que Jock dijera:

—Está escampando.

El caso era que el intervalo había bastado para llegar a unas cuantas conclusiones.

—Vigilan el exterior —dijo Roy mientras abandonaban la iglesia—. Así que nosotros conseguiremos a alguien que vigile el interior.

—Nadie lo hará.

Pocos los apreciaban en el pueblo; se paraban a hablar con ellos un rato, pero enseguida continuaban su camino.

A Roy no le importaba. De todas formas, el sentimiento era mutuo.

—No lo harán de buena gana, no —convino—. Pero se me ocurre alguien a quien podemos obligar.

Poco después del mediodía,
miércoles 26 de octubre

—¿Han comprendido lo que hay que hacer? —preguntó Olivia.

Lady Cooper se colocó mejor el bonete.

—Por supuesto —respondió.

—Es sencillísimo —añadió lady Withcote.

Las tres se encontraban cerca de la puerta de entrada al salón de la planta baja. Estaban esperando el carruaje que llevaría a las dos ancianas a Edimburgo.

Su misión era localizar a la enfermera de Frederick Dalmay y a sus criados, y sonsacarles toda la información posible.

—Espero que no les resulte demasiado aburrido —comentó Olivia—. Es posible que sea como buscar una aguja en un pajar.

—¡Ni hablar! —soltó lady Cooper—. Tenemos los nombres. Deberíamos ser capaces de dar con ellos sin problemas.

—Y cuando los localicemos, no creo que tengamos dificultades para hacerlos hablar —apostilló lady Withcote.

—Si todo lo demás falla, no hay nada más efectivo que el soborno —adujo lady Cooper.

—Miladies, el carruaje las aguarda —anunció el lacayo entrando en ese momento.

Lisle llegó minutos después de que las damas partieran.

—Dicen que van a Edimburgo —comentó—. En busca de pistas.

Olivia no lo había visto desde la noche anterior. Le había costado horrores quedarse dormida. En consecuencia, había bajado a desayunar muy tarde. Lady Cooper y lady Withcote estaban sentadas a la mesa, pero él no. Se encontraba fuera con los trabajadores, según le había informado Herrick.

Olivia había decidido comportarse como si nada extraordinario hubiera pasado. Y acababa de descubrir que era más fácil de lo que esperaba. Lisle seguía siendo Lisle, y lo que habían hecho la noche anterior le parecía lo más natural del mundo a la luz del día.

Porque lo amaba, y posiblemente llevaba amándolo toda la vida. Ese amor había adoptado formas distintas a lo largo de los años, pero era amor al fin y al cabo.

Y a quien tenía delante era Lisle al fin y al cabo... con una pala.

—¿Has entrado con eso por un motivo misterioso o se te ha olvidado soltarla en el patio? —le preguntó ella.

Lisle estaba mirándole la mano con el ceño fruncido. Al escucharla, alzó la vista.

—¿Qué?

—La pala.

—¡Ah, sí, la pala! —Miró el objeto que llevaba en la mano—. Uno de los trabajadores la encontró esta mañana al llegar. Una pala. Un pico.

—Pruebas —señaló ella.

—No necesitaba prueba alguna para creerte —le aseguró Lisle—. Pero no me había imaginado la escena como debió de ser. Supongo que los aterrorizaste. —Sonrió—. Lo soltaron todo y salieron corriendo.

—Todo salvo el farol. —Si lo hubieran hecho, no podría haberlos seguido... y lo que sucedió después no habría sucedido.

—En cualquier caso, no tenía intención de entrar con ella —comentó él—. He visto que las damas se iban y he entrado para preguntarte por el motivo de su partida, y se me ha olvidado dejar la pala fuera. —Echó un vistazo a su alrededor justo cuando aparecía Herrick.

—Sí, Ilustrísima —dijo el mayordomo—. Joseph la sacará.

En ese momento llegó un criado que le quitó la pala de la mano y se marchó con ella.

Herrick desapareció.

—Hoy no estoy muy fino —dijo Lisle en voz baja—. No sé por qué.

El fuego crepitó en la chimenea. Los criados trajinaban de un lado para otro, realizando sus labores con discreción. La tenue luz que se colaba por las ventanas amortiguaba la penumbra de la vasta estancia, pero no llegaba a iluminarla del todo. Sobre la mesa descansaba un candelabro. Según el reloj era de día, pero según el clima escocés era la hora del crepúsculo.

La tensión entre ellos era casi palpable.

—Tal vez por algún sueño raro —sugirió ella.

—Sí. —Su mirada se desvió de nuevo hasta su mano—. De cualquier forma, he venido para ayudar.

—¿A qué? —quiso saber Olivia.

—He venido para ayudarte a buscar pistas —respondió él.

¡La mirada que le había lanzado nada más entrar él!, pensó Lisle.

La misma que le lanzó la noche que la encontró en el salón de baile. ¿También vio lo mismo en esos ojos azules aquella noche?

Había visto algo, y ese algo lo desequilibró por completo. La noche anterior le había dicho... le había dicho...

«Te adoro. Siempre lo he hecho y siempre lo haré.»

¿Qué significaba? ¿Qué significaba?

—Me equivoqué al rechazar de plano tu pista —reconoció—. Me equivoqué con respecto a esos irritantes fantasmas. Si me hubiera parado a pensar un momento... pero salta a la vista que no lo hice y el porqué. Lo cierto es que me equivoqué. Lo cierto es que los trabajadores no necesitan que los supervise a todas horas. Lo cierto es que debemos pararles los pies a esos fantasmas. De momento, tu plan me parece perfecto. Los fantasmas deben de tener una razón muy poderosa para creer que pueden encontrar un tesoro en el que nadie más cree. O están locos de atar, o son tontos de remate, o algo los ha confundido... o tienen razones para creer lo que creen.

Olivia entrelazó los dedos y se llevó las manos a la cintura. Apenas llevaba joyas. Una pulsera sencilla. Un anillo. El anillo.

—Gracias —la oyó decir.

Apartó la mirada del anillo y echó un vistazo a su alrededor. No había criados en las cercanías.

—Ese es el motivo por el que estaba despierto cuando entraste en el salón de madrugada —le dijo en voz baja—. No paraba de darle vueltas al papel que encontraste. No me dejaba dormir. Tuve que levantarme para ver si podía desentrañar algo. Se me ocurrieron algunas ideas, pero solo contaba con lo poco que recordaba. Me gustaría echarle otro vistazo.

—Está en el archivo —señaló ella.

Tal como Lisle había descubierto con gran sorpresa, el sencillo exterior del castillo escondía un interior complejo y desorganizado. La entreplanta en la que Olivia había establecido el archivo se hallaba entre el pasillo de servicio de la cocina, situado en la planta baja, y una hornacina en el muro del salón del primer piso. La única ventana que tenía se encontraba en el hueco que separaba el ala norte del castillo del ala sur.

La mejor forma para llegar al sitio en cuestión era a través de la escalera de la torre meridional. La otra ruta implicaba subir al primer piso y atravesar el balcón de los trovadores después de pasar por la puerta de la torre septentrional. Luego había que doblar a la izquierda, enfilar un corto pasillo, pasar por delante de la puerta de los aposentos de Herrick y subir un pequeño tramo de escalera. La estancia era más amplia y luminosa que el pasillo inferior, porque el muro en el que se abría la ventana no era tan grueso. Aunque no podía decirse que fuera un lugar muy alegre, dado el día tan gris que hacía.

—¿Y bien? —preguntó Olivia.

Lisle echó un vistazo a su alrededor antes de responder.

—La última vez que estuve aquí, esto era un revoltijo de cajas y libros.

—Es obra de Herrick —le aseguró ella—. Ordenó a los trabajadores montar unas estanterías y un armario.

En ese momento todo estaba ordenado y clasificado.

No debería sorprenderse tanto, pensó. Ya había visto en varias ocasiones la facilidad de Olivia para organizar a la servidumbre. De todas formas, era un misterio, porque en muchos otros aspectos era una mujer caótica.

No, eso no era del todo cierto. Olivia también era calculadora. En ocasiones incluso implacable.

Tal vez diera la impresión de ser caótica porque establecía sus propias reglas.

—Los muebles proceden del gabinete de tu primo Frederick —le informó ella.

No se veían muchos muebles. Había un escritorio pequeño y sencillo con un solitario cajón, situado en el hueco de la ventana. Sobre este descansaba una escribanía de madera. Además, había un sillón muy práctico que debía de pesar una tonelada.

—Parece el mobiliario en el que el señor Johnson escribió su diccionario... siempre y cuando utilizara el escritorio de su abuelo, claro —comentó él.

—Frederick Dalmay no seguía las modas —explicó Olivia—. Casi todas sus pertenencias son muy antiguas, además de espantosas. Las dejé en Edimburgo. Mains está esperando que le digas si prefieres venderlas o donarlas. Pero pensé que de cualquier forma deberíamos traer algo perteneciente a tu primo. Vivió muchos años aquí y tal parece que adoraba el castillo. Se me ocurrió que estos muebles encajaban con este sitio.

—Quedan muy bien —reconoció él.

—Mejor aquí que en cualquier otro lugar, digo yo —comentó Olivia—. Herrick ha trasladado los libros de cuentas más recientes, así como los registros, a su gabinete. Puesto que la colección de tu primo estaba dedicada a la historia del castillo, me pareció lógico considerar los libros y los documentos como pertenecientes al archivo y guardarlos aquí con el resto de los archivos de la propiedad. —Cogió un libro de la estantería—. Devolví el misterioso papel al libro donde lo encontré, por si acaso hay en él alguna pista que nos ayude a descifrarlo. De momento no he encontrado ninguna relación, pero tal vez tú des con algo. Llegué a la conclusión de que quien lo escondió ahí no lo hizo por casualidad. —Abrió el libro por la página donde se encontraba el extraño papel y se lo ofreció.

Lisle cogió el chamuscado papel y observó las páginas entre las que había estado oculto.

—Es una de las historias de fantasmas —le explicó Olivia—. La de los prisioneros de la mazmorra. A lo mejor hay alguna relación.

—Es posible.

Se acercó a él y echó un vistazo al papel. La proximidad de Olivia hizo que reparara en el olor de su pelo, de su piel, y en ese aroma tan sutil que parecía rodearla.

—Lo recordaba mejor de lo que pensaba —comentó—. Una cuadrícula trazada con torpeza y los diminutos símbolos o números en algunos de los cuadraditos.

—Sé que puede ser un rompecabezas —replicó Olivia—. O simplemente un juego. Pero no dejo de pensar que hay algo más.

—Eso fue justo lo que me mantuvo en vela anoche —reconoció—: la sensación de que había más de lo que estaba viendo.

—Estas cosas no se me dan bien —admitió ella—. Desentrañar códigos requiere el uso de la lógica, y yo no soy muy lógica.

—Ni falta que te hace —repuso—. Yo soy lógico por los dos.

—Parece el intento de un niño por dibujar el castillo —aventuró Olivia—. Sin perspectiva. Mira qué proporciones tan extrañas.

—Así es el estilo egipcio, básicamente —dijo—. Las pinturas murales, por ejemplo. El tamaño no indica la proporción real, sino la importancia de la persona representada. La cara está de perfil, pero el ojo mira directamente a quien lo contempla... —Dejó la frase en el aire, desvió la mirada del papel y observó la estancia donde se encontraban—. La pared —dijo—. Esto es una pared.

Olivia siguió la dirección de su mirada.

—¿Una pared? Pero eso es muy simple.

—Los mapas también suelen serlo. —Intentó sacar algo en claro de las diminutas cifras—. Debería haberme traído la lupa.

Olivia abrió la escribanía y sacó una.

—Necesitaba descifrar la letra del primo Frederick —adujo ella.

Él se había negado a ayudarla a descifrar dicha letra.

Porque era un imbécil. Al menos eso ya lo tenía claro. Como también tenía claro que debía compensarla por muchos motivos y que tal vez contara con muy poco tiempo para hacerlo.

Se acercó a la ventana y estudió el papel a través de la lupa.

—Parecen números, sí —dijo al cabo de un momento mientras le entregaba ambos objetos a Olivia—. ¿Tú realmente qué opinas?

—Números —respondió ella—. Pero no todos lo son. Los demás símbolos no los entiendo. ¿Son flores, soles, estrellas? ¿Otro tipo de símbolo? ¿Encontraste algún tipo de grabado en las paredes cuando tomaste las medidas?

—Los típicos motivos ornamentales —contestó—. Alrededor de las puertas y de las ventanas. Pero nada en los sillares. Nada que se parezca a estos símbolos. —Sostuvo el papel en alto y lo comparó con las cuatro paredes de la estancia—. Salvo por los numeritos y los símbolos, el dibujo se asemeja bastante a esta pared.

Olivia miró el papel.

—Puede ser cualquier pared del castillo —dijo—, si es que en verdad es una pared. Aunque eso es lo que parece, sí. ¿Crees que eso es una ventana?

—No sabría decirte. ¿Tienes mis planos?

—Se los di a Herrick. No, espera. Ya ha acabado con ellos. —Abrió el cajón del escritorio y los sacó—. Creímos que era mejor guardarlos aquí, porque están más a mano. —Se los tendió.

Lisle volvió a mirar el anillo.

Pero se obligó a desviar la vista hacia los planos. Clavó la mirada en ellos, obligando de esa forma a su mente a concentrarse en ellos.

—Si ese número es la medida de la parte inferior de la pared —dijo, señalándole dibujo—, esta estancia es demasiado pequeña. El largo no llegará a los tres metros y el dibujo indica casi cuatro. Aproximadamente. ¿Cuántas estancias hay que midan aproximadamente cuatro metros de largo? Casi todas las de la torre meridional. Además de los aposentos de Herrick.

—¿Y la altura? —apuntó ella—. Si fuera la altura de la pared, eso nos simplificaría bastante las cosas, porque nos deja solo con las entreplantas.

—Los aposentos de Herrick tampoco concordarían —añadió Lisle.

—Ya está —dijo ella de repente—. Al lado de la escalera derruida del sótano. El entresuelo situado sobre la sala del pozo. ¡Eso es!

Volvió la cabeza para mirarla. Tenía las mejillas arrebo-

ladas. Esos radiantes ojos azules lo observaban sin parpadear. Clavó los ojos en sus labios, tan cerca de los suyos.

—Eso es —repitió—. Eso es. No puedo hacerlo.

—¿El qué? —quiso saber Olivia—. ¿No puedes hacer el
qué?

—Fingir —respondió—. No se me da bien fingir.

La levantó del suelo y la besó.

Fue un beso brusco y decidido, como todo lo que hacía Lisle.
Olivia se lo devolvió, junto con todo lo que guardaba en su
interior, mientras le rodeaba las caderas con las piernas. Él la
aferró por el trasero.

Al cabo de un momento la dejó sobre el escritorio, puso
fin al beso y la obligó a apartar las manos de su cuello. Lo único que Olivia pensó fue: Si te paras, te estrangulo.

Acto seguido, Lisle se alejó hacia la puerta y ella pensó:
Eres hombre muerto.

Pero lo que hizo fue cerrarla con el pestillo.

Después cogió el sillón y lo llevó hasta la segunda puerta
de la estancia, de forma que inmovilizara el picaporte.

Y volvió junto a ella.

—A ver —dijo—, déjame que te quite esa ropa mojada.

Olivia se miró y replicó:

—No estoy mojada.

—Pues finjamos que lo estás —contestó Lisle en voz muy
baja.

Ese susurro se deslizó sobre su piel, sobre su nuca y fue
descendiendo por su espalda provocándole un escalofrío.

—Muy bien —convino Olivia.

Las manos de Lisle se posaron sobre sus hombros. Le
quitó el chal y lo arrojó al suelo. Las movió hasta su nuca para
desabrocharle el primer corchete del vestido. Después hizo lo
propio con el segundo. Y con el tercero.

Eran muy pequeños, pero los desenganchó todos, uno a
uno, sin dejar de mirarla a los ojos, de modo que a ella le resultó imposible apartar la mirada de él, de esos ojos plateados.

Lisle procedió a liberar los corchetes de la cintura, más grandes que los anteriores. Sintió que la parte trasera del vestido se abría. Al instante, él le bajó la parte delantera y se demoró para desatarle las cintas de las mangas. Inclinó la cabeza y le desabrochó los botoncitos de nácar de los puños. Primero del derecho. Después del izquierdo.

Mientras tanto, ella era incapaz de apartar la mirada de su nuca, de ese pelo que parecía seda dorada. Dentro de poco enterraría los dedos en él, decidió. Dentro de poco acariciaría ese cuerpo a placer. De momento, le dejaría hacer con ella lo que quisiera.

Lisle le bajó el corpiño hasta la cintura. Le indicó con un tirón que moviera las caderas, y en cuanto le obedeció, él le pasó la prenda por las piernas y la dejó caer al suelo.

Sin decir nada.

Ella tampoco habló. El silencio era perfecto. Nada de palabras entre ellos. Perfecto. Solo los sonidos de sus respiraciones y el frufrú de su ropa cuando pasaba las manos sobre ella.

La desnudó con gran determinación. De forma metódica. Desató las cintas de las enaguas, se las pasó por las piernas y las dejó caer al suelo. Las apartó con el pie. Después se inclinó sobre un hombro para aflojarle las cintas del corsé.

Olivia era consciente de que tenía la respiración cada vez más alterada. Lo mismo le sucedía a él. Lo oía respirar. Sin palabras. No necesitaban hablar. No en ese momento.

Lisle le quitó corsé. La camisola, libre de la presión de la otra prenda, se deslizó por sus hombros y dejó expuesto uno de sus pechos. Ella no intentó cubrirse. Él tampoco lo intentó. Dejó la camisola tal como estaba y siguió con los calzones.

Una miríada de sensaciones se deslizó sobre su piel.

Lisle le desató las cintas y le quitó los calzones, que acabaron en el suelo, sobre el resto de su ropa. Lo siguiente fueron las ligas. Después las medias. Y por último le pasó la camisola por la cabeza.

Y se quedó desnuda, sentada en el escritorio y estremeciéndose de la cabeza a los pies.

Lisle tenía toda la ropa puesta.

Olivia notó algo extraño en la boca del estómago, una especie de tensión. Se mantuvo muy quieta.

Lisle la miró. Esa mirada plateada se deslizó sobre su piel como una caricia. En realidad, la sintió como tal, deslizándose hasta detenerse entre sus muslos.

Lo vio inclinarse hacia ella y creyó que iba a besarla en los labios, de modo que echó la cabeza hacia atrás. Sin embargo, la besó en la mejilla. Y después le dio un suave lametón.

Olivia se estremeció.

No de frío. Las llamas le quemaban la piel. Por dentro sentía un calor abrasador.

Lisle siguió lamiéndola. Por todas partes. Un lametón. Un beso. La oreja. El cuello. Los pechos. Los brazos. Las manos. Se arrodilló y exploró sus piernas con los labios y la lengua. Le besó los dedos de los pies, uno a uno. Con gran meticulosidad. Totalmente entregado a la tarea.

Olivia sentía en las entrañas una extraña inquietud, una especie de picor que no podía aliviar rascándose.

¡Y por el amor de Dios, por el amor de todos los dioses, de Zeus y de los demás, y de los ángeles, los santos y los mártires, de todos los dioses con cabeza de cocodrilo y de ave, siguió besándola pierna arriba hasta llegar a su sexo!

Gritó en cuanto lo sintió allí, o eso creyó, porque en las paredes de la pequeña estancia reverberó un grito.

Lisle le colocó una mano en el abdomen y la instó a tumbarse sobre el escritorio. Ella obedeció, retorciéndose y gimiendo de placer, balbuciendo palabras sin sentido y un sinfín de «¡Ay, Dios! ¡Ay, Dios! ¡Ay, Dios!».

Sintió una miríada de diminutas erupciones volcánicas en su interior y comenzó a estremecerse justo antes de que... de que sucediera. Esa ola arrolladora y poderosa que la arrastró y la elevó en su cresta hasta dejarla flotando en el cielo, desde donde descendió, desintegrada en miles de pedacitos.

—¡Ay, Dios! ¡Ay, Dios! ¡Ay, Dios!

Oyó la carcajada ahogada de Lisle y el frufrú de su ropa, justo antes de que la penetrara. La súbita invasión la sobresaltó, y dio un respingo para aferrarse a sus brazos con los ojos como platos.

Lisle se detuvo, también con los ojos abiertos de par en par.

—¿Duele?

—¡No, no! Lo contrario... al dolor. ¡Lisle, por Dios!

La noche anterior sí le dolió; sintió una especie de punzada que se prolongó incluso durante la parte buena. Sin embargo, esta vez todo era distinto. Lo tenía dentro y se sentía arder, pero de forma... maravillosa. Le agarró los hombros para acercarse más a él, ansiosa por sentirlo al máximo. Movió las caderas.

—¡Sí! —exclamó Olivia—. Así.

Mientras que ella estaba totalmente desnuda, la única parte que Lisle había descubierto era la que palpitaba en su interior, y la sensación era increíble. Era increíble estar desnuda. Era increíble tenerlo dentro.

—Esto está mal —añadió.

—Sí —reconoció él.

—¡Es perfecto! —exclamó ella.

—¡Ay, Olivia!

Y ese fue el final de la conversación. La besó. Fue un beso interminable que se prolongó mientras sus cuerpos se movían al unísono, cada vez más deprisa, con un urgente frenesí. Hasta que la ola reapareció y la arrastró de nuevo, más alto en esa ocasión, mucho más alto. La lanzó hacia el cielo y vio las estrellas. Se echó a reír y entre carcajadas exclamó:

—¡Cuánto te quiero!

La ola volvió y la devolvió de nuevo al suelo. Besó a Lisle en la mejilla, en el cuello y en los labios.

—Te quiero, te quiero —murmuró.

Y se desmayó.

17

Lisle sintió que Olivia se desplomaba en sus brazos.

Anonadado, la miró. La vio parpadear y mirarlo con los ojos abiertos de par en par y una expresión interrogante.

El corazón le dio un vuelco, aliviado.

—Espero que te hayas mareado de la emoción —dijo con voz gruñona.

—Sí —respondió ella, atontada—. Madre mía.

Olivia había dicho «Te quiero».

Le cogió la mano en la que llevaba el anillo.

—¿Qué es esto? —le preguntó.

—Un anillo —contestó ella.

—Me refiero a la piedra —precisó.

—Es un escarabajo —respondió Olivia—. Tú me lo enviaste. Seguramente no te acuerdas.

Se acordaba. Le había mandado ese escarabajo en una carta, hacía una eternidad.

—Hice que lo engastaran en un anillo —le explicó ella.

—¿Cuándo?

—Después de decidir que no quería ni un colgante ni una pulsera —respondió Olivia—. Supuse que un anillo podría llevarlo puesto todo el tiempo.

Siguió mirando el anillo.

Todo el tiempo.

Durante todo ese tiempo.

Docenas de compromisos rotos y otros episodios que habían acabado en destierros. ¿Cuántas cartas le había mandado Olivia con cabeceras como «He caído de nuevo en DESGRA- CIA» o «Me han enviado al Campo de nuevo hasta que el Furor pase».

Olivia, libre e imprudente, ciñéndose a sus propias reglas. Sin embargo, a lo largo de todos esos años y a su manera, siempre le había sido fiel.

—¿Lo llevabas la noche del baile de tu bisabuela? —le preguntó.

—Claro que lo llevaba —contestó—. Siempre lo llevo. Así tengo la impresión de que siempre estás... a mano. —Se rió.

—Espantoso —replicó Lisle—. Un chiste espantoso en un momento así... desnuda como viniste al mundo...

—Sí, es increíble. Jamás me he sentado desnuda en un alféizar. Es una experiencia refrescante, en todos los sentidos. Eres muy imaginativo.

Solo ella podía sentarse allí, desnuda en el alféizar de una ventana de una habitación helada en un castillo gélido, y echarse a reír. Era una imagen que lo transportaba de vuelta a... Egipto.

Sin embargo, era una imagen que prefería no compartir con el resto del mundo. Por suerte, los muros del castillo eran muy gruesos y esa ventana en concreto era, además, pequeña. De lo contrario habrían dado un buen espectáculo a los hombres que trabajaban en el patio de armas.

Claro que a ella seguro que no le habría importado.

—En fin, en su momento me pareció lo más indicado —adujo él—. De hecho, me pareció la única opción. Ese es el problema cuando se empieza. —Mientras hablaba rebuscó su chal de entre el montón de ropa que había en el suelo y la cubrió con él. Después se metió los faldones de la camisa por los pantalones y se los abrochó.

Recogió la ropa de Olivia y reprimió la tentación de enterrar la cara en las prendas. Le pasó la camisola por la cabeza.

—Intenta no pillar un fiebrón —le pidió.

—Habría valido la pena —replicó ella—. ¿Vas a vestirme?

—Yo te he quitado la ropa —comentó—. Así que es justo

que te la ponga. —Se puso manos a la obra con el corsé—. Vuélvete. Es muchísimo más sencillo lidiar con estos artilugios de frente.

—Ni siquiera Bailey es capaz de quitármelo sin que le dé la espalda —comentó Olivia—. Es increíble que hayas sido capaz de soltar todos los corchetes y las cintas.

—He estado estudiando el diseño de tu ropa —dijo—. Ha cambiado muchísimo desde la última vez que estuve en Inglaterra. Cada vez que vuelvo a casa, la vestimenta femenina se complica más y más.

—Y tú tienes que descifrar sus misterios, de la misma manera que tienes que descifrar una intrigante línea de jeroglíficos.

—No es algo puramente intelectual —replicó, al tiempo que cogía las medias y las ligas.

—Ya lo hago yo.

—Yo te las he quitado —repitió—. Y pienso ponértelas.

Nunca le había prestado mucha atención al atuendo femenino, y la verdad era que requería muchísima atención, porque había capas y capas de prendas, con complicadísimos mecanismos para ponerlas y quitarlas. Sin embargo, la ropa de Olivia lo fascinaba. Había estudiado su ropa sin darse cuenta siquiera.

Subió la media por el esbelto pie, el torneado tobillo, la elegante curva de la pantorrilla y la rodilla. Algo se apoderó de su corazón, apretándolo con fuerza.

Le ató la liga. Repitió el mismo ritual con la otra pierna.

Se podía decir que era una especie de tortura, si bien no era nada en comparación con el placer que le proporcionaba, tanto desvestirla como vestirla, como si le perteneciera.

—Has captado hasta el último detalle de mi ropa —señaló Olivia.

—Tengo un don para los detalles.

—Y además te ha quedado suficiente capacidad mental para descifrar el secreto del papel misterioso.

Se detuvo antes de coger la ropa interior de Olivia. Se le había olvidado el papel.

No obstante, solo era un trozo de papel, un rompecabezas intelectual.

En cambio, ella... Su mirada, su olor, el color de sus ojos, el modo en el que sus mejillas se ruborizaban y las tenues pecas que le salpicaban la piel como motitas doradas... Si hubiera sido un egipcio antiguo, habría pintado la imagen de Olivia en las paredes de su tumba, para poder mirarla durante toda la eternidad.

Olivia había engastado el escarabajo en un anillo y lo llevaba siempre puesto.

La levantó del escritorio y la ayudó a ponerse la ropa interior. Él mismo le ajustó las cintas. Le colocó las enaguas y el vestido, tras lo cual ató, enganchó y abrochó todo lo que había desatado, desenganchado y desabrochado antes.

—Ya está —declaró. Hecho, lo había hecho todo, todo estaba como debería estar... menos su pelo, que se le estaba soltando, se le enredaba en la oreja y le acariciaba el cuello.

Olivia se acercó a él y le colocó una mano en el pecho. Empezó a bajarla un poco... y siguió bajándola.

—Lisle —dijo—, ha sido increíblemente erótico.

—En mi opinión... —replicó él. Pero no opinaba nada porque no podía pensar.

Olivia le había colocado la palma de la mano sobre su miembro, que recuperaba la erección, esperanzado. Su mirada, su olor, el sonido de su voz y de su risa...

No esperó a escuchar lo que su conciencia tenía que decir sobre el tema.

La pegó contra la pared, le levantó las faldas y buscó la abertura de sus calzones. Esta vez ni siquiera se molestó en quitarle nada.

Más tarde

Olivia se subió la media que se le había bajado durante el apasionado encuentro y se ató de nuevo la liga. Por el rabillo del ojo vio que Lisle se abrochaba los pantalones.

—Tenemos que irnos —dijo él.

—Cierto. Se nos está yendo de las manos.

Tal vez le faltara práctica en cuestiones pasionales, pero se le daba muy bien calcular posibilidades. Cuantas más veces lo hicieran, más probabilidades habría de que se quedara embarazada.

Aunque las probabilidades siempre eran las mismas, puestos a pensarlo. Y si Lisle la dejaba embarazada...

Lo miró, tan alto, tan fuerte, tan rubio y no del todo civilizado. Si se quedaba embarazada, no se arrepentiría. Encontraría la manera de enfrentar la situación. Se le daba bien eso de encontrar maneras de salir de los apuros.

Lisle apartó el sillón con el que había inmovilizado el picaporte de la puerta que daba al norte.

—No vamos a tener mucha luz para investigar la entreplanta —anunció Olivia con la vista clavada en la ventana—. El sol se está poniendo.

Lisle, que estaba a punto de hacer lo mismo con la puerta que daba a la torre meridional, se volvió para mirar por la ventana.

—¿Cuánto tiempo llevamos aquí?

—Bastante —contestó—. Primero tuviste que desabrochar, desenganchar y desatar, para luego atar, enganchar y abrochar. Cierto que la segunda vez fue más directa, pero creo que en realidad hemos tardado más tiempo en...

—Sí. —Lisle abrió la puerta—. Es hora de irnos. —Le hizo un gesto con la mano para que se callara.

Sí, es hora de irnos.

Olivia comenzaba a hacerse preguntas. Preguntas inquietantes: ¿Qué vas a hacer cuando vuelva a irse? ¿Es tan malo ser la segunda... o la tercera o la cuarta opción? ¿Es peor que no estar en su vida, que vivir en el otro extremo del mundo, esperando una carta en la que te diga que ha encontrado a alguien, que se ha casado con ella y que nunca va a volver? ¿Sería terrible... se acabaría el mundo si accedieras a hacer lo que todo el mundo cree que es lo correcto?

Sería terrible para él, se dijo.

Cruzó la puerta a toda prisa y comenzó a bajar la escalera. Al cabo de unos instantes escuchó los pasos de Lisle tras ella.

—Me pregunto si el té estará listo —dijo él—. Me muero de hambre.

Al igual que ella, se percató. No había probado bocado desde el tardío desayuno.

—Podemos ordenar que nos sirvan el té en la entreplanta —sugirió Olivia—. Detestaría desperdiciar lo que nos queda de luz.

—No podemos investigar la estancia ahora, con los hombres trabajando —repuso Lisle—. Si nos ven rebuscando entre las piedras con un trozo de papel muy antiguo en las manos, se preguntarán qué estamos buscando, y no tardarán mucho en sacar sus propias conclusiones. Cuando lo hagan, no solo serán unos cuantos chalados los que vengan a por el tesoro.

No había pensado en eso. ¿Cómo iba a pensar?

—Tienes razón —convino ella—. El pueblo entero se enteraría... y el vecino, y el de más allá.

—La noticia llegaría a Edimburgo en un abrir y cerrar de ojos —dijo él—. Mejor no complicar las cosas.

—Tendremos que esperar y hacerlo en mitad de la noche.

—¡Dios, menuda ocurrencia! —exclamó Lisle.

Se volvió para mirarlo.

—¿En mitad de la noche? —repitió él.

—Cuando todo el mundo esté dormido —añadió Olivia—. Para no despertar sospechas.

—De acuerdo... Voy a decirte lo que vamos a hacer, reina del drama. Vamos a tomarnos un té. Cuando hayamos terminado, los trabajadores ya se habrán ido y podremos bajar a comprobar el progreso de la restauración. Seguramente discutiremos el asunto. Eso nos dará varias horas. ¿Entendido?

Olivia dio media vuelta y continuó bajando la escalera.

—Claro que lo entiendo. Y no soy una reina del drama.

Dos horas más tarde, los trabajadores ya habían terminado su jornada y Olivia examinaba las paredes de la entreplanta del sótano con el ceño fruncido.

—O nos ponemos a picar las paredes o buscamos a la luz del día —sentenció—. Los dos extremos miden tres metros y medio. Los dos extremos son paredes lisas. No sé cómo puedes trabajar en tumbas sin ventanas. No sé si las marcas de los sillares son símbolos o solo son eso, marcas aleatorias.

—Las paredes de las tumbas suelen estar cuidadosamente talladas y pintadas —le explicó Lisle—. Y se puede ver bastante bien con antorchas o velas. —Pasó la mano por un sillar—. Parece que alguien hubiera escarbado la argamasa con un pico y después hubiera vuelto a cubrir la unión. Pero pudo ser una reparación.

Olivia se fijó en el punto al que se refería Lisle, aunque apenas se diferenciaba del resto.

—Si alguien ha estado buscando el tesoro, parece que estaba tan perdido como nosotros sobre el emplazamiento.

—No me parece bien que empecemos a derribar paredes sin ton ni son —dijo él—. Esta estancia se encuentra en bastante buen estado. —La miró—. Vas a tener que contener la impaciencia. Debemos pensar bien las cosas y luego trazar un plan.

Olivia echó un vistazo a su alrededor. Según Lisle, la estancia debió de ser una sala de la guardia en otro tiempo. En ella había una chimenea, una repisa y un excusado situado en el interior de un armario, en la pared orientada al sur. En ese momento estaba vacío, pero en los últimos días lo habían limpiado y reparado. Cierto que se sentía frustrada y la consumía la impaciencia, pero no pensaba deshacer todo el trabajo que habían hecho los jornaleros.

—El domingo —dijo Lisle—. Los trabajadores no vendrán y la mayoría de los criados se tomará medio día libre. Podemos examinar hasta el último centímetro de este lugar sin que nos interrumpan y sin que se disparen los rumores. Y tendremos luz diurna. O algo parecido. Tal vez.

—Espero que sepamos algo más para entonces —comentó Olivia—. Las ancianas volverán para la hora de la cena. Cuento con que arrojen un poco de luz sobre el misterio. Y siempre nos quedan los documentos de tu primo. Solo he leído unos pocos. —Señaló la fastidiosa pared con una mano—. Hasta el domingo, irritante enigma —se despidió.

—Si no llueve —apostilló Lisle.

Esa misma noche

—«Las paredes tienen ojos y oídos. Cuidado con el agua que va para abajo» —repitió Lisle—. ¿Eso es todo?

Las dos ancianas asintieron con la cabeza.

Habían regresado bastante tarde de Edimburgo, ya que habían cenado con unos amigos.

Mientras reponían fuerzas con una comida ligera, les contaron lo que habían hablado con los conocidos de Frederick Dalmay.

En esas dos frases se resumía todo.

—Lo siento, queridos —dijo lady Withcote—. Solo son tonterías.

—Y tampoco es un secreto —añadió lady Cooper—. Todo el mundo sabe lo que Frederick dijo en su lecho de muerte. Y todo el mundo creyó que se trataba de una de sus bromas.

—Al parecer, sus palabras fueron perdiendo el sentido conforme se acercaba el final —explicó lady Withcote.

Todo el mundo estaba al tanto de la relación que su primo había mantenido con una viuda de la zona durante años. Todo el mundo estaba al tanto de sus otras relaciones. Al primo de Lisle le habían gustado mucho las mujeres, y él también les gustaba a ellas.

Al parecer, a Frederick Dalmay le gustaba coleccionar cosas en la misma medida en la que le gustaban las bromas y las mujeres. Cada vez que encontraba un libro, un escrito o una carta que tuviera relación con el castillo de Gorewood, se emocionaba. No había destacado, al menos de modo evidente, ningún documento relacionado específicamente con el supuesto tesoro.

Sin embargo...

—Las paredes —dijo él.

Miró a Olivia, que no dejaba de darle vueltas al trozo de tarta que tenía en el plato. Había hecho lo mismo con casi toda su comida: darle vueltas y más vueltas, y de vez en cuando se acordaba de comérsela.

—Sí —repitió ella, que a todas luces tenía la cabeza en otro sitio—. Las paredes.

Viernes 28 de octubre,
por la noche

Los hermanos Rankin observaron cómo Mary Millar, ayudada por varias personas, sacaba a su hermano borracho de la taberna.

—Es un tipo muy útil —dijo Roy.

—Por una vez —replicó Jock.

Habían contratado a Mary Millar como criada en el castillo de Gorewood. Su hermano Glaud era zapatero. Los hermanos Rankin le habían dicho a Mary que mucho se temían que Glaud pudiera acabar con los dedos rotos por accidente. Mucho se temían que eso podría suceder si Mary no los trataba con más amabilidad y les hablaba un poco... por ejemplo, de lo que sucedía en el castillo. También mucho se temían que le pudiera pasar algo a ella si se lo contaba a alguien.

Cualquiera que le pagara una copa a Glaud era su amigo. De la noche a la mañana, los hermanos Rankin se convirtieron en sus mejores amigos. Todas las noches, cuando Mary iba a buscarlo, estaba sentado en un rincón, alejado de los demás, con sus dos buenos amigos. Ella también se sentaba con ellos y hablaba deprisa y en voz muy baja.

Esa noche les había contado la excursión de las dos viejas a Edimburgo.

—Saben lo que dijo el viejo —masculló Jock—. Pero no excavan.

—«Las paredes tienen ojos y oídos. Cuidado con el agua que va para abajo» —repitió Roy—. ¿Para dónde va a ir el agua, para arriba? Digo yo que tendrá que ir al suelo, ¿no?

Jock miró a su alrededor, pero ni había nadie cerca ni nadie estaba escuchando. Aunque la taberna estuviera abarrotada, la gente solía dejar un espacio a su alrededor. Se inclinó sobre su jarra de cerveza y dijo:

—Encontramos cosas en el suelo. Junto a la pared.

Roy pensó un buen rato.

Jock clavó la vista en su jarra.

—No excavan, los muy tontos —dijo Jock—. Y nosotros no podemos.

Roy siguió pensando.

—Voy a volverme loco —siguió Jock—. Tanto tiempo...

—A lo mejor no quiere decir lo que está diciendo —lo interrumpió su hermano.

Ese pensamiento era demasiado profundo para Jock, que meneó la cabeza, se llevó la jarra a la boca y apuró la cerveza.

—A lo mejor ellos averiguan qué quiere decir —continuó Roy—. Tiene sentido. El viejo era un tipo leído. El hijo del laird también. A lo mejor es como el griego, que significa otra cosa. Y el papel lo explica, pero no podemos coger el papel. No podemos coger nada. A lo mejor tendríamos que dejarles que lo hicieran ellos, que hicieran todo el trabajo.

—¿Y que lo encuentren ellos? —preguntó Jock—. ¿Rendirnos sin más?

—¿Por qué no dejamos que hagan todo el trabajo y lo encuentren? —sugirió Roy—. He dicho «encontrarlo». No que se lo queden.

—Seguro que tienes fiebre, Roy —le dijo su hermano—. ¿Crees que podemos quitárselo? ¿Con un ejército de criados bajo el mando de ese malnacido de Herrick? ¿Con barras en las puertas y trampas en el sótano?

—Tenemos a Mary —contestó Roy—. Hará lo que le digamos.

—¡Malditas seáis, malditas seáis! —chilló Olivia—. ¡Malditas piedras! Ni que fueseis la Esfinge, ¡por Dios! Estáis escondiendo algo y todos lo sabemos. —Golpeó la pared de la entreplanta con un mazo.

—No...

—¡Ay! —El mazo cayó al suelo.

—No golpees con tanta fuerza —masculló Lisle. Soltó el martillo que tenía en la mano y se acercó a Olivia, que se estaba masajeando el brazo. Le apartó la mano y comenzó a frotarle el brazo—. Se supone que tienes que darles golpecitos «suaves».

—No sirvo para esto —protestó ella—. No sé por qué estoy dando golpecitos. No sé qué estoy esperando. ¿No puedes hacer lo que hace Belzoni? Bueno, lo que hizo.

Dejó de masajearle el brazo.

—¿Qué hizo Belzoni?

—Ya sabes. Me lo explicaste una vez. Me dijiste que podía mirar una estructura y saber si había algo distinto en la arena o en los escombros que la rodeaban. Así encontró la entrada de la segunda pirámide. Lo explica en su libro. —Señaló la pared—. ¿No puedes mirar tú y hacer lo mismo?

—Ya he mirado —contestó—. Pero esto es totalmente distinto. No está cubierto de arena ni de escombros. No sé muy bien qué estoy buscando.

Había dejado de frotarle el brazo, pero se percató de que no se lo había soltado. La soltó, con cuidado, y retrocedió un paso.

Cinco días.

Muchísimo tiempo. Habían estado muy ocupados revisando los documentos y los libros de Frederick. Pero nunca a puerta cerrada. Habían trasladado los libros y los documentos al gran salón, donde habían trabajado uno a cada lado de la enorme mesa.

No habían dicho nada en voz alta. No hacía falta. Las cosas se habían descontrolado, incluso ella lo había admitido.

Incluso ella se había dado cuenta de que estaban al borde del abismo. E incluso ella, tan imprudente, había retrocedido.

«Nos arruinaremos la vida mutuamente... No me conformaré con ocupar un lugar secundario en el corazón de un hombre.»

—¿Dónde está la pista? —preguntó.

—Por el suelo —respondió Olivia—. La he tirado. Ojalá nunca la hubiera visto.

—Recuérdame que nunca te lleve a una excavación —comentó.

—Como si fueras a hacerlo —dijo ella.

—Lo haría —repuso—. Pero te morirías de aburrimiento. O matarías a alguien. La paciencia no es una de tus virtudes.

Olivia se volvió de repente, con un torbellino de faldas, y se dejó caer en uno de los bancos que los trabajadores habían dejado atrás.

Encontró el trozo de papel que ella había tirado al suelo. Se concentró en él. Las marcas no se correspondían con las que había en las paredes. Las paredes tenían iniciales y marcas de los trabajadores... todo el mundo dejaba marcas a su paso, como los huéspedes habían hecho en la Gran Cama de Ware.

—Lo has pensado de verdad —comentó ella—. El hecho de llevarme contigo a una excavación.

Lo había pensando, sí, más veces de las que lo había reconocido. Cuando vio por primera vez la Gran Pirámide y la Esfinge, había pensado en ella, en la cara que pondría la primera vez que viera los monumentos y en lo que diría. Cuando entró en una tumba y...

—A veces pienso qué sentiría si pudiera volverme y decirte: «Mira esto. Mira esto, Olivia». Sí, lo he pensado a veces.

—¡Oh! —exclamó ella.

—Ese primer momento, el descubrimiento, sería emocionante —dijo—. Te gustaría. Pero antes y después de ese momento hay horas, días, semanas e incluso meses de trabajo tedioso y repetitivo.

—Durante los cuales te olvidarías de mi existencia.

—Podrías llevarme una taza de té —replicó—. Eso me la recordaría.

—Ya tienes a Nichols para eso —repuso ella.

—Podrías desnudarte —sugirió.

—¿Y bailar desnuda en el desierto?

—De noche —dijo—. Bajo un cielo estrellado. Nunca has visto estrellas iguales, nunca has vivido noches iguales.

—Suena maravilloso —confesó ella en voz baja. Acto seguido, se puso en pie de un salto—. Pero sé lo que estás haciendo. Me estás hechizando.

—No seas ridícula.

¿Lo estaba haciendo? Tal vez.

—Te conozco, Lisle. Te conozco mejor que nadie. Tu conciencia te ha estado carcomiendo, noche tras noche. Y has trazado un plan maestro para hacerme caer en tus redes. «Voy a hechizarla», has decidido. Y puesto que me conoces mejor que cualquier persona, con excepción de mi madre, sabes cómo hacerlo.

¿En serio? ¿Y estaba funcionando?

Olivia se acercó a él.

—Tengo más paciencia de la que te crees, pero estoy perdida. Ser víctima de una pasión trágica y desafortunada no me sienta bien. Deja que le eche otro vistazo a ese papel.

Egipto. Bailar desnuda en el desierto, bajo la estrellas.

Lisle tenía un aspecto angelical con su pelo rubio y sus ojos plateados, pero era un seductor diabólico.

Le quitó el papel de las manos y se obligó a concentrarse.

El dibujo mostraba dos paredes de tres metros y medio de anchura. En los cuadrados que representaban las piedras había diminutas marcas y números.

A un cuarto de la altura de la pared dibujada, a la derecha, había otro símbolo.

—Este —señaló ella—. No es como los demás, ¿verdad?

—Creo que es la marca del albañil que levantó este muro.

Parecen las letras «AV», atravesadas con una flecha. Y si es una flecha, señala hacia la izquierda —dijo Lisle.

—Pero ¿dónde está?

Se acercaron a la pared oriental y buscaron la marca.

Nada.

Se acercaron a la pared occidental y buscaron la marca.

Nada.

—Debería estar en... —Se interrumpió—. A menos que no estemos buscando lo que debemos.

Las palabras comenzaron a darle vueltas en la cabeza. Y también varias imágenes. Lo que las ancianas habían dicho. Lo que Lisle había dicho.

—¿Recuerdas cuando te dije que un dibujo de la pared era muy simple y tú replicaste que los mapas eran simples? —preguntó.

Lisle miró la marca del papel. Y después miró la pared.

—¿Una flecha que señala el lugar? —quiso saber él.

—Si se refiere a la pared occidental, tal vez señale una ventana.

—Pero ¿a qué viene lo de «AV»?

—Es un dibujo de tu primo —comentó—. ¿Y si es otra de sus bromas?

—«Las paredes tienen ojos y oídos» —le recordó—. «Cuidado con el agua que va para abajo.»

Y en ese momento lo vio claro. La ciudad con su enorme piedra. La ciudad donde Frederick Dalmay había pasado los últimos días de su vida.

—Edimburgo —dijo ella—. Le habría parecido gracioso.

—No...

—Ven —dijo. Y lo cogió de la mano.

Su mano, su mano. Un gesto tan sencillo como cogerle la mano, pero lo que sucedió en su interior no tenía nada de sencillo.

Lo condujo hasta la ventana más oriental, al armario. Abrió la puerta.

—¡Agua va! —exclamó ella.

—El lavadero —replicó Lisle.

—El excusado —lo corrigió—. Es un juego tanto de palabras como de sentido. En Edimburgo, cuando la gente vacía los orinales por las ventanas, grita una advertencia a los viandantes que pasan por debajo: «¡Agua va!».

Era un sitio muy reducido, y oscuro. Aunque resultó muy fácil colocar un tablón sobre el agujero, y la única vela que Lisle tenía iluminaba como un farol en la estrecha estancia. Desde luego, bastó para mostrarles las iniciales y los antiquísimos dibujos, así como algún que otro poema muy basto grabado en la piedra por distintos autores en diferentes momentos.

Lisle tuvo que luchar con las faldas de Olivia para hacerse un hueco, de modo que quedaron muy juntos mientras alzaba despacio la vela y volvía a bajarla también muy despacio, a fin de examinar todos los sillares.

Aunque habían dejado la puerta abierta para permitir que entrara luz a través de la ventana del excusado, la estancia no estaba pensada para albergar a dos personas durante mucho tiempo. El aire se caldeó y la tensión aumentó. Tenía el pelo de Olivia bajo la nariz y estaba envuelto por el dulce aroma de su ropa y de su piel.

—Será mejor que encontremos algo pronto —dijo—. Esto es... es...

—Lo sé —convino ella—. ¿Es igual en las tumbas?

—Nunca he estado en una tumba contigo —replicó. Estaba inclinando la cabeza hacia la suya, hacia el punto donde los rizos le rozaban la sien.

—Cuidado con la vela —le advirtió Olivia, y en ese mismo instante sintió que la cera le quemaba la mano, de modo que enderezó la vela... y la luz reveló la argamasa que rodeaba un sillar. A cada lado de dicho sillar alguien había grabado una crucecita—. ¡Aquí! ¿Es...?

—Sí. —Apartó la vela—. Una equis marca el lugar.

—¡Madre mía! —Olivia le aferró el brazo—. No puedo creerlo. Es antiguo, ¿verdad?

—Es antiguo —confirmó Lisle—. Y las marcas están en la argamasa, no en los sillares. Marcas antiguas y argamasa antigua.

En los demás puntos las marcas se encontraban en los sillares.

Se le desbocó el corazón. Tal vez no fuera nada. Tal vez se tratara de otra de las bromas de su primo. Las marcas eran antiguas, pero resultaba imposible saber cuánto. Podrían tener diez años, o veinte, o doscientos.

—¡Ay, Lisle! —exclamó ella—. Lo hemos encontrado. —Lo miró a la cara—. Me da igual lo que sea. Pero es antiguo, lo hemos buscado y hemos dado con él.

A él tampoco le importaba lo que fuese.

Soltó la vela en el extremo más alejado del asiento del excusado. Le rodeó la cintura con las manos y la levantó hasta que sus ojos quedaron a la misma altura.

—¡Estás loca! ¡Eres una loca maravillosa!

Olivia le echó los brazos al cuello.

—Gracias —le dijo—. Gracias. Aunque no encontremos nada más, gracias por esto.

La besó. La había levantado para poder hacerlo. Y ella le devolvió el beso. Fue un beso largo y ávido, como si fuera su última oportunidad para disfrutarlo.

Después, la soltó muy despacio. Recogió la vela y se obligó a hacer lo que hacía siempre. Se obligó a examinar. A evaluar. A decidir. Inspeccionó la argamasa. Meditó las alternativas. Y decidió.

—Necesitamos cinceles —dijo.

Tardaron una eternidad. Habían llevado consigo picos, pero tal como Lisle ya había previsto, no se podía usar un pico con efectividad en un espacio tan reducido.

De modo que fueron desprendiendo la argamasa poco a poco, muy juntos, mientras sus cuerpos se rozaban a medida que iban trabajando.

Fragmento tras fragmento, la argamasa se fue desprendiendo del sillar hasta que por fin consiguieron soltarlo lo suficiente para moverlo.

—La argamasa no estaba tan bien agarrada como había creído en un principio —dijo Lisle—. Creía que íbamos a tardar horas. —Zarandeó la piedra—. Tampoco creo que el sillar pese tanto como parece. ¿Quieres que intentemos moverlo juntos o prefieres llamar a los criados?

—¿Tienes que preguntarlo? —replicó—. ¿Después de todo el tiempo que hemos perdido con ese desquiciante papel y esas tercas paredes? ¿Crees que después de todo eso voy a dejar que los criados se lleven el momento de gloria?

—No sabemos si habrá gloria o no —le recordó Lisle.

—Me da lo mismo si encontramos un par de zapatos del primo Frederick —le aseguró—. Pero hemos encontrado algo.

—Muy bien —asintió Lisle—. Coloca la mano allí y sujeta mientras yo muevo el sillar.

Siguió las instrucciones de Lisle, de modo que el sillar fue saliendo centímetro a centímetro de la pared.

Sin embargo, todo acabó más deprisa de lo que ella había previsto. Alcanzaron la parte posterior de forma tan repentina que la pilló desprevenida; de hecho, habría caído al suelo de no ser porque Lisle se apresuró a cogerlo. En cuanto lo sacó, lo dejó sobre el tablón que cubría el agujero del excusado. De frente parecía un sillar como los demás, pero en realidad apenas tenía unos centímetros de fondo.

Lisle levantó la vela. Ella se puso de puntillas para mirar el hueco que había quedado en la pared.

En el interior había un cofre blindado.

18

Al menos tenía el aspecto de un cofre blindado.

Olivia lo contemplaba boquiabierta.

Porque en el fondo no esperaba encontrar ningún tesoro.

No sabía muy bien qué esperaba encontrar, pero un cofre era lo último que se le habría pasado por la cabeza.

—¡Madre mía! —exclamó—. ¡Madre mía!

—Parece un cofre —comentó Lisle.

—¿Eso es tierra? —preguntó ella—. ¿Está tan sucio como parece? ¿O está podrido?

—Por lo visto antes estuvo enterrado en algún sitio —respondió él—. Quizá cambiaran de opinión después de enterrarlo. —Extendió los brazos, cogió el cofre por los lados y tiró de él. No se movió. Tiró con más fuerza. Se movió como mucho un centímetro.

Olivia sabía que Lisle era fuerte porque podía levantarla sin esfuerzo aparente, y eso que ella era más alta que la mayoría de las mujeres y no estaba precisamente desnutrida. Sin embargo, él la levantaba y la soltaba como si fuera una tetera.

—Pesa más de lo que pensaba —comentó Lisle—. Tendré que pedir ayuda a Nichols. —Y se marchó.

Ella se quedó contemplando el cofre sin dar crédito. Seguía tratando de lograr que su mente asimilara lo que veían sus ojos cuando Lisle volvió con Nichols y con unas cuantas herramientas.

De modo que se mantuvo a un lado mientras los hombres apartaban tierra y argamasa.

Eso era lo que hacían en Egipto, pensó.

De repente, apareció un asa. Nichols la aferró y comenzó a tirar del cofre mientras Lisle lo iba guiando. Al cabo de unos instantes lo dejaron en el suelo con evidente esfuerzo.

—Es asombroso que pese tanto —comentó Lisle—. Claro que en parte seguro que se debe a los siglos de tierra acumulada que tiene encima. Debemos trasladarlo a la estancia contigua para poder ver lo que estamos haciendo.

En cuanto Nichols limpió las asas, ambos volvieron a cogerlo y lo trasladaron a la sala de la guardia, a través del gabinete.

Nichols siguió limpiándolo, pero se detuvo al cabo de unos minutos. Retomó la tarea más despacio y con mucho cuidado.

Para Olivia era difícil quedarse quieta y limitarse a mirar, porque por dentro hervía de impaciencia.

—Supongo que así es como tratáis las antigüedades que encontráis en las excavaciones —comentó—. No me extraña que dijeras que requería paciencia. Y esto es solo un cofre. No alcanzo a imaginar lo que debe de ser excavar una tumba o un templo.

—La arena es diferente —señaló Lisle—. Además, contamos con una cuadrilla de hombres. De todas formas... Nichols, ¿hay algún problema?

—No exactamente, Ilustrísima —contestó el ayuda de cámara—. Pero creo que es conveniente proceder con cautela.

—No irá a explotar, ¿verdad? —preguntó ella—. El primo Frederick tenía un extraño sentido del humor.

—No hay ningún riesgo de que eso suceda, señorita —le aseguró Nichols—. La cautela se debe más bien a que aprecio ciertos detalles que indican que es de fabricación alemana, del siglo XVI o XVII.

Ni siquiera había asimilado lo del cofre, de modo que necesitaba tiempo para digerir la nueva información.

—Alemán —dijo—. Del siglo XVI o XVII.

—¿Qué ocurre? —preguntó Lisle—. ¿Por qué pones esa cara?

—¿Qué cara?

—¡Como si hubiera explotado!

—Estos cofres son famosos —les aseguró Olivia mientras se acercaba a Nichols.

—Y complicados —añadió el ayuda de cámara.

—Complicadísimos, más bien —replicó ella—. Mi tío abuelo Hubert DeLucey, que era capaz de abrir cualquier cerradura, decía que había pasado días trabajando en uno de ellos. ¡Y eso que tenía las llaves!

—Desde luego, señorita —convino Nichols mientras seguía trabajando con sumo cuidado—. Lo importante es no dañar los mecanismos internos por error.

Le ardían los dedos por el deseo de tocar el cofre. Se mantuvo alejada a propósito. Mientras Nichols limpiaba con gran paciencia y meticulosidad la gruesa capa de tierra adherida, ella lo estudió desde la distancia y desde todos los ángulos.

Medía unos sesenta centímetros de largo, treinta de ancho y otros treinta de alto. El exterior estaba reforzado con bandas de hierro.

El sol ya se estaba poniendo cuando Nichols acabó de limpiarlo.

Mientras el ayuda de cámara barría el suelo, ella se arrodilló frente al cofre. Lisle la imitó.

—Falsas cerraduras, ¿ves? —le indicó ella—. Y otras ocultas. Los cierres externos. Hay que empezar por aquí, claro.

—Supongo que esa es la parte sencilla —replicó él.

—Eso espero. Ya había visto uno antes, pero nunca he intentando abrir algo tan complejo. Hay que abrir las cerraduras en un orden determinado y girar otros mecanismos de cierre y demás. Es complicado incluso con las llaves, así que imagínate sin ellas.

Lisle miró a su ayuda de cámara.

—Necesitaremos velas —dijo—. Y hay que encender el fuego. Me da que vamos a estar aquí un buen rato.

Cuatro horas después Olivia estaba sentada a la mesa, con la barbilla apoyada en las manos, contemplando ceñuda el cofre.

Las cosas no iban bien.

Había comenzado a trabajar en cuanto Lisle y ella acabaron de limpiar el óxido de las cerraduras y los cierres, y los engrasaron.

—Hace un siglo que no abro una cerradura en condiciones —le dijo Olivia nada más ponerse manos a la obra.

Al cabo de la primera hora, Lisle le ordenó a Nichols que llevara una mesa y una silla. Después subieron el cofre a la mesa.

Al cabo de la segunda hora, Bailey les llevó el té y un chal de abrigo para su señora.

Al cabo de la tercera hora, Lisle dijo:

—Deberíamos subir a arreglarnos para la cena.

—Sube tú —respondió ella—. No pienso dejar este puñetero cofre hasta que lo haya abierto.

En vez de subir, lo que hizo fue decirles a las Arpías que cenaran sin ellos. Volvió a bajar llevando una botella de vino y sándwiches para todos.

Olivia lo intentó con todas las ganzúas de su repertorio, y eso incluía decenas y decenas. Lo intentó con horquillas, con broches, con palillos de dientes, con agujas y con alambres.

En ese momento llevaban cuatro horas sin hacer progreso alguno.

—A veces es mejor dejarlo un tiempo y volver después —sugirió Lisle.

—Todavía no he encontrado una cerradura que se me resista —repuso Olivia.

—Es la primera vez que te encuentras con una de estas. Tú misma has dicho que no es una simple cerradura ni unas cuantas cerraduras unidas entre sí. Es un rompecabezas. ¿Cuántos años tardó la tía Dafne en descifrar los símbolos de «Ramsés»?

—¡Esto no es una lengua muerta! ¡Son cerraduras, trozos

de metal! ¡Es lo único que sé hacer! —Ladeó la cabeza y siguió mirando el cofre con expresión asesina.

—Qué tontería. Sabes hacer un montón de cosas. El problema es que careces del perfil mental que se requiere para solucionar este tipo de rompecabezas. Hace falta una mente persistente, metódica y obstinada. La tuya es... —Se interrumpió para trazar una serie de círculos en el aire—. La tuya es inquieta. Emocional.

Olivia levantó la cabeza de nuevo y la mirada que le lanzaron esos ojos azules habría sido capaz de fundir el acero.

—¿Estás diciendo que tú eres capaz de resolverlo? —preguntó.

—Creo que tal vez ha llegado el momento de dejarme que lo intente —respondió.

—No —rehusó ella—. Puedo hacerlo. Y puedo hacerlo sin ayuda de un aficionado.

Lisle estaba a punto de marcharse. Iba de camino a la puerta cuando su mente recordó la cara que acababa de poner Olivia y el desprecio con el que había pronunciado la palabra «aficionado». Se apoyó en la pared y clavó la mirada en el suelo, pero no pudo controlarse. Se echó a reír. A carcajadas. A mandíbula batiente.

Olivia se puso en pie como impulsada por un resorte.

—¡Oye, tú, alcornoque presumido, esto no tiene gracia!

La levantó del suelo, la estrechó entre sus brazos y la besó. Ella se debatió, pero cedió casi al instante. Olivia le echó los brazos al cuello y le devolvió el beso, impulsada por la ira y por el deseo. Al cabo de un momento la notó estremecerse y fue ella quien puso fin al beso.... para reírse a carcajadas también. El ronco y aterciopelado sonido de su risa reverberó en la estancia y bañó su cuerpo y su alma cual cascada de alegría.

—No puedo hacerlo —admitió ella entre carcajadas y estampando el pie en el suelo—. ¡Estoy que me tiro de los pelos!

La estrechó de nuevo y le acarició los sedosos rizos de la coronilla.

—A lo mejor no es culpa tuya. Es posible que las cerraduras estén atascadas.

—¿Y qué hacemos? —preguntó ella—. ¿Usar una almádena?

—Eso te ayudaría a ventilar la frustración, pero destrozaría el cofre y, posiblemente, su contenido —le recordó—. Necesitamos a un herrero.

Esa noche

—Llegas tarde, Mary —dijo Roy.

El comentario sobresaltó a la criada, que iba de camino a la casa que compartía con su madre y con su hermano.

—Él está bien, ¿verdad? —preguntó la mujer—. ¿No lo habréis...?

—Jock lo está cuidando muy, pero que muy bien. Ya sabes que no queremos que se quede sin dedos, ¿verdad? ¿Cómo iba a trabajar si no? ¿Por qué has tardado tanto?

—Es domingo —contestó ella—. Casi todos se han tomado medio día libre.

—Pero tú no. Glaud me lo ha dicho. Deberías habérmelo dicho tú, Mary.

—Pagan más si trabajas durante el medio día libre. Sabes que necesito el dinero —le recordó ella.

—Y tú deberías saber que no puedes escabullirte a tu casa sin hablar antes conmigo aunque la taberna esté cerrada —replicó Roy—. Yo que tú empezaría a hablar.

Mary miró con nerviosismo a su alrededor.

—No hay nadie —añadió él con voz impaciente.

—Han... han encontrado algo. La señorita y Su Ilustrísima. Solamente estaban ellos y sus dos criados, pero no se dieron cuenta de que yo estaba allí... escuchando. Como tú querías.

—Sé que has estado escuchando. Lo que quiero saber es qué has escuchado.

—Han encontrado un cofre.

Roy tomó una honda bocanada de aire y luego la soltó.

—¿Ah, sí?

Mary volvió a mirar a sus alrededores mientras se retorcía las manos.

—Será mejor que me lo cuentes. Te sentirás mejor —le aseguró—. Y Glaud también.

—Han encontrado un cofre de hierro en la vieja sala de la guardia de la torre meridional. El señor Nichols ha tardado horas en quitarle la tierra, pero no pueden abrirlo y van a llevarlo mañana al herrero y ya no sé más —dijo de tirón—. Déjame entrar, por favor. Glaud necesita comer.

La mujer intentó pasar junto a Roy, pero él se lo impidió agarrándola de un brazo.

—El herrero —dijo—. ¿Cuándo?

—Temprano. A primera hora. Para que no corra la voz. Antes de que los hombres lleguen al castillo. Quieren estar en la herrería justo cuando el herrero la abra, y regresar sin causar ningún revuelo.

—Entra —le ordenó mientras la soltaba—. Y dile a Jock que salga. Que lo digo yo.

Mary se apresuró a entrar. Jock salió al cabo de un momento y Roy le dio las noticias.

Lunes 31 de octubre

El castillo estaba situado a un kilómetro y medio del pueblo, un trayecto muy corto aunque se hiciera despacio. Lisle conducía una carreta pequeña tirada por un caballo, de las que solían usarse en las labores del campo. El testarudo cofre viajaba en la carreta, cubierto por una manta vieja que habían encontrado en los establos. Olivia caminaba junto a la carreta. Era una mañana gris y gélida. La mayoría de los trabajadores aún no había salido de casa. Los pocos con los que se cruzaron, arrebujados en sus abrigos para combatir el frío, se limitaron a saludarlos con un gesto silencioso.

Si el día hubiera sido más agradable, o si fuera un poco más tarde, tal vez se habrían detenido a mirar. Pero Lisle y Olivia iban vestidos con fines prácticos, que no elegantes. Ella llevaba la gruesa capa que supuestamente debía haberla mantenido calentita la noche que salió a esperar a los fantasmas. Lisle se había puesto su gabán más viejo, uno que Nichols había intentando regalar más de una vez. No era adecuado para el conde de Lisle, pero era el más abrigado que tenía. Su cuerpo seguía sin acostumbrarse al clima, y dudaba mucho que llegara a hacerlo.

En cualquier caso, su atuendo no llamaba la atención.

Claro que pocas cosas habrían atraído la atención de alguien a esa hora. El sol todavía no había asomado por el horizonte. Supuestamente, porque había unos nubarrones que impedían ver el avance de la mañana, de modo que era difícil distinguir el este del oeste.

—¿Estás bien? —le preguntó a Olivia.

—Sí —contestó ella—. Bailey me ha puesto capas y capas de ropa. Llevo calzones y enaguas de franela, un corsé acolchado muy grueso y un vestido de lana.

—Te agradezco la detallada descripción —replicó.

—El hombre que intente quitarme toda esta ropa va a encontrarse con una tarea imposible —comentó Olivia.

—¿Me estás desafiando?

—No lo había pensado, la verdad —contestó—. Pero me parece una idea estupenda.

—No tenemos tiempo —le recordó él.

—Nunca tenemos tiempo —replicó ella.

—No podemos tener tiempo —precisó Lisle.

—Estoy cansada de ser buena. No es... ¡natural! Además, todo esto me parece muy injusto. Una va y descubre su gran pasión y resulta que ya no puede repetir la experiencia.

—Se supone que hay que descubrirla en la noche de bodas —le recordó.

—En el caso de las mujeres, te referirás —matizó ella—. Porque los hombres pueden descubrirla cuando les apetezca y repetirla tantas veces como quieran. Pero nosotras, las mujeres...

—No lo repetimos —la interrumpió—. No lo hacemos siempre que queremos. ¿Crees que me encontraría ahora mis-

298

mo en este berenjenal si lo hubiera descubierto antes? Pero tenías que ser tú...

—¡Qué romántico eres! —exclamó Olivia.

—Tenía que ser contigo —se corrigió—. Contigo, que quieres el sol, la luna, las estrellas y el Amor de Tu Vida, con letras mayúsculas, sí. Sería un marido espléndido, que lo sepas.

—Para una momia, quizá.

Ambos estaban enfurruñados. La falta de sueño y el deseo insatisfecho constituían una mezcla bastante desagradable.

—Resulta que voy a heredar un marquesado, cientos y cientos de hectáreas de tierra, varias mansiones y dinero a espuertas —le recordó él—. Siempre y cuando mis padres no lo despilfarren todo ni espanten a los arrendatarios llevándonos a la ruina, claro.

—Haces que suene tan tentador...

—Perfecto. Sarcasmo. Lo mejor que se puede escuchar a las siete de la mañana.

—Son casi las ocho.

—¿Cómo quieres que lo sepa? En este asqueroso lugar no hay manera de ver el sol.

—Deja de querer convertir a Escocia en algo que no es —replicó Olivia—. Tienes que aceptarla tal cual es. A su modo, es un lugar precioso. Pero claro, no hay arena, ni camellos apestosos, ni momias aún más apestosas...

—Y las ruinas no son como deberían ser —añadió—. No hay manera de que los edificios se desplomen con elegancia sobre la arena. Mira esa iglesia —dijo, señalando con una mano el ruinoso edificio que quedaba a su izquierda—. Musgo, moho y las piedras renegridas. Un trozo de pared por aquí, y los restos de unas ventanas por allá. Árboles creciendo entre las losas del suelo. Hay gente enterrada debajo de esa iglesia, ¿no? Enterrada y olvidada. Hasta el cementerio... —En ese momento los vio y detuvo al caballo—. ¡Corre! —gritó.

Mientras gritaba, dos enmascarados irrumpieron en el camino procedentes del cementerio.

En vez de correr, Olivia se volvió hacia el cementerio justo cuando los dos hombres aparecían en el camino.

El caballo se encabritó, asustado, y el cofre se deslizó hacia atrás, rompiendo la parte posterior de la carreta, de modo que cayó en el camino. Uno de los hombres corrió hacia él. Lisle lo agarró y lo estampó contra la carreta. El tipo aprovechó el impulso del rebote para lanzarse a por Lisle, que volvió a agarrarlo, tras lo cual le asestó un puñetazo y lo arrojó al suelo. El bandido ya no se movió.

Olivia chilló. Lisle se volvió hacia ella y la vio forcejear con el segundo bandido. El hombre la mantenía apartada de él, para evitar que le arrancara la máscara con una mano y que lo golpeara con la otra, y para librarse de las patadas que intentaba asestarle en las espinillas.

Lisle se lanzó a por el muy bruto con un alarido.

En ese momento la oyó gritar:

—¡Cuidado!

Fue consciente de un repentino dolor y de la expresión de Olivia, boquiabierta y con los ojos desorbitados.

Al instante lo engulló la oscuridad.

—¡Nooo! ¡Nooo! —chillaba Olivia mientras se debatía con uñas y dientes para que el rufián la soltara y así poder acercarse a Lisle.

—¡Suéltala! —gritó una voz—. ¡Ven aquí y échame una mano! Este chisme pesa un quintal.

El hombre la soltó. Ella corrió hacia Lisle y se arrodilló a su lado. Estaba tendido en el suelo muy quieto. Demasiado quieto. Una mancha marrón se extendía por su corbata.

—¡No te mueras! —chilló—. ¡No te atrevas a morirte! —Presionó con dos dedos el lugar donde debería latirle el pulso en el cuello. Allí estaba. Sí. Soltó el aire muy despacio—. ¿Lisle?

Echó un vistazo a su alrededor. Los hombres habían desaparecido con la carreta y el caballo. Se encontraban en un recodo del camino situado en una hondonada, con árboles a ambos lados. El lugar perfecto para una emboscada, ya que era invisible desde el castillo y los alrededores. Claro que a esa hora poca gente podría verlos. Aunque esperaba que los trabajadores aparecieran pronto.

¿Qué hora sería? Habían visto a un grupo de hombres en el camino un rato antes. No recordaba haberse cruzado con ninguno más. Claro que habían tomado la curva en plena discusión y no se había fijado en nada.

—¡Socorro! —gritó—. ¡Que alguien me ayude!

Volvió a mirar a Lisle.

—¡Despiértate! —le dijo con voz firme—. Tienes que despertarte.

Con muchísimo cuidado, le colocó la mano debajo de la cabeza. Pobre cabeza, pensó. Tenía el pelo húmedo.

Olivia había visto cómo el hombre al que había tumbado Lisle poco antes se levantaba del suelo armado con una piedra. Ella había gritado, pero el tipo fue demasiado rápido y Lisle, que estaba pendiente de ella, no tuvo tiempo de reaccionar.

Y luego todo se ralentizó. Como si el momento se hubiera hecho eterno. La mano levantada con la piedra. Su grito de advertencia. Lisle doblándose hacia delante y cayendo al suelo.

—¡Tienes que despertarte! —exclamó de nuevo. Había leído algo sobre los golpes en la cabeza. Cuanto más tiempo se permaneciera inconsciente, más peligrosa era la herida—. ¡Despiértate! —le gritó, dándole unas palmaditas en la mejilla. Repitió las palmaditas, pero con más fuerza.

En ese momento Lisle comenzó a mover la cabeza y abrió los ojos.

—¿Qué demonios?

—¡Ay, Dios, Lisle! —balbuceó Olivia y se arrojó sobre él.

Lisle la abrazó al instante.

—Sí —dijo él—. En fin.

—¡No puedes morirte nunca! —le dijo entre sollozos—. ¡No puedo vivir sin ti!

—Ya iba siendo hora de que te dieras cuenta, la verdad.

—¿Cómo se han enterado? —preguntó Lisle.

Estaba sentado cerca del fuego. Nichols le había curado la herida, y le había aplicado un ungüento pegajoso bajo la atenta mirada de Olivia y de las ancianas.

Olivia podría haberlo atendido perfectamente, pero jamás se le ocurriría interponerse entre un hombre y su ayuda de cámara. Lo que hizo fue sentarse a la derecha de Lisle para no perderse detalle y asegurarse de que la herida no era peor de lo que los hombres aseguraban. En un primer momento le pareció espantosa, cuando los trabajadores aparecieron por fin y lo subieron a una carreta. Lisle protestó porque no quería que lo llevaran, pero los trabajadores se negaron en redondo a que caminara. Incluso parecieron ofenderse ante la simple sugerencia. Olivia los siguió de vuelta al castillo con el corazón en un puño.

Aunque se mostraba tan testarudo como de costumbre, su mente se negaba a olvidar la imagen del hombre golpeándolo con la piedra. En ese momento pensó que lo había matado.

Con la herida curada, comprendía por qué los hombres no parecían muy preocupados.

Lisle llevaba sombrero y tenía mucho pelo, así que la piedra le había hecho un corte no muy profundo. Sin embargo había sangrado y la sangre siempre resultaba muy escandalosa.

De todas formas, el miedo no acababa de abandonarla.

—Sé que las noticias vuelan —confesó Lisle—, pero esto es ridículo. Lo planeamos todo anoche, muy tarde. ¿Quién sabía, aparte de Nichols, de Bailey y de Herrick, que nos pondríamos en camino a esa hora?

—La pregunta no es quién lo sabía sino cómo lo descubrieron los asaltantes —puntualizó ella.

Herrick entró en ese momento.

—Los hombres han vuelto, Ilustrísima. Siento mucho comunicarle que no han traído ni a los bandidos ni el cofre.

—No esperaba que los atraparan —reconoció Lisle—. Si no hubiera sido por el tipo que estaba en mitad del camino...

—Glaud Millar, Ilustrísima —señaló el mayordomo—. Tiene una zapatería. Borracho de noche, pero zapatero sobrio por la mañana.

Olivia miró a Herrick.

—¿Crees que alguien lo instó a tumbarse borracho en el camino esta mañana? —le preguntó.

—La coincidencia, desde luego, es bastante sospechosa, señorita.

—Opino igual —terció Lisle—. Retrasó a los trabajadores y les dio a los atacantes el tiempo suficiente para escapar. A estas horas estarán ya en Edimburgo.

—Yo no estoy tan seguro de eso, Ilustrísima —replicó Herrick.

—Se llevaron nuestro cofre, nuestra carreta y nuestro caballo —señaló Lisle—. ¿Por qué no iban a estar en Edimburgo?

—Ilustrísima, los delincuentes que tenemos por aquí son un desastre. No puede decirse que sean muy listos. Sin embargo, creo que hasta cualquiera de ellos sabe que sería demasiado arriesgado dirigirse allí donde es más evidente que se dirijan y más aún por el camino. Además, la gente del pueblo notaría enseguida que han desaparecido dos personas. Si me permite, yo sugeriría buscar cerca de casa.

Mientras tanto, en una arboleda cercana a la iglesia destruida por el fuego, Jock observaba con tristeza el caballo robado.

—El cofre está a buen recaudo —dijo Roy—. Ahora solo tenemos que esperar a que las aguas se calmen.

—Pero podíamos habernos largado a Edimburgo —protestó Jock—. Uno en el caballo y el otro en la carreta, con el cofre.

—¿El mismo día que asaltan al hijo del laird, que le pegan una pedrada en la cabeza y que le roban el caballo y la carreta? ¿Con todos los hombres que estarán buscando el caballo, la carreta y el cofre por los caminos? Además, ¿quién crees que va a comprarte en Edimburgo algo robado hoy mismo y que todo el mundo está buscando?

—Como Mary se vaya de la lengua, sabrán que fuimos nosotros.

—Hay otro motivo —añadió Roy—. Si nos vamos a Edimburgo, ella se sentirá a salvo y libre para hablar. Pero cuando nos vea esta noche en La Curva Curvada, sentados al lado de Glaud como siempre, se morderá la lengua.

—¿Y si dice algo antes de esta noche? Ese malnacido de Herrick...

—La sangre tira mucho —lo interrumpió Roy—. Ya sabes que Mary quiere mucho a su hermano. No se arriesgará a que le pase algo. Mientras sigamos en el pueblo, se morderá la lengua. Cuando todo el revuelo pase, y cuando encontremos un buen caballo y una buena carreta donde cargar nuestros baúles, con el cofre dentro de uno de ellos, nos iremos a Edimburgo. O a Glasgow, ya veremos. —Guardó un breve silencio para reflexionar—. En Glasgow conozco gente. A lo mejor no se enteran de lo que ha pasado aquí. —Le dio unas palmaditas a su hermano en el hombro—. Esa es la solución, Jock. Glasgow. Allí es adonde iremos.

—¿Ahora? —preguntó su hermano, esperanzado.

Roy le echó un vistazo al caballo, que pastaba tranquilamente.

—Demasiado arriesgado —contestó—. Pronto. Tan pronto como consigamos otro caballo y otra carreta. Este lo dejaremos aquí para que vuelva a casa cuando le apetezca.

19

Esa noche

La puerta de La Curva Curvada se abrió y entraron tres personas.

Jock se quedó petrificado con la jarra de cerveza alzada en el aire.

—Roy —dijo en voz baja.

—Ya lo veo —replicó el aludido.

El hijo del laird, la pelirroja que casi le había dado una patada en las pelotas a Jock, el criado enclenque llamado Nichols y ese malnacido arrogante de Herrick.

—¿Qué se les habrá perdido aquí? —preguntó Jock.

—¿Tú qué crees?

—Será mejor que nos vayamos.

—Sí, ellos llegan y nosotros nos vamos. ¿No crees que quedaría raro?

—No sé —contestó su hermano.

—Nos haría parecer culpables —le aseguró Roy—. Quédate donde estás y haz lo mismo de siempre.

—¿Y si Mary se ha chivado? —preguntó Jock.

Roy le lanzó una mirada al hermano de Mary, Glaud, que tenía los brazos sobre la mesa y la cabeza apoyada en ellos.

—¿Qué va a decir? —preguntó Roy a su vez—. Solo le hemos dicho que nos cuente las novedades del castillo. Lo mismo que le diría cualquiera.

El hijo del laird y la pelirroja se acercaron a la barra y le dijeron algo a Mullcraik, que les sirvió dos pintas.

Herrick no los acompañó. Se quedó plantado delante de la puerta, con los brazos cruzados. Tam MacEvoy se levantó y se encaminó hacia la salida. Herrick levantó una mano. Tam MacEvoy se detuvo.

El hijo del laird, que seguía en la barra, se dio media vuelta y levantó su jarra.

—Una ronda para todos, señor Mullcraik.

La invitación causó un revuelo. Tam volvió a su mesa y se sentó.

—¡Gracias, Ilustrísima! —dijo alguien.

Otras voces se sumaron al agradecimiento.

El laird y la pelirroja se limitaron a sonreír.

—Ahí lo tienes —comentó Roy—. Han venido para preguntarle a la gente lo que sabe. Pero nadie sabe nada. Nosotros tampoco. Y Su Ilustrísima nos ha pagado una pinta, como a todos los demás.

Cuando todo el mundo tuvo su cerveza, alguien propuso un brindis por el conde. Una vez que todos lo hubieron adulado, Su Ilustrísima, bajando la voz pero hablando de forma que todos lo oyeran, dijo:

—Creo que casi todos me conocéis. Y sabéis que no habría venido a invitaros a una ronda si no quisiera algo. —Varios de los presentes se echaron a reír. Su Ilustrísima añadió—: Esta mañana, tal como estoy seguro de que muchos sabréis, la señorita Carsington y yo fuimos asaltados en el camino y nos robaron el caballo, la carreta, una manta vieja agujereada y un cofre todavía más viejo que la manta. El caballo volvió más tarde, tirando de la carreta, pero no había ni rastro de la manta ni del cofre. Lo que más nos interesa es este último, pero también nos alegraría saber algo de la manta. Hemos venido... —Guardó silencio un momento y se volvió hacia la pelirroja—. Hemos venido en busca de pistas.

—Son ellos —dijo Olivia—. Los dos del rincón.

—Los Rankin —los identificó Herrick sin mirar en la dirección señalada.

Los hermanos Rankin se encontraban en la reducida lista de sospechosos del mayordomo.

—Han trabado una repentina amistad con Glaud y Mary Millar —comentó Lisle.

—Y Mary es una de las criadas del castillo —añadió Herrick—. Anoche estuvo trabajando hasta bien tarde. —Frunció el ceño—. He hablado con ella antes, pero me dijo que se fue directa a casa. Es un caso triste, señor. Una buena muchacha, pero Glaud es lo único que tiene y parece que los Rankin lo están amenazando.

—Lo peor es que no tenemos pruebas que lo demuestren —se quejó Lisle—. Todo está basado en rumores y especulaciones. Sí, son sospechosos de muchas cosas, pero... —Meneó la cabeza.

Su padre era el responsable de muchas cosas. Criminales de poca monta campando a sus anchas en el pueblo. Lugareños cuyos esfuerzos eran en vano. Un pastor encargado de la parroquia por orden de lord Atherton que residía en Edimburgo y al que le resultaba muy inoportuno hacer un trayecto de quince kilómetros para atender a su rebaño...

—No tenemos pruebas y ellos lo saben —añadió Olivia—. Lo único que tienen que hacer es mantener la boca cerrada.

Lisle la miró.

—Yo sería capaz de sacárselo a golpes si...

—Excesivo —lo interrumpió ella—. Y burdo.

Esa noche tenía motivos de sobra para sentirse deprimido, pero Olivia siempre le hacía reír.

—Muy bien —claudicó—. Tú primero.

Los hermanos estaban sentados con las cabezas muy juntas, hablando en voz baja. Glaud Millar seguía durmiendo en su sitio, al lado de Jock. Frente a este había una silla libre, pero Lisle les aseguró que había corriente y que todos debían dejarle sitio a la dama. Los hombres cedieron a la petición y movieron sus sillas, de modo que le dejaron sitio a Lisle entre Jock, que quedó en el rincón, y Roy.

Olivia se sentó en el otro lado, entre Jock y Glaud, a quien se dirigió.

—¿Glaud Millar? —preguntó—. Nos gustaría hablar contigo.

Glaud siguió roncando.

—Es inútil, señorita —dijo Jock—. No se despierta ni a tiros; solo lo consigue su hermana.

—Bueno, ha tenido un día muy ajetreado —comentó Lisle—. Al alba estaba dormido en el camino. Tuvieron que llevarlo a casa. Y aquí está otra vez.

—Esos tipos fueron muy listos, la verdad —señaló Olivia—. Con el poco tiempo que tuvieron para organizarlo todo, idearon un plan muy astuto.

—¿Astutos? Dejaron a un hombre completamente borracho tirado en el camino para que la gente lo pisara.

—Una táctica dilatoria la mar de brillante —insistió ella—. Si no hubieran mantenido ocupados a los trabajadores con el señor Millar, podrían haberlos pillado en pleno asalto. No, la verdad es que fue un plan astuto.

Jock compuso una expresión ufana.

Roy lo fulminó con la mirada, y Jock, ceñudo, volvió clavar la vista en su jarra de cerveza.

—Además, el arrojo del plan —prosiguió Olivia—. Es admirable.

—¿Qué tiene de arrojado atacar a una mujer indefensa? —protestó Lisle.

—¿Indefensa? —preguntó Jock—. ¡Pero si...!

—Señorita, con todos los respetos, pero usted no parece de las que necesita ayuda —lo interrumpió Roy—. Todos hemos oído la historia de su discusión con ese cocinero.

Olivia sonrió.

—En ese caso, el ladrón fue muy valiente al atacarme.

—Pues sí, ¿verdad? —dijo Jock—. Se arriesgó a perder sus partes nobles, y perdóneme por ser tan franco.

—Jock... —le advirtió su hermano.

Sin embargo, Olivia le regaló una sonrisa deslumbrante y Lisle observó que el pobre Jock ponía esa cara... la misma cara que ponían muchos hombres, cegados y sordos por el abrumador efecto de su belleza.

—Sin embargo, luchaste con valentía —la oyó decir.

—Yo...

—¡Eh, vosotros dos! —gritó una mujer—. ¡Sois un par de cerdos mentirosos! ¡Alejaos ahora mismo de mi hermano!

Todos la miraron.

Mary Millar estaba en el vano de la puerta, con el bonete colgado de las cintas a la espalda, el pelo alborotado y la cara muy colorada. Herrick había extendido un brazo, impidiéndole la entrada.

—Déjeme pasar —dijo la mujer—. Déjeme pasar, señor Herrick. Ya no puedo más. ¡Estoy hasta el moño de todos ellos!

Lisle asintió. Herrick bajó el brazo y Mary se abalanzó sobre ellos.

Jock hizo ademán de levantarse, pero Lisle lo obligó a seguir en la silla.

—Sí, señor, no te muevas —dijo Mary—. Me vais a escuchar bien los dos, como yo os he escuchado a vosotros. Y quiero que todos me oigáis bien —añadió, incluyendo a todos los presentes, a los que miró con gesto desafiante—. Quiero que todos me escuchéis.

—Di lo que tengas que decir, Mary —gritó alguien.

—Usted también, Ilustrísima —añadió la mujer—. Estoy harta.

—Te escucho, Mary —le aseguró Lisle.

—Ya era malo de por sí que le dierais a Glaud más bebida de la que necesitaba —comenzó, dirigiéndose a los Rankin—. Y ya era malo que me obligarais a hablar cuando debería haber mantenido la boca cerrada. Sabía que cometía un error al contaros lo del cofre. Sabía que intentaríais robarlo. Me dije que no lo conseguiríais, que sois un par de inútiles. Me dije que nunca le haríais daño a nadie de verdad. Pero que obligaseis a mi hermano a seguir bebiendo y lo dejarais tirado en el camino como si fuera un saco me parece el colmo. Atacasteis a Su Ilustrísima, que lo único que ha hecho es intentar ayudarnos. ¡Atacasteis a una mujer, so cobardes! —Se arrancó el bonete y con él golpeó a Jock en la cabeza—. ¡Sois un par de inútiles!

Y a continuación, para sorpresa de Lisle y de todos los presentes, a juzgar por las caras de la concurrencia, comenzó a golpear a su hermano con el bonete.

—Y tú también, Glaud. Estoy harta de cuidar de ti. A partir de ahora te puedes cuidar tú solo. Por tu culpa no tengo trabajo. Y que sepas que era un buen trabajo. Pero ya no tengo nada, ni siquiera tengo una carta de recomendación. Ya no tengo nada aquí, así que me voy. Y tú... ¡tú te puedes ir al cuerno con este par de brutos! —Cogió una jarra de cerveza y vació el contenido sobre la cabeza de su hermano.

Glaud sacudió la cabeza y la miró con expresión soñolienta.

—¿Mary?

—¡Vete al cuerno! —gritó la susodicha—. ¡Estoy hasta el moño! —Y dicho esto, se alejó hacia la puerta hecha una furia.

Herrick miró a Lisle con expresión interrogante.

Lisle asintió.

Herrick abrió la puerta y la dejó marchar.

La taberna se quedó en completo silencio.

Lisle miró a Olivia, que a su vez miró a los Rankin, esbozando su deslumbrante sonrisa.

—Bueno, qué episodio más emocionante —dijo con alegría.

Lisle no sonrió.

—¿Dónde está? —quiso saber.

Roy lo miró a los ojos.

—No sé de qué está hablando —contestó—. Esa muchacha ha perdido un tornillo.

Lisle se puso en pie, agarró a Roy por los hombros de su abrigo, lo levantó del suelo y lo estampó contra la pared.

—Lisle —dijo Olivia—. No creo que...

—Lo hemos intentando a tu manera —la interrumpió—. Ahora lo haremos a la mía.

Olivia se puso en pie de un brinco y se apartó.

Jock intentó alejarse también, pero Lisle volcó la mesa de una patada. Glaud acabó en el suelo al caerse de la silla.

Lisle levantó a Jock del suelo y le dio un empujón. El brusco movimiento hizo que se tambaleara hacia atrás, de modo que volcó unas cuantas sillas y una mesa. La clientela de la taberna se puso en pie.

—Se acabaron los jueguecitos —advirtió Lisle—. Voy a contar hasta tres para que me digáis qué habéis hecho con mi cofre. Si no habláis, os llevaré encadenados al castillo y os tiraré desde las torres. A uno desde la torre meridional y a otro desde la torre septentrional.

—¡Ja, ja! —exclamó Roy mientras se frotaba la parte posterior de la cabeza—. No puede hacerlo. Ya no es como antes.

—Uno —contó Lisle.

—No lo hará —le aseguró Roy a su hermano—. Es un farol. No lo hará. Va en contra de la ley. Es asesinato. ¿Lo habéis oído? —añadió, volviéndose para mirar a todos los presentes—. Tú, Tam MacEvoy, ¿has oído que nos ha amenazado de muerte?

—Yo no he oído nada —replicó el aludido.

—Yo tampoco —dijo Craig Archbald.

—¡Qué vergüenza! —exclamó alguien—. Mira que recurrir a la debilidad del pobre Glaud y chantajear a su hermana con él... Y no sabe usted ni la mitad de sus fechorías, Ilustrísima.

—¿Necesita ayuda, milord? —preguntó otra persona.

—Señor, no es justo que se divierta usted solo —comentó alguien más.

—¡Mullcraik, trae esa cuerda que siempre tienes por ahí!

—Dos —dijo Lisle.

—¡Si nos mata no lo encontrará! —gritó Jock—. ¡Nunca!

—No, no lo encontraré —reconoció Lisle—. Pero vosotros no os quedaréis con él. Tres.

Roy miró a Jock. De repente, ambos se abalanzaron sobre los hombres que tenían más cerca, tirándolos al suelo. Acto seguido, corrieron hacia la parte trasera de la taberna. Alguien lanzó una jarra de cerveza por los aires, que golpeó a Roy en la cabeza, logrando que cayera redondo al suelo.

Un grupo de hombres corrió hacia él.

—Buena puntería —le dijo Lisle a Olivia, mientras se acercaba hacia el grupo.

—¡No! —gritó Jock—. Deténgalos. ¡Nos descuartizarán! ¡Ilustrísima, deténgalos!

—Pues dile dónde está el cofre —gritó uno de los hombres.

El nutrido grupo se apartó para dejar pasar a los dos hombres que llevaban sujeto a Jock. Otros hacían lo propio con Roy, que estaba inconsciente.

—¿Dónde está? —preguntó Lisle en voz baja.

Jock miró a su hermano.

Uno de los hombres que lo sujetaba lo zarandeó con impaciencia.

—Díselo, imbécil.

—¡En la iglesia! —exclamó Jock.

Era tarde, pero contaban con la ayuda de todos los habitantes del pueblo, que llevaban antorchas y farolillos, y que no paraban de bromear y de reír a carcajadas.

Habían ayudado a Lisle a capturar a esos dos criminales y le habían ayudado a sonsacarles la respuesta que necesitaba. La luz del día sería mucho más conveniente para semejantes menesteres, pero estaban deseando colaborar y participar en la divertida búsqueda del «Cofre Robado», en palabras de Olivia.

—Quizá tu método sea el mejor, después de todo —dijo ella mientras entraban en la iglesia derruida.

—Fue la combinación de los dos —precisó—. Tú les reblandeciste el cerebro, sobre todo a Jock. Y yo les di un buen meneo.

—No te olvides de tu gran habilidad para conducir a los hombres a la batalla —señaló Olivia.

—Sea como sea, el caso es que la combinación funcionó —aseguró—. Si Jock no se hubiera ido de la lengua, podríamos haber pasado meses excavando.

—Creo que incluso sabiendo que está aquí, vamos a pasarlas canutas para encontrarlo —aventuró Olivia al tiempo que echaba un vistazo a su alrededor.

Y tenía toda la razón del mundo. Lisle estaba acostumbrado a buscar pistas en el paisaje, elevaciones del terreno, por ejemplo, que delataran la existencia de algo enterrado. Pero lo que estaban a punto de hacer era algo muy distinto. A la luz del día podría ser más sencillo, pero de noche apenas distinguía un montón de piedras de otro.

Jock, que estaba maniatado, se adelantó.

—Aquí —dijo. Y le dio una patada a una losa—. Debajo de estas piedras.

Las losas con las que habían cubierto el agujero parecían llevar en ese sitio concreto unos cuantos años. Ni aun empleando el método de Belzoni habría logrado encontrar las señales que indicaban que dichas losas se habían movido recientemente. Claro que estaba acostumbrado a buscar en sitios desérticos y bajo un sol cegador.

Dado que contaban con la ayuda de tantas manos, no tardaron en apartar las losas. Después, y con la ayuda de unas cuerdas, los hombres sacaron el cofre del agujero.

Lisle permitió que todos se acercaran a echarle un vistazo.

Desde luego, era una curiosidad, con las tiras metálicas, las barras de los cierres y las recargadas cerraduras.

—Cargadlo en la carreta cuando todos lo hayan visto —le dijo a Tam MacEvoy—. Esta noche lo llevaremos de vuelta al castillo. Pero espero veros a todos mañana a las doce en la herrería para presenciar el momento de la apertura.

—Discúlpeme, Ilustrísima —dijo un hombre corpulento y alto—. Soy John Larmour, el herrero. No hace falta que espere usted a que abra la herrería. Si quiere, puedo hacerlo ahora mismo. Tengo que atizar el fuego, pero no tardaré nada. Siempre y cuando esté de acuerdo. Aunque por la pinta del cofre, no creo que nos haga falta.

La sugerencia fue recibida con un coro de vítores.

¡Qué gente! —pensó Lisle—. Son asombrosos.

—Gracias, Larmour, es un detalle —dijo con la voz entrecortada. Luego carraspeó y añadió—: MacEvoy, encárgate de que suban el cofre a la carreta y de que lo lleven a la herrería. Herrick, envía a alguien al castillo para invitar a lady Cooper y a lady Withcote a acompañarnos.

—Y a sus doncellas —añadió Olivia.

Lisle la miró.

—Y a sus doncellas. Y a todo el mundo. Los dos prisioneros incluidos. No querría que se perdieran el momento por nada del mundo.

Todos los habitantes del pueblo salieron de sus casas, hombres, mujeres y niños. Así que se congregó una multitud frente a la herrería. En el interior se agolparon todos los que pudieron. Otros se arremolinaron en el vano de la puerta. Algunos padres llevaban a hombros a sus hijos.

La parpadeante luz de la vela creaba sombras en continuo movimiento sobre las paredes, el techo y las caras del expectante público.

Lady Cooper y lady Withcote estaban sentadas en primera fila, en un par de taburetes con sendos cojines que los lacayos habían dispuesto a fin de que las ancianas estuvieran cómodas. Los criados de alto rango aguardaban cerca de las damas.

Jock y Roy también estaban dentro de la herrería, atados de pies y manos, y custodiados por unos cuantos hombres.

John Larmour pasó un buen rato inspeccionando el cofre y luego dijo algo.

Herrick tuvo que traducir, porque el herrero hablaba con un fuerte acento escocés. Lisle apenas lo había entendido en la iglesia, y eso que lo que dijo no pudo ser más sencillo. Sin embargo, Larmour estaba emocionado y hablaba muy rápido, de modo que resultaba complicado entenderlo.

—Dice que es una obra de arte —tradujo Herrick—. Que le da pena tener que abrirlo a la fuerza, pero que tendrá que cortar los cierres externos con una sierra para metales.

Lisle asintió en silencio y el herrero se puso manos a la obra.

No tardó mucho. Una vez que quitó los candados, Olivia hizo un nuevo intento con sus ganzúas. Aunque necesitó un buen rato para dar con el orden apropiado, al final logró quitar una de las tapas que ocultaban las cerraduras. La apartó y probó con varias de las llaves del herrero, que le dio una con las medidas que ella solicitó. Una vez abierta, llegó el momento de girar varias ruedecillas al mismo tiempo que levantaban varios enganches metálicos conectados a las barras de los cierres. Lisle tuvo que ayudarles. Por último les quedaba otro mecanismo, pero a esas alturas Olivia había descifrado el funcionamiento y no tardó mucho en abrirlo. Se colocó con gran disimulo de modo que los espectadores no vieran lo que estaba haciendo, pero Lisle se percató de la maniobra.

Se apartó en cuanto acabó.

La audiencia aplaudió entre vítores. Se oyó un coro de felicitaciones, aunque casi todas tan irrespetuosas como: «¡Bien hecho, muchacha!».

—Haz los honores —le dijo Olivia.

Y Lisle procedió a levantar la pesada tapa.

En la parte inferior de la tapa se encontraba la plancha metálica que sujetaba el complicadísimo mecanismo de cierre.

En el cofre había una bandeja metálica con intrincados grabados.

La gente comenzó a apostar sobre lo que había debajo de la bandeja. Monedas, dijeron algunos. Joyas, añadieron otros. Libros. Platos. Ropa sucia, dijeron unos cuantos bromistas.

—Grabados picantes —comentó lady Cooper—. Te apuesto cinco libras, Millicent.

—No seas ridícula —replicó la aludida—. Los papeles no

pesan tanto. Ahí dentro hay esculturas. Algunos sátiros de bronce, seguro. Muy populares en aquella época.

—Siempre me han gustado los sátiros —confesó lady Cooper.

—Supongo que te refieres a lord Squeevers.

—¿Squeevers el Bizco? Desde luego que no. Él era el Cíclope.

—Pero con esas piernas tan peludas...

—Deberías haber visto sus partes pudendas.

—¡Se las vi!

—¿Recuerdas el día...?

—Hablando del día, si seguimos así, va a amanecer —la interrumpió Olivia—. ¿Todas las apuestas están hechas? Bien. Lord Lisle, por favor, ponga fin al suspense —añadió, para otorgarle dramatismo al momento.

El conde sacó la bandeja.

En el fondo del cofre no había joyas ni monedas brillantes, aunque Lisle no esperaba encontrar ninguna.

Lo que había era una gruesa pieza de brocado.

—¡Vaya por Dios! —exclamó Olivia—. Me temo que es un vestido viejo.

—Eso no tiene sentido —comentó Lisle al tiempo que metía el brazo—. ¿Quién iba a tomarse tantas molestias para esconder un vestido viejo? Hace siglos que nadie abre este cofre. Las cerraduras estaban tan oxidadas que... —Su mano dio con algo duro—. Un momento. —Apartó la tela con mucho cuidado. Debajo había otra pieza distinta, pero parecía envolver un objeto. Levantó el paquete y lo dejó sobre el banco de trabajo del herrero—. Sea lo que sea, pesa muchísimo —aseguró.

La multitud comenzó a murmurar. Los que estaban atrás preguntaban qué habían encontrado y los de delante contestaban que no lo sabían.

Lisle apartó la tela y descubrió un cofre de plomo. Este, por suerte, solo tenía una cerradura normal y corriente.

Olivia tardó un par de minutos en abrirla. Después de intentarlo con varias ganzúas, lo logró con una de las más curiosas de su colección.

El silencio se hizo en la herrería mientras levantaba la tapa.

—¡Madre mía! —exclamó Olivia—. ¡Madre mía!

Hasta él contuvo el aliento.

—¿Es lo que creo que es? —preguntó.

—¡Maldita sea! ¿Qué es? —gruñó Jock—. ¿Cuánto tiempo van a tardar en decirnos qué han encontrado?

—Lo hacen a propósito, para fastidiarnos —contestó Roy.

Era un documento escrito en un grueso pergamino. La tinta estaba descolorida y había adquirido un tono marrón, pero la clara caligrafía de la Cancillería era perfectamente legible. El pergamino era más ancho que largo. Y de él colgaba un sello inmenso.

—Papeles viejos —oyó Lisle que decía alguien.

—¡Porquería! —refunfuñó Jock en voz alta—. ¡Todos esos años trabajando! ¡Y solo hay porquería!

—No es porquería —lo contradijo Roy—. Hay tontos como el viejo Dalmay que pagan una fortuna por conseguir papeles viejos.

—¡Está muerto! ¿Quién va a comprar esos papeles ahora? ¡Dijiste que eran joyas! Oro y plata. ¡Con todos los años que hemos pasado cavando!

—Pues no nos ha ido tan mal.

—¡Sí, unas cuantas monedas sin valor! Un pichel viejo. Una cuchara. Un pendiente. ¿Qué hemos sacado de eso?

—Es un permiso real —dijo Lisle.

Los Rankin exigieron saber qué era eso. Unas cuantas voces les prometieron una explicación práctica si no cerraban el pico. Los hermanos guardaron silencio, a regañadientes.

Lisle sacó los documentos y estudió el texto en el latín. Era consciente de la presencia de Olivia a su lado, que también leía aunque con más dificultad, seguro. Ella no había tenido de profesora a Dafne Carsington obligándola a leer latín, griego y otras seis lenguas más. Sin embargo, debía de haber entendido lo fundamental, porque se limpió las lágrimas con el dorso de una mano.

Él no debería emocionarse, pensó Lisle, pues había sostenido objetos mucho más antiguos que ese documento. Pero ninguno de ellos había sido personal. Sintió un nudo en la garganta.

—¿Qué es, Ilustrísima? —preguntó alguien.

Lisle recobró la compostura al instante.

—No todo el mundo diría que es un tesoro, pero es un tesoro familiar —contestó—. Este documento, con fecha del 21 de junio del año 1431, lleva el sello del rey Jacobo I de Escocia.

Un coro de exclamaciones se alzó de entre la multitud, poniendo de manifiesto que habían comprendido que se trataba de algo importante.

Entre los murmullos distinguió las voces de los Rankin, que discutían si era o no era una porquería, aunque alguien logró silenciarlos.

—Mediante este documento —explicó Lisle—, el rey otorga a mi antepasado, sir William Dalmay, el derecho a construir el castillo de Gorewood. «Un castillo o fortaleza», especifica. «Rodeado por murallas y fosos, y con rastrillos de hierro u otro metal para defender las entradas. Y con adornos de tipo defensivo en la parte superior.»

—¿Puede leerlo todo para que lo oigamos, Ilustrísima? —le preguntó Tam MacEvoy.

Lo leyó, primero en latín porque así parecía mucho más emocionante y emotivo. Después lo tradujo. La lengua del siglo XIV resultó tan emocionante y emotiva como el latín.

Cuando Lisle acabó, MacEvoy dijo:

—Supongo que esto significa que el castillo de Gorewood es legalmente suyo, Ilustrísima.

—Le guste o no —apostilló alguien.

La multitud estalló en carcajadas.

—Y nosotros formamos parte del trato —añadió Tam—. Porque venimos con el castillo. Nosotros y nuestros problemas.

La multitud expresó su acuerdo a voz en grito, entre carcajadas.

Lisle miró a su alrededor. Todos reían, cierto, pero también hablaban en serio. Recordó lo que había oído la noche anterior.

Sintió la mano de Olivia en su brazo y miró hacia abajo.

—Acabas de poner esa cara —le dijo ella en voz baja.

—¿Qué cara?

—La que me dice que te remuerde la conciencia.

—Esta gente... Mi padre... Lo que ha hecho...

—Sí, lo sé —replicó ella al tiempo que le daba un apretón—. Tenemos que hablar sobre eso. Pero más tarde.

Olivia devolvió el pergamino al cofre con mucho cuidado. Estaba a punto de cerrar la tapa cuando se detuvo y la abrió de nuevo.

—¿Qué? —preguntó Lisle.

—Hay algo en un rincón —dijo—. Creo que es una moneda. O... —Sonrió. Sus elegantes dedos se cerraron en torno al objeto y lo levantó.

Era un anillo. Un anillo femenino, a juzgar por su aspecto. De oro y con piedras preciosas, rubíes o granates. Piedras preciosas del color de su pelo.

Lo sostuvo en alto para que la gente lo viera. Y los que estaban en la parte delantera corrieron la voz para que los de atrás se enterasen.

Hubo exclamaciones de sorpresa y algunos vítores.

Por parte de los Rankin, un par de gruñidos.

Olivia lo miró.

—¿Te das cuenta? Es un momento alegre y maravilloso. Para todos, salvo para los malhechores. Disfrútalo.

Unas horas después

Lisle estaba junto a la ventana de su dormitorio, contemplando la oscuridad de la noche. Aunque estaba nublado, de vez en cuando se veían algunas estrellas.

Cuando por fin cesaron las exclamaciones de asombro por los tesoros hallados y volvieron a cargar el cofre en la carreta para regresar al castillo en procesión, durante la cual escuchó un sinfín de comentarios semejantes a los que había escuchado en La Curva Curvada, ya era muy tarde. Hasta lady Cooper y lady Withcote estaban listas para retirarse.

Ordenó que encerraran a Roy y a Jock en la mazmorra, para decidir al día siguiente qué se iba a hacer con ellos.

Otro asunto pendiente.

En Egipto había lidiado con numerosos asuntos del estilo: lugareños y trabajadores descontentos; robos, timos, asaltos y demás; excavaciones que se iban al traste; botes que se hundían; invasiones de ratas; brotes epidémicos... Esa era su vida. Y era interesante, incluso emocionante en ocasiones.

Pero en esos momentos...

Alguien llamó a la puerta con suavidad, pero aun así se sobresaltó.

Se apartó de la ventana para abrir.

Era Olivia. Vestida de blanco con una bata y un camisón adornados con una profusión de detalles vaporosos: cintas, volantes y encaje. Llevaba el pelo suelo alrededor de los hombros, maravillosamente alborotado.

La cogió de la mano y tiró de ella para hacerla entrar, tras lo cual cerró la puerta. Sin embargo, cambió de opinión, de modo que abrió la puerta e intentó echarla de un empujón.

—A ver si te decides —comentó ella.

—Te presentas en el dormitorio de un hombre en plena noche en camisón y ¿esperas que el pobre tenga capacidad para decidir algo?

¿Cuánto tiempo hacía?, se preguntó.

Días y días, siglos.

—Tenemos que hablar —la oyó decir.

Volvió a tirar de ella para que entrara y cerró la puerta otra vez.

—Deja que te explique una cosa —le dijo él—. Si una mujer se presenta en el dormitorio de un hombre prácticamente como Dios la trajo al mundo, es que está buscando problemas.

—Pues sí —reconoció ella.

—Como veo que lo tienes claro... —Se quitó el batín.

Y se quedó como Dios lo trajo al mundo.

—¡Oh! —exclamó Olivia.

La luz del fuego convertía su pelo en rubíes y granates líquidos. Su piel brillaba como una luna estival. En el aire flotaba ese aroma tan sutil que siempre la acompañaba.

La cogió en brazos y la llevó a la cama. Una vez allí, la sostuvo con un brazo a fin de apartar la ropa y después la dejó sentada en el borde.

—Muy bien —dijo ella—. Hablaremos después.

—Desde luego —convino—. Tenemos mucho de que hablar —añadió. Tenían toda una vida de la que hablar.

Olivia levantó una mano para recorrerle el torso.

—Los años te han sentado bien —comentó.

—Y a ti —replicó él, al tiempo que introducía una rodilla entre sus piernas.

Olivia retrocedió sobre el colchón hasta dejar los pies sobre este.

—No encuentro las palabras para decirte lo emocionante que es todo esto —dijo ella.

—Escríbeme una carta, si te resulta más fácil —le sugirió—. Luego. —Le aferró el bajo del camisón y de la bata con las manos, y subió ambas prendas por sus piernas, contemplándolas en silencio.

—Te gustan mis piernas —señaló ella.

—Hasta un punto desquiciante —reconoció mientras se inclinaba para darle un beso en la espinilla, igual que hizo en El Cisne Blanco en Alnwick, como si le rindiera pleitesía.

—¡Oh! —exclamó Olivia—. Eres malo. Eres cruel, despiadado y...

—Y retorcido —murmuró—. Que no se te olvide.

Le acarició la cara interna de los muslos muy despacio, torturándola. Olivia echó la cabeza hacia atrás.

Le subió un poco más el camisón y la bata. Sus dedos siguieron el borde de las prendas y se deslizaron hasta rozar la suavidad de su entrepierna.

—¡Lisle, tus manos... tus manos! —exclamó Olivia al tiempo que inmovilizaba dicha mano sobre su sexo, presionándola con la suya—. ¡Madre mía! ¿Qué voy a hacer? —Se puso de rodillas, se desató de un tirón la bata y la arrojó al suelo. Después se pasó el camisón por la cabeza e hizo con él lo mismo que con la bata.

Los rizos pelirrojos cayeron sobre sus hombros. El fuego hacía brillar el vello pelirrojo de su pubis. Nada cubría esa piel tan blanca.

No le resultó difícil imaginársela bailando desnuda a la luz de la luna en pleno desierto.

—Se acabó —la oyó decir—. Esta tontería se acabó. Nunca seré buena. No puedes pedirme que lo sea.

—Eso era lo último que se me ocurriría ahora...

—Ven aquí —lo interrumpió, al tiempo que se acariciaba el abdomen hasta llegar al suave triángulo que le cubría la entrepierna—. Ven aquí...

Lisle se subió a la cama y se arrodilló frente a Olivia. Ella le aferró las manos y se las llevó a los pechos.

Acto seguido, se inclinó para besarla. Fue un beso largo y dulce. Mientras tanto, sus manos le acariciaron los pechos y ella le echó los brazos al cuello con la cabeza inclinada hacia atrás para facilitarle el acceso a su cuerpo, entregándose para satisfacer su mutuo deseo.

Sin embargo, no tardó en reaccionar y comenzó a acariciarlo. Los brazos, la espalda y las nalgas. Se acercó y levantó las caderas para frotarse contra él. Su verga palpitó en respuesta, un instante antes de que ella se la acariciara. Su mano se deslizó arriba y abajo, y se detuvo brevemente en la punta. Lisle soltó un gemido ahogado.

Olivia lo miró.

—¿Has acabado de jugar? —le preguntó él con voz ronca.

—Todavía no he empezado —respondió al tiempo que tiraba de él.

Comprendió lo que ella quería y se dejó hacer. Se tendió

de espaldas en el colchón y Olivia se sentó a horcajadas sobre sus caderas.

—Sé que también se puede hacer así —la oyó decir—. He visto dibujos.

El comentario le arrancó una carcajada mientras la aferraba por las caderas. La instó a subirse un poco y una vez que la tuvo en el sitio preciso, la hizo bajar al tiempo que la penetraba.

—¡Oh! —exclamó ella, tras lo cual exhaló un suspiro largo y trémulo—. ¡Lisle, por Dios! ¡Sí!

En ese momento Olivia se inclinó hacia delante, presionando su verga en su interior, y el intenso placer lo hizo jadear. Acto seguido lo besó, con pasión y avidez, arrastrándolo a un abismo de deseo. Las manos de Lisle la aferraron con fuerza por las caderas, mientras seguía moviéndolas al ritmo que ella marcaba.

Un ritmo rápido y salvaje, como si volviera a ser la primera vez, como si llevaran toda una eternidad conteniéndose y aguardando ese momento, un momento que sería su última y única oportunidad para disfrutar.

La contempló, inclinada sobre él, con los ojos azules oscurecidos por la pasión y el pelo desordenado como un halo de fuego en torno a su cara.

—Te quiero —dijo Lisle antes de tirar de ella para besarla y abrazarla mientras sus cuerpos se movían al compás, con un ritmo frenético que los llevó a un final sin retorno.

La imparable oleada de placer los alcanzó y los arrastró. Y después, de repente, el mundo se quedó en silencio.

Permanecieron un buen rato sin moverse.

Hasta que Olivia se apartó de él para echarse a su lado. Lisle estaba tumbado de espaldas, escuchándola respirar, con los ojos clavados en el dosel.

Olivia le colocó una mano en el pecho, que aún subía y bajaba con rapidez. No había recobrado el aliento del todo, cierto, pero había llegado a una conclusión irrevocable.

Le cubrió la mano con la suya y repitió:

—Te quiero.

20

Olivia se dejó envolver por las palabras y dejó que le calaran hondo, hasta el corazón, donde las atesoró con el resto de sus secretos.

También se dejó envolver por el silencio reinante. Los gruesos muros del castillo bloqueaban el mundanal ruido y también amortiguaban los sonidos procedentes del interior. Solo oía el crepitar del fuego y el sonido de la voz de Lisle, ronca y grave, junto a los rápidos latidos de su propio corazón.

Se incorporó sobre un codo para mirarlo, sin apartar la otra mano de su pecho. Allí estaba calentita, apoyada sobre el firme latido de su corazón y bajo su mano, hábil y fuerte.

—Empezaba a sospecharlo —admitió Olivia.

—Tú también deberías quererme —afirmó Lisle—. Me parece imposible que no lo hagas. Estamos hechos el uno para el otro. Creo que es evidente.

Olivia inspiró hondo antes de expulsar el aire.

—No te muevas —le ordenó.

Saltó de la cama y se puso el camisón.

Lisle se sentó de golpe. La luz del fuego arrancaba destellos dorados a su piel y acariciaba sus duros músculos. Sus ojos plateados estaban abiertos de par en par por la sorpresa.

—¡Olivia!

—Quiero enseñarte algo —explicó—. Vuelvo enseguida.

Cuando Olivia por fin regresó con la caja, ya se había levantado de la cama, se había puesto el batín y estaba paseándose de un lado para otro.

—Lo siento —se disculpó ella—. Como de costumbre, Bailey estaba despierta cuando debería estar dormida. Siempre está en guardia, como Argos con sus mil ojos. He tenido que dejar que me pusiera una bata y me echara un sermón por exponerme a morir de frío. Vuelve a la cama. —Dejó la caja en el colchón y se sentó al lado—. Vuelve a la cama —repitió, dándole unas palmaditas al cobertor—. Quiero enseñarte mis tesoros. —Se sentó con las piernas cruzadas.

—Creía que ya lo habías hecho —bromeó él. Se sentó junto a ella. La besó en la sien y añadió—: Se supone que no debes saltar de la cama justo después de que un hombre te dice que te quiere —le recriminó—. ¿Es que no sabes nada de nada?

—Quería que lo vieras, que lo vieras de verdad —dijo ella.

Olivia abrió la caja y empezó a sacar objetos: las cartas que él le había escrito; la figurilla de madera pintada, que fue el primer regalo que le envió; el brazalete de piedras azules; el trozo de alabastro... y un largo etcétera. Diez años de tesoros enviados por él. Así como el pañuelo con sus iniciales bordadas que ella le había robado hacía unas semanas.

Olivia lo miró con los ojos llorosos.

—Te quiero de verdad —dijo con la voz algo quebrada—. ¿Lo ves?

Lisle asintió con la cabeza muy despacio.

—Lo veo —contestó—. Sí, lo veo.

Olivia podría haber dicho las palabras, pero era capaz de decir cualquier cosa y que la gente la creyera.

Ella lo sabía. Y también sabía que él también lo sabía.

Esa caja contenía sus secretos: cosas que lo significaban todo para ella.

Le había permitido echar un vistazo a su corazón, ver las cosas que no decía, las únicas cosas que importaban.

Lisle tragó saliva. Tras un tenso silencio, dijo:

—Tienes que casarte conmigo.

Olivia contempló su colección de secretos.

—Creo que tengo que hacerlo, sí —asintió—. Quería ser generosa y valiente, pero no sirvo para ese papel.

La miró mientras ella devolvía los objetos a la caja y colocaba las cartas encima.

—¿De verdad? —quiso saber él.

—Sí —contestó ella—. Me creía capaz de soportarlo, pero al final me has invadido por completo. Como el moho.

—Muy graciosa.

Sin embargo, el alivio fue físico. Lisle no se había dado cuenta del enorme y descorazonador peso que llevaba a cuestas hasta que desapareció.

—Nos equilibramos —dijo ella—. Nos queremos. Somos amigos. Y el sexo está bastante bien.

—¿Bastante bien?

—Muchísimo mejor que la primera experiencia de lady Cooper —respondió Olivia, que procedió a repetir la descripción que las ancianas habían hecho de sus primeros matrimonios.

Él se echó a reír al escucharla.

—He superado con creces al primer marido de lady Cooper... Y tengo el anillo y todo —replicó.

—El del cofre —dijo Olivia—. Pues no se hable más.

La abrazó con fuerza y la besó.

—Si despertamos a dos testigos, podremos declararnos marido y mujer y estaremos casados... y así podrás pasar la noche conmigo —añadió él—. El matrimonio es mucho más sencillo en Escocia.

Olivia se apartó un poco y le acarició la mejilla.

—Es una oferta muy tentadora, pero creo que a mi madre le gustaría verme bien casada.

—A tu madre, sí. —Meneó la cabeza—. Se me había olvidado. Padres. Vaya... ¡Padres, maldita sea su estampa!

—Tengo una idea —dijo Olivia—. ¿Por qué no cogemos unas mantas, bajamos a la cocina, robamos un poco de comida de la despensa y comemos delante de la enorme chimenea del gran salón mientras maquinamos algo contra tus padres?

Media hora después

Se sentaron con las piernas cruzadas delante del fuego que Lisle había encendido. Se comieron la media hogaza de pan y el excelente queso que Lisle iba cortando, y dieron buena cuenta de una botella entera de vino, de la que bebieron directamente.

—Mis padres —dijo Lisle—. Mis puñeteros padres... Aquí me tienes, experimentado el momento más feliz de mi vida, o uno de los más felices, y se cuelan en la escena como... como...

—Fantasmas —suplicó ella.

Lisle colocó una loncha de queso sobre una rebanada de pan y se la dio.

—Mi padre... —dijo con voz seria—. Lo que le ha hecho a esta gente. Cambia de opinión cien veces. Establece normas caprichosas. Sube las rentas cuando considera que no está obteniendo suficiente dinero. Cada vez que recuerda que este sitio existe, provoca el caos. Los Rankin y otros tipejos de la misma calaña roban, destrozan la zona y avasallan a los demás, pero nadie puede demostrar nada ni hay una figura autoritaria que mantenga el orden. Lord Glaxton no intervendrá. Lo intentó en un par de ocasiones, pero mi padre lo amenazó con demandarlo... y no merece la pena. Los lugareños están demasiado desmoralizados y demasiado ocupados intentando sobrevivir para plantar cara. Y por más vueltas que le doy, lo único que está en mi mano es restaurar el castillo y proporcionarles trabajo. No puedo detener a mi padre, y en cuanto me vaya, todo se irá al traste de nuevo. Pero no puedo quedarme.

Olivia se percató de la expresión culpable que acompañaba dichas palabras.

—No puedes —se apresuró a decirle Olivia—. Has entregado diez años de tu vida a Egipto. Desde niño supiste lo que querías y has luchado con gran esfuerzo para conseguirlo. Es tu vocación. Pedirte que renuncies a Egipto es como pedirle a un poeta que deje de escribir o a un pintor que deje de pintar... O como pedirle a mi padrastro que abandone la política. No puedes renunciar.

—Pero mi conciencia me pide que lo haga —replicó él.

—Claro que te lo pide. —Levantó una mano y le acarició la mejilla—. Claro que te lo pide... Eres un buen hombre. —Dejó caer la mano y le dio unas palmaditas en el torso—. Por suerte para ti, tu futura esposa no tiene escrúpulos. —Apartó la mano, cogió la botella y le dio un buen trago.

—Te quiero —repitió Lisle.

—Y yo te quiero con locura —le aseguró—. Voy a hacerte feliz aunque tenga que matar a alguien. Pero no creo que eso sea necesario. —Clavó la vista en el fuego un buen rato, mientras descartaba una idea tras otra. Pero en ese momento vio la solución, y era la mar de sencilla—. Lisle, ¡tengo una idea!

Gran salón del castillo de Gorewood,
diez días después

—¡Esto es inaceptable! —gritó su padre—. Rathbourne, la consientes en todo, pero sabes que esto es un capricho. Aquí tienes a mi hijo, dispuesto... No, ansioso por casarse...

—Está destrozado —chilló su madre—. ¡Míralo al pobrecillo!

Lisle miró hacia donde siempre miraba cada vez que sus padres montaban una de sus escenas. Siempre sacaban sus propias conclusiones de lo que él decía o hacía. ¿Por qué cambiar en ese momento?

Les había mandado la carta que Olivia le había dictado, a excepción de las mayúsculas y de los subrayados, y con mucho menos dramatismo. Ella también les había escrito a sus padres. Ambas parejas habían llegado casi a la par. Los cuatro estaban ansiosos, aunque por distintos motivos, por que el matrimonio se llevara a cabo.

Y en ese momento Olivia les comunicó que había cambiado de opinión.

Las supuestas carabinas se encontraban en el castillo de Glaxton. No se fiaban de las ancianas, capaces de enseñar sus cartas antes de tiempo. Lady Cooper y lady Withcote tenían buenas intenciones, pero eran impredecibles con varias copas de más.

Él mismo, que estaba totalmente sobrio, temía decir algo indebido. Nunca se le había dado bien la interpretación.

—No pasa nada, madre —intervino—. Estoy decepcionado, sí, pero me sobrepondré.

—No puedo obligar a Olivia a casarse —dijo lord Rathbourne.

—¡Pero ha dicho que lo amaba! —chilló la madre—. Y él la ama. Lisle ha dicho que se casarían. Nos lo dijo en una carta. ¡Se lo he contado a todo el mundo!

—Olivia ha cambiado de opinión —señaló lady Rathbourne—. Olivia siempre cambia de opinión.

—Pero ¿por qué? —preguntó la madre de Lisle—. ¿Por qué, Olivia?

—Si insistes en saberlo, aunque yo preferiría no tener que decírselo ya que no quiero herir sus sentimientos... —respondió Olivia—, le confesaré que no me había dado cuenta de que Lisle no tiene un penique. Eso lo descarta por completo.

Lord y lady Rathbourne se miraron entre sí.

Sus padres no se dieron cuenta. No se fijaban en nada más que en ellos mismos. En ese momento solo eran conscientes de que una de las jóvenes más ricas de toda Inglaterra estaba plantando a su hijo.

—¡Pero lo heredará todo! —exclamó el padre—. Es el primogénito, mi heredero. Se quedará con todo.

—Pero, Dios mediante, eso sucederá en un futuro muy distante —dijo Olivia—. Porque, por supuesto, le deseo una larga y saludable vida.

—Dijiste que le tenías afecto, Olivia —protestó la madre—. Antes de que vinieras aquí, insinuaste que aceptarías de buena gana su cortejo.

Por mucho que lo irritasen sus padres, cada vez le costaba más contener la risa. Se imaginaba la escena como un dibujo, con el anzuelo que Olivia había lanzado, y la veía recogiendo el sedal poco a poco.

—Eso fue antes de que me percatara de su desgraciada situación —replicó Olivia—. Si me caso con él, me convertiré en un hazmerreír y Lisle perderá la estima pública. La gente dirá que estaba tan desesperada por encontrar marido que me he casado con un cazafortunas.

—¡Un cazafortunas! —chilló la madre de Lisle.

—Yo no lo diría, por supuesto —se defendió Olivia—. Sé que a Lisle no le importan esas cosas. Sé que me aceptaría aunque solo tuviera mi camisola. —Le lanzó una mirada fugaz—. Pero ya sabe lo despreciable que puede ser la gente. No podría soportar, ni por mí ni por Lisle, que su buen nombre acabara mancillado por algún malintencionado. Me duele... porque creía que haríamos una buena pareja, pero no puede ser.

Olivia se volvió hacia él con los ojos cuajados de lágrimas. Él ya sabía que era capaz de llorar a voluntad.

—Lisle, me temo que nuestro amor está condenado.

—Es una pena —dijo él—. Incluso tenía el anillo y todo.

—¡Menuda tontería! —exclamó su padre—. Lisle no está en la ruina.

—No tiene nada a su nombre —señaló Olivia—. No tiene nada que le pertenezca solo a él. No tiene una fuente de ingresos constante. Solo tiene una asignación...

—Muy generosa —la interrumpió el padre—, aunque pensaba aumentarla por el magnífico trabajo que ha hecho aquí.

—Una asignación que usted puede dar o quitar a su antojo —añadió Olivia—. No es suya.

En ese momento el padre de Lisle debió de entenderlo, porque dejó de deambular por la estancia y adoptó una expresión pensativa.

—¿Esa es la única pega? —preguntó—. ¿El dinero?

—El dinero —contestó Olivia—. Aunque no se trata solo

de dinero. Una fortuna por sí misma carece de... enjundia. Queremos una propiedad. Nadie podrá decir que es un caza-fortunas si tiene una propiedad a su nombre. —Echó un vistazo a su alrededor, a las paredes del inmenso salón, adornadas en ese momento con tapices y cuadros—. Esta propiedad, por ejemplo. Sí —dijo con aire pensativo—. Ahora que lo pienso, esta propiedad sería estupenda. Si le cede el castillo de Gorewood, me casaré con él a la mayor brevedad posible.

Esa misma noche

Se celebraría una gran boda con su correspondiente banquete dentro de un mes. Sin embargo, y mientras tanto, los marqueses de Atherton estaban decididos a que Olivia no se echara atrás. Se envió a un criado a Edimburgo para que regresara con un abogado, quien se encargó de redactar los documentos en los que se entregaba formalmente el castillo de Gorewood, así como todas sus rentas e ingresos, al conde de Lisle.

El asunto quedó zanjado antes de que se pusiera el sol.

Poco después Olivia y Lisle se declararon casados delante de sus respectivos padres, de lady Cooper y lady Withcote, de lord Glaxton, de un par de familiares de este y de todos sus criados.

Aillier preparó una cena espléndida, en la que se incluyeron dulces que preparó en el abominable horno.

La celebración tuvo lugar en el gran salón.

Cuando Lisle y Olivia se escabulleron, todos sonrieron.

En opinión de sus padres, cuanto antes se consumara el matrimonio, mejor.

Lisle llevó a Olivia al tejado.

Y tomó la precaución de atrancar las puertas.

Había subido alfombras y pieles, porque era noviembre, un noviembre escocés para más señas, y hacía un frío espantoso. Esa noche, sin embargo, los caprichosos dioses escoceses les sonrieron y alejaron las nubes.

Olivia se apoyó en su brazo y miró el cielo.

—Está cuajado de estrellas —dijo—. Nunca había visto tantas.

—Tiene su encanto. Este lugar merece mucho más de lo que mi padre ha hecho. —La abrazó y la besó—. Y tu plan ha sido brillante. Tú has estado brillante.

—Sin escrúpulos y sin vergüenza, mintiendo y engañando a diestro y siniestro —apostilló Olivia—. Sí, ha sido mi mejor interpretación.

—Era una idea brillante.

—Era la idea más evidente. ¿Quién mejor que tú para ser el laird de Gorewood?

—¿Y quién mejor que tú para hacer lo que nadie más es capaz? Has conseguido que mi padre se desprenda de algo que no quiere, de algo que no tiene ni idea de cómo manejar, pero que se negaba a soltar.

—Espera y verás —le advirtió ella—. Poco a poco conseguiremos hacernos también con tus hermanos.

—Cuando sean un poco mayores me gustaría que fueran al colegio —dijo—. A mí no me atrajo la idea, pero ellos son distintos. Creo que allí serán felices.

—¿Tú serías feliz aquí? —quiso saber Olivia.

—Claro que sí —contestó—. De vez en cuando. Pero sabes que nunca me adaptaré.

—Ni yo querría que lo hicieras. Tampoco es necesario. Tenemos a Herrick.

Él soltó una carcajada al escucharla.

—Y mi primera orden como laird del castillo de Gorewood será ascenderlo a administrador. ¡Ay, Olivia, el poder es adictivo! Es casi como estar en Egipto. Es maravilloso ser libre para actuar, para hacer lo que uno cree correcto. La culpa me habría devorado vivo si hubiera dejado a esta gente en manos de mi padre. Ahora no tengo que hablarle de Jock y de Roy. Si lo descubre, no podrá hacer nada. Tampoco puede hacer nada con Mary Millar. No puede despedir a nadie ni contratar a nadie. En este lugar no puede crear más caos.

Les había dicho a los Rankin que o pasaban los próximos cinco años ayudando a reconstruir y modernizar las tiendas, los caminos y las casas, o tendrían que vérselas ante un juez. Habían optado por trabajar.

—Cinco años de trabajo honrado tal vez redima a los Rankin —comentó—. Si no es así... En fin, ya lo veremos cuando llegue el momento. Y no creo que hubiera motivos para despedir a Mary.

—Se encontraba en una posición insostenible —comentó Olivia—. Pero al final hizo lo correcto.

—Es lo único que podemos esperar de los demás —reconoció—. Que hagan lo correcto.

Olivia se volvió para mirarlo a la cara, y la piel descendió por sus hombros. Lisle la arropó de nuevo. Más tarde la desnudaría, muy despacio. O tal vez muy deprisa. Sin embargo, hacía demasiado frío para iniciar algo indecente en el tejado.

—Te has comportado bien —dijo ella—. En circunstancias comprometidas y en un lugar en el que nunca quisiste estar.

—He aprendido varias cosas. —La abrazó con más fuerza—. Y he ganado mucho. ¡Qué irritante! Tendría que darle las gracias a mi padre por haber puesto en marcha todo esto.

—Y a mí —replicó ella—, por hacer que tuviera un final tan bueno.

—¿Hemos terminado? —quiso saber.

—No del todo —contestó Olivia—. Aunque cuando acabe el gran banquete de bodas deberíamos tenerlo todo bien atado. Y para entonces podremos partir hacia nuestra luna de miel.

—Vaya, se me había olvidado. En fin, un hombre tiene que sacrificarse de vez en cuando. Supongo que querrás visitar un lugar romántico. París o Venecia.

—No —lo contradijo Olivia—. No seas tonto. Todo el mundo va a esos sitios. —Se volvió de nuevo hacia él—. Quiero ver la Esfinge, las pirámides, las tumbas y las malolientes momias. —Le rozó la oreja con los labios—. Llévame a Egipto, amigo mío.